JN171967

# シェイクスピアと
# ロマン派の文人たち

上坪 正徳 著

中央大学出版部

装幀　道吉　剛

# シェイクスピアとロマン派の文人たち

目次

# 序　章　シェイクスピア批評史の幕開け

## ――シェイクスピアの「自然」（nature）と「技法」（art）をめぐる論議

### 一

シェイクスピアの批評は時代を映す鏡のように、それぞれの時代の文学観や演劇観を、そしてそれらの背後にある社会・文化の状況や問題を映し出してきた。T・S・エリオット（T. S. Eliot, 1888-1965）のように、さまざまな時代の、さまざまな国の、さまざまな人々が抱いたシェイクスピア観は、ヨーロッパ文化の変化・発展の不可欠な一部をなしていると見なす人さえいる。（1）同様のことは古典的な作品を残した他の作家や詩人にもある程度当てはまるであろうが、特にシェイクスピアに関して言われてきたのは、各時代の代表的な詩人・劇作家・批評家にとって、シェイクスピアはいわば彼らと同時代の詩人・劇作家であり、彼の作品を論評することはそのまま彼らの時代の重要な問題を考察することに繋がっていたからである。しかしこのことは別の角度から見れば、各時代のシェイクスピア観が一面的な偏った見方であり、のちの時代の批評家によって絶えず批判され修正されてきたということでもある。（2）シェイクスピア批評のこのような傾向と特徴は、一七世紀の半ばから始まり本格的なシェイクスピア批評の端緒となった、この劇作家の「自然」（nature）

と「技法」（art）に関する論議にすでに現れていた。王政復古期以降に盛んに行なわれたシェイクスピアの改作もこの問題と密接な関連をもっている。

シェイクスピアの「自然」と「技法」をめぐる論議の発端となったのは、一六二三年に出版された「第一・二つ折本」に掲載されたジョン・ヘミングズ（John Heminges, d. 1630）とヘンリー・コンデル（Henry Condell, d. 1627）の「読者へ」（*To the great Variety of Readers*）とベン・ジョンソン（Ben[jamin] Jonson, 1572–1637）の「頌詩」（*To the memory of my beloved, The Author Mr William Shakespeare: And what he hath left us*）であった。生前のシェイクスピアと親しく接していたヘミングズ、コンデル、ジョンソンが「読者へ」や「頌詩」の中で、この劇作家・詩人の特質を示すキーワードとして'nature'あるいは'art'という語を用いていたからである。周知のようにこの二つの語の意味は極めて多様であり（特に'nature'にあてはまる）[3]、しばしば時代によってまた著者によって異なった意味で用いられている。このことがシェイクスピアの「自然」と「技法」をめぐる論議をいっそう複雑にした一つの要因であったと考えられる。ではヘミングズとコンデルの「読者へ」の中からこの論議に関連する箇所を見てみることにしよう。

彼（シェイクスピアを指す——筆者）は「自然」の巧みな模倣者であって、その気高い表現者であった。彼の頭と手は一体となって働き、考えたことをそのまますらすらと書き写したために、我々が受け取った彼の原稿には書き損じの跡はほとんど見られなかった。

Who, as he was a happie imitator of Nature, was a most gentle expresser of it. His mind and hand went together: And what he thought, he vttered with that easiness, that wee haue scarse receiued from him a blot in his papers.

原文中で下線を引いた'Nature'は「自然」という意味のほかに「人間の本性、行動、感情」(A. O. Lovejoy, No1)を表し、'happie'は「適切な、巧妙な」(*OED* 5)という意味であると思われる。'gentle'という形容詞はやや奇妙な感じを与えるが、「高貴な」、「生まれのよい、紳士階級の」(シェイクスピアの父親のジョンは、一五九六年に紋章使用の許可を得ている)、「紳士らしい」(*OED* 2b)、さらに「丁寧な」(*OED* 3c)というような意味で遣われていると考えられる。のちに述べるように王政復古期から一八世紀にかけて、シェイクスピアは作劇のルールを弁えず、しばしば粗野で大げさな言葉を遣って作品を書いたと批判された。しかしシェイクスピアと同じ劇団の俳優であったヘミングズとコンデルにとって、彼は決して学識のない人物ではなく、自然と同じような創造力によって、人間の本性や行動を的確に表現する傑出した劇作家・詩人であった。

一方、ジョンソンのシェイクスピアへの「頌詩」は八〇行からなる長詩であるが、その中で最もよく知られているのは、三一行目の「あなたはラテン語をあまり知らず、ギリシャ語はなおさらであった」という一行である。この行は下記の引用からわかるように逆接の接続詞で始まっているが、それはしばしば無視されて、シェイクスピアには古典の学識が欠けていたという説の根拠として引用された。ジョンソンがこの有名な言葉を書いた真意を知るために、この行とそれに続く詩行を引用してみよう。

あなたはラテン語をあまり知らず、ギリシャ語はなおさらであったが、

あなたの栄誉を讃えるために、私は古典の作家の中から（あなたに匹敵する）
名前を捜すのではなく、雷のごとく轟くアイスキュロス、
　エウリピデス、ソフォクレスをわれらのもとへ呼び出し、さらに
パクヴィウス、アッキウス、コルドバ出身の死せる劇作家を
　蘇らせて、役者たちがあなたの悲劇を演じ
劇場を揺り動かすのを見せてやりたい。あるいは
　あなたの喜劇が上演されるときには、傲慢なギリシャと
横柄なローマが生み出し、あるいはのちにその廃墟から現れた
　すべての喜劇作家との腕比べを、あなた一人に委ねることにしよう。
勝ち誇るがよい、わがイギリスよ、汝はヨーロッパの舞台がおしなべて、
　恭順の意を表さざる得ない詩人を見せつけているのだから。

And though thou hadst small *Latine*, and lesse *Greeke*,
　From thence to honour thee, I would not seeke
For names; but call forth thund'ring *Æschylus*,
　*Euripides*, and *Sophocles* to us,
*Paccuvius*, *Accius*, him of *Cordova* dead,
　To life againe, to heare thy Buskin tread,

And shake a Stage: Or, when thy Sockes were on,
　Leave thee alone, for the comparison
Of all, that insolent *Greece*, or haughtie *Rome*
　Sent forth, or since did from their ashes come.
Triumph, my *Britaine*, thou hast one to showe,
　To whom all Scenes of *Europe* homage owe.

三二行の 'From thence' は「古典（古典の作家）の中から」という意味であろう。三五行の 'him of *Cordoua* dead' はコルドバ生まれのセネカのことであり、三六行の 'thy Buskin' と三七行の 'thy Sockes' はそれぞれ悲劇役者と喜劇役者の履物であって、シェイクスピアの悲劇と喜劇を表している。これらの詩行でジョンソンが言わんとしたのは、「シェイクスピアの古典の知識は確かに限られたものであったけれども、彼の悲劇と喜劇はギリシャ・ローマのそれらと比較しても決して遜色はない」ということであったと思われる。ジョンソンがギリシャ・ローマの悲劇・喜劇を熟知した古典学者でもあったことを考えれば、このような評価はシェイクスピアへの最大の称賛であったと言えるだろう。

しかし同じ「頌詩」に出てくるシェイクスピアの「自然」（nature）と「技法」（art）に関する詩句は、ギリシャ語・ラテン語の知識に関する詩行よりもやや曖昧である。ではまず四七〜五四行を読んでみよう。この詩行に出てくる「彼」はシェイクスピアのことである。

自然の女神は彼の意匠を誇りとして
　彼の詩句の衣服を身につけるのを喜んだ。
それらは見事に紡がれ、自分にぴったりに織られていたので、
　彼女は今後ほかの詩人を受け入れることはないであろう。
陽気なギリシャ人、辛らつなアリストファネス、
　高雅なテレンティウス、機知に富むプラウトゥスは
いまや彼女を喜ばせず、古臭くなって見捨てられている、
　まるで彼らが自然の女神の一族ではないかのように。

Nature her selfe was proud of his designes,
　And joy'd to weare the dressing of his lines!
Which were so richly spun, and woven so fit,
　As, since, she will vouchsafe no other Wit.
The merry *Greeke*, tart *Aristophanes*,
　Neat *Terence*, witty *Plautus*, now not please;
But antiquated, and deserted lye
　As they were not of Natures family.

原文の四七行に出てくる'Nature'は、言うまでもなく「自然の女神」、「造化の神」のことであって、ジョンソンはシェイクスピアの作品を造化の神にぴったりの衣服に喩えて、この劇作家・詩人が「自然」をいかに忠実に描いているかを語っている。ジョンソンの評価によれば、アリストファネス、テレンティウス、プラウトゥスの「自然」描写は、シェイクスピアのそれと較べると、まるで彼らが「自然の一族」に属していないと思われるほどに劣っているのである。ここで称賛されている、シェイクスピアが忠実に描写した「自然」とは、さきに引用したヘミングズとコンデルの「読者へ」の場合と同じように、「人間性」、「ありのままの人間」、「人間社会」を意味している。しかしジョンソンは、ヘミングズとコンデルとは異なって、詩人にとって重要なのは、「自然」だけでなく、そのアンチテーゼである「技法」(art)でもあると信じていた。ジョンソンはその点について五五行以下の詩行で次のように詠っている。

しかし私はすべてを自然のせいにしてはならない、あなたの技法もまた、
　わが高貴なるシェイクスピアよ、役割を果たさねばならないのだ。
なぜなら、自然は詩人のテーマではあるけれども、
　それに形を与えるのは技法なのだから。しかも（あなたの作品のような）
いのちある詩句を書こうとする人は、詩神の鉄床で汗を流して
　表現を鍛え、第二の創作物を生み出さねばならない、
彼が作ろうと意図するものに作り変えねばならないのだ
（それとともに自分自身をも）。さもなければ詩人は月桂樹の代わりに

軽蔑を身に受けることになるだろう、なぜならば
　優れた詩人は生み出されるだけでなく、作り出されるものなのだから。
そしてあなたもそうであった……。

Yet must I not give Nature all: Thy Art,
　My gentle *Shakespeare*, must enjoy a part.
For though the *Poets* matter, Nature be,
　His Art doth give the fashion. And, that he,
Who casts to write a living line, must sweat,
(such as thine are) and strike the second heat
Upon the *Muses* anvile: turne the same,
　(And himselfe with it) that he thinks to frame;
Or for the lawrell, he may gaine a scorne,
　For a good *Poet's* made, as well as borne.
And such wert thou. . . .（4）

五五行の 'Naure' はシェイクスピアの「天性（の表現力）」と解釈したが、五七行の 'Nature' と同様に、彼が劇のテーマとして描いた「人間」、「人間性」、「人間社会」という意味にとることもできる。五五行の 'Thy

Art'と五八行の'His Art'の'Art'は、「自然」と対照をなす「人為、技法」（習慣、規則、伝統を含む）のことであり、具体的にはあとに出てくる「詩神の金床」（the *Muses* anvile）のイメージが示すように、最初に浮かんだ構想を繰り返し再考して書き直す詩人の自己鍛錬、すなわち自己批評の能力を指していると言えよう（六〇行目の'heat'は、*OED* 8bにある「熱せられた金属」という意味である）。ジョンソンにとってはそのような自己批評を可能にするのは、詩人の学識、特に古典についての学識であったと考えられる。ジョンソンは六四―五行で「優れた詩人は生み出されるだけでなく、作り出されるものなのだから。／そしてあなたもそうであった」（For a good *Poet's* made, as well as borne. / And such wert thou.）と述べて、シェイクスピアには、「自然」の女神に愛される「生まれながらの才能」（これも'nature'である）と、「作品を再考し磨きあげる力と学識」（art）の両方が備わっていると称賛している。しかし、シェイクスピアの「自然」の評価に比べて、「人為、技法」の評価がやや曖昧であることは否定できないだろう。たとえばジョンソンは六〇行で「あなたの作品のような（such as thine are）」「いのちある詩句」と詠っているが、「あなたがしたように」（such as thou did）「汗を流す」とは述べていない。己の作品を再考し、磨きあげる詩人の力を重視するジョンソンの立場が、シェイクスピアの推敲の跡の少ない原稿を称賛したヘミングズとコンデルのそれとは異なっていることは確かである。

ジョンソンの「頌詩」は、すでに見たように、敬愛するシェイクスピアへの温かい賛辞に満ちているが、シェイクスピアのギリシャ語・ラテン語の知識不足への言及、それと関連する劇作の「技法」についての曖昧な評価、さらにジョンソンが一六一八―九年の冬にホーソーンデンのウィリアム・ドラモンド（William Drummond of Hawthornden, 1585–1649）に「シェイクスピアには技法が欠けていた」（Shakespeare wanted Art）と述べたという話などが、シェイクスピアとジョンソンは対照的な詩人であり、天賦の才に恵まれた前者は「自然（Nature）の詩人」であり、古典の素養に恵まれた後者は「技法（Art）の詩人」であるという評価を生み出した。ジョン・ミルトン（John Milton, 1608–74）は一六三一年ごろに書いた「快活の人」（*L'Allegro*）の中で、都会の主な楽しみの一つに観劇をあげ、シェイクスピアとジョンソンについて次のように詠っている。

それからすぐに行こう、役者たちが芸を競う劇場へ、　131
ジョンソンの学識あふれる喜劇が演じられているか、
想像力の寵児、美妙きわまるシェイクスピアが
自然のままの素朴な森の調べを歌っていれば、

Then to the well-trod stage anon,　131
If Jonson's learned sock be on,
Or sweetest Shakespeare fancy's child,
Warble his native wood-notes wild,[5]

引用した原詩の一三四行の 'native' は、「自然のままの」、「技法とは無縁の」、あるいは「生得の」という意味で遣われており、一三二行の 'Jonson's learned sock' に出てくる 'learned' という語と対照をなしている（'sock' は喜劇役者の履物で「喜劇」を表す）。同じ一三四行の 'wild' は「自然状態の」、「人の手が加わっていな

い」という意味であり、ここではもちろん否定的な意味は含まれていない。ミルトンにとっても、シェイクスピアの作品は、古典の学識にあふれるベン・ジョンソンの作品とは対照的な「自然のままの素朴な森の調べ」に思われたのであった。もちろんミルトンが二人の劇作家をともに高く評価していることは言うまでもない。

しかしジョンソンの「頌詩」は、さっそく一六四〇年に詩人・翻訳家のレナード・ディグズ（Leonard Digges, 1588-1635）によって批判された。同年に出版されたジョン・ベンソン（John Benson）編のシェイクスピア『詩集』（*Poems*）の序詩の中で、彼はベン・ジョンソンの「頌詩」に出てくる「優れた詩人は生み出されるだけでなく、作り出されるものだ」という詩句を取りあげて、次のように詠っている。

詩人は作り出されるのではなく、生み出されるものだ。
この言の正しさを証明しようとすると、わたしは
不滅のシェイクスピアを懐かしく思い出さざるをえない、
彼一人だけでそれを証明する十分な証拠になる。
第一に彼は誰も異論をはさまない詩人であり、
……
　　　　未だに比類のない
あらゆる知と、技巧を弄さない技の模範である。
次に彼を助けたのは「自然」だけであった、

もし読者がこの詩集を全部読むならば、必ずわかるであろう、
彼がギリシャ人から一つの詩句も借りず、ローマ人を決して模倣せず、
一度たりとも卑俗な言語から翻訳したり、
剽窃者のように、他人のものを拾い集めたり、
また己の劇を纏めるために、才知ある友人に
ある場面の使用を求めたりしていないことを、……

Poets are borne not made; when I would prove
This truth, the glad rememberance I must love
Of never dying *Shakespeare*, who alone,
Is argument enough to make that one.
First, that he was a Poet none would doubt,
. . . . . . . . .
the patterne of all wit,
Art without Art unparaleld as yet.
Next Nature onely helpt him, for looke thorow
This whole Booke, thou shalt find he doth not borrow,
One phrase from Greekes, nor Latines imitate,

Nor once from vulgar Languages Translate,
Nor Plagiari-like from others gleane,
Nor begges he from each witty friend a Scene
To peece Acts with; . . .

（Vickers, I, 27）

シェイクスピアの作品と古典についてのディグズの認識は必ずしも正確ではないが、彼が言いたかったのは、シェイクスピアがギリシャ・ラテンの古典を模範として、そこから作品構成や表現を借りることなく、独自の世界を創造した天性の大詩人であったということである。ディグズは具体的な名を挙げてはいないけれども、この詩で暗に触れている古典を借用し模倣する詩人とは、ベン・ジョンソンを指しているのは言うまでもないであろう。ミルトンやディグズに見られるような、シェイクスピアをベン・ジョンソンと対照的な詩人と見なす傾向は王政復古期以降の批評にも引き継がれた。そしてジョンソンの劇とは異なり「技法」を欠いているかに見えるシェイクスピアの作品をどのように評価するかが、この時代のシェイクスピア批評の中心的な論点となった。では‘nature’とともに当時の文芸批評のキーワードである‘art’という言葉は、主としてどのような意味で遣われていたのであろうか。

## 二

「技法」「人為」と訳してきた 'art' も 'nature' と同じように複雑な意味をもち、その主な意味は時代によっても異なっている。リーオ・サリンガー（Leo Salingar）によれば、一六世紀後半になると、中世以来 'art' の一般的な意味であった「有効な知識、技術」に加えて、学術的な意味として一つの体系をなす「一連の規則あるいは規範」という意味でも遣われるようになった。ジョージ・パトナム（George Puttenham, d. 1590）は『イギリス詩の技法』（*The Arte of English Poesie*, 1589）の中で、'art' を「理性によって規定され、経験によって集められるある種の諸規則」と定義しており、このような意味が一八世紀半ばまで 'art' の主要な意味であったとのことである。(6) シェイクスピアに欠けていると言われた「技法」も、実際には作劇に必要と見なされたさまざまな原理や規則のことであり、それはギリシャ・ラテンの古典の中に見出されるものであった。このように古典を規範とする文芸批評は、シェイクスピアの生前にすでに見られた。サー・フィリップ・シドニー（Sir Philip Sidney, 1554–86）は『詩の弁護』（*An Apology for Poetry*, 1595）の中で、詩作の「技法」（Arte）と古典の例に倣うことの重要性を説いたあとで、エリザベス朝劇作家の作品の散漫な構造を批判し、「多くの場所と長い期間を含む作品をどのように書いたらよいのか」と問う人々を、「彼らは悲劇が歴史の規則ではなく、詩の規則に縛られることを知らないのだろうか」と皮肉っている。そして詩人は「悲劇的効果を最大限に生み出すように歴史を書き換える自由を持っている」と述べ、さらに次のように書いている。

もし彼ら（エリザベス朝の劇作家のこと――筆者）が歴史物語の劇化を望むのであれば、（ホラティウスが述べているように）、初めから書くのではなく、描きたいと思う出来事の核心にすぐに向かわねばならない。このことは例を挙げれば一目瞭然であろう。いま私が若いポリュドーロス（トロイの王プリアモスの末の息子――筆者）の物語を手にしているとしよう。……わが国の悲劇作家の一人なら必ず、（プリアモスが）この子を（トラキア王ポリュメーストールの宮殿へ）逃がすところから書き始めるのではなかろうか。そうすれば彼はまずトラキアへ船で渡り、そこで何年もの歳月をおくり、そして数多くの場所を訪れることになる。ではエウリピデスはどこから始めているのか。（トラキアの王に殺されたポリュドーロスの）遺体が見つかるところから書き始めて、他のことは彼の霊に語らせている。このことをこれ以上説明する必要はないだろう。どんなに鈍い人だってわかることだからだ。(7)

サー・フィリップ・シドニーが『詩の弁護』を書いたのは一五八三年ごろであるが、文芸批評において古典の「技法」を重視するこのような傾向は、シェイクスピアが活躍した時代にも見られた。しかしこの傾向が一段と強まって、イギリスの文学に大きな影響を与えるようになったのは王政復古期以降であった。清教徒革命の時期にフランスに亡命していた王党派の文人たちが、フランスの新古典主義の影響を受けて帰国したからである。新古典主義を信奉する劇作家や批評家たちが主張した要点は、劇の表現対象は歴史や現実社会で実際に起こった事柄ではなく、そこから抽出される普遍的で「真実らしいもの」（verisimilitude）であり、劇作家はそれを秩序と調和をもった劇構造の中で描いて、観客・読者に喜びと教訓を与えねばならないということであった。彼らによれば、このような劇を創造するのに必要なものが、「適合性」（decorum）と「三一致の法則」(the unities) である。前者の主なものとしては、悲劇と喜劇を峻別し悲劇の中の喜劇的要素やその逆を否定する「ジャンルの適合性」、登場人物の性格の一貫性を重視し性格や身分に相応しい行動を求める「性格と行動の適合性」、舞台上の激しい暴力や悲惨な死は避けるべきとする「劇中の出来事の適合性」を挙げることができる。一方「三一致の法則」はイタリアのロドヴィーコ・カステルヴェートロ (Lodovico Castelvetro, 1505-71) が、アリストテレスの『詩学』の中で言及されている「筋の一致」に、「時の一致」と「場所の一致」を付け加えて編み出した説であった。この説はニコラ・ボワロー (Nicolas Boileau, 1636-1711) らの理性、良識、優美を重んじるフランスの批評家たちによって作劇上の大原則として確立され、単一の統一した筋立ての調和と均整のとれた劇作品を作り出すための基本的な技法であり、また必須な指導原理であると見なされていた。

このような文芸理論に傾倒した王政復古期以降の批評家や劇作家が、シェイクスピア劇の重大な欠陥の一つと見なしたのは、彼の多くの作品にさまざまなジャンルの劇の要素が混在していることであった。『ハムレット』の二幕二場でポローニアスはエルシノアを訪れた役者の一団について、「(彼らは) 天下一の名優ぞろいです。悲劇、喜劇、歴史劇、牧歌劇、牧歌的喜劇、歴史的牧歌劇、悲劇的歴史劇、悲喜劇的歴史劇的牧歌劇、場面の変化のない劇、何の制約もない詩劇のどれだって演じられます。」(The best actors in the world, either for tragedy, comedy, history, pastoral, pastoral-comical, historical-pastoral, tragical-historical, tragical-comical-historical-pastral, scene individable, or poem unlimited: 396-400)[8] と述べる。ポローニアスの挙げたさまざまな種類の劇は、シェイクスピア自身の劇の特徴を言い表していると解釈することもできるだろう。彼はジャンルの厳密な区別よりも劇の世界の多様性を重んじる劇作家であり、その傾向は後期のロマンス劇ではますます強まっているように思われる。

しかし王政復古期から一八世紀にかけての文芸批評家にとっては、このような混成の劇構造は「ジャンルの適合性」に反するものであった。彼らがとりわけ批判したのは、悲劇と喜劇の混在した劇である。シェイクスピアを高く評価していたジョン・ドライデン（John Dryden, 1631–1700）も、改作版『トロイラスとクレシダ』の「序文」（*A Preface Containing the Grounds of Criticism in Tragedy*, 1679）に付け加えた悲劇論で、一つの劇の中に悲劇と喜劇が混在することを次のように批判している。

> 詩人の意図が恐怖と憐憫を引き起こすことであるのに、一つの筋が喜劇的で、他の筋が悲劇的であるならば、前者が観客の関心を脇にそらし、詩人の本来の目的を台無しにしてしまうだろう。それゆえ悲劇においても、絵画における遠近法のように、すべての線が終結する視点がなければならない。さもなければ、視線が定まらず、作品が本来の目的を達せられなくなるだろう。(9)（Vickers, I, 252）

ポローニアスが語るさまざまなジャンルの劇の要素を含んだ作品は、古典を重んじる批評家にとっては「ジャンルの適合性」に触れるだけでなく、「三一致の法則」、特にその一つである「筋の一致」にも反するものであった。「筋の一致」とはすでに述べたように、劇中のさまざまな出来事が密接な関連をもって展開する筋立のことであり、劇の進行に不必要なものを極力省いて、観客の注意を大団円に集中させていくための規則である。当時の批評家たちがとりわけ問題としたのは、シェイクスピアの悲劇の中に喜劇的な人物が登場することであった。たとえば『リア王』に道化が登場することは、すぐれた悲劇を生み出すための規則に反するだけでなく、観客の感情をかき乱し、悲劇の目的達成を阻害すると見なされたのである。同様な批判は『ハムレット』の墓堀り人夫、『マクベス』の門番、『ロミオとジュリエット』の乳母、『オセロー』の道化だけでなく、『コリオレイナス』に出てくる市民たちにも向けられた。劇作家のチャールズ・ギルドン（Charles Gildon, 1665–1724）は、一七一〇年に出版された『シェイクスピア全集第七巻』(10)に書いたシェイクスピア論の中で、ハムレットと墓掘り人夫の場面について次のように述べている。

ハムレットと墓掘り人夫の対話は道徳に関する省察に満ちていて一考には値する。もっともあの会話それ自体は、それが挿入された場面と何の関係もなく、また劇の展開に何の役にも立っていないので省いても構わないだろう。何であれ省いてよいものは、その劇に必要のないものであるが、この対話は低級な喜劇であるから特にそうである。（Vickers, II, 258）

劇作家・批評家のジョン・デニス（John Dennis, 1657–1734）も、シェイクスピア劇に登場する民衆について「シェイクスピアは詩の技法（Poetical Art）を身につけていなかったので、『ジュリアス・シーザー』や『コリオレイナス』の烏合の衆（the Rabble）のような、高貴な詩の格調を損なうものを悲劇の中に導入している。『コリオレイナス』の場合は、悲劇の尊厳だけでなく、歴史の真実、古代ローマの習慣、ローマ市民の品位をも傷つけている」（Vickers, II, 283）と書いている。このような批判が出てくるのは、高位高官たちの悲劇に社会的身分の低い人々が登場するのは、「社会的地位の適合性」に反していると考えられていたからでもあった。

王政復古以降の多くの批評家がシェイクスピアの作品に抱いたもう一つの不満は、それらが文学の重要な目的の一つである道徳的教化の役割を充分に果たしていないということであった。ドライデンは先に引用した改作版『トロイラスとクレシダ』の「序文」の中で、この点について次のように述べている。

楽しく教えることが、すべての詩の普遍的な目的である。哲学も教えるが、説き諭すことによってその役割を果たす。しかし説諭は楽しくはないし、あるいは実例を見ることほどには楽しくはない。従って実例によって情念を浄化することは、悲劇に特有の教育である。賢明な批評家のラパンはアリストテレスに倣って、高慢と同情の欠如が人類のもっとも顕著な悪徳であると述べている。だから、悲劇の創作者たちはこの二つの悪徳を治すために、他のもう二つの感情、すなわち恐怖と憐憫に働きかけることを選んできたのである。(Vickers, I, 253–4)

このような考え方を拡大解釈し、勧善懲悪的な「詩的正義」という概念を英文学に持ち込んだのは、新古典主義批評理論の独断的な信奉者であったトマス・ライマー(Thomas Rymer, 1641–1713)たちであった。ジョン・デニスも、シェイクスピアの劇では最高の悲劇においてすら「詩的正義の正しい配分」がなされていないと述べ、その例として『マクベス』のダンカン、バンクォー、マクダフ夫人とその幼子、『オセロー』のデズデモーナ、『リア王』のコーディリア、ケント、リア王たちの死を挙げている。シェイクスピア劇の「詩的正義」欠如批判は、現代の我々には理解できないことであるが、サミュエル・ジョンソン(Samuel Johnson, 1709–84)が『シェイクスピア戯曲集』(一七六五年)の「序説」で、「シェイクスピアは道徳を便宜の犠牲にし、人を教えることよりも喜ばすことの方をはるかに気に掛けているために、何らの道徳的目的をもたずに書いているようにしか思えない」[11]と述べていることからもわかるように、一八世紀の半ばを過ぎても批評家たちの関心を引く大きな問題であった。

シェイクスピアの「技法」の欠如批判は、今まで見てきたように、主として古典劇の「ルール」に即さない作劇の仕方に向けられていたが、それだけではなくこの劇作家の言語表現にも及んでいた。ドライデンは前にも引用した改作版『トロイラスとクレシダ』の「序文」の中で、シェイクスピアの表現法にも触れて「彼の言葉遣いはしばしば意味を曖昧にしたり、時には理解不能にしている」と述べ、さらに「彼は激しい空想力に突き動かされて、しばしばわれを忘れて判断力の働く領域を超えてしまい、新しい言葉や語句を作ったり、遣われていた言葉に新たな意味をこじつけて、乱暴な誤用を犯したりしている」(Vickers, I, 263)と書いている。とりわけ高貴な登場人物の科白にも遣われている掛け言葉や地口は、長い間批判の的となった。サミュエル・ジョンソンも「地口はシェイクスピアにとって旅人を迷わす狐火のようなものであって、彼はそれをどこまでも追って行き、そのために必ず本筋から外れて沼の中に連れ込まれる」(Sherbo, VII, 74)と述べている。

以上は王政復古期以降に現れた主なシェイクスピア批判の一部であるが、この時代のシェイクスピア批評を概観して気づくことは、シェイクスピアに批判的であった批評家たちでさえ、「自然の詩人」と言われたシェイクスピアの人間理解の深さ、卓越した性格創造(characterization)を認めざるを得なかったということである。その意味で彼らの批評のほとんどは、シェイクスピアを熱烈に称賛して「彼は劇の中であらゆる種類の人間をあまりにも巧妙に表現したので、彼は自分の描く人物のそれぞれに変身したと思われるほどである」(Vickers, I, 43) と述べたマーガレット・カヴェンディシュ (Margaret Cavendish, 1624?-75) と、上流社会の偏った常識や人間観に基づいて『オセロー』を「筋は実際には起こり得ない馬鹿馬鹿しいものであり、同様に登場人物の性格や生活習慣も不自然で不適切である」(Vickers, II, 29) と酷評したトマス・ライマーの間で揺れ動いていたと言えるだろう。その顕著な例が、イギリスの本格的な文芸批評の創始者とされるジョン・ドライデンである。すでに述べたように彼は一六七九年の改作版『トロイラスとクレシダ』の「序文」では、新古典主義の立場からシェイクスピアを批判しているが、一六六八年に出版された『劇詩論』(*An Essay of Dramatic Poesie*)(12) では、むしろシェイクスピアの劇の独自性を評価する当時としては新しい論を展開している。ではこの書の中でドライデンがシェイクスピアをどのように論じているかを見てみよう。

三

ドライデンの『劇詩論』は異なった演劇観をもつ四人の対話からなっており、何らかの結論を出すというよりは、読者に演劇に関するさまざまな考え方を示すことを目的としている。登場するのはユージーニアス (Eugenius)、クライティーズ (Crites)、ライジディーアス (Lisideius)、ニアンダー (Neander) であり、この四人はそれぞれ当時著名であったチャールズ・サックヴィル (Charles Sackville, Lord Buckhurst)、サー・ロバート・ハワード (Sir Robert Howard)、サー・チャールズ・セドリー (Sir Charles Sedley)、そしてドライデン自身を表すと言われてきた。彼らの演劇観をごく大雑把にまとめれば、クライティーズは劇作家が重視すべきなのはまず古典劇の作劇の規則であると考え、ユージーニアスは古典劇にも多くの欠陥があり、「三一致の法則」は「筋の一致」を除くとフランス起源だと主張し、ライジディーアスは作劇の諸規則を遵守するフランス劇こそ模範的だと見なし、ニアンダーは規則に基づくフランス劇よりも「不規則な」イギリスの演劇を好んでいる。ではドライデンの意見を代弁するニアンダーが、シェイクスピアをどのように評価しているかを見てみよう。彼はユージーニアスからイギリスの劇作家に対する意見を求められると、最初にシェイクスピアを取りあげて、次のように述べる。

ではまずシェイクスピアから始めることにしよう。彼はすべての近代の詩人の中で、おそらくは昔の詩人を含めても、もっとも大きく、もっとも包括的な（comprehensive）魂をもった人であった。彼の心にはいつもあらゆる自然のイメージ（images of nature）が浮かんでいたので、彼はそれらを苦労せずに見事な筆致で（not laboriously, but luckily）描いた。彼が何かを描写すると、人はそれを目にするだけでなく、それを感じ取るのだ（you feel it too.）。彼には学問が欠けていたと非難する人々は、彼をいっそう褒めていることになる。彼は自然を通して学んだ（naturally learned）のであった。自然（nature）を読むのに本という眼鏡を必要とはしなかったのだ。自分の心に目を向けると、彼はそこに自然を見出したのである。私は彼がどんな作品においても同じようにすぐれていたとは言わない。もしそうであれば、私は彼を人類最高の劇作家と比較して傷つけることになるだろう。彼が単調で退屈なことも度々あるし、喜劇的な機知が堕して地口（clenches）に、深刻な思いが膨れ上がって大げさな表現（bombast）に変わることもある。しかし大きな機会が与えられると、彼はいつも偉大な成果を生み出している。（*Of Dramatic Poesy*, I, 67、傍点は筆者）

この引用の中で「包括的な」と訳した'comprehensive'には「多くのことを受け入れる」という意味のほかに、「物事を十分に把握し理解する」(*OED* 2a)という意味もある。ドライデンにはシェイクスピアは「広い範囲の事柄を完全に理解する力」をもっている劇作家に思われたのである。さらにドライデンによれば、シェイクスピアの脳裡には絶えず「自然のイメージ」が浮かんでおり、彼はそれを「苦労せずに見事な筆致で」描くことができた。ここに出てくる「自然」には「(あるがままの)人間、人間性、人間社会」のほかに、『冬物語』でパーディタが語る「偉大な創造の自然」(great creating Nature, IV. iv. 88)という意味も含まれていると考えられる。ドライデンには、シェイクスピアという劇作家は人間や人間性に関心をもつだけでなく、万物を生み出す自然の創造力にも目を注いでいたように思われたのである。先の引用でもう一つ注目すべきなのは、シェイクスピアが描いたものが何であれ、それを目にする人々はただ見るというよりは、心で「感じ取る」と述べていることである。ドライデンはこの引用の後半ではシェイクスピアの「地口」や「大げさな表現」を批判し、彼を人類最高の劇作家と呼ぶことはできないと書いているが、シェイクスピアの言語表現が観客・読者の感情に強く訴え、心を揺り動かす力をもっていることをはっきりと認めていたのであった。

ドライデンによれば、シェイクスピアのすぐれた描写力は登場人物の性格描写にもっともよく表れている。前に取りあげた改作版『トロイラスとクレシダ』の「序文」において、ドライデンはシェイクスピアの悲劇のさまざまな欠点を指摘しているが、性格描写に関しては次のように称賛している。

もう一度シェイクスピアに戻ることにしよう。ただ一人(ベン・)ジョンソンを除いて、彼ほど数多くの人物を描いたり、彼らの性格のほとんどをはっきり描き分けたりした人はいない。彼の人物描写の豊かさを示すために、一つだけ例を挙げてみよう。それはキャリバン、すなわち『あらし』に出てくる怪物の場合である。シェイクスピアはこの作品の中で自然には存在しない人間を創造するという、一見とてつもない大胆なことをしているように思われる。夢魔が魔女に生ませたこの怪物を、シェイクスピアは自分と同じ人間種に属するものにしているのである。……確かにこの詩人は見事な判断力によりキャリバンに、父親と母親の両方から引き継いだ、彼にぴったりの五体と言葉と性格を与えている。この人物は魔女と夢魔がもつあらゆる不満と悪意をいだき、その上に彼にふさわしい程度の大罪を負わされている。すなわち彼に見られる大食い、怠惰、情欲である。同様に奴隷の失意と無人島で育った者の無知も与えられている。五体は怪物そのもの、不自然な情欲の産物にふさわしく、吐く言葉は身体と同様小鬼のそれとそっくりである。どこを取りあげても、この人物は他の人間たちとはまったく異なっている。(Vickers, I, 260)

この引用に続く文章の中で、ドライデンは登場人物の「性格」を形成する「激しい感情」(passions)の例として「怒り」、「憎しみ」、「愛」、「野心」、「嫉妬」、「復讐」などを挙げ、「これらの感情を自然のままに(naturally)描いて、観客の心を巧妙に(artfully)捉えるということは、詩人に与えられる最大の称賛の一つである」と述べている。ドライデンがキャリバンの性格創造を高く評価したのは、当時の観客・読者が夢魔と魔女の息子であり孤島で育った無知な奴隷に抱くイメージ通りに、この人物の性格と行動が描かれていると感じたからであった。ドライデンのキャリバン解釈は現代の我々のそれとは大きく異なっているが、彼の時代の人々がシェイクスピアの登場人物をどのように理解したかをよく表している。

以上述べてきたようなドライデンのシェイクスピア賛美は、先に引用した『劇詩論』でニアンダーがシェイクスピア論を締めくくる次の言葉に要約されている。

もし私がベン・ジョンソンとシェイクスピアを比較すれば、ジョンソンはより正確な詩人であり、シェイクスピアはより偉大な才人であると認めざるを得ない。シェイクスピアはホメロス、すなわち我々の劇詩人の父であり、ジョンソンはヴェルギリウス、すなわち入念な執筆の模範である。私はジョンソンを称賛するが、シェイクスピアを愛する。(*Of Dramatic Poesy*, I, 70)

ドライデンのシェイクスピア批評は、以上見てきたように、一方では古典劇のルールに合致しないシェイクスピアの劇作法を批判しながらも、他方ではこの劇作家の人間性への深い洞察と卓越した性格描写を称賛している。この一見矛盾した評価の理由は、ドライデンが一六七二年の『エピローグの弁護』(*Defence of the Epilogue*)の中で述べている、次の文章によく表れている。

しばしばどんな言語の詩人よりもすぐれた作品を書いたシェイクスピアが、彼の才知に応じたものをいつも書いたとは限らず、またその才知を主題の荘重さに相応しい表現にいつも向けたとは言えない。そのために、我々の時代の、あるいは以前の時代のもっとも退屈な作家よりも劣っているところが数多く見出される。いかなる作家も彼ほどにしばしばあのような思索の高みから低級な表現へと降下しはしなかった。シェイクスピアはまさに詩人の中のヤヌスである。彼はほとんど至るところで二つの顔をもっている。だから人は彼の一方の顔を称賛するや、すぐにもう一方の顔を軽蔑することになるのだ。

(*Of Dramatic Poesy*, I, 178)

この言葉は王政復古期以降の批評家たちが、シェイクスピアの作品に抱いた複雑な気持を代弁していると言えるだろう。しかし門の神であるヤヌスの過去と未来に向いた二つの顔を、今までの野蛮な状態から今後のより進歩した文明への境界を表すと解釈すれば、この比喩はドライデンにとってシェイクスピアが新しい時代の敷居に立つ劇作家でもあったことを暗示していると解釈することもできる。

## 四

ではここで王政復古期に盛んに行なわれたシェイクスピアの改作について触れておこう。シェイクスピアの改作はもちろんこの劇作家に関する批評ではないが、それが改作者の演劇観、当時の観客の好み、劇場の構造、劇団の構成などを反映しているのは確かである。その意味で改作はある時代のシェイクスピアの受容の有り様を表していると言えよう。とりわけ王政復古期の改作が注目されてきたのは、「空位時代」(the Interregnum, 1649–60) 後の新しい演劇環境の中で、フランスの新古典主義の影響を受けたダヴェナント (William Davenant, 1606–68) やドライデンなどの劇作家・詩人たちが、シェイクスピアの主要な作品を次々と改作したからである。ジョージ・C・ブラナム (George C. Branam) が作成した一六六〇—一八二〇年のシェイクスピア劇の改作一覧表によれば、[13] 改作のピークの一つであった一六六一年から一七〇一年の四〇年間に、四大悲劇を含む約二〇篇のシェイクスピアの劇が改作されて上演されている。

これらのシェイクスピアの改作が上演された王政復古期の劇場は、エリザベス朝の劇場とは大きく異なっていた。ダヴェナントが率いる「公爵一座」（Duke's Men）の劇場であった「リンカンズ・イン・フィールズ劇場」（the Lincoln's Inn Fields Theatre）を例に挙げると、座席数は三五二席と比較的少数であり、背景には絵の描かれたフラットが用いられ、魔女のような超自然の存在の登場に使われる機械仕掛けが備わっていた。さらにこの時代に起こったもう一つの大きな変化は、イギリスの演劇史上はじめて女優が登場したことである。「公爵一座」には一六六四―五年のシーズンに少なくとも六人の女優が加わっていた。王政復古期の演劇に歌やダンスなどのオペラ的な要素が増えたのは、女優の登場がその大きな要因であったと考えられる。[14]

王政復古期の改作といえば、すぐにネイハム・テイトの『リア王』の悪名高い改作版『リア王一代記』（*The History of King Lear*, 1681）が思い出されるが、ここではこの時代の改作の特徴をもっともよく表していると思われるダヴェナントの『マクベス』の改作（原題 *Macbeth, a Tragedy. With all the Alterations, Amendments, Additions, and New Songs.*）を取りあげることにしよう。[15]

この改作がはじめて上演されたのは一六六四年、クォート版で出版されたのは一六七四年（Q1, Q2. この二つはテクストは同じであるが、出版者が異なる）であった。この版は一六八七年（Q3）、一六九五年（Q4）、一七一〇年（Q5–7）に再版され、シェイクスピアの人気が一段と高まった一八世紀にもしばしば上演台本として使われている。ダヴェナントの改作の主要な点は、作品の形式や内容に関する加筆や削除と、文章・単語・

文法を判りやすくするための書き換えに分けられるが、ここでは前者に属する変更を取りあげ、第一幕から順次見ていくことにする。

改作の第一幕でまず気づくのは、二場と三場でロスとアンガスが削除され、マクダフがロスの役を行なっていることである。さらに五場ではマクベス夫人が夫の手紙を読む前に、マクダフ夫人と夫たちの武勲について話す新たな場面が付け加えられている。この場面で夫の輝かしい戦功を何よりも重んじるマクベス夫人に対して、マクダフ夫人は「世間は戦場で得た栄光を誤解して、その輝きは本物だと思っていますが、本当は単なる彗星、蒸気に過ぎないのです」（The world mistakes the glories gain'd in war, / Thinking their Lustre true: alas, they are / But Comets, Vapours!（I.v. 22–4）と述べる。夫の戦功に対する夫人たちの考え方の相違は、ダンカン王の突然の来訪を知って「わたしをいま女でなくしておくれ」（unsex me here: I. v. 77）と願うマクベス夫人の野心に満ちた残虐な性格をいっそう際だたせている。第一幕でダヴェナントがマクダフ夫妻に原作にはない役割を与えたのは、マクベスの悲劇を二組の対蹠的な夫婦の考え方と行動を通して描こうとしたからである。

第二幕では原作の三場の最初に出てくる門番が削除されている。これは悲劇から喜劇的要素を排除すべきとするジャンルの「適合性」の原則に従ったものである。この幕の大きな改変は、五場としてマクダフ夫妻が荒野で魔女たちに出会う場面が書き加えられていることである。この場には四人の魔女が登場し、「語れ、妹よ、語れ」（Speak, Sister, speak, II.v.29）と「さあ、荒野で踊ろう」（Let's have a dance upon the Heath, 49）という二つの歌と彼女らの「ダンス」（*A dance of witches*）が付け加えられている。ダヴェナントがこのような原作にはない魔女の場面を加えたのは、新たに劇団に加わった女優たちの演技の魅力を観客に印象づけるためであったと考えられる。さらにこの場面で注目されるのは、魔女の歌や予言に対するマクダフ夫妻の反応である。マクダフは魔女たちの歌を聞いて「あれは地獄の歌だった」（It was a hellish Song, 47）と述べ、マクダフ夫人は夫に対する彼女らの予言を聞いて「闇の使いが人に何かを伝えるのは、騙すためと決まっています」（The Messengers of Darkness never spake / To men, but to deceive them. 85–6）と語る。こうして魔女の予言に対するマクベス夫妻とマクダフ夫妻の反応の違いがはっきりと示される。

　第三幕では、マクベスがバンクォーの刺客を送り出して一場が終わると、ダヴェナントは二場として原作にはないマクダフ夫妻がダンカン王の殺害と「野心」について語り合う場面を付け加えている。この場でマクダフが「偉大なダンカンのむごたらしい死の犯人は、マクベス以外にはありえない」（Great Duncan's bloudy death / Can have no other Author but *Macbeth*. III,ii,1–2）と語り、亡き王の復讐をすべきと主張するのに対して、マクダフ夫人は「野心が彼にあのような血なまぐさい行為をさせたのです。あなたは決して野心に導かれることがないように」（Ambition urg'd him to that bloudy deed: / May you be never by Ambition led: 5–6）と述べる。さらにマクダフが復讐の目的は祖国をマクベスの暴政から守るためだと述べると、夫人はたとえどんなに立派な理由があろうと、人には「野心」に屈する危険性がいつも付きまとうと夫に復讐の断念を強く求める。こうしてマクベス夫人とマクダフ夫人の対照がいっそう明白になり、ダヴェナントの改作版のテーマが「野心」であることが観客に示される。

　改作の第四幕に入ってまず気づくのは、三場でマルカム王子がマクダフと会って話をする場所が、イングランドの王宮ではなく「バーナムの森」に変えられていることである。これは三一致の法則の「場所の一致」を守るためであると考えられる。この幕のもっとも大きな改変は、病に苦しむマクベス夫人にダンカン王の亡霊が現れる場面が第四場として書き加えられていることである。改作ではすでにマクベス夫人は原作以上に深く夫の王位簒奪に関わっていた。ダヴェナントがバンクォーの亡霊が現れる三幕四場に対応する場面をマクベス夫人にも作り、彼女を苦しみと絶望のどん底に追い込んだのは、この悲劇にシンメトリカルな構造を与えるとともに、「詩的正義」をより明確に達成するためであったと思われる。

第五幕に入ると、勇将マクベスを凶悪な殺人者に変貌させた「野心」の虚しさが強調される。二場ではレノックスがドナルベインとフリーアンスに「野心は根の小さな木だ……それが結ぶ果実は疑心と災難だけであり、枝もたわわに実った木は、やがて樹冠ともども倒れてしまう」(Ambition is a tree whose Roots are small, . . . All the fruits / It beares are doubts and troubles, with whose crowne / The over burdened tree at last falls downe. V.ii,27–32)と述べる。八場でマクダフとの一騎打ちに敗れたマクベスは「さらば、虚しい世よ、その中でもっとも虚しいのは野心だ」(Farewell vain World, and what's most vain in it, Ambition. 41)と述べて息絶える。原作では最後の場面でマクダフはマクベスの首をもって再登場するが、改作では残酷さを避けるためにマクベスの剣をもって現れ、新王マルカムの即位を祝してこの悲劇を締めくくる。

ダヴェナントの以上のような原作の改変を見れば、彼の改作の意図がある程度明確になってくる。まず最初に言えることは、改作者が『マクベス』を観客にわかりやすい「野心」の悲劇に変えていることである。マクダフ夫妻の登場を増やし、彼らを野望のない高潔な人物としたのは、「野心」によって身を滅ぼすマクベス夫妻の罪業を強調するためであった。またこの二組の対蹠的な夫婦の運命は、この悲劇にシンメトリカルな構造を与えていると言えるだろう。次に目につくのは、改作者がこの劇を可能な限り新古典主義の演劇理論に近づけようとしていることである。三一致の法則に関してはできるだけ場所と筋の一致を守り、また喜劇的要素や血なまぐさい場面を排除している。「詩的正義」については、すでに述べたようにマクベス夫妻をそれぞれ苦しめるバンクォーとダンカンの亡霊、マクベスに雇われた刺客たちの処刑、マクダフがマクベスを三回剣で刺し、彼に殺されたすべての者への復讐を果たす場面（五幕八場）によって達成されている。

ダヴェナントの『マクベス』改作は、以上見たように王政復古期以降のシェイクスピア批評と劇場・劇団の変化をはっきりと映し出している。王政復古期のシェイクスピアの改作は、一般に改悪であると評されてきた。しかしダヴェナントの『マクベス』のような改作の多くが、一七世紀の後半から一八世紀の半ばにかけてしばしば上演されて人気を博したことは、イギリス国民のシェイクスピアへの関心を大いに高め、一八世紀における全集本の刊行を促した一つの要因となった。改作もシェイクスピアが国民的な劇作家・詩人になるための大きな役割を果たしたのである。

## 五

王政復古期以降の批評史に戻ることにしよう。シェイクスピアの長所と短所を指摘するドライデン的な批評の伝統は、一八世紀に入ってからも引き継がれてきた。自らも『ウィンザーの陽気な女房たち』や『コリオレイナス』を改作したジョン・デニスの書簡からなる『シェイクスピアの天才と著作に関する論考』（*An Essay upon the Genius and Writings of Shakespeare: with Some Letters of Criticism to the SPECTATOR*, 1712）も、そのようなシェイクスピア批評の一例である。デニスによれば、シェイクスピアは受けた教育や時代の制約のためにさまざまな欠点を持っているけれども、悲劇の分野では最大の天才の一人であり、大胆かつ至当な想像力、鋭く明敏な判断力を備えた劇作家であった。デニスはシェイクスピアの「これらの長所は彼独自のものであり、彼の天性の力（the Force of his own Nature）に基づいている」と語り、ドライデンと同じようにシェイクスピアの性格創造を高く評価して次のように述べている。

彼の人物描写は、歴史と詩の技法（Poetical Art）の知識不足のために失敗することもあるが、そういう場合を除くといつも的確かつ正確で生き生きとしている。たいていの場合、彼はのちの劇作家の誰よりもはっきりと諸人物を書き分けている。……彼は激しい感情（Passions）を表現する卓越した才能を持っており、それらが彼の作品では実に鮮やかに、自然のままに描かれているために、劇の構造の見事さや筋の展開の卓越さでは優っている他の悲劇作家の場合よりも、しばしば予想もしなかったほど強く我々の心を揺り動かす。彼が生み出す主要な感情は恐怖（Terror）であり、しかもそれを強力に驚くほどに引き起こすので、もし彼が「技法」（Art）と「学識」（Learning）に恵まれていたならば、古典作家の中の最もすぐれた人をも凌いでいたことであろう。（Vickers, II, 282）

デニスはこのようにシェイクスピアの才能を高く評価しているが、すぐそのあとでこの劇作家の技法の未熟さに話題を移し、コリオレイナスのような主人公の性格描写の一貫性の無さ、悲劇の中の喜劇的要素、歴史劇に見られるような散漫な劇構造、詩的正義の遵守の不十分さなどをその例として挙げている（Vickers, II, 283–5）。

しかし一八世紀に入ると少数ではあるが、デニスのような保守的な批評家とは異なった立場からシェイクスピアを論じる人々が現れてきた。随筆家・劇作家のジョウゼフ・アディソン（Joseph Addison, 1672–1719）はその先駆的な人物である。彼は『スペクテイター』（*The Spectator*）にシェイクスピアに関する文章を書いているが、四〇号（一七一一年四月一六日）では、詩的正義を重視する従来の批評を批判して「誰もがわかるように、現世では（this Side the Grave）善と悪がすべての人間に一様に起こっている。悲劇の主要な目的は観客の心に憐憫と恐怖を引き起こすことであるから、美徳と無垢が必ず幸せになり成功することになれば、悲劇の大目的を損なってしまうだろう」（Vickers, II, 272–3）と述べている。そして悲劇の最高傑作として『オセロー』やジョン・ドライデンの『すべて愛のために』（*All for Love, or The World Well Lost*）などを挙げ、「シェイクスピア原作の『リア王』も同じ種類のすばらしい悲劇である。ところがこの作品は詩的正義という荒唐無稽な考えに従って書き換えられているので、私の考えではその長所の半分を失っている」（273）と書いて、テイトの改作を激しく批判している。

新古典主義の作劇ルールをそのままシェイクスピアに当てはめることへの疑問は、時の流れとともに徐々に高まっていった。この変化をもたらした原因の一つは、新たに編集されたシェイクスピア全集が次々と刊行され、原作に親しむ読者が増えたことであったと言えるだろう。一八世紀の初頭からサミュエル・ジョンソン編の『シェイクスピア戯曲集』が出た一七六五年までに、一七〇九年のニコラス・ロウ（Nicholas Rowe, 1674–1718）編、一七二五年のアレグザンダー・ポープ（Alexander Pope, 1688–1744）編、一七三三年のルイス・ティボルド（Lewis Theobald, 1688–1744）編、一七四三―四年のトマス・ハンマー（Thomas Hanmer, 1677–1746）編、一七四七年のウィリアム・ウォーバートン（William Warburton, 1698–1779）編のシェイクスピア全集が出版されている。このようなシェイクスピア全集の出版は、言うまでもなくシェイクスピアの読者層を大いに拡大したが、それと共に忘れてならないのは、編者たちが書いた全集の「序文」が読者のシェイクスピア理解を深める役割を果たしたことである。ではこのようなシェイクスピア全集の中から、ロウ、ポープ、ティボルドの三人の「序文」を見てみよう。

ニコラス・ロウは一六八五年の「第四・二つ折本」以降に出版された初のシェイクスピア作品集の編者であった。彼はそれまでの版本にはない登場人物のリスト、ト書き、幕と場などを付け加え、またシェイクスピアの初めての伝記である「序文」(「シェイクスピアの生涯その他についての若干の説明」'Some Account of the Life, etc. of Mr. William Shakespeare')を書いている。その中でロウは、シェイクスピアには古典の知識が欠けていたという批判について次のように書いている。

> 古典詩人についての無知が彼にとって不利であったかどうかは、議論の余地のあるところである。というのは、彼らに関する知識は確かに彼の作品をより標準にかなった(Correct)ものにしたかもしれないが、それに伴う規則正しさ(Regularity)と古典詩人への敬意(Deference)のために、我々が称賛するシェイクスピアのあの情熱(Fire)、激しさ(Impetuosity)、そして美しい放縦さ(Extravagance)はいくらか抑制されていたかもしれない。そして彼自身の想像力が彼にあれほど豊かに提供したまったく新しく非凡な発想(Thoughts, altogether New and Uncommon)は、彼がギリシャやラテンの詩人たちから学んでこの上なく美しい詩文を書いたとしても、それら以上に我々を喜ばしてくれると私は信じる。(Vickers, II, 191. 傍点は筆者)

ロウはまた別の箇所で、アリストテレスによって確立された規則に基づいてシェイクスピアの悲劇を評価すれば、多くの欠陥が見出されるのは当然であるが、彼は古典の知識が普及していない時代に、「いわば自然の光」(a kind of mere Light of Nature)だけを頼りに作品を書いたのであるから、「知らなかった規則によって彼を判断するのは酷である」(Vickers, II, 198)と述べている。

一七二五年に六巻本のシェイクスピア全集を刊行したアレグザンダー・ポープも、古典の作劇ルールをシェイクスピアに当てはめることの不当さについては、ロウとほぼ同じ意見である。彼によれば、シェイクスピアの観客のほとんどは古典の知識をもたない一般大衆であったので、「シェイクスピアをアリストテレスのルールで判断するのは、ある国の法律の下で活動した人間を、別の国の法律で裁くようなものなのである」(Vickers, II, 406)と語っている。さらに従来シェイクスピア批判の常套句であった「学識の不足」(his *Want of Learning*)については次のように反論している。

「学識」と「語学」との間に大きな違いがあるのは確かである。私にはシェイクスピアの語学の知識がどれほど劣っていたかはわからないが、少なくとも彼が多くの書物を読んでいたのは確かである。人々はそれを学識とは呼ばないであろうが。人は知識をもっていれば、それをどの言語から得たかは重要ではない。シェイクスピアがある程度の自然哲学、創作技法、古代・近代の歴史、詩学、神話についての知識をもっていたことには疑問の余地がない。彼にはまた古代ギリシャ・ローマの慣行、儀式、風習のしっかりした知識があった。『コリオレイナス』と『ジュリアス・シーザー』には、ローマ人の精神だけでなく風習も正確に描かれており、前者の時代と後者の時代のローマ人の風習の違いが、いっそう細かく示されている。シェイクスピアが古代の歴史家を読んでいたことは、一般にはあまり知られていない文章への数多い言及にはっきりと表れている。(Vickers, II, 407)

ポープ以前の批評家の多くがシェイクスピアの学識・技法の欠如を強調していたことを考えれば、上記の文章はこの点に関する評価の大きな変化を示している。ポープの「序文」には特に目新しいシェイクスピアの作品論はないが、その最後で彼がシェイクスピアの劇を均整の取れた「近代建築」と対照をなす「古い荘厳なゴシック様式の建造物」に喩え、「後者にはより大きな多様性があり、またはるかに高貴な部屋がある。もっとも我々がそこへ導かれるのは、暗く、奇妙で、見慣れない通路を通ってであるが」(Vickers, II, 415)と述べているのは興味深い。

一方、ルイス・ティボルドは、ポープ編のシェイクスピア全集に見られる「流行性の改悪」(the epidemical Corruption、Vickers, II, 426)を批判したことで知られる古典学者、劇作家、シェイクスピア全集の編纂者である。彼は一七三三年に編纂した全集の「序文」の中でシェイクスピアに関する独自の考えを示しているが、興味深いことにこの序文にはウィリアム・ウォーバートンの意見が名前を添えて挿入されている。(16) 当時ティボルドはウォーバートンと親しく、彼の学識を高く買っていたからであろう。

ティボルドの序文は「シェイクスピアを論じようとすることは、狭くて薄暗い入口の通路を通って広い壮麗な館《やかた》に入っていくようなものである」という文章で始まり、次のようなシェイクスピア賛美へと続いている。

技法（Art）の面から見ても、天性の表現力（Nature）の面から見ても、シェイクスピアは我々の注意を同じように引きつける。我々が重視するのが、彼の天才の力やその偉大さであろうと、彼の知識と読書の範囲の広さであろうと、彼の表現力が発揮され、あるいは学識が活用される際の力強さと手際のよさであろうと、いずれにしても我々が驚嘆し楽しむ範囲は大きく広がっていく。彼の語法と思考の表現が我々の心を引きつけるとすれば、彼のイメージと着想の豊かさや多様性はもっと我々を魅惑するに違いないのだ！また彼のイメージと着想が我々の魂の中に忍び込んで我々の想像力を刺激し、それらが彼の登場人物の創造にいかに適切かつ正確に適用されているかに我々が気づかされれば、それらに対する我々の評価は一段と高まるはずである！（Vickers, II, 475–6）

さらにティボルドはシェイクスピアと作劇の規則との関係に言及し、「彼はホラティウスによって伝えられたルールを知らなかったとしても、彼の並外れた天才が次のような規則の必要性を見抜いていたはずだ」と述べ、ホラティウスの「もし新たな登場人物を創るのであれば、最初から最後まで一貫した性格にしなさい」（Vickers, II, 479）という言葉を挙げている。またシェイクスピアの歴史を扱った劇には年代や歴史的事実や古代の政治に関する誤りがあるという批判に対しては、その原因はシェイクスピアの無知のせいではなく、彼の想像力があまりにも高揚したために、習得した知識が作者の心から消えてしまったせいだというウォーバートンの説明を記している（Vickers, II, 481）。ティボルドの「序文」はこのようにシェイクスピアの想像力が生み出した性格創造を高く評価しているが、それまでの批評家と異なるのは、自身が編纂したテクストの注釈でシェイクスピアの性格描写の秀逸さに具体的に触れていることである。その例を『リア王』の注釈から二つだけ挙げてみよう。

その一つは、三幕七場でグロスターの両目をつぶしたコーンウォルが第一の召使いに刺されて運び出されたときに、第二の召使いが語る「どんな悪事をやろうと、俺はもう気にしないことにする。この男がこれからも栄えるんじゃ。」（I'll never care what wickedness I do, / If this man come to good. 99-100）という科白につけた注である。この科白で始まる場面（九九―一〇七行）は二つ折り本のテクストでは省かれているが、ティボルドはそれを自分のテクストに取り入れた理由を次のように述べている。

> 私はこの短い対話を古いクオート版から採用した。そこには人間の本当の姿（Nature）があふれんばかりに出ているからだ。どんな家の召使いも、自分の主人にこのような残虐行為が加えられるのを見れば、当然憐憫の情を抱くはずである。（Vickers, II, 508. 傍点は筆者）

また四幕二場でゴネリルが、リア王に同情する夫のオールバニーを責める「（あなたは）悪党たちをかわいそうと思うのは阿呆だけだということがわからない（意気地なし）」（—that not know'st/ Fools do these Villains pity, . . . 53-4）という科白には次のような注釈を付けている。

> 私はこの科白を第一クオート版から復活させた。まずこの行は台本を短くするために役者によって削除されたと思われるが、これは素晴らしい科白であるだけでなく、人を口やかましく罵るゴネリルの性癖を見事に表し、また夫の穏やかなやさしい心に対する彼女の軽蔑を描き切っている。（Vickers, II, 509）

このようにティボルドのテクストの注釈の中には、シェイクスピアの個々の性格描写に踏み込んだものが見られる。従来の批評の多くはシェイクスピアの性格創造一般を称賛するに止まっていたが、ティボルドが登場人物の科白につけた注釈は、シェイクスピアが人間をいかに「自然」(Nature) に即して描いたかを読者に具体的に説明している。

ニコラス・ロウ編のシェイクスピア全集から始まったさまざまな全集の刊行は、イギリス国民にこの劇作家・詩人の作品を実際に読む機会を与えただけでなく、「序文」や「注釈」によって国民のシェイクスピア理解を深める役割を果たした。ではこのような全集の刊行は、シェイクスピアの上演にも何らかの影響を与えたのであろうか。

## 六

シェイクスピアの改作は一八世紀になってからも続けられ、ダヴェナントの『マクベス』やテイトの『リア王』などの王政復古期の改作とともに、当時のドルーリー・レインやコヴェント・ガーデンなどの劇場で上演されていた。しかしこの時代に注目されるは、シェイクスピアの改作に対する批判が現れ始めたことである。先に取りあげたジョウゼフ・アディソンの詩的正義批判は、もっとも早い改作批判の一つであった。一七四〇年代になると、改作の上演自体を批判する意見が劇評などに現れている。これらは当時の演劇界に影響を与えるものではなかったが、原作への復帰を求めたロマン派のシェイクスピア批評につながる新しい動きとして注目してよいであろう。

その中の一つは、一七四七年に出た無署名の「『疑り深い夫』と題された新しい喜劇の検討」(*An Examen of the New Comedy, Call'd 'The Suspicious Husband'*)というパンフレットである。『疑り深い夫』とは一七四七年に上演されたベンジャミン・ホウドリ(Benjamin Hoadly)の喜劇であるが、パンフレットの著者の主な目的はこの喜劇を論じるというよりは、デイヴィッド・ギャリック(David Garrick, 1717-79)主演の『リア王』を批評したサミュエル・フット(Samuel Foote)という俳優兼作家に対する批判であった。著者はまずシェイクスピアの『マクベス』や『リア王』の原作を例に挙げて、「どんな人間嫌いでも、これらの劇を一人の人間が生み出したという事実を考えると、人間性(human Nature)を軽蔑するような意見を持つことは不可能であろう」と書き、さらにシェイクスピア批判の根拠とされる「場所と時間と筋についての機械的なルール」に関しても、「シェイクスピアはこれらの制限を乗り越えて、大胆に己の想像力を解放したのだ」(Vickers, III, 260)と主張してシェイクスピアの独創性を称賛している。そして著者はいったん主題から「脱線」すると宣言して、「俳優G―k氏」宛の架空の手紙を載せている。D―k氏とは一八世紀半ばに俳優・劇場支配人・劇作家として活躍したギャリックのことである。

著者がこの手紙で最初に激しく批判するのは、サミュエル・フットのギャリック評がネイハム・テイトの改作に基づいているということであった。彼はこのことについて「私が敢えて言いたいのは、彼(フット)がリア王の性格をひどく誤解しているということであり、それは労を惜しんで原作を読んでいないせいなのか、それとも(これはもっと許しがたいことであるが)自分の目的を達成し、無知な人々に誤解を与えるために、わざと幾つかの取るに足りない科白の一節を引用しているかのどちらかであるということである」(Vickers, III, 262)と述べている。著者のいう「取るに足りない科白」とは、「テイトの不浄な鉛筆」(the unhallow'd Pencil of *Tate*）による「下劣な改変」（the vile Alterations）を指していた（Vickers, III, 262-3）。著者はこのようにフットを批判したあとで、シェイクスピアの原作を引用してそのすばらしさを指摘し、次には矛先をギャリックに向けて、彼もまた公演でテイトの改作を台本としたことを次のように批判している。

私は今まであなたの考えが正しいと思われる点を挙げて、あなたの擁護に努めてきたが、これからはあなたが間違っていると思うところを率直に指摘することにする。第一に、どうしてあなたはテイトの忌まわしい改作を上演するという無礼をシェイクスピアに働くのか。（原作と改作の）二つの劇を真摯に読んで熟考し、原作のリアと道化その他の人物をそのまま我々に見せることによって（マックリンやチャプマンはうまく演じるはずである）、一般の観客と原作者の名声に何らかの償いをしてほしい。あなたが改心して「真実の道」へ戻るための僅かばかりの餞《はなむけ》として、あの主人公（リアを指す——筆者）にあなたが犯している幾つかの過ちに気づかせてあげよう。（Vickers, III, 267）

このあと著者は具体的な例を挙げてギャリックのリアの演技に注文をつけているが、その中からテイトの改作の五幕四場（原作は五幕三場で終わるが、テイトの改作は五幕六場まである）でゴネリル、リーガンらに捕えられたリア王、コーディリア、ケント（ケイアス）が登場する場面に対する批判を見てみよう。それはケントがリアに献身的に仕えてきたケイアスという人物は実は自分であったと明かす場面である。パンフレットの筆者は、この場面のテイトの改作を見るたびに、いつも不快であったと述べて、さらに次のように続けている。

ケントが自分こそケイアスであったと明かすとき、あなたは（改作の馬鹿馬鹿しいところだが）「ケイアスだって！そなたがあの忠実なケイアスだったのか。ああ、ああ！」と言って気を失う。その理由はコーディリアが「父上の頬から血の気が失せています」と叫んで助けを求めるからである。この二度目の失神は何の効果もなく、むしろ飛び跳ねた方がまだましなぐらいである。あなたは改作がそうなっているからと言うであろうが、いくらネイハム・テイト氏のせいにしても、私はあなたの責任は少しも軽減されないと答えておく。あなたはこの「殺人事件」の主犯ではないが、従犯であって必ず有罪とされるだろう。（Vickers, III, 268–9）

王政復古期以降、シェイクスピアの『リア王』がはじめて原作通りに上演されるのは一八三八年のことであった。このことを考えると、一八世紀の半ばに書かれたこの劇評は先駆的な改作批判の一つとして注目に値する。

テイトの『リア王』の改作批判が出てから三年後の一七五〇年には、俳優・劇作家・随筆家であったアーサー・マーフィ（Arthur Murphy, 1727–1805）が、「悲劇『ロミオとジュリエット』についての率直な意見」（Free Remarks on the Tragedy of *Romeo and Juliet*, 1750）という改作批判の論考を発表している。この中でマーフィは主としてギャリックの『ロミオとジュリエット』の改作（一七四八年ドルーリー・レイン劇場で初演、一七五〇年出版）を取りあげて、改作によってシェイクスピア劇のすぐれた特徴がいかに損なわれるかを論じている。ではまずマーフィが改作一般の弊害について述べた箇所を見てみよう。

シェイクスピアは粗雑な改変によって常に傷つけられてきた。今やすっかり忘れ去られた多くの虚しい改作がこのことをはっきりと証明している。それなのにわが国の劇場は依然として毎シーズン『リア王』によって、その悲しむべき実例を我々に見せている。私が今問題にしたいのは、『ロミオとジュリエット』が最近の改作で良くなっているかどうかである。確かに余計な枯れ枝は切り取られたが、それと共に幹自体が傷つき、根もほとんど枯れてしまっている。（Vickers, III, 375）

マーフィはその例として、ギャリックがロミオのロザラインに対する恋を省き、彼が登場するやすぐにジュリエットに恋するように書き換えている点を挙げている。ギャリックがロザラインへの恋を削除したのは、ロミオの突然の心変わりが当時の観客に主人公の性格の欠陥と思われるのを恐れたからであった。しかし、この書き換えはマーフィにとっては「物語の本質」にかかわる重大な過ちであった。彼は一七四四年に同じ悲劇を改作したシバー（Theophilus Cibber, 1703–58）の言葉を借りて、シェイクスピアを「人間性の偉大なる審判者」（*so great a judge of human nature*）と呼び、「この劇作家はロミオの心変わりは自然（*natural*）であるだけでなく、必要な挿話でもあるとわかっていた」と述べ、さらに次のように続けている。

また彼は恋の炎は新たな燃料が供給されねば消えざるを得ず、恋人の冷たい態度は新たな恋人の愛情を引き立てるものであることも知っていた。現実には自分の情熱を無視する恋人を見捨てて、愛情を返してくれる人に情熱を注ぐことは移り気ではない。忠実な愛は双方とも同じでなければならないからだ。あまりにも突然すぎるという点に関しては、（男女の間で）もし何らかの変化が起こるとすれば、その瞬間は突然にやってくるのだ。ロミオのジュリエットに対する愛のように激しい情熱がほとばしり、二人の魂が共鳴しあう場合には、冷静な熟考やあやふやな躊躇の余地などあり得ない。(Vickers, III, 376)

もう一つ注目されるのは、マーフィがこの論考でシェイクスピアの言語表現の独自性に触れていることである。彼は四幕五場でジュリエットが死んだと誤解したキャプレットがパリスに述べる次の科白を引用し、ギャリックの改作の同じ箇所とを比較している。

おお、婿殿よ、婚礼の日の前夜に
死神があなたの花嫁と一緒に寝てしまった。ほら、そこに、
花のような娘が、死神によってその花を散らされてしまった！
死神がわたしの婿になったのだ。

O son, the night before thy wedding-day
Hath Death lain with thy wife. There she lies,
Flower as she was, deflowered by him.
Death is my son-in-law, . . . (IV, v, 35–8)

マーフィがこの科白を取りあげたのは、ギャリックが最後の二行を 'Flower as she was, nipp'd in the bud by him! / O Juliet, oh my child, my child!' と書き換えているからであった。マーフィは特にシェイクスピアの 'Death is my son-in-law' という科白を高く評価し、「この半行ほどすばらしいものがあり得ようか」と述べ、幾つかの例を挙げて同じイメージや比喩表現が、この悲劇に一貫して用いられていることを指摘している。その例の一つは、三幕三場で修道士のロレンスが悲嘆にくれるロミオに語る「苦難がお前の人柄に惚れ込んで、お前は不幸と無理やりに結婚されられたのだな」（Affliction is enamour'd of thy parts, / And thou art wedded to calamity. III, iii, 2-3）という科白である。さらに彼は五幕三場でロミオが墓場に横たわるジュリエットを見て嘆く「あなたはなぜまだそんなに美しいのか。もしかしたら、／影に過ぎない死神があなたに恋をして／あのやせた恐ろしい怪物が、この暗い場所に／あなたを愛人にしようと囲っているのか。」（Why art thou yet so fair? Shall I believe / That unsubstantial Death is amorous, / And that the lean abhorred monster keeps / Thee here in dark to be his paramour? V, iii, 102-5）を取りあげて、この「大胆であるが適正な科白」が劇場では省かれていることを嘆いている（Vickers, III, 378）。

以上のような一八世紀の半ばの改作批判は、当時の劇場経営者たちに原作通りの上演を促すほどの影響力をもってはいなかった。しかしこの時代に原作への復帰を求める論評が出てきたのは、さまざまなシェイクスピア全集の出版によって、演劇関係者だけでなく一般の人々にも原作の秀逸さを知る機会が与えられたからであったと考えられる。

# 七

一八世紀の半ばを過ぎても、批評家の多くは新古典主義の作劇ルールに合致しないシェイクスピア劇をどう評価するかにこだわっていた。しかし徐々にではあるが、彼らの主な関心はこの問題からシェイクスピアの「人間性の理解」(the Knowledge of Human Nature) や「その無限に変化に富んだ描写」(his infinitely varied Pictures of it)(ウィリアム・ウォーバートンの言葉。Vickers, III, 223) へと移っていった。一七六二年に出版されたケイムズ卿、ヘンリー・ヒューム (Henry Home, Lord Kames, 1696–1782) の『批評の原理』(*Elements of Criticism*)[17] は、このようなシェイクスピア批評の潮流の変化を表している。

この書は文芸批評や文学鑑賞の要諦を論じたもので、著者はしばしばシェイクスピアの劇や科白を例に挙げて己の文学論を展開している。以前の批評家と同じように、ケイムズも「三一致の法則」などの機械的なルールをシェイクスピアに当てはめることを批判しているが、この書で特に我々の注意を引くのは、シェイクスピアの性格創造と言語表現との関連を扱った箇所である。ケイムズは第一七章の「激情を表す言葉について」の冒頭で、シェイクスピアの科白の卓越した感情表現について次のように述べている。

シェイクスピアは(登場人物の)激情の表現においては、他のすべての作家たちを凌いでいる。……彼は他の作家によく見られるような、型にはまった熱弁や無意味な言葉を語らせて観客・読者をうんざりさせたりはしない。彼が描く感情は語り手の独特の性格や状況に合致し、その人物の感情と彼が発す

る言葉との間には完璧な関連がある。（*Elements*, II, 212）

ケイムズは第二一章の「叙述と描写」でも同様な問題を取り上げて、別の面からシェイクスピアの科白の特質を次のように評価している。

抽象的なあるいは一般的な言葉（abstract or general terms）は、人を楽しませる文学作品には相応しくはない。というのは心にイメージが形成されるのは、個別的な（particular）ものに対してのみだからである。この点でシェイクスピアの描写はすぐれている。彼が描写するものは、自然界のものがそうであるように、すべて個別的である。はからずも曖昧な表現が紛れ込んでいる場合は、その表現の印象の薄さによってすぐに見分けがつくのである。（*Elements*, III, 198）

そしてケイムズはシェイクスピア的な表現の例として、ギャッズヒルで逃げ出したフォールスタッフが、ヘンリー王子らに言い訳する「なんだ、そうか。なに、おれもな、神様じゃねえが、お前たちだってことくれえは知ってたとも。だが、それじゃ聞くが、いってえおれがかりにでもだぜ、皇太子を殺《や》っちまうなんてのが、いいことか、悪いことか？とにかく相手は真物《ほんもの》の殿下よ、これが手向かいできるかってんだ。……あのライオンだってな、本物の王子様にゃ手を出さねえっていうじゃねえか――本能ってのァ大《てえ》したもんよ。つまり、その本能って奴でな、勇気がひるんだってもんよ。……」（『ヘンリー四世　第一部』二幕四場　二六七―七三行、中野好夫訳(18)）という科白を挙げ、次のように述べている。

（この科白の中で）私の気に入らないのは「本能っていうのは大したもんだ」(Instinct is a great matter) という言葉だけである。これはつまらない表現だが、それは他のすべての生き生きとした言葉と比較しての話である。ホメロスが恵まれていた点の一つは、一般的な表現が増える前に作品を書いたことであった。シェイクスピアの並外れた天才は、一般的な表現が増えたあとに書いたのに、それを避けているところに表れている。(*Elements*, III, 198–9)

ケイムズはこのようにシェイクスピアの感情や激情の描写を絶賛しているが、この劇作家の言語表現を全面的に評価していたわけではなかった。彼にとって「語呂合わせ」(pun) のような「ことば遊び」(word-play) は「低級な機知」であって、「洗練された趣味や風習へと向かう歴史のある段階においては好まれるが、徐々に嫌われるようになった」(*Elements*,II, 72) ものであった。またシェイクスピアが多用する直喩、隠喩、イメジャリーなどの比喩表現についても、「主題よりも表現を重視する考えは、低俗で子供じみたものであって、楽しい劇であろうと深刻な劇であろうと、どれにも相応しくない」(*Elements*, Vol. II, 228) と述べている。

このようにシェイクスピアを称賛しながらも、ある面では貶すという点では、ケイムズもまた一八世紀のシェイクスピア批評の伝統に従っている。しかしシェイクスピアの「人間性」(nature) の正確な描写を、この劇作家独自の言語表現の特徴から浮き彫りにしようとした点で、ケイムズの登場人物論は一八世紀の後半から盛んになる「性格批評」に繋がっていると言えよう。

以上見てきたように、王政復古期から始まったシェイクスピアの「自然」と「技法」を巡る論議の背後には、作劇のルール（art）を守らないシェイクスピアが、どうしてあれほど完璧に「人間性」（nature）を描くことができたかという問題が絶えずあった。この問題を含めたシェイクスピアの「自然」と「技法」の論議を総括し、それに一応の決着をつけたのは、一七六五年に全八巻の『シェイクスピア戯曲集』（*The Plays of William Shakespeare*）を編んだサミュエル・ジョンソンの「序説」（*Preface*）である。しかしジョンソンのこのすぐれたシェイクスピア論は、のちにロマン派の詩人や批評家たちの厳しい批判の的となった。彼らにとってこの文壇の大御所は古いシェイクスピア観を体現しているように思われたのである。ロマン派の新しいシェイクスピア批評は、サミュエル・ジョンソンを偉大な反面教師として生まれたと言っても過言でないであろう。

# 第一章　サミュエル・ジョンソンのシェイクスピア批評

## ——二つの「自然」をめぐって

### 一

サミュエル・ジョンソンの文学活動は多岐にわたっているが、彼の『英語辞典』（*A Dictionary of the English Language*, 1755）が膨大な数のシェイクスピアからの引用を含み、そのためにシェイクスピアの一種のグロッサリーの役を果たしていたことからもわかるように、[1]ジョンソンにとってシェイクスピアはもっとも関心の深い詩人・劇作家であり、彼は早い時期からシェイクスピアの戯曲全集の編纂を目指して必要な準備作業を進めていたと考えられる。すでに一七四五年には、自分のシェイクスピア全集の編纂方法を例示した「悲劇『マクベス』に関する種々の意見」（*Miscellaneous Observations on the Tragedy of 'Macbeth'*）というパンフレットを出し、一七五六年には予約購読者向けの「シェイクスピア戯曲集」刊行の「提案書」（*Proposals*）を書いている（この企画は実現しなかった）。

一七六五年に刊行されたジョンソンの『シェイクスピア戯曲集』は、一八世紀におけるシェイクスピアの人気を反映した一連の全集編纂作業の一つである。テクストだけを取り出してみれば、ジョンソン編纂の

『シェイクスピア戯曲集』は先行する他の版本よりもすぐれているとは必ずしも言えない。R・B・マッケロー（R. B. McKerrow）は一九三三年の英国学士院会報の中で、ジョンソンが「序説」で「第一・二つ折り本」をもっとも信頼すべきテクストと見なし、この版本とその後の版本との相違を印刷工の誤植によるものとしている点を重視して、ジョンソンをテクスト批評原理の最初の提案者の一人と評価しているが、実際のテクストはミスプリントを含めてウォーバートンのテクストを踏襲していると述べている。(2) ジョンソンの『シェイクスピア戯曲集』が当時において人気を博しながら、テクストの信頼性という点では後世から高い評価を得ることができなかったのは、このような理論と実践との乖離のためであったと考えられる。

これに対してジョンソンがこの戯曲集に書いた「序説」(3)は、シェイクスピア批評の古典として今日に至るまで広く読まれてきた。この「序説」はジョンソンが王政復古期以降のシェイクスピア批評の伝統を批判的に継承しながら、一八世紀半ばから後半の時代に生きる批評家としての自分の確信を語ったものである。今日的視点から見れば、ジョンソンのシェイクスピア論の一面性・偏向は否定できないが、そうであるからこそシェイクスピア批評が時代を映す鏡であることを如実に示していると言えるだろう。本章では序章で取りあげたシェイクスピアの「自然」（nature）を、ジョンソンがどのように捉えていたかに視点を据えて、彼のシェイクスピア論の特質を探ることにする。

## 二

「序説」は文学作品の価値を決定する基準は何かという問題の検討から始まっている。ジョンソンがもっとも重視する基準は、作品が世代から世代へと長い年月にわたって読み継がれているかどうかであった。彼によれば、時のテストに耐えた作品こそ尊重されるべきであり、それは「最も長い期間にわたって知られていた事柄は同時に最も人々の考察の対象となったものであり、従って最もよく理解されているのであるという、否定することができない建前に基づいてのことなのである」(Sherbo, VII, 60-1)。さらにジョンソンは、シェイクスピアにはすでにこのような古典的作家の資格があると指摘し、彼の作品を念頭に置いて「多くの人々を長期間にわたって喜ばせることができるのは、普遍的な自然(general nature)の描写だけである」(Sherbo, VII, 61)と述べている。この言葉はジョンソンの文芸批評の基本的な立場を、すなわち文学の目的として「読者・観客の喜び」を、作品評価の基準として「時間のテスト」を、文学の模倣の対象として「普遍的自然」を重視する立場を簡潔に要約している。そしてここで用いられている「自然」と「喜び」という言葉は、ジョンソンと彼の時代に特有の意味・内容を与えられて、彼のシェイクスピア論のキーワードとなっている。

ジョンソンがシェイクスピアを論じるにあたって、まず作家の評価の基準を取りあげ、それを長年にわたる一般読者の反応に求めたのは、当時盛んであった「テイスト」(taste)をめぐる論議に対する態度の表明と見なすことができる。日本語では「鑑識力」、「審美眼」、「炯眼」などと訳されるこの言葉は、時代の変遷の影響を受けない「美的感受性」を意味しており(ジョンソンの『英語辞典』には「知的なことを楽しむこと、あるいはそれを理解する力」という定義がある)、芸術作品を理解し評価する重要な精神の機能とされたものであった。しかしこの語の背後にある美学的原理の曖昧さは、一七五〇年から七〇年にかけて盛んに行なわれた「テイスト」の基準を確定しようと試みが、結局は大きな実りをもたらしていないことからも明らかである。(4)

ジョンソンの「序説」はこの論議の最盛期に書かれたにもかかわらず、それには一切触れずに「テイスト」論の背景にある理想的読者の美的感受性とは対照的な、一般読者の「喜び」と「時のテスト」を重視している。それはジョンソンにとって文学作品とは「観察と経験に訴えるもの」であり、その価値は「徐々にしか認められない相対的なもの」であったからである。さらに、そこには「テイスト」論が陥りやすい主観的な不確実さや印象重視を排そうとする、経験主義者ジョンソンの批評態度があったと言えるだろう。

ジョンソンは「序説」の中では「一般読者」という言葉を遣ってはいないが、彼が強調したシェイクスピアを長期間にわたって楽しんできた多くの人々とは、文学に対する偏見に毒されていない読者であり、権威に基づく先入観を抱いていない文学愛好者であったと考えられる。そして彼らが文学作品から得る「喜び」とは、ジョンソンの『英語辞典』で"pleasure"が「精神や感覚の満足」と定義されているように、知性、感情、感覚を含む人間の精神活動全体に関係するものであった。一般の読者・観客が感じる「喜び」が千差万別であるのは言うまでもない。にもかかわらず、ジョンソンが彼らの評価に信頼を置いたのは、読者・観客の無限の反応の背後にある「人間の一般的な、また総合的な能力」(Sherbo, VII, 60) を仮定していたからであった。この二つの間にジョンソンは、彼のシェイクスピア論の中核をなす、「普遍的な自然(人間性)」と「特殊な自然(人間性)」(particular nature) との関係と同様な関係を見ていたと思われる。無限に多様な個(性)からなる自然(人間)の中から「普遍的な自然(人間性)」が現れ出るように、読者・観客の無限な反応も長い歳月の間に偏向や偏見を振りはらい、普遍的なゆるぎない判断に達するという信念である。シェイクスピアの作品が、時代の趣向や風俗の変化に耐えて生き残ってきたのは、「人間の精神は真実のものが有する恒久性にのみ安息を見出す」(Sherbo, VII, 62) からであった。この「恒久性」とは、シェイクスピアが表現した「人間性（人間の自然）」（nature）と言い換えてよいだろう。ではジョンソンにとって「人間性（人間の自然）」とは、どのような内容を持っていたのであろうか。

## 三

ジョンソンは「序説」の中でシェイクスピアの詩人としての特質について次のように述べている。

> シェイクスピアは他のいかなる作家にも増して人間のありのままを歌った詩人（the poet of nature）であり、少なくとも古典時代以後の作家でこの点において彼におよぶものはなく、彼こそ読者に人間の風俗とか生活とかの忠実な鏡を提供する詩人（the poet that holds up to his readers a faithful mirrour of manners and of life）である。（Sherbo, VII, 62）［吉田健一訳、傍点は筆者。以下ジョンソンの「序説」と「注釈」からの引用も同様である］

この一節はしばしば引用される有名なものであるが、ジョンソンにとって「（人間の）自然」（nature）が両義的であったことを暗示している。A・O・ラヴジョイによれば一七・一八世紀に用いられた'nature'の美学的用法は一八に分類され、新古典主義において作家・詩人が模倣すべきとされたのは、「思考・感情・趣向において普遍的かつ不変なもの」を表す'nature'であった。(6) ジョンソンがシェイクスピアを「人間のありのままを歌った詩人」という場合の'nature'が、まずこのような意味で遣われているのは言うまでもない。

これに対してシェイクスピアが提供する鏡が忠実に映し出す「人間の風俗と生活」は、時代とともに移り変わる不安定なものであり、多様な個人の特殊な経験からなる現実社会、すなわち「普遍的な（人間の）自然」と対蹠的な「特殊な（人間の）自然」を意味していたと考えられる。このような「自然」の意味の混淆は、ジョンソンのシェイクスピア論の全体に見られる特徴であり、時には論理の一貫性を弱める原因になっているが、新古典主義の作劇論の厳密な適用では捉えきれない、シェイクスピアの世界に対するジョンソンの意識を表すとともに、「普遍性」から「特殊性」へと視点を移していく一八世紀後半の批評の流れを反映している。

とはいえ、ジョンソンがもっとも高く評価したのは、シェイクスピアの作品に描かれている「普遍的な人間性」であった。彼はシェイクスピアと他の詩人（劇作家）とを比較して、「他の詩人の作品ではそこに登場する人物がある一個の個人（an individual）に過ぎない場合が多いが、シェイクスピアの登場人物はたいがい一個の類型（a species）を示している」（Sherbo, VII, 62）と述べている。シェイクスピアの性格創造に関するこのような評価は、ジョンソンが一七五九年に出版された『ラセラス』（*Rasselas*）一〇章の中で、イムラックに語らせている次のような有名な詩人観と繋がっていると言えるだろう。

> 詩人の仕事は、個々の物（the individual）を調べることではなく、種（the species）を知ることです。物の一般的特性と大きな姿とを看取することです。チューリップの縞の数（the streaks of the tulip）をかぞえたり、森の緑の微細な色合いの違いを描いたりはしません。詩人が自然を描く場合には、原物（the original）を一人一人の読者の眼前に髣髴《ほうふつ》たらしめるような際立った目立つ特徴だけを示すのです。或る

者は気づいたかも知れぬが或る者は見落としたかも知れぬといったような微細な差別（the minuter discriminations）は無視して、注意深い者にも不注意な者にも等しくはっきりと映る特色を捕らえねばならぬのです。[7]（朱牟田夏雄訳、傍点は筆者）

ジョンソンがシェイクスピアの登場人物の顕著な特徴と見なした「類型」とは、「すべての人間の精神がその支配の下にあって、そのために人間の生活に見られる動きが可能となっている幾つかの一般的な原理に基づいて行動し、また語る」（Sherbo, VII, 62）人物のことであり、「読者自身が同じような状況に遭遇すれば、それと同じことをしたり言ったりするだろうと考えることをしか、したり言ったりしない人々」（Sherbo, VII, 64）のことであると思われる。このような登場人物が、ラヴジョイの'nature'の定義にある芸術の模倣の対象としての「（人間の）自然」（nature）を体現しているのは言うまでもない。しかしジョンソンが強調した「類型」は、新古典主義の信奉者たちの「適合論」に典型的に見られるような、「自然（人間）」の典型化・理想化を意味してはいなかった。「適合論」については序章で述べたが、この論が劇の登場人物に適用されると、彼らはその地位や職業などにふさわしい人間性や品格を備えていなければならない。トマス・ライマーがイアーゴーの性格創造を批判したのも、「数千年にわたって軍人に与えられていた率直で公明正大な人間像」（Vickers, II, 30）に反しているからであった。このような「適合論」に対するジョンソンの態度は、クローディアスが酔漢として描かれているのを、王の品格にもとると非難したヴォルテールに反論した次の文章によく表れている。

シェイクスピアは常に偶然の事情（accident）よりも人間の本質（nature）を尊重し、ある人物にその個性（the essential character）を失わせないようにはしても、外部から添加された特性には余り注意を払わない。……彼は王位を簒奪した人殺しを忌むべきものとしてのみでなく、軽蔑すべき人物として描きたかったので、その人間に認められる他の性質に飲酒癖を加え、それについては国王の位にあるものも他の人間と同様に酒を好み、酒は国王に対してもその作用を及ぼすことを知っていたのだった。すなわちこれらの非難は狭い料簡のものが試みる、取るに足らない咎め立てであって、画家が自分が描いた像に満足すればそれがまとっている衣服のひだ（drapery）に注意しないのと同様に、詩人は生国とか階級とかの偶然の区別（the casual distinction）を無視するのである。（Sherbo, VII, 65–66）

ジョンソンにとっては、ライマーやヴォルテールが重視するローマ人らしさや王の品格は、特殊な風俗や特別な場所の習慣と同じように、「偶然の事情」に過ぎないものであった。ジョンソンはテクストの中で「これは人間性に従っている」、「この感情は人間の本性に基づいている」（Sherbo, VII, 423, 441）などの言葉をしばしば遣っている。ここに出てくる「人間性」「人間の本性」（nature）とは、『ヘンリー五世』四幕一場のヘンリー王の独白、すなわち「王の責任か！兵たちの生命も、魂も、借財も、夫の身を案じる妻も、子供たちも、罪も、みんな王の責任にするがよい！余はすべての責任を負わねばならないのだ。」（Upon the King! Let us our lives, our souls, / Our debts, our careful wives, / Our children, and our sins lay on the King! / We must bear all. 230–3）という科白につけられた「これに似た気持ちはかくまで重大でない場合に誰もが経験することである」（Sherbo, VIII, 553）という注が示すように、ジョンソンの現実界での経験と人間観察に基づく、階級・職業とは関係なく人間一般に共通する心理や感情、そしてそれから生じる行動であったと考えられる。

シェイクスピアの作品に普遍的な「人間の本性」を読もうとする試みは、のちに触れるジョンソンのモラル重視と結びついて、平凡な教訓を引き出すだけに終わっている場合もあるが、『尺には尺を』三幕一場のヴィンセンシオ公爵の科白につけた注釈のように、シェイクスピアの科白の核心に触れた例もある。ジョンソンは、修道僧に変装した公爵が死刑を宣告されたクローディオに語る「おまえには青春も老年もなく、ただ昼飯の後のうたた寝に似て、その二つの夢をみているだけなのだ」（Thou hast nor youth nor age, / But as it were an after-dinner's sleep, / Dreaming on both, . . . 32-4）という科白に次のような注釈をつけている。

我々は若いころには将来の計画を立てるのに忙しくて目前のことを楽しむ機会を失い、年を取ると年寄りの退屈しのぎに若いころに遊んだことや、その時代にした仕事の思い出にふけり、かくして現在のことでかつて満たされることのない我々の生活は、午前中に起こった出来事と晩にしようと思うことが一緒になる昼飯後のうたた寝に酷似している。（Sherbo, VII, 193）

この注釈には、我々の日常のありふれた経験を基にして、人間の願望の虚しさだけでなく、人間の時間の観念の複雑さが見事に捉えられている。しかし、ここにも見られる現実界の経験の重視と個々の人間への深い関心は、「偶然の事情」を排除して「普遍的な人間性（人間の自然）」を追求するジョンソンの立場を脅かすものでもあった。シェイクスピアの悲劇・喜劇の混淆を擁護した有名な箇所に、それは典型的に表れている。

## 四

登場人物の性格と行動に関する「適合論」批判と同じように、悲劇・喜劇の混淆の擁護も、新古典主義の立場に立ちながら、その規範の狭い適用に反対するジョンソンのシェイクスピア批評の特徴をよく示している。悲劇・喜劇の混淆の擁護がジョンソンから始まったわけではもちろんないが、「序説」で展開される擁護論が、厳格なジャンルの区別を守らないシェイクスピアを肯定する風潮をいっそう強めたのは確かである。ジョンソンがそれを擁護する根拠としたのは、登場人物の「適合論」批判の場合と同じく、シェイクスピアが描いた「人間性（自然）」であった。しかしここで用いられている「人間性（自然）」は、今まで強調されてきた規範的な自然の概念とは大きく異なっている。ジョンソンは先に引用した「詩人は生国や階級とかの偶然の区別を無視するものである」という考えを述べたすぐあとで、シェイクスピアの人間界の描写を称賛して、次のように悲劇・喜劇の混淆を弁護している。

> シェイクスピアの劇作は厳密な、批評的な意味では悲劇でも喜劇でもなく、独自の形式による文学作品であって、それは善と悪、また歓びと悲しみが無限に異なる割合で、また実に多種多様な組み合わせ方に従って錯雑する人間の生活の実況（the real state of sublunary nature）を示すことを目的とし、一人の人間が損をすればそのために別な人間が得をする世間というものの在り方を描き、その世間では酒客が酒を飲みに急いで行くのと同時に、別の一人の人間は彼の友人の葬式に立ち会っていて、ある一人の悪

巧みは時には別の一人が何か戯れにしたことのために失敗し、多くの害や恩恵が何の計画もなしに（without design）なされたり、妨げられたりしている。（Sherbo, VII, 66）

ジョンソンは次のパラグラフでは、人間界の状況を「かくのごとく交錯する意図や偶然が形成する混沌」（this chaos of mingled purposes and casualties）と述べ、さらに「すべての喜びは多様さにある」（all pleasure consists in variety. Sherbo, VII, 67）と書いている。このような文脈の中では、シェイクスピアが偉大であるのは、悲劇と喜劇という人為的な分類では捉えきれない混沌とした「人間の生活の実況」を「あるがままに」（as they really exist. Sherbo, VII, 89）描写したからとなるだろう。ここで用いられている'nature'の意味が、ジョンソンのシェイクスピア論の中心をなす「普遍的な人間性（自然）」とは大きくずれていることは明らかである。そうであるべき「人間（自然）」に対して現にそうである人間界は、無限の多様性をもった特殊なものから成る世界であって、普遍化・理想化を拒絶している。ここで称賛されているシェイクスピアは、かつてジョンソンが否定した「チューリップの縞を数える」詩人であると言い換えてよいであろう。ジョンソンが陥ったかにみえるこの自家撞着は、単に悲劇・喜劇の混淆の擁護に限られていたわけではなかった。これはジョンソンの論理の矛盾というよりは、シェイクスピアという時代の鏡に映し出された新古典主義の欠陥を指摘しながらも、まだそこに軸足を置く批評家ジョンソンの矛盾と言ってよいだろう。人間性の「普遍性」と「特殊性」は、ジョンソンのシェイクスピア論のもう一つの柱である文学作品とモラルとの関係にも関わっている。

ジョンソンはシェイクスピアの悲喜劇擁護の文脈の中で、「文章を書く目的は人間に教訓を与えることであり、詩は人々を喜ばすことによって（by pleasing）、この目的を達することを旨としている」（Sherbo, VII, 67）と述べている。この文章の「喜ばすこと」とは気晴らしや娯楽よりもはるかに高度な精神の働きを意味しており、文学の重要な目的とされた「教訓」との関係では、丸薬である「教訓」を包む糖衣にあたるものであった。上の引用が「我々には常に批評家の判決に対して人間の本質（nature）に訴えることが許されている」という文章の直後に置かれていることからもわかるように、ジョンソンにとってモラルは「人間の本質」の中核をなすものであった。三一致の法則や厳密なジャンルの区別を重視する批評には反発していたジョンソンも、文学とモラルとの関係については「倫理の時代[8]」である一八世紀の典型的な批評家であったと言えよう。このような彼の立場は、シェイクスピアのモラル欠如を批判した次の文章によく表れている。

彼の第一の欠点は大部分の人間や書籍について指摘し得るものであって、それは彼が道徳を便宜主義の犠牲にし、人を教えることよりも喜ばすことをはるかに気に掛けているために、何らの道徳的な目的もなく書いているようにしか思えないということに他ならない。確かに彼の作品からある社会的な義務の観念を抽出することができるのであり、それは人間は倫理的にでなければ合理的に思索し得ないからであるが、彼の教訓や箴言は極めて偶然な具合に表白され、彼の善悪の配分は当を得ていなくて、また彼の作品に登場する善人は必ずしも悪人を否認する気持ちを抱かず、彼はこれらの人物が善をなしたり悪をなしたりするのについて無関心な態度を取り、作品の終りに彼らを突き放して、彼らがいかなる模範を人々に示すかを偶然の作用に任せる。そしてこれは彼の時代の野蛮さを口実として弁解できる欠点ではなくて、それは世界をよりよい場所にしようとすることは常に作家の任務であり、正義は時と場所

に制約されない性質のものだからである。(Sherbo, VII, 71)

ジョンソンのシェイクスピア批評がのちの世代に不評となった大きな原因は、この引用に見られるように文学作品の道徳的な目的を強調したことにあるが、詩人の重要な役割を「普遍的な人間性」の描出と見なす前提に立つかぎり、ジョンソンのこのようなシェイクスピア批判は当然の帰結であったと思われる。モラルとは混沌とした現実界に秩序を与えるものであり、もっとも典型的な「(人間の)自然」の普遍化・理想化であるからである。しかし、シェイクスピアの「人間の生活の実況」の忠実な描写力を称賛した立場に立てば、道徳を明白に表した文学作品は、ジョンソンが『英語辞典』で定義した悪い意味でのフィクション(fiction)、すなわち「偽造されたもの」にならざるをえない。『十二夜』の最後につけられた「オリヴィアの結婚とその結果生じる紛擾は舞台で観客を楽しませるに足るだけの巧みさで仕組まれているが、実際にあり得ることには思われず、人間の生活というものの正確な描写(just picture of life)ではないので、したがって劇作品が与えるべき厳正な教訓(the proper instruction required in the drama)において欠けている」(Sherbo, VII, 326)という注釈は、ジョンソンの教訓重視が確固としたものに見えながらも、詩人が模倣すべき「(人間の)自然」との関係では曖昧であることを示している。「人間の生活の正確な描写」の対象が、偶然が支配する混沌とした現実界の実況であるならば、そこから「厳正な教訓」が生み出されるとは限らないからである。

先に引用した一節の「彼の善悪の配分は当を得ていない」という文が暗示しているように、道徳や教訓に関するシェイクスピア批判は、長年の争点であった「詩的正義」にかかわる問題であった。「詩的正義」については序章で述べたが、これに基づくシェイクスピア批判は、ジョン・デニスの「善は必ず繁栄し、悪は必ず罰せられねばならない。……正義の公平な配分の欠如がシェイクスピアの『コリオレイナス』をモラルのない作品にしている」（Vickers, II, 284）という言葉に要約されている。しかし、デニスのシェイクスピア批判がジョウゼフ・アディソンへの反論として書かれたことからもわかるように、一八世紀に入ると「詩的正義」を批判する論が現れていた。アディソンのシェイクスピア論もその一つであるが、彼がその根拠としたのは、この世では善と悪とがすべての人に一様に起こっているのであるから、美徳と無垢が必ず幸せと繁栄をもたらすとすれば、観客の心に憐憫と恐怖を引き起こすという悲劇の主な目的を損なうことになるだろうということであった。アディソンの「詩的正義」批判の背後に、劇作家が描くべきものは現実界のありのままの人間であるという基本的な考えがあるのは言うまでもない。これはジョンソンが悲劇・喜劇の混淆を擁護した際に強調した「現世の人間生活の実況」と共通するものであった。

「詩的正義」に対するジョンソンの態度は、先に引用した「道徳を便宜の犠牲にした」というシェイクスピア批判や、『尺には尺を』の注釈でアンジェロの赦免について「彼の赦免を見ていくらかの怒りを感じない読者は一人もいないと私は信じる」（Sherbo, VII, 213）と述べていることから判断すれば、揺るぎのないもののように思われる。しかし二つの「自然」観のあいだを揺れ動くジョンソンが、「詩的正義」に関してのみ一貫した態度を取り続けることはできなかった。『リア王』の注釈の中でジョンソンは、テイトの改作を支持しながらも、「詩的正義」については「確かに悪人が成功して善人が敗北する芝居は、人間の日常生活を忠実に映しているという意味でよい作品であるかもしれないが、人間は理性を有していて本能的に正義を愛するのであるから、正義を勝たせることがある作品をそれだけ悪いものにするとか、あるいは二つの作品がその他の点では同等である場合、虐げられた善人が成功する作品の方を観客は常に選ぶというようなことはないとかいう意見には私は賛成することはできない」（Sherbo, VIII, 704）と述べて、「序説」におけるよりはシェイクスピア批判の語調を弱めている。さらに「ミルトン伝」では、ドライデンが誘惑に負けたアダムの英雄的精神を否定していることについて、「確立された慣習に従う場合を別にすれば、英雄が不運に陥ってはならないという理由はない。徳が必ず成功するとは限らないからである」と述べ、また「アディソン伝」では彼の『カトー』を弁護して、「現実の生活ではしばしば悪が成功するのであるから、詩人が舞台で悪を成功させてもいっこうに構わない」とさえ書いている。[9] 当時もっとも厳格なモラリストと見られていたジョンソンも、「詩的正義」に関しては一種の自家撞着に陥っていると言えるだろう。この矛盾の背後にも、「普遍的な自然（人間性）」と「特殊な自然（人間性）」という二つの異なった「自然」観がある。そしてこの二つの「自然」観は、突き詰めてゆけば、劇作品のフィクション性の肯定と否定に分裂せざるを得ないものであった。レネイ・ウェレックが、ジョンソンにはフィクションと芸術に対する深い懐疑があると述べているのは、[10] ジョンソンの「人間の生活の実況」（すなわち「特殊な自然」）重視が、芸術と現実生活・実人生との混同であると見なしたからである。ジョンソンはこの両者の関係を正面から論じてはいないが、三一致の法則をめぐる考察の中に、この問題についてのジョンソンの見解を窺うことができる。彼にとって三一致の法則に内在する問題は、フィクションである劇作品が混沌とした現実界をどのように扱うべきかという問題でもあった。

## 五

三一致の法則の「時間の一致」と「場所の一致」に対する批判は、もちろんジョンソンから始まったわけではなかった。序章で取りあげたケイムズもその一人であり、ジョンソンも彼と同様にこの三一致の法則の問題を「自然」の模倣である劇作品と観客の想像力との関係から論じている。ジョンソンはまず「時間の一致」と「場所の一致」を守る必要が「劇作品を観客が信じ得るものにしなければならないという仮定から生じている」と述べ、その仮定が舞台と現実との混同に基づいていると指摘している。ジョンソンによれば、「何物かの描写が現実そのものと考えられたりして、劇作において展開される物語が具体的に信じられるとか、あるいはかつて一瞬間でも信じられたことがあったとする見方はそれ自体間違っているのである」(Sherbo, VII, 76)。実際の観客は「舞台が単なる舞台に過ぎず、役者がただの役者であることを初めから最後の幕まで忘れない」のであって、彼らにとって「初めからアテネでもシチリアでもなく、今日の劇場であるとわかっている空間を、まずアテネであると仮定し、次にシチリアであるとすることに何の不都合もない」(Sherbo, VII, 77)のである。さらに時間に関しても、ある物語に必要な時間の大部分は幕と幕との間で経過するので、幾つかの出来事が起こった順序で描かれているかぎり、その間に数年が経過していても何ら奇異な印象を与えないのである。このような「時間の一致」と「場所の一致」批判の根拠としてジョンソンが挙げるのはケイムズと同じように、シェイクスピア劇の観客の「想像力」(imagination)の働きである。ジョンソンは劇中で経過する時間と現実の時間との関係を次のように述べている。

我々の存在を支配する諸条件の中で、時間は最も想像力の働きに従い易いのであり、数年間が経ったことは数時間の経過と同じ容易さで我々の胸に描かれる。我々は思索している時、我々は実際の出来事が要した時間を任意に短縮するのであって、それ故にその単なる描写に接する場合、時間が同様に短縮されることに少しも異議はないのである。(Sherbo, VII, 78)

このように劇場の観客にとっては、「物語の中で経過する時間」は「舞台上の行動が必要とする時間」と一致するのである。ジョンソンによれば、時間と場所との一致を無視したシェイクスピアの劇に「真実性」(credit) を与えるのは、このような観客の柔軟な時間の観念と、「我々を拉し去って最後まで放さない詩人の強力な想像力」(Sherbo, VIII, 703) のためであった。

作家と観客の想像力を重視するジョンソンの立場は、シェイクスピアの劇作品とその模倣の対象である「(人間の) 自然」との関係を論じた箇所にも見られる。ジョンソンは悲劇が観客に与える喜びについて「悲劇を観る楽しみは、それが作り事 (fiction) であることを我々が知っているからであって、もしそこで演じられる殺人や裏切りが本物であると思ったならば、それらは最早我々を喜ばせることはできなくなる」(Sherbo, VII, 78) と述べている。では劇中の出来事が本物と信じられていないとするならば、どうして観客はそのような劇に感情移入をするのであろうか。ジョンソンはその問いへの答えとして、劇は「それが劇として成立するのに必要なだけの信用を与えている」からであると述べ、その具体的な内容を次のように説明している。

すなわちそれが我々を感動させる限りにおいて或る実在する対象の正確な描写（a just picture of a real original）として、と言うのは、そこに登場する人物が行なったり経験して見せることを、我々自身が行なったり経験したりしたならば、どういう感じがするかということを我々に示してくれるものとして信用されているのである。そしてその時我々が身にしみて感じることは、我々の目前に呈示される不幸が現実の不幸であるということではなくて、それが我々自身にも起り得るものであるということに他ならない。（Sherbo, VII, 78）

ややわかりにくい文章であるが、要約すれば観客がシェイクスピア劇に感情移入するのは、劇中の出来事を現実と見誤るからではなくて、それらを「我々自身にも起こり得るもの」と感じるからだということになるだろう。観客のこのような意識は、のちにロマン派のウィリアム・ハズリットが人間の精神のもっとも重要な作用と見なした「他者に共感する想像力」（sympathetic imagination）に当たると考えられる。上の引用でもう一つ注目されるのは、「或る実在する対象の正確な描写」という言葉の前に「我々を感動させる限りにおいて」という限定が付けられていることである。従ってここでいう「実在する対象の正確な描写」とは、時間と場所の一致の遵守や「人間の生活の実況」のありのままの描写ではなく、観客に「我々自身にも起り得るものだ」と思わせるように、現実界の出来事に何らかの手を加えたものでなければならない。作劇に関するさまざまな規則に反発したジョンソンが、三一致の法則のうち「筋の一致」に固執したのはそのためであった。

ジョンソンはまずシェイクスピアが筋を入り組ませたあとに、それを解決するという作劇法の定石に従っていないことを認めたうえで、次のように述べている。

しかし大概のばあい彼の作品の筋には、アリストテレスが劇作品に必要であると言っている初めと中部と終りが認められ、一つの事件は他の事件と連繫していて、我々を次第に結末へと導いて行く。そしてその中のあるものは、あるいは省略された方がよかったかも知れず、それは他の詩人たちの作品にはただ舞台で時間を経たせるためだけの饒舌が極めて多いのと同様であるとして、大体の仕組み（general system）は筋を漸次に展開させることを目的とし、我々の期待が満足させられたところで作品は終わる。（Sherbo, VII, 75）

この引用に出てくる「仕組み」という語は、シェイクスピア劇の「構造」と言い換えてもよいだろう。ジョンソンにとって、シェイクスピアが描く「自然（人間）」は現実世界の正確な模倣ではなく、彼の想像力と構成力が無限に多様な世界から創り出した独自の「仕組み」をもつ世界であった。ジョンソンが前にシェイクスピアを「読者に風俗と生活を忠実に映す鏡を掲げる詩人」と呼んだのは、このような意味での「自然の詩人」であったと言えるだろう。ジョンソンによれば、劇作品における自然の「模倣」が観客に「喜び」や「痛み」を与えるのは「それらが現実と見誤られるからではなく、我々に現実を思わせる」（Sherbo, VII, 78）からであった。

以上のような三一致の法則に対するジョンソンの論及は、劇作家の「模倣」の対象である「錯雑する人間の生活の実況」と、それを体系化したフィクションとしての劇作品と、作品の世界を楽しむ観客の想像力との相互関係を解明しようとした一つの試みである。現実世界のフィクション化を「自然」の普遍化と解するならば、「序論」の中で読者にもっともわかりにくい、シェイクスピア劇における「特殊な自然」と「普遍的自然」の関係に一つの筋道が見えると言えるかも知れない。しかし、観客に「自分にも起りうる」と思わせるような「自然（人間）」描写の背後には、単なる「筋の一致」による現実世界の模倣というだけでは捉えきれない、劇作家の創造力・構成力と、「実在する対象」と、観客の反応との複雑な関係が存在するはずである。ジョンソンは三一致の法則についての結論を述べた箇所で、「時間と場所の一致は正当に劇と呼び得る作品に必要なものではなく、それは時には人々を楽しませることに役立つことがあるかもしれないにしても、多様さと教訓的な価値が有するより高度な美を獲得するためにはこれらの規則は常に犠牲にされるべきである」と書き、さらに「劇作品の最大の価値は自然を描写し、人を教訓することにある」（Sherbo, VII, 80）という常套的な言葉を繰り返している。しかし「自然」の二つの意味、そして「多様さ」と「教訓」という言葉がそれぞれ表す二つの「自然」の関係は、劇作品とその模倣の対象との関係を論じた唯一の箇所であるここでも十分に説明されていない。

## 六

以上見てきたように、ジョンソンのシェイクスピア批評は、普遍性とモラルを重視する新古典主義への固執と、「適合論」批判や悲喜劇擁護に見られるような従来の批評に対する批判を軸にして成立している。そしてその背後には「普遍的な自然」と「特殊な自然」という相反する自然観が存在していた。文中で遣われる「自然」の意味の曖昧さや二つの「自然」の関係の不明確さが、ジョンソンのシェイクスピア論の一貫性を弱めているのは確かである。しかし別の角度から見れば、ジョンソンがシェイクスピアの中に認めた二つの「自然」は、一七五〇・六〇年代の自然観の対立と、それに続いてロマン主義への移行を押し進めた自然観の変遷を反映していると見なすこともできる。

ジョンソンが有名なチューリップの比喩を書く三年前の一七五六年に、彼の友人のジョウゼフ・ウォートン（Joseph Warton）は、ジェイムズ・トムソン（James Thomson）の自然の細かな観察から生まれた新しい多様なイメージを称賛し、「正しく選択された状況を綿密に一つひとつ取りあげることこそ、詩と歴史を区別する主要なものであって、それ故に詩は歴史よりもはるかに忠実な自然の描写となるのである」[11]と述べている。ウォートンのこのような考えが、イムラックに「詩人の仕事は個ではなく類型を調べることである」と語らせた、ジョンソンの詩人観と真っ向から対立することは言うまでもない。

しかしウォートンの特殊な「個」の重視は、その後の文学と批評の動向を指し示したものであった。ケイムズをはじめとする四人のスコットランドの批評家たちも、ジョンソンの『シェイクスピア戯曲集』の編纂とほとんど時を同じくして、特に詩のイメージに関して「特殊性」の重要性を論じ始めている。[12]たとえばケイムズは、序章で述べたように、シェイクスピア劇のすぐれた特徴をその性格創造に求め、シェイクスピアがそれぞれの登場人物にその個性に合致した独特な（particular）言葉やイメージの科白を語らせていることに注目している。このような「特殊な自然」を重視する傾向[13]は、登場人物の普遍性やモラルよりも個性に注目するのちの性格批評へ一歩踏み出している。

このように「チューリップの縞の数をかぞえる」方向へ向かう時代風潮は、究極的にはロマン主義へ行きつくものであった。ブレイクが『サー・ジョシュア・レイノルズ作品集』（*The Works of Sir Joshua Reynolds*, 1798）の中の「普遍的自然から得られる規則がある」という言葉につけた「普遍的自然とは何か。はたしてそんなものがあるだろうか。（厳密に言えば）すべての知識は特殊である」[14]という有名なコメントは、ロマン派の詩人や批評家の「普遍性」の否定を端的に表している。ウィリアム・ハズリットも「彼（ジョンソンを指す――筆者）はシェイクスピアの登場人物の中に人間一般に共通する特徴や教訓的な（*didactic*）姿を見た。彼が探し求めたのはそれだけであって、シェイクスピアがこの普遍的な人間性（general nature）に加えた個々の特性や劇的な（*dramatic*）相違には無関心であった[15]」と述べている。ジョンソン自身も一七八二年の「トムソン伝」では、時代の変化に応じるかのようにトムソンの自然の陰翳の細かな描写を称賛している。[16]しかし彼が『シェイクスピア戯曲集』を編纂した一七六〇年代は、王政復古期以降の古い価値観と徐々に現れた新しい価値観との葛藤が始まった時期にあたっていた。「序説」に見られる新古典主義への愛着と反発、そしてその背後にある二つの自然観は、ジョンソンが「彼の時代のスポークスマンであった[17]」所以をよく表している。

# 第二章　性格批評の始まり

## 一

シェイクスピアの性格創造（characterization）は、各時代の批評家にとって絶えず大きな関心の的であった。序章・第一章で扱った批評家たちも、主眼がシェイクスピア劇の構造やプロット、あるいは言語表現に向けられている場合でさえ、何らかの形で登場人物の性格に言及している。しかし、彼らの多くはシェイクスピアの性格創造を、新古典主義の理論、すなわち登場人物は首尾一貫した性格をもつだけでなく、何らかの道徳的な目的を担っており、最終的にはその人格や行為にふさわしい報いを受けねばならないという原則の枠内で論じていた。新古典主義への批判が高まるにつれて、このような枠に嵌らないシェイクスピア劇の登場人物の複雑な心理と行動を、より深く精密に理解しようとする傾向が強まってきた。こうして一七六〇年代の終わりごろから、のちに「性格批評」（character criticism）と呼ばれる新しい批評のジャンルが現れてきた。そのような批評のさきがけの一つは、当時の社交界の指導者であったエリザベス・モンタギュー（Elizabeth Montagu, 1720–1800）の『シェイクスピアの作品と天才に関する論考』（*An Essay on the Writings and Genius of Shakespeare*, 1769）[1]、特にその中に収録された『マクベス』論である。

この書はヴォルテール批判を目的として書かれたものであり、ジョンソンのシェイクスピア論の影響を強く受けているが、登場人物の性格やモラルに関しては、この先達を乗り越える徴候が見られる。モンタギューはこの論考の「序文」でシェイクスピア独自の性格創造について次のように述べている。

> シェイクスピアはアラビヤの物語に出てくる托鉢僧（the Dervise）の術を、すなわち他の人間の身体に自分の魂を投げ入れ、すぐにその人物の心情と情熱を自分のものとし、その人物が置かれた状況から生じるあらゆる役割や感情をもつことができる術を身につけていたように思われる。
> シェイクスピアが生まれながら属していた階層は、体面などをほとんど気にせずに、自分の気持ちを自由に語って楽しむ人々からなっていた。おそらくこのことが彼に人の心の動きを熟知させ、他方では外面的な形式（outward forms）に関する知識やそれを守る気持ちを弱くさせたのである。彼はしばしば形式を無視しているが、人の心の表現を誤ることはほとんどない。（Montague, 37. 傍点は筆者）

シェイクスピアをアラビヤの托鉢僧に喩えた前半部分は、想像力という語を遣ってはいないけれども、のちにウィリアム・ハズリットが人間の精神の重要な機能と見なした、他者の経験を自己のものとする「共感の想像力」（sympathetic imagination）やジョン・キーツの「カメレオン詩人」の概念と同様なことを述べていると考えられる。後半に出てくる「外面的な形式」とは新古典主義の批評家が重視した「三一致の法則」や社会的地位・身分の「適合論」のことである。モンタギューによれば、シェイクスピア劇のもっとも重要な特質は、作者がさまざまな人物に「自分の魂を投げ入れて」創造した人物の「性格」であり、それと比べれば作劇の規則は単なる「外面の形式」に過ぎなかった。彼女はシェイクスピアの登場人物の特徴を次のように書いている。

シェイクスピアの劇中の人物は、生来誘惑に弱く、悪習に傷つき、誤りを犯しやすい均整を欠いた人々である。しかし彼らは人間の声で話し、人間的な情念によって動かされ、人間生活一般に共通する問題に関わっている。我々が彼らの言動に関心をもつのは、彼らが我々と同じ人間性をもっているといつも感じるからである。(Montague, 81)

モンタギューのこのような見方は、ジョンソンの「シェイクスピアは他のいかなる作家にも増して人間のありのままを歌った詩人である」という考えをより具体的に述べたものであるが、シェイクスピアのリアリズムへの評価ははるかに高い。彼女によれば、登場人物がリアルな存在であるからこそ、観客・読者は彼らに感情移入し、彼らの体験を追体験できるのである。モンタギューは『ジュリアス・シーザー』論の中で、「我々の詩人は我々を劇に描かれた現場へ、その時代へと連れて行く。ローマでは我々はローマ人になって彼らの風俗の影響を受け、彼らの熱情に取りつかれる」(Montague, 248)と書いている。彼女は自らもシェイクスピア劇の世界に参入して、彼らの行動と感情を理解しようとしたはじめての批評家であった。ではモンタギューの作品論の中でもっともよく知られている『マクベス』論を見てみよう。

『マクベス』は一八世紀後半の批評家たちがもっともよく論じた作品の一つである。サミュエル・ジョンソンもこの作品にかなり長い「注釈」を書いているが、結論として次のような評価を下していた。

この作品がその構想の妥当さやそこに展開する幾多の場面の厳粛さ、偉大さおよび多様さのために有名であるのはさもあるべきことである。しかし登場人物の性格は明確さを欠き、事件があまりにも由々しい性質のものなので個々の人物に影響される余地を残さなくて、かえって事件の進展が必然的に各人物の行動を支配している。

野心を持つことの危険は充分に強調されていて、また今日の我々には実際にありそうにもないと思われる幾つかの場面についても、シェイクスピアの時代には安価な予言を妄信することを戒める必要があったということが言えるかも知れない。

この作品が喚起する感情は正しい方向に導かれるようになっていて、マクベス夫人は単に憎悪されるだけであり、マクベスの勇気はある程度の尊敬を払われるが、読者の中で彼の没落を喜ばないものは一人もいないのである。（Sherbo, VIII, 795）

このような見方に対してモンタギューが『マクベス』を悲劇の最高傑作の一つと評価したのは、急激なプロットの展開の中で罪の重みに沈んでいくマクベスの心理と思考の変化が観客の目と耳にはっきりと伝わってくるからであった。モンタギューによればこの悲劇のすぐれた点は、シェイクスピアが魔女という「我々にはその本性を理解することも、その行動を制御することもできず、またその影響から逃れる術もわからないもの」（Montague, 173–4）をマクベスの運命に介入させたことであった。マクベスは「寛大な精神と善良な性格を備えながらも、激しい熱情と大望を抱いていたために、輝かしい将来の展望と野心的な目的に誘惑されやすい臣下である」（Montague, 176）。しかもこのような性向に加えて彼には「人情という甘い乳があふれている」ために、王位簒奪の誘惑に屈する前の葛藤と罪を犯した後の良心の呵責はいっそう苦しいものにならざるを得ない。モンタギューは「私はシェイクスピア以外に罰への恐怖からではなく、罪の意識から生じた苦悶を描いた劇作家を知らない。エウリピデスが描いたクリュタイムネストラは、アガメムノンを殺したために大きな恐怖にさらされるが、それは不安から生じたものであって悔恨からではない」（Montague, 178）と述べている。

モンタギューによれば、マクベスのような主人公の葛藤と苦悩を描くことは、「最も困難で精密な（自然の）模倣」であった。シェイクスピアがそれに成功しているのは、ギリシャ劇のようにコロスに主人公の苦悶とそこから引き出される教訓を語らせるのではなく、「独白」（soliloquy）という「難しいが有効な技法」によって、マクベス自身に「推論し熟考する心の動き」や「監視者である良心のささやき」や「魂の奥の暗く重い秘密」（Montague, 184）を語らせているからである。観客・読者はマクベスの独白によって彼の内面世界に入り込み、この人物の経験が表す根源的な倫理性を理解することが可能になるのである。

モンタギューの『マクベス』論で注目されるのは、すでに述べたような主人公の魂の深淵への洞察とこの悲劇のモラルをマクベスの内面の葛藤に読み取ろうとしている点である。彼女は「歴史劇論」の中でシェイクスピアを「もっとも偉大な道徳哲学者の一人」と呼び、彼とエウリピデスを比較して次のように述べている。

エウリピデスは悲劇の科白に散りばめた道徳的な文章によって高く評価された。確かに彼の悲劇には、一般的な真実が格言のように簡潔に表現されている。彼は誰もが抱く意見を集めて金言にし、それに人の記憶に残りやすい形を与えるが、我々の作家（シェイクスピアを指す——筆者）は、洞察力のある読者なら必ず気づくように、登場人物の行動から何らかの新しい所見を引き出している。彼が一般的な金言を導入するのは、状況によって強いられた場合のように思われる。それは劇の筋の運びから生まれているので再び筋の中へ姿を消し、他の作家の場合のように単なる華やかで大げさな装飾ではなくて、ごく自然に筋の展開と結びついた有益な一節になっている。（Montague, 60）

モンタギューにとってシェイクスピア劇の本質的なモラルは、教訓的な言辞や「善悪の正しい配分」（サミュエル・ジョンソン）にあるのではなく、理性と情念の葛藤を映し出すマクベスの独白や行動のように、破滅に向かって突き進んでいく登場人物の良心の呵責や苦悶の表現から自然に現れ出るものであった。だからこそ、観客・読者にとってシェイクスピアの登場人物たちの「（行動の）規範」（precepts）は一つの「教え」であり、彼らの「運・不運」は一つの経験であり、彼らの「証言」は一つの権威であり、彼らの「不幸」は一つの警告となるのである（Montague, 81）。モンタギューがシェイクスピアを表層的な「モラルの欠如」批判から解放したはじめての批評家であった所以は、このようにモラルの内容をドグマティックな意味ではなく、より包括的な意味で捉え直した点にある。彼女のシェイクスピアのモラルの理解が、コウルリッジが重視した「道徳的価値」につながる一面をもっているのもそのためであると言えよう。

## 二

モンタギューのシェイクスピア論と同じ時期に書かれ、一七八五年に出版されたトマス・ウェイトリー（Thomas Whately ?-1772）の『シェイクスピアの幾人かの登場人物に関する意見』（*Remarks on Some of Characters of Shakespeare*' 1785）[2]は、登場人物のタイプや類型を重視する従来の批評に反発し、同じ「悪漢」と見なされたマクベスとリチャード三世の性格を比較して、その本質的な相違を心理的な面から明らかにしようとした試みであった。ウェイトリーはまず、批評家たちの視点があまりにも劇の筋立てや「作劇のルール」に偏っていると指摘し、それらは登場人物の性格創造と比べれば副次的なものにすぎないと断じている。そして凡庸な劇作家が登場人物を類型に押し込めようとして、その情念の区別や性格の特徴を正確に描写していないことを批判して次のように述べている。

> 悪党が聖人と異なっているように、同じような悪党同士も細かな点ではそれぞれに異なっている。そしてよく似た状況から生じた同じ程度の怒りも、人間の気質の違いと同じ数のさまざまな形をとって現れるのである。しかし個々の人間を区別するこのような特性は、しばしば悲劇作家の観察から排除されている。（Vickers, VI, 409）

ウェイトリーにとってシェイクスピアの天才は一般的な登場人物の描写に満足せず、たとえ同じタイプの人物であっても、彼らの間に存在する人間性の違いをはっきりと描き分けた性格描写に求められねばならなかった。彼がマクベスとリチャード三世を取りあげて比較したのは、二人の対照がシェイクスピアの性格創造の特徴を典型的に示しているからである。

マクベスとリチャード三世はともに軍人であり簒奪者であり、裏切りと殺人によって王位を手に入れるが、王位継承の正統性を主張する他に人物との戦いに敗北する。ウェイトリーによれば、二人の状況や運命はこのように類似しているにもかかわらず、シェイクスピアが彼らの行動に与えた「原理と動機」(principles and motives)は全く異なるものであった。

ウェイトリーが最初に指摘するのは二人の主人公の性格の違いである。マクベス夫人が夫の性格に関して「人情という甘い乳がありすぎる」と語っているように、マクベスにはダンカン王への感謝の気持ちや親族意識、王の温厚篤実な人格への尊敬といった人間的な感情があるのに対して、「(おれは)憐憫も、愛情も、恐れも知らない」(『ヘンリー六世　第三部』五幕六場六八行)と語るリチャード三世は、生まれながらに人を屈服させることにしか喜びを見出せない残忍な男である。この性格の違いが類似の状況や事件に対する二人の対照的な反応を生み出していく。マクベスにとって王位簒奪は彼の性格や人間性に反する行為であるために、その実行には魔女と妻の扇動が必要であり、目的達成のあとには喜びではなく衝撃と不安と恐怖が残るにすぎない。ダンカンを殺害したマクベスはその後次々と殺人を犯していくが、これらの残虐行為は恐怖に慄く彼の「生まれながらの臆病さ」(natural timidity)と「心の弱さ」(weakness of mind.)によるものであるために、罪を犯すたびに不安は深まり、ますます後戻りできない状況に追い込まれていくのである。

これに対してリチャードが行動を促す魔女やマクベス夫人のような人物を必要とせず、どんな残虐行為にも躊躇や動揺をまったく感じないのは、彼を支配する情念が権力への限りない渇望であるからである。リチャードにとって他の人間は自分の野望実現の手段にすぎず、彼の行動の原理からすれば、前に立ち塞がる邪魔者を殺害するのは当然であるばかりか喜びでさえある。ウェイトリーはマクベスとリチャード三世の性格を比較して次のように述べている。

マクベスは悪行の成果を享受しているときでさえ物思いに沈んでいるが、リチャードは罪を犯すことを考えただけで浮き浮きとした気分になる。前者にとって努力を強いるものが、後者にとっては喜びとなるのである。リチャードの異常なほどの陽気さは、マクベスにとってはもっとも不快となるような状況においてすら現れる。（恐ろしい）手段を考え、それを作り出し、実行に移すときであろうと、もっとも邪悪で危険な計画の成功を振り返るときであろうと、それらはいつも彼にとって楽しい気分を生みだす種となるのだ。（Vickers, VI, 412-3）

類似の状況におけるマクベスの苦悩や絶望とリチャードの平静さや陽気さは、このような二人の異なった性格と、それに起因する相反した動機や行動の原理から生じるのである。

ウェイトリーの以上のようなマクベスとリチャード三世の比較論は、シェイクスピアの劇作家としての成長やジャンルの違いをまったく考慮していないという重大な欠陥をもっているけれども、当時高まった個性に対する関心を反映して、シェイクスピアの性格創造を具体的に詳細に分析しようとした初めての試みであった。ウェイトリーの方法は同時代のウィリアム・リチャードソン（William Richardson, 1743-1814）の場合と[3]

同様に、主人公の支配的な情念を規定し、それに基づく彼らの個々の状況や行動への独特な心理的反応を見ようとするものである。先に論じたモンタギューとの大きな違いは、ウェイトリーがマクベスの苦悶や恐怖に倫理的な意味を読み取っていないことである。この点について、一八世紀から一九世紀にかけて活躍した俳優のジョン・フィリップ・ケンブル（John Philip Kemble, 1757–1823）は一七八六年に出版した『マクベス再考』（*Macbeth re-considered; an Essay*）の中で次のように批判している。

もしマクベスがウェイトリーの言うような人物であるならば、マクベスが罪悪を嫌悪することに対して我々が感じる、道徳的な満足感を捨てねばならなくなってしまう。マクベスのそのような気持ちが単なる臆病さから生まれたことになるからだ。さらに我々は彼の激しい悔恨から何の教訓も得られなくなるだろう、なぜならばその悔恨が彼の愚かさの産物になってしまうからである。我々は彼を軽蔑し、彼に同情することができなくなる。もっぱら軽蔑の対象となる哀れな人物からは、我々が学ぶことがなくなってしまうのだ。（Vickers, VI, 431）

ウェイトリーの『マクベス』論が出版された直後にこのような反論が出たことは、劇作品に教訓性を求める伝統が未だに根強く残っていたことを示している。

ウェイトリーの登場人物の比較論は今日からみれば常識的な内容に思われるけれども、ロマン派のシェイクスピアの性格批評にある程度の影響を与えるものであった。コウルリッジが一八一一―一二年に行なった連続講義の第一二講義で「シェイクスピアの卓越した力がもっともよく示されているのは、一見したところでは類似しているように見える二人の人物の場合でも、注意深く細かく検討すればまったく異なる性格に描き分けられている点である」[4]と語っているのは、彼もシェイクスピア劇の登場人物の個性の評価に関してはウェイトリーの伝統に沿っていることを示している。

## 三

モンタギューやウェイトリーの批評の特徴は、シェイクスピアが創造した劇中の人物をまるで実在する人間のように見なし、彼らの性格や心の動きを分析しようとしたことであった。この傾向をいっそう推し進め、フォールスタッフという不可解で魅力的な人物を取りあげて、その全性格を新しい視点から明らかにしようとしたのは、モーリス・モーガン（Maurice Morgann, *c.* 1725–1802）の『フォールスタッフ論』（*An Essay on the Dramatic Character of John Falstaff*, 1777）である。

モーガンのこのエッセイが一八世紀の重要なシェイクスピア批評として注目されるようになったのは、D・ニコル・スミス（David Nichol Smith）が一九〇三年に編集した『一八世紀シェイクスピア論集』（*Eighteenth Century Essays on Shakespeare*）にこれを収録し、序文の中で「この論考はロマン派的なシェイクスピア批評の真の先駆けである。登場人物に対するモーガンの態度は、コウルリッジやハズリットの態度と同じである。彼の批評はあらゆる形式上の問題を無視して、人間性の探求へと向かっている」[5]と評価してからであった。ニコル・スミスに続いてA・C・ブラッドリー（A. C. Bradley）も、フォールスタッフに関する講義の注の中で「一八世紀の批評家たちは、シェイクスピアの想像力の働きを内部から解釈することにほとんど貢献していない。モーガンが試みたのは正にそのことである」[6]と述べ、ゲーテ、コウルリッジ、ラム、ハズリットの先駆者としてのモーガンの『フォールスタッフ論』の歴史的意義を強調している。このような評価はその後の多くの批評家に引き継がれたが、ハロルド・ジェンキンズ（Harold Jenkins）の言う「モーガン・ブラッドリーに対する三〇年戦争」[7]の中で、劇の登場人物と現実の人間とのブラッドリー的混同のアーキタイプとしてしばしば批判の対象となった。二〇世紀後半の評価は前半ほどに高くはなく、ダニエル・A・ファインマン（Daniel A. Fineman）の研究[8]のように、モーガンをロマン派的なシェイクスピア批評の先駆者と位置づけるよりは、一八世紀的な観客重視の批評の伝統の中に位置づけようとする傾向も見られる。では二〇世紀になってこのように大きな関心を呼んだモーガンの『フォールスタッフ論』は、この太った愉快な騎士をどのように論じているのであろうか。

モーガンがこのエッセイを書いたのは、たとえばサミュエル・ジョンソンがフォールスタッフについて書いた「彼は泥棒で食いしん坊、卑怯者で大法螺吹き、さらに弱い者を騙し、貧乏人を餌食にする人物である」（Sherbo, VII, 523）という注釈のように、彼を卑劣な「憶病者」（coward）と見なす一般的な評価に反論するためであった。しかしモーガン自身が「フォールスタッフの勇敢さを弁護することは、それ自体としては真面目に議論するに値しないことである。フォールスタッフは言葉にすぎず、シェイクスピアが主題である」（Smith, 240）と述べているように、モーガンの本来の目的は、フォールスタッフの弁護を通して、シェイクスピアの性格創造の隠された技術を明らかにすることであったと考えられる。

モーガンのフォールスタッフ論の出発点になっているのは、この人物が観客の理性と感情のそれぞれに相反する反応を生み出すことであった。フォールスタッフの科白や行動を理性的に論理的に見ていけば、卑劣な臆病者という判断をくださざるを得ないにもかかわらず、観客が最終的にこの人物に抱く印象は、生命力にあふれた勇敢な騎士という好意的なものである。モーガンによれば、このような観客の相反した反応が生まれるのは「〈悟性〉と感情はしばしば一致しない」からであり、「〈悟性〉は行動のみを取りあげて、そこから動機や性格を推理しようとするのに対して、我々がいま論じている感覚は逆の過程をたどり、〈悟性〉ではまったく捉えられない性格の第一原理（*first principles of character*）から行動に結論をくだす」（Smith, 220）からである。モーガンは「性格の第一原理」という言葉を明確には説明していないけれども、ある人物の性格のもっとも重要な特徴を意味していると考えてよいであろう。モーガンにとっては「劇作品においては印象（*Impression*）が事実（*Fact*）であり」（Smith, 219）、この印象の正しさを証明することは、シェイクスピアが創造した「全一的な性格」（the *Whole* Character）を理解するだけでなく、この劇作家の性格創造の核心に迫ることになるのである。

モーガンによれば、シェイクスピア劇の登場人物の性格は、その人物がどのようなことを語るか、どのような行動をとるか、他の登場人物からどのような評価を受けているかによって観客に伝えられる。ただし登場人物の言動や他の人物からの評価は、それらがどのような状況のもとで語られたり、行なわれたりしたかを正確に把握して判断しなければならない。フォールスタッフの勇敢さの証明も先の三つの観点から行われるが、モーガンの性格批評の新しさはフォールスタッフを単なる劇中の人物としてではなく、「歴史的存在」として扱おうとしたことである。モーガンは「シェイクスピア劇の登場人物の本質」（the nature of *Shakespeare's* Dramatic Characters）という言葉につけた注釈の中で次のように述べている。

シェイクスピアの登場人物は、その一部分だけしか見えない場合でも、その全体を明らかにして理解することが可能であると、私が主張しても読者はもはや驚かないだろう。実際（登場人物の）あらゆる部分は相関的であって、他のすべてを暗に示しているのだ。確かに我々がもっとも関心をもつような行動や感情の要点は、我々が特別の注意を払うように示される。しかし誰もが気づくように、そこにはある特質があって、それが（人物の）全体像（the whole）の一部を伝えるのである。さらに非常にしばしば見られることだが、シェイクスピアは（ある人物の）独特な点を強調することをせずに、単に推察されるだけではっきりと明示されない一部の気質に基づいて、大胆にもその人物に何らかの行動をさせたり語らせたりする。これが驚くべき効果を生み出すのだ。そのために我々は詩人の存在を意識せずに「人間の性格自体」（nature itself）へと導かれ、他の方法では得られない真実性と統一性が（劇中の）出来事と登場人物に与えられるように思われる。そしてこれこそがシェイクスピアの技法（art）なのであって、我々はそれに気づかないために、いっそう強調してそれを自然（*nature*）と呼んでいるのである。目に見えない原因から感得される適正さと真実こそが、詩作においてもっとも評価されるべき点であると考える。シェイクスピアの登場人物がこのように全一（*whole*）であり、いわば本物の存在であるのに対して、他のほとんどの劇作家の登場人物が単なる模造品であるならば、彼の創造した人物たちを〈劇中の存在〉と見なすよりは〈歴史的存在〉（Historical beings）と見なして考察するほうが適切であろう。そして必要な場合には、彼らの行動を性格の全体（the *whole* of character）から、（人間に関する）一般的な原理から、潜在的な動機から、そして明言されてはいない（その人物の）信条から説明することが適切であろう。（Smith, 247n）

この引用に出てくる「性格の全体」と「歴史的存在」という言葉の意味はやや曖昧であるが、前者は観客の目に必ずしも明確には示されない登場人物の真実の性格を表し、後者は劇中には出てこない過去から現在に至る彼らの生き方を意味していると考えてよいであろう。そしてこれらのものは、氷山の一角である劇中の彼らの科白や行動と他の登場人物の彼らについての評価から浮かび上がってくるのである。

このような観点からのモーガンの分析によれば、フォールスタッフの行動と性格は通説とは全く異なった様相を帯びてくる。たとえば、ギャッズヒルでの逃走は、彼の年齢やその場の状況を考慮すれば決して非難されるべき行為ではなく、またダグラスに攻撃されて死んだふりをする場面も、彼の恐怖心や動顛を表すというよりは絶望的な状況のもとでの彼の臨機応変さをよく示していることになる。さらに彼の大げさな虚言も悪意のない単なるユーモアであって、ハル王子のようにそれを本当と誤解しない人に向かって語られているのである。他の人物たちのフォールスタッフ評も、冷徹な政治家であるランカスター公ジョンの非難を除けば全体的に好意的であり、彼がかつてトマス・モーブレーの騎士見習いであったという事実は、彼の若いときの勇猛さを示す証拠となる。こうしてモーガンは「劇中の存在」としては臆病者に見えるにもかかわらず、「歴史的存在」としては勇敢な騎士であるフォールスタッフの「性格の全体」を明らかにしている。

ではシェイクスピアは何故にフォールスタッフの「よりよき面」を明示せず、「若い年寄り、冒険好きなでぶ、まぬけな才子、人に害を与えない悪人、大体は弱虫だが気質は強固、外見は臆病で実際は勇敢、悪意を持たない悪党、騙す気のない嘘つき」（Smith, 286）といった矛盾した性格に作りあげ、観客の心に理性的な判断と感覚的な印象との相違を生み出そうとしたのであろうか。モーガンによればその理由の一つは、自然の女神（Nature）は人の一生を「目に見える原因と結果の整然とした鎖」として描くが、「詩神は奇襲を楽しみ、その足音を隠してすぐに心に飛びついて、上昇の経路を明かさずに物事の崇高さ（the Sublime）へと達する」からであり、「真の詩とは〈自然そのもの〉（*nature*）ではなくて〈マジック〉（*magic*）であり、隠された未知の原因が生み出す効果であって、……手段が隠されている場合にもっとも完璧ですばらしいものとなる」（Smith, 251-2）からであった。シェイクスピアが創造した人物の神秘的な全体性は、その原因が不明確であるからこそ観客に感知されるのである。

モーガンが挙げるもう一つの理由は、シェイクスピアがフォールスタッフによって新しい道化、すなわち単に機知やユーモアの感覚をもっているだけでなく、立派な血筋・威厳・勇気をも備えた道化を作り出そうとしたことである。しかしすぐれた資質が明白に観客に示されれば、彼らに「尊敬の念」を呼び起こすことはあっても、道化に向けられる嘲笑やあざけりを引き出すことは難しい。モーガンによれば「理性的な存在の中に見られるあらゆる不調和が笑いの源泉である」（Smith, 292）から、シェイクスピアはフォールスタッフに彼の性格の本質を損なわない程度の悪徳や愚劣さを与えたのである。フォールスタッフの表面的な愚行・愚見・卑劣さを観客に意識させずに中性化していく過程にこそ、シェイクスピアの性格創造のもっともすぐれた特徴が見出されるのである。

ロマン派のコウルリッジやハズリットらは、モーガンのフォールスタッフ論を読んではいなかったと思われるが、この論考にはロマン派のシェイクスピア批評につながる要素があることを否定することはできない。ニコル・スミス以降のシェイクスピアの批評史の研究者が注目したのは、モーガンがシェイクスピアの創造した人物の性格を「全一」と捉え、劇中での彼らの科白や行動を丹念に分析して、観客の目に隠されている「性格の全体」を明らかにしようとした批評態度であった。モーガンの目的はフォールスタッフの勇敢さの弁護という今日から見れば取るに足らないものであったが、彼の批評の基本的な態度には、コウルリッジの「シェイクスピアは決して出鱈目に書いたり、偶然に性格や行動の妙所を射当てたのではない。彼の心の最小の断片さえ、もっとも完全で規則だち首尾一貫した全体を理解する手引きとなることがしばしばである」（Raysor, II, 109）という考えと共通するものがある。ロマン派の批評家たちも「最小の断片」を手がかりにして、ある場合には劇のコンテクストを離れてまで、シェイクスピアの登場人物の魂の深奥を理解しようとした。

このことと関連してもう一つ注目すべきなのは、シェイクスピアが観客の相反した反応を故意に利用して作り上げたフォールスタッフの性格に、モーガンがシェイクスピア独自の想像力の働きを読み取ろうとしたことである。モーガンは「フォールスタッフ、リア、ハムレット、オセローはシェイクスピアの思想の様々な変形（modifications）以外の何であろうか」（Smith, 225）と語り、また別の箇所では次のように述べている。

> シェイクスピアにとっては、完璧な真実性と一貫性を備えた人物を作り上げるだけでは十分でなかった。彼にはさらに、いわば自分の精神をこれらの人物像の中に圧縮し、それぞれの人物に生気を与えるすばらしい能力を持たねばならなかった。これは外面から（*from without*）なされるものではなかった。彼は変化に富んださまざまな状況を自ら感じ取り（*feel*）、彼が作り出した器官を通して語ったのである。物事についてのこのような直感的な理解と才能が結びついて初めて、シェイクスピアのような作家が生まれるのである。（Smith, 247n）

ブラッドリーがモーガンをシェイクスピアの想像力の働きを内部から解釈した数少ない批評家の一人と評価したのは、モーガンがシェイクスピアの性格創造の独自性を高く評価し、それをフォールスタッフという具体的な人物に即して論じたからである。

しかしながら、モーガンのフォールスタッフの性格分析が、一貫してこの人物が観客に与える印象と論理的な判断との分裂に基づいているのは、モーガンもまたM・H・エイブラムズの言う一八世紀的な批評家であったことを暗示している。エイブラムズは一八世紀の批評理論を、作品と作家との関係を主眼とするロマン派の「表現理論」(an expressive theory) に対して「実用理論」(a pragmatic theory) と呼び、後者の立場の批評家について次のように述べている。

> 実用理論の批評家の中心的傾向は、詩とは読者側に必要とされる反応を生み出すために作られたものと考えることであり、この目的を達成するために不可欠な能力と訓練という観点から作者を考察することであり、詩の分類と分析の根拠の大部分を、個々の詩の種類と構成要素がもっともよく達成しそうな効果に置こうとすることであり、また詩の技法の規範と批評の基準を、読者とされる人々の必要と正当な要求から引き出そうとすることである。(9)

このような見方からすれば、モーガンの基本的な立場が観客の反応を重視する「実用理論」に近いことは明らかであろう。モーガンの「性格の全体」の概念の先駆的な意味は否定できないけれども、彼のようにフォールスタッフの性格の「外に現れた部分」と「隠された部分」との関係とその意味を、観客への効果という観点から捉えるかぎり、シェイクスピアの性格創造の「隠された技術」を明らかにすることは可能であっても、この劇作家の創造の源泉を彼の想像力の働きに見ようとする方向は出てこない。モーガンの限界は、ファインマンが指摘しているように、彼のフォールスタッフの性格分析の背後に、常に「登場人物が観客にどのような効果を生み出しているか」という問いがあったことであろう。これに対してコウルリッジ等のロマン派の批評が問うたのは「シェイクスピアは登場人物を通して何を表現しようとしたのか」[10]という問題であった。この変化の背後には、文学批評において「重点が次第に詩人の生来の才能、創意あふれる想像力、豊かな感情表出へと移り、これらと相反する属性である判断力、学識、技法上の制約に取って代わった」[11]という時代の流れがあった。このような観客・読者から劇作家・詩人への視点の転換によって、シェイクスピアの登場人物に対するモーガンたちの強い関心とその性格分析は、詩人・劇作家シェイクスピアの想像力とそれが創りだす作品世界への深い考察へと変化・発展していくことになるのである。

# 第三章　A・W・シュレーゲルのシェイクスピア批評

## 一

シェイクスピアの作品がヨーロッパ大陸の主要な国々に広く紹介され、それぞれの国の文学に大きな影響を与えるようになったのは、一八世紀の後半から一九世紀の前半にかけてであった。この時代のヨーロッパ諸国の劇作家・小説家・批評家たちがシェイクスピアに大きな関心を抱いた最大の理由は、この劇作家・詩人の作品に一七世紀以降彼らの国の文芸を支配してきたフランス古典主義を批判し、その桎梏を打破するための重要な根拠を見出したからである。こうして始まったシェイクスピアの評価の高まりは、ヨーロッパ各国の国民文学の形成に影響を与えただけでなく、「ロマン主義」と称される運動の文学理論・批評理論を生みだす一つのきっかけとなった(1)。

新しい文学の担い手たちが自由な創造の障害と見なしたフランス古典主義は、すでに序章で述べたように、一六世紀以降におけるアリストテレスの『詩学』の再評価から生まれた文学理論であり、秩序と調和を兼ね備えた端正な作品を理想とし、そのような作品を創造するための一般規則を説いたものであった。古典主義の演劇理論、とりわけ「三一致の法則」は、イギリスだけでなくヨーロッパ各国の劇作家や演劇批評家に長年にわたって大きな影響を与えた。シェイクスピアがヨーロッパ大陸諸国で一八世紀の半ば過ぎまで正当な評価を受けなかったのは、彼の劇作品がラシーヌの悲劇に見られるような「三一致の法則」に基づく均整を欠いていると思われたからである。特にフランスにはじめてシェイクスピアを紹介したヴォルテールの影響は決定的であった。二年半のロンドン滞在から帰国した頃のヴォルテールは、シェイクスピアを「偉大な天才」と呼んでいるが、フランス古典主義の擁護者であった彼にとって、「三一致の法則」を守らず筋や人物の「適合論」を無視するシェイクスピアの悲劇（彼は喜劇は論じていない）は、ラシーヌやコルネイユの作品に遠く及ばない粗野で欠点の多いものであった。

ヨーロッパ諸国の中で、シェイクスピアに対するこのような偏見に最初に異議を唱えたのは、ドイツの作家や批評家たちであった。その火蓋を切ったのは、『ハンブルク演劇論』（*Humburgische Dramaturgie*, 1767–9）で演劇の本質を論じたレッシング（Gotthold Ephraim Lessing, 1729–81）である。ドイツ文学をフランス古典主義の圧制から解放することを願ったレッシングにとっては、悲劇とは「三一致の法則」のような外的な規則に縛られるべきものではなく、劇の展開の内的な必然性によって観客の心に主人公の運命への共感を呼び起こし、彼らの情念の浄化をめざすものであった。このような悲劇観に立てば、シェイクスピアこそがアリストテレスの精神に近い劇作家であり、「三一致の法則」のような作劇規則を金科玉条とするフランスの劇作家よりもはるかに悲劇の本質を理解していたことになる。このようにレッシングにとってシェイクスピアは、フランスの古典主義の劇作家たちの対極にある劇作家であり、彼の作品はドイツの民衆劇と共通する活力を有しているように思われたのであった。(2)

レッシングに続いてドイツにおけるシェイクスピアの評価を一段と高めたのは、シュトゥルム・ウント・

ドラング文学運動の先導者であったヘルダー（Johann Gottfried von Herder, 1744-1803）である。『ドイツの特性と芸術について』（*Von deutscher Art und Kunst*, 1773）に収録した「シェイクスピア」という論考の中で、ヘルダーはある時代と国の演劇を生み出すのは、その「自然」すなわち「時代精神、習俗、意見、言語、国民的先入観、伝承、好みなどである」と論じ、一六―七世紀の北方イギリスのシェイクスピアは「自分の前にも、また周囲にも、ギリシャ劇を形成したような国家、風習、行動、傾向、および歴史伝承の単純な原型を少しも見いださなかった」と述べている。このような立場からすれば、ギリシャ劇をモデルとして、シェイクスピアの作品を批判するような批評は、まったく意味をなさないことになる。さらにヘルダーはシェイクスピアを「世界の創造者」と呼び、さらに次のように述べている。

彼の舞台の前に出てみれば、波また波とざわめく事件の大海を前にしたごとくである。自然の場面が寄せては返す波のようにあらわれ、どれほど離ればなれに見えようとも、たがいに作用しあい、たがいに呼び出し、また砕きあう。それは、陶酔と混乱の見取図にあるすべての場面を呼び集めたかにみえる創造者のもくろみが実現するためのようだ。……リア王、地図の前に立ち、王冠をゆずり、国々をひき裂くあの性急な、情にもろい、高貴で気弱な老人――彼は最初の場面ですでに、暗い未来において収穫される運命の種子を身中にたずさえている。（登張正実訳）(3)

この引用からもわかるように、ヘルダーはシェイクスピア劇の構造に初めて注目した批評家の一人であって、A・W・シュレーゲルのシェイクスピア批評にも影響を与えている。

一七九〇年代になるとゲーテ（Johann Wolfgang von Goethe, 1749-1832）が『ヴィルヘルム・マイスターの修業時代』（一七九五―九六年）の中でシェイクスピアを取りあげ、主人公のヴィルヘルムにこの劇作家を論じさせている。ヴィルヘルムにとってシェイクスピアは人生のすべての謎を解き明かしてくれる作家であり、彼の作品に登場する人物たちは、まるで文字盤と側《がわ》が水晶でできた時計のように、読者・観客に彼らの行動だけでなく彼らを動かしている「歯車やゼンマイ装置」をも見せてくれるのである（三巻・一一章）。そしてハムレットを演じることになったヴィルヘルムは、彼に感情移入してその世界を追体験したあと、この悲劇と主人公について次のように語っている。

　この悲劇はちょうど可愛い花だけしか植えられない高価な鉢に、樫の木を植えこんだようなもので、根がはびこれば鉢はこわれてしまうほかないのです。美しい、純粋な、極めて道徳的な本性は、英雄をつくり上げるに必要な官能的な逞しさがないために、自分で背負うこともできず、さりとて投げだすこともできない重荷にひしがれて破滅してゆくのです。いかなる義務も彼にとって神聖であるだけに、それはあまりに重すぎたのです。（高橋義孝・近藤圭一訳）(4)

迷宮を思わせるハムレットの世界に分け入り、この主人公を通して作品全体の意味を解き明かそうとしたヴィルヘルムの『ハムレット』論は、作劇の規則を基準にして作品の価値を判断するヴォルテールらのシェイクスピア論とは異なった、新しい批評のあり方を示すものであり、同時代のドイツの文芸批評家に多大の影響を与えた。ドイツ・ロマン派の理論家であったフリードリヒ・フォン・シュレーゲル（Friedrich von

Schlegel, 1772–1829, 以下F・シュレーゲルと略記）は、「ゲーテの『マイスター』について」という有名な評論の中で、ゲーテがヴィルヘルムに語らせる『ハムレット』論を取りあげ、この悲劇に内在する問題を検討することによって「シェイクスピアの奥深い技巧と意図」を理解しようとするヴィルヘルムの批評態度に強い共感を示している。F・シュレーゲルにとって、『ハムレット』の随所にある「外から距離をおいて眺めたり、ふたたび自分自身の内面に還っていったりする精神の動きも、あらゆるすぐれて知的な文学に共通する特徴であり」[5]、それはゲーテの『ヴィルヘルム・マイスターの修業時代』にも見られるものであった。

ドイツにおけるシェイクスピアへの関心とその作品評価をいっそう高めたのは、F・シュレーゲルの兄にあたるアウグスト・ヴィルヘルム・フォン・シュレーゲル（August Wilhelm von Schlegel, 1767–1845. 以下シュレーゲルまたはA・W・シュレーゲルと略記）である。シェイクスピアのすぐれた韻文訳で知られるシュレーゲルは精緻なシェイクスピア読解に基づいて、一七九七年にはシラーの『ホーレン』（*Die Horen*）に「シェイクスピアの『ロミオとジュリエット』について」（'Über Shakespeares Romeo und Julia'）を発表し、さらに一八〇九―一一年には長大なシェイクスピア論を含む『劇芸術と文学についての講義』（*Vorlesungen über dramatische Kunst und Litteratur*）を刊行した。この書は彼が一八〇八年にウィーンで行なった講義をまとめたもので、のちに「ドイツ・ロマン主義のヨーロッパへのメッセージ」[6]と言われたように、イギリスやヨーロッパ諸国で翻訳され、それぞれの国の作家や詩人や批評家に大きな影響を与えた。イギリス・ロマン派の文人たちのシェイクスピア論を主に扱う本書で、まずドイツのA・W・シュレーゲルの批評を取りあげるのは、彼の論考がロマン派のシェイクスピア批評のさきがけであったからである。

## 二

シュレーゲルが文学者としての地位を確立したのは、韻文によるシェイクスピアのドイツ語訳によってであった。彼はすでに一七八八―九年に詩人のビュルガー（Gottfried August Bürger, 1747-94）と『夏の夜の夢』の翻訳を行なっているが、本格的にシェイクスピアの翻訳に取り組んだのは一七九七年から一八〇一年にかけてである。この間に彼が訳した一七編のシェイクスピア劇は、のちにドイツ文学の古典と言われるほどの名訳であった。シュレーゲルの翻訳者としての仕事は一八〇九年の『リチャード三世』によって終わるが、彼の意志はドイツ・ロマン派の小説家・劇作家のルートヴィヒ・ティーク（Ludwig Tieck, 1773-1853）に引き継がれ、シュレーゲル・ティーク訳と呼ばれるシェイクスピアの全訳が完成した。

シュレーゲルが原作に忠実なシェイクスピアの翻訳を行なったのは、当時のドイツにはシェイクスピアをモデルとしてフランス流の古典主義の支配を打ち破り、新たな国民文学を創出しようという風潮が現れ始めていたからである。シュレーゲルの翻訳がこの風潮を一段と強めたことは言うまでもないが、彼はさらに独自の視点からシェイクスピアを論じることによって、この劇作家に対するドイツ国民の理解を深めようとした。『ロミオとジュリエット』論とウィーンでの連続講義に基づく『劇芸術と文学についての講義』は、シュレーゲルのシェイクスピア観をもっともよく伝えるすぐれた業績である。後者についてはのちに詳しく論じることにして、まず彼のシェイクスピア論の萌芽的な論考である「シェイクスピアの『ロミオとジュリエット』について」を見てみよう。

この論文が『ホーレン』に発表されたのは一七九七年であったが、一八二〇年に英訳されて出版業者チャールズ・オリエ（Charles Ollier, 1788–1859）の『文芸論集1』（*Literary Miscellany* No. I）に収録された。[7] オリエがシュレーゲルのこの論文に注目したのは、おそらく五年前に英訳版が出た『劇芸術と文学ついての講義』の反響が大きかったからであろう。『文芸論集1』の翻訳には、まず「ドイツの批評の特徴について」という序文があり、そのあとにシュレーゲルの本文が翻訳されている。この序文の筆者と翻訳者の名前は明示されていないが、サウアー（Thomas G. Sauer）というドイツ系の比較文学の研究者は、J・C・ヘア（Julius Charles Hare, 1795–1855）であると断定している。[8] ヘアは一八三〇年代にS・T・コウルリッジのシェイクスピア批評がシュレーゲルの剽窃ではないかという問題が起こったとき、コウルリッジの弁護にあたった批評家であった。

ヘアは序文の中でまずシュレーゲルの『ロミオとジュリエット』論を、それが書かれた二十数年前の批評状況の中で評価し、「シェイクスピアが芸術上の最高位を占めるべきだと最初に正しく主張した名誉は、シュレーゲルに与えられるべきものである」と述べている。そして「シュレーゲルが点した明かりによって、彼の国の人々はシェイクスピアが理解されるのは、ドイツにおいてのみだと主張するようになっている」と語り、ドイツに遅れをとったかに見える、イギリス本国のシェイクスピア批評の現状に言及している。彼によれば、イギリスのシェイクスピア批評にもハズリットの登場人物論やチャールズ・ラムの評論のようなすぐれたものがあり、またシュレーゲルの『劇芸術と文学についての講義』の翻訳以降上質の批評精神が雑誌などに見られるようになっている。しかし彼が強く願っているのは「コウルリッジが短期間エネルギーを集中して、（イギリスではシェイクスピアは理解されていないという）不名誉を払拭してくれること」（*Miscellany*, 8）

であった。

ヘアがシュレーゲル兄弟を高く評価したのは、彼らの批評には「（従来とは）異なった方法」、「芸術作品を機械的な規則によってまとめられた断片の集積としてではなく、生命をもった有機的な個体と見なす」（*Miscellany*, 11）新しい感覚・知覚が現れているからであった。ヘアによれば、従来のシェイクスピア批評が評者の一貫しない意見の寄せ集めや主観的判断による「退屈な科白と美しい科白」の列挙に過ぎないのに対して、シュレーゲルの『ロミオとジュリエット』論の特徴は、この悲劇の「根源にある原理」（the seminal principle）を発見し、その一部である創造力の働きが徐々に発展して、やがて「十分に花を咲かせ、その美しさを太陽に捧げる」（*Miscellany*, 12）までの過程を注意深く追い続けるところにある。言い換えれば、ヘアにとってこの評論の新しさは、『ロミオとジュリエット』の登場人物の性格と科白とプロットとの相互関係を細かく検討することによって、シェイクスピア劇に特有の構造（「有機的な構造」）とその基にある作劇の原理を明らかにしている点にある。ヘアが二〇数年も前に書かれたこの評論を翻訳したのは、そこに見られるシュレーゲルのシェイクスピアの捉え方が、当時のイギリスのシェイクスピア批評に今もなお有効であると考えたからであろう。

シュレーゲルはこの論考の最初のパラグラフで、「シェイクスピアは一般に言われるよりもはるかに洗練された崇高な演劇観をもっており」、「彼の時代のイギリス人は、無学で言動もやや荒々しいところがあったけれども、のちの時代の人々よりもはるかに詩的感性や想像力の自由な働きに恵まれていた」（*Miscellany*, 16）と述べている。これらの言葉は、シェイクスピアが作劇のルールを弁えない粗野な天才であり、彼の観客も無知蒙昧な連中であったという従来の通説に反論したものである。シュレーゲルによれば、シェイクスピアの劇作家としてのすぐれた特徴は、素材源から得た材料をどのように扱っているかによく表れている。シェイクスピアのほとんどの作品に種本があることは、一般にこの劇作家の大きな弱点であると見なされてきた。しかしシュレーゲルの立場からすると、シェイクスピアは他から借りた物語を素材にして「より高貴でより精神的な構造の作品を造り出しているのであり、そこにこそ彼の個性が表れている」のである。そしてシュレーゲルはその独特な構造を「内的統一」(internal unity, innere Einheit, *Miscellany*, 19) と呼び、それを作品に即して具体的に探ることが、文芸批評の重要な役割であると見なしている。

シュレーゲルのいう「内的統一」とは、劇を構成するあらゆる要素が劇全体との関連において内的な必然性をもっているということである。彼はこの原理が『ロミオとジュリエット』の中でどのように働いているかを明らかにするために、ジュリエットに出会う前のロミオのロザラインへの恋、バルコニー・シーンでの二人の会話、ジュリエットの両親の頑固さと俗物性、乳母の存在と彼女のジュリエットへの忠告、ロミオと彼の親友であるマーキューシオの対照的な性格などを取りあげて、これらが若い恋人たちの純粋な愛を描いたこの悲劇の構成にいかに不可欠であるかを論じている。たとえばあまり重要とは思われないロミオとロザラインの逸話は、ロミオが熱烈な恋にあこがれて「想像力が生み出す聖なる地をさ迷っている」若者であることを示すことによって、ジュリエットとの真実の恋愛を導き出す「序曲」となっている。ロミオにとって最初の恋は「恋に憧れる心の抱く夢」に過ぎないが、ジュリエットとの恋は、彼の存在そのものとなって、もはやそれから離れられなくなるのである (*Miscellany*, 20–2)。メランコリックなロミオと陽気なマーキューシオとの性格の対照も重要である。マーキューシオの機知は快活な性格から自然に出てくるものであり、「二人に共通する豊かな想像力は、ロミオにおいては深い感情と結びついてロマンチックな性向を生み出すのに対して、マーキューシオでは明晰な頭脳の働きによってあたりに明るい雰囲気をもたらす」のである。マーキューシオは若々しい生命力・活力を体現する人物であり、突然の悲惨な死はこの悲劇の基調である「貴重なものすべての移ろいやすさ、あらゆる花のはかなさ」を表している（*Miscellany*, 30）。

シュレーゲルによれば、キャプレット夫妻と乳母の性格描写もこの悲劇のアクションの展開に極めて重要である。言うまでもなくジュリエットがもっとも恐れるのは、ロミオから引き離されることである。彼女にとっては両親が大きな障害であるが、父親の暴君的な強引さ、両親の俗物的な行動のために、かえって彼女は親に対する義務感との葛藤に悩まされずに自身の愛を貫くことができるのである。彼女が両親を欺くことになっても、良心の呵責を感じないのはそのためである。シュレーゲルにとってジュリエットの乳母も極めてシェイクスピア的な性格創造の例である。この乳母は「善と悪の雑種」であり、「道徳観がときに応じて変化する」女であるけれども、「堕落した精神」とは無縁の善良な人物である。ジュリエットが乳母を頼りにするのはそのためであるが、だからこそパリスとの結婚を勧める乳母の忠告は彼女にいっそう強い孤立感を与え、修道士ロレンスの眠り薬の計画に従う決心を彼女にさせるのである（*Miscellany*, 30–1）。

この悲劇はキャプレットとモンタギューの対立の深刻さを示す両家の召使の争いで始まり、ロミオとジュリエットの死による両家の和解で終わる。シュレーゲルは両家の対立をこの劇の「かなめ」と呼び、総てのアクションがこの対立に拠っているだけでなく、愛と憎しみ、やさしさと激情、青春と老齢、生の喜びと墓場の冷たさのような感情や雰囲気のアンチテーゼもそれと繋がっていると考える。シュレーゲルによれば、この悲劇のもっともすぐれた特徴は、さまざまなアンチテーゼを止揚するロミオとジュリエットの死の場面に見られる。シュレーゲルは、何故にシェイクスピアは毒を飲んだロミオが死ぬ前にジュリエットを目覚めさせて、二人の嘆き悲しむ場面を作らなかったのか、という意見に反論して、「苦しむロミオが静かに〈この倦み果てた肉体から、不運の星のくびきを断ち切ってしまっては〉（shake the yoke of inauspicious stars / From his world-wearied flesh? V. iii. 111-2）どうしていけないのか」と述べて、さらに「彼は愛しい人を腕に抱き、永劫の結婚を夢見ながら、最期の迫った己を慰めているのである。そして彼女もまた（まだ毒が残っているかもしれない）彼の唇にキスすることによって死のうとする。我々が二人は死んでもなお愛は生き続けるという想像をもち続けるためには、（原作の）最期の場面は（ロミオが死ぬ前にジュリエットが目を覚ますギャリックの改作のような）感傷に堕さぬように、しっかり守らなければならない」（*Miscellany*, 34. カッコ内の文は筆者の加筆）と書いている。シュレーゲルはこの論考の最後でも『ロミオとジュリエット』を「奇跡的な調和をもつ詩劇」と呼び、「この作品は観る人をうっとりさせるほど甘美で悲しく、純粋で燃え輝き、やさしく激烈であり、挽歌のような静けさと圧倒する悲惨さにあふれている」（*Miscellany*, 39）と述べている。シュレーゲルにとっては、この劇が醸し出す雰囲気や観客に呼び起こす感情の深さも、シャイクスピア独自のすぐれた作劇法を示すものであった。

現代の読者にはこの『ロミオとジュリエット』論が未熟なものに思われるのは当然であるが、これが書かれた一七九〇年代においては、シェイクスピアが他から借りた素材にいかにして「内的統一」を与えたかを探ろうとした極めて新鮮な作品論であった。さらにこの論考は批評家としてのシュレーゲルの成長にとっても重要である。彼がここで試みたシェイクスピア劇の構造の分析は、のちに『劇芸術と文学についての講義』で展開されるシェイクスピア論のもっとも重要な要素となっているからである。

三

『劇芸術と文学についての講義』(9)はA・W・シュレーゲルが一八〇八年にウイーンで行なった連続講義をまとめたもので、第一―七講義が一八〇九年の夏に、第八―一一講義が同年の一二月に、第一二―一五講義が一八一〇年の一二月に刊行されている。この講義録はのちにヨーロッパの各国に翻訳されて大きな反響を呼んだ。S・T・コウルリッジは出版直後に原書で読んだと思われるが、一八一五年にはジャーナリストのジョン・ブラック(John Black, 1783-1867)が翻訳し、W・ハズリットをはじめとするイギリス・ロマン派の詩人・批評家から高い評価を得ている。

『劇芸術と文学についての講義』は古代ギリシャから一九世紀初頭に至るヨーロッパの劇芸術の歴史を辿り、各時代や各国の文芸思潮に触れながら、代表的な作家と彼らの作品にシュレーゲルがコメントを加えた大著である。扱われる作家と作品は膨大な数に及んでいるが、この書に一貫しているのはヨーロッパの文芸の歴史を「古典的」様式対「ロマン的」様式という対立概念によって捉えようとする批評態度である。この発想は弟のF・シュレーゲルの文学理論に見られる「ギリシャ文学」対「ロマン主義文学」(近代文学)という対立概念に基づいているが、A・W・シュレーゲルはこの考えをいっそう深め、両者の特徴の違いをより明確に示している。彼によれば「古典的」文芸の典型はギリシャ演劇であり、「ロマン的」文芸の頂点はシェイクスピアの劇であって、前者が単一民族である古代ギリシャの文化と現世重視の宗教観を反映しているのに対して、後者はキリスト教と地中海から北方ヨーロッパに至る種々の伝統の融合から生まれた文化によって特徴づけられている。シュレーゲルはこの講義録の第一章で「古典的」芸術と「ロマン的」芸術との違いを詳しく論じているが、本稿では彼が両芸術の特徴に触れながらシェイクスピアを集中的に論じている第一二章を取りあげて、シュレーゲルが何故にイギリスのこの劇作家を「ロマン的」文学・演劇の代表者と見なしたかを考えてみよう。

第一二章はジョン・ブラックの翻訳で約一七〇頁に及ぶ長大なもので、イギリスとスペインの演劇への称賛で始まっている。シュレーゲルがこの二国の演劇を高く評価したのは、これらが他国の演劇の影響を受けることなく、それぞれの国民に内在するエネルギーによって発展してきたからである。シュレーゲルによれば、この点では「古典的」演劇の起源であるギリシャ演劇も同様であって、「ギリシャ人は彼らの劇芸術を他の民族から引き継いだり、借用したりはしなかった。それは彼らが生み出した独自のものであり、そのために生き生きとした強力な効果を発揮したのである」(*Lectures*, 93)。確かにイギリス演劇とスペイン演劇は大きな違いがあるが、両者の間には「時と場所の一致が大胆に無視され、喜劇的要素と悲劇的要素が混じりあっている」という共通点があるだけでなく、ともに「ロマン的詩の精神を演劇という形式で表現しているる」のである。シュレーゲルがここで用いた「ロマン的」という言葉は、もちろん文学史で一般に使われる「ロマン主義の」という意味ではなく、キリスト教ヨーロッパの文化に根差した近世の芸術・文学を表す形容詞であった。ではシュレーゲルは古代ギリシャの「古典的」様式と近世の「ロマン的」様式との間にどのような具体的な違いを見ていたのであろうか。彼は第一二章の最初の部分でそれについて次のように述べている。

古代の美術と詩は異質なものを厳格に排除するが、ロマン的芸術はさまざまな分離できないものの混合、あらゆる相反するものの混在を喜ぶのである。こうして自然と人工（技法）、詩と散文、深刻さと陽気さ、記憶と直感、精神性と官能性、地上のものと天上のもの、生と死とが混ぜ合わされて渾然一体となるのである。最古の立法者が彼らの教えや命令を調子の整った旋律で表現したように、また未だ荒々しかった人間を（竪琴で）和らげたオルフェイスが神話の中で称賛されているように、古代の詩と美術の全体も、いわば「律動的な法規」（*rhythmical nomos*）であって、万物の永遠のイメージを反映する整然とした世界の、永久に確立された法を諧調的に伝達するものである。これに対してロマン的な詩は、整然とした創造物の内部に隠された混沌へと人を引きつける力の表現であり、新たな驚嘆すべきものの誕生を懸命に求めるのである。原初的愛の生命を吹き込む霊が、そこでは水面に新たに飛来しているのだ。古典的詩はより単純明快であって、自然神の個々の作品に見られる自立自存の完璧さの点では自然物に似ているが、ロマン的詩は、その断片的な外観にもかかわらず、宇宙の神秘にいっそう近づいているのである。（*Lectures*, 98–9）

さらにシュレーゲルは「古典的」ドラマを彫刻に、「ロマン的」ドラマを大きな絵画に喩えて、「絵画では人物や行動がより大きな集団の中で示されるだけでなく、人物を取り巻くあらゆるものも描き出される」と述べ、「彫刻では不完全にしか表現されない人物の表情は、絵画では我々に人物の精神のより深い奥まで読みとらせ、その微細な動きまでをも感知させる」（*Lectures*, 100）と語っている。この比喩がシェイクスピアの劇を念頭において述べられているのは言うまでもないだろう。

しかしシュレーゲルはこれら二つの芸術様式の間に優劣があるとは考えていなかった。先に引用したギリシャ演劇についての言葉からもわかるように、シュレーゲルはギリシャ演劇の独創性を高く評価していたのである。彼が演劇史上の大きな問題点と見なしたのは、のちのヨーロッパの国々の劇作家がギリシャ演劇の形式を模倣し、そこから抽出した作劇の原理を金科玉条として遵守しようとしたことであった。シュレーゲルはアリストテレスに発すると言われる「三一致の法則」を守るフランス古典劇の形式を「機械的」、それとは対照的にイギリスの文化的伝統を重んじるシェイクスピア劇の形式を「有機的」と呼んで、両者の違いを次のように説明している。

形式は外部からの影響によって、素材の質に関係なく偶発的な付加として与えられたときに機械的になる。例えばある柔らかな粘土に、それが乾いたときに取ってほしいと思うような特別の形式を押し付けるような場合である。これに対して有機的な形式は内在的なものである。それは（植物のように）内部から自らを発展させ、胚芽の完全な成長によってその形を決定するのである。我々は自然界のあらゆる場所で、塩や鉱物の結晶体から草木や花々に、さらにそれらから人間の身体に至るまでの総ての生命あるものの中にそのような形式を見出す。最高の芸術家である自然の領域だけでなく芸術作品においても、本物の形式は有機的であって、その作品の特質によって決定されるのである。（*Lectures*, 94-5）

シュレーゲルが「ロマン的」ドラマの特徴と見なした「有機的」形式とは、ドラマのあらゆる構成要素が他の要素や劇全体と切り離すことのできない関係をもち、自然が生み出した生命体と同じような統一性を備えているということである。シェイクスピア劇に典型的に見られるこのような劇構造への関心は、すでに触れたようにシュレーゲルから始まったのではなく、ドイツの批評にすでに存在していた。例えばヘルダーはすでに触れた「シェイクスピア」というエッセイの中で、「ソフォクレスの登場人物は単一の音調に支配されているが、シェイクスピアはさまざまな人物、階級、生活様式を用いてドラマの合奏音を作り出している」[10]と述べている。シュレーゲルはヘルダーらに萌芽的に見られるシェイクスピア劇の「有機的」構造への関心を引き継ぎ、それについての考察をいっそう深めたのであった。さらに重要なことは、シュレーゲルが説いた劇の「機械的」形式と「有機的」形式の区別をイギリスのS・T・コウルリッジが引き継ぎ、彼のシェイクスピア論の中で創造的に利用していることである。それについてはのちに論じることにする。

シュレーゲルは「古典的」文芸と「ロマン的」文芸の一般的な特徴を論じたあとで、自身のシェイクスピア論へと移り、まず彼と同じ時代の本国イギリスのシェイクスピア学に言及している。シュレーゲルはイギリス人学者の主な業績として古い版本を照合してよりよいテクストを作ること、語句や引喩についての詳しい注解をつけること、シェイクスピアの素材源や当時の舞台構造を調べることなど地道な仕事を挙げているが、批評家については「同国人が抱く概括的で偶像崇拝的な称賛を口ごもりながら語る解説者に過ぎないようだ」(*Lectures*, 104)と手厳しい評価を与えている。続いてシュレーゲルはイギリス以外の国の批評家が「シェイクスピアのドラマを、野蛮な時代の混乱した想像力によってのみ生み出される奇怪な作品のように扱っている」(*Lectures*, 106)と述べ、それがどんなに間違っているかを示すために、エリザベス朝・ジェイムズ朝時代の文化、そしてシェイクスピアの伝記と彼の学識の深さをかなり詳しく書いている。例えばエリザベス一世とジェイムズ一世の時代については、古典を学び文芸を重んじた君主によって統治され、航海と貿易によって繁栄した時代であって、「現代の浅はかな啓蒙思想家たち」には思いもよらぬほどに高い文化水準に達していたと述べている。そしてシェイクスピアの学識については、「彼は生き生きとした有効な知識の宝庫をもっていた」(*Lectures*, 117) と語り、高い外国語の能力と並外れた読書量を挙げて、彼を無学な劇作家と見なす一般的な傾向の誤りを指摘している。シュレーゲルによれば、いかに霊感にあふれた天才といえども事象を深く思索する力が必要であり、そのことはとりわけ「人間の精神が生み出すもっとも精巧な作品であるドラマ」の作家に当てはまるのである。シュレーゲルは「私にはこの劇作家は無計画に作品を生み出す野生の天才ではなく、深い洞察力をもった芸術家であるように思われる」と語り、シェイクスピアの作劇の特徴として次のような点を挙げている。

たとえシェイクスピアが判断力の確かな批評家や後世の人々の評価を得ようという高い野心をもたず、また完璧な作品を創って自己満足を得ようとする技法への愛ももたず、ただ無教養な観客を喜ばすために芝居を書いたとしても、まさにその目的と劇的効果を求める気持ちが、彼に劇の展開へ細心の注意を払うように促したであろう。というのはドラマの生み出す印象は、他のジャンルとは異なった独特なやり方で、作品の構成要素間の関係のあり方に依存しているからではなかろうか。ある場面はそれ自体がいかに美しかろうとも、観客がその場面に期待するように導かれたものとは異なっていたり、彼らがそれまでに感じ始めた興味をぶち壊すことになったりすれば、普通の感覚と自然な感情をもつすべての人々からすぐに非難されることになるのではなかろうか。(*Lectures*, 124-5)

シュレーゲルによれば、シェイクスピアの劇は作者の周到な計画に基づいて構成された一つの統一体であって、「作品の完璧性を損ない傷つけることなしには、いかなるものも取り去ったり、付け加えたりすることはできず、また別の形に置き換えることもできない」（*Lectures*, 127）のである。言うまでもなく、このような劇構造こそシュレーゲルのいう「ロマン的」ドラマの「有機的」構造であって、シェイクスピアの劇がその典型とされる所以である。

シュレーゲルがシェイクスピア劇の有機的構造をはじめて作品に即して論じたのは、すでに取りあげた『ロミオとジュリエット』論においてであった。シュレーゲルは『劇芸術と文学についての講義』の第一二章でもこのエッセイに言及し、「私はずっと前に書いたエッセイの中で、すべての場面をその順序に従って詳しく検討し、それぞれの場面が劇全体との関連において内的な必然性をもっていることを示した」（*Lectures*, 127）と述べて、このエッセイを踏まえながら、シェイクスピア劇の「有機的」構造のもっとも重要な要素である登場人物の性格創造へ論を進めている。

シュレーゲルはまずシェイクスピアを変幻自在に姿を変えるプロテウスに喩えて、彼の「あらゆる情況に自らを完全に没入できる能力」（*Lectures*, 128）を称え、彼が描く人物は動機の詮索などには馴染まない人間そのものであると述べたあと、この劇作家が生み出す多様な登場人物について次のように語っている。

このプロテウスは単に人間を創り出すだけでなく、精霊たちの魔法の世界の扉を開け、深夜に亡霊を呼び出し、我々の目に厭わしい儀式を行なう魔女たちを見せ、空中に陽気な妖精や空気の精を住まわせる。そしてこれらのものたちは想像力の世界にのみ存在しているにもかかわらず、迫真性と一貫性をもっているために、キャリバンのような不恰好な出来損ないでさえ、もしこのようなものが存在するならば、きっとあのように振る舞うだろうとみんなに確信させるのである。一言でいうならばシェイクスピアは豊かで大胆な想像力を自然の王国にもちこみ、他方では自然を現実界の枠外にある想像力の領域に持ち込んでいる。我々は異常なもの、驚くべきもの、そして未曾有のものがあれほど近い親密な関係にあるのを見て驚嘆するのである。(*Lectures*, 130–1)

シェイクスピアをプロテウスに喩えて彼の性格創造の卓越さを称賛したのは、一八世紀のイギリスの批評家たちであった。シュレーゲルはこの比喩を受け継いでいるが、この引用文の重要な点は、現実界の人間と非現実の存在が交錯する独自の世界を創り出したシェイクスピアの想像力を高く評価しているところにある。シュレーゲルにとって芸術とはあくまでも想像力の領域に属するものであり、この確信がシェイクスピアの作品を主な根拠として、理性を重んじるフランス古典主義の批判に彼を向かわせた大きな理由の一つであった。

『ロミオとジュリエット』論に見られた、シェイクスピアの登場人物の性格と行動を劇全体との関連の中で理解しようとする批評態度は、この講義録のシェイクスピア論でも一貫している。彼は「性格の創造・描写は劇芸術の一要素であるが、詩劇それ自体ではない」と述べて、アレグザンダー・ポープやサミュエル・ジョンソンのように、登場人物だけを取りあげて、彼らが「個」(individuals)であるか「類型」(species)であるかを論じることはできないと主張している。シュレーゲルによれば、「シェイクスピアが完璧に描いた人物たちはさまざまな特異な習性をもっているが、彼らが表す意味は彼らだけに限られたものではない」のであり、劇中で果たす役割を慎重に調べてみれば、彼らは「個」でありかつ「類型」でもある。シュレーゲルはシェイクスピア劇の登場人物に共通する特徴を次のように語っている。

シェイクスピアのすべての登場人物の描写は、個々に考察すれば他の人に真似のできないほどに一貫した適切なものであるが、彼らを結びつけたり対照させたりする技巧はさらに際立っており、そのためにある登場人物は他の人物の特性を明らかにする役割をも果たしているのである。これは劇の性格描写のまさに極致である。なぜならば我々はある人間を一人だけ抽出して考察しても、その人間の真の価値を判断することはできないからである。我々は彼らを他の人間との関係の中で見なければならない。ほとんどの劇作家に欠けているのはこの点である。シェイクスピアは主要な登場人物の一人ひとりを他の人物を映し出す鏡とし、そうすることによって直接的には明らかにされない事柄を我々に発見させるのである。他の人物たちにとって極めて深遠なことが、ある人物にはごく表面的なものに過ぎない場合もある。また人々が自分自身や他人について述べることを、もし我々がいつも正しいと信用するならば、無分別な人間と言われても致し方ないだろう。……自己欺瞞への陥りやすさ、すなわち高貴な精神の持主さえも避けられない、人間性の中に潜む利己的な動機の影響を隠そうとする半ば意識的な自己に対する偽善を、シェイクスピアほどに描き切った人はいない。性格描写のこの隠れたアイロニーこそ、この劇作家の底知れぬ眼識と明敏さとして称賛されるべきものであるが、しかしこれは熱狂の墓場でもある。我々がこの境地に達するのは、繰り返し人間性を見るという不運に見舞われ、そしてさらにいかなる美徳も偉大さも必ずしも純粋で真正ではないという憂鬱な真実を受け入れざるを得なくなったときである。……この点において我々は、この詩人が熱烈な感情を呼び起こす力をもっているにもかかわらず、他方では己の中にある種の冷静な無関心さ、卓越した精神に伴う無関心さを秘めているのを感じるのである。（*Lectures*, 138–40）

シュレーゲルのいうアイロニーとは、弟のF・シュレーゲルの重要な文学概念である「アイロニー」とは異なり、登場人物の性格や行動の矛盾を他の人物の視点や彼らとの関係を通して描き出す方法である。彼はこのようなアイロニーをシェイクスピアの「ある種の冷静な無関心さ」と呼んでいるが、それはこの劇作家が観客や読者に、登場人物の性格や劇中の出来事を複数の視点から見る機会を提供しているということでもある。さらにシュレーゲルによれば、シェイクスピアの劇にしばしば見られる、悲劇的要素と喜劇的要素の混合も、多様な視点をもたらすシェイクスピアのアイロニーの一つである。この混合はシュレーゲルが批判したサミュエル・ジョンソンも是認しているが、それは現実界では卑俗なものと高貴なもの、楽しいことと深刻なことがいつも入り混じっているという理由からであった。これに対してシュレーゲルは、悲劇の中の喜劇的場面が観客の緊張を緩めるコミック・リリーフの働きだけでなく、しばしば深刻な出来事の「意図的なパロディー」であると述べ、さらに次のようなもう一つの重要な役割を挙げている。

シェイクスピアの劇では、喜劇的場面はいわば詩の控えの間であって、そこに召使いたちが控えているのである。こういう凡俗な従者たちは大声を張り上げて、謁見室の主人たちの声を掻き消してはならないが、お偉方が退室した合間には彼らの声は耳を傾けるのに十分値するのである。彼らの大胆なひや

かしや気取ったものまねは、主人たちの諸関係についての多くの推論をもたらしてくれる。(*Lectures*, 142)

シュレーゲルによれば、喜劇的場面を担う人物たちは、主人公たち自身が気づかない彼らの性格や行動の側面をあらわにする役割ももっているのである。彼はそのような人物の典型として道化を挙げ、計り知れない機知と知性をもったシェイクスピアの道化の性格描写と劇中の機能を高く評価している。

異質な要素を組み合わせるシェイクスピア劇の特徴は、一つの劇の中で韻文と散文を巧妙に併用している点にも見られる。シェイクスピアの科白は語り手の社会的身分や性格に応じて韻文であったり散文であったりするが、同じ語り手でも置かれた情況や精神状態によって、高尚な言葉を遣ったり日常の言葉を遣ったりしている。シュレーゲルはその典型的な例としてハムレットの科白を挙げ、「彼が父の亡霊に呼びかけるときや自らを復讐へと駆り立てるとき、さらに母を厳しく非難するとき、彼の詩の言葉はなんと大胆で力強いことか。しかしポローニアスや宮廷人をからかったり、役者に教えたり、墓堀人夫と語るとき、彼の口調はなんと日常生活のそれに近づいていることか」(*Lectures*, 149) と述べている。このような韻文と散文の併用やあらゆる階級・階層の言葉の自在な使用によって、登場人物の性格や精神状態を明確に表現するシェイクスピアの技法も、シュレーゲルにとってはこの劇作家・詩人が独創的な天才である証しであった。

シュレーゲルは以上のようにシェイクスピアの科白の特質を論じて第一二章の前半を締めくくり、後半の作品論へと移っている。作品論の中には『ヘンリー四世』二部作を論じた箇所のように、シェイクスピアが連続する歴史をどのように切り取ってドラマ化したかを論じた興味深いものもあるが、前半の劇作家論と比べるとやや精彩を欠いているように思われる。実際コウルリッジのようなロマン派の詩人・批評家たちは、後半の作品論よりも劇作家シェイクスピアのすぐれた特徴を一般的に論じた前半から多くの影響を受けている。そのために本稿ではシュレーゲルの作品論は割愛して、シュレーゲルのシェイクスピア論が同時代のイギリスでどのように評価されたかを探るために、ウイリアム・ハズリットが書いた『劇芸術と文学についての講義』の書評を見てみることにしよう。

## 四

『エディンバラ・レヴュー』（*Edinburgh Review*）の一八一六年二月号に掲載されたハズリットの書評[11]は、「シュレーゲルのドラマ論」（'SCHLEGEL ON THE DRAMA'）と題された四十頁に及ぶ長いもので、彼のシュレーゲルに対する関心の強さを表している。ハズリットはシュレーゲルをヨーロッパ大陸の著名な「哲学に通じた批評家」で「シェイクスピアの偉大な翻訳者」と紹介し、「彼のシェイクスピア論は、今までイギリス内外の著述家がこの偉大な天才の戯曲について書いた最高の解説である」（Howe, 59）と称賛している。ハズリットの書評の面白さは、シュレーゲルが『劇芸術と文学についての講義』で扱っているテーマの中から自分にとって関心のあるものを選び、それについての彼自身の意見を大胆に述べているところにある。彼が最初に取りあげるのは、シュレーゲルの「古典的」様式と「ロマン的」様式の区別である。ハズリットは二つの様式についてのシュレーゲルの説明を一応は評価しながらも、読者に理解しがたい神秘的なところがあると述べ、自分自身の解釈を開陳している。彼によれば「古典的」様式はそれ自体が美しい対象を扱うのに対して、「ロマン的」様式は想像力を刺戟する対象を扱うのである。ハズリットは具体例を挙げて両者の違いを次のように説明している。

例えばギリシャの神殿は古典的なものである。それはそれ自体が美しく、すぐに称賛の気持ちを引き起こす。しかし廃墟となったゴシックの城は、人の目を引きつける美も均整ももっていないが、それが習慣的に喚起するさまざまな連想によって、もっと強烈でロマンティクな興味を引き起こすのである。さらにこの城がダンカン王の殺されたマクベスの城であると言われるならば、その興味はすぐに一種の楽しい恐怖へと高まっていくだろう。さらに気づくことは、どんなものに関しても古典的な観念や形式はいつも同じであって、同じような印象しか与えないということである。しかしロマン的な特性をもった連想は、無限に変化しあらゆる自然の事象や人間界の出来事を受け入れる。(Howe, 61)

ハズリットによれば、「古典的」様式と「ロマン的」様式の背後にある原理は、それぞれ「模倣」と「想像力」であり、この二つは単に異なっているだけでなく、ほとんど正反対と言ってもよいような関係にある。何故ならば「想像力とは対象をあるがままに描くのではなく、それが我々の空想力や感覚によって新たな形を取るように描く力である」からである。ハズリットは二つの様式には当然文章表現の面にも違いがあるとし、それについて次のように語っている。

古典的な表現(style)とロマン的な表現の間に、すなわち古代の詩と近代の詩との間に我々が認める大きな違いは、前者がしばしばある事物をそれ自体が興味深いが故に描くのに対して、後者はある事物がそれらと関連する観念を連想させるが故に描くのである。前者はある事物が感覚に直接与える印象を重視するのに対して、後者はそれらが想像力に連想させる観念を重視するのだ。(Howe, 63)

シュレーゲルは『劇芸術と文学についての講義』の中で「ロマン的」様式に特有の言語表現には言及していないが、ハズリットはシュレーゲルがこの講義でしばしば用いる「想像力」という語に触発されて、上記のような両様式で異なる表現に関する思索を行なったのである。このようにハズリットにとってシュレーゲルの『劇芸術と文学についての講義』は、彼を含めたイギリス・ロマン派の詩人や批評家が模索する新しい文学表現に理論的根拠を与えてくれる書であった。このことは彼らが抱き始めた新しいシェイクスピア観にも当てはまることであり、ハズリットはこの書評の中でシェイクスピアの性格創造について次のように書いている。

シェイクスピアの劇作品を他から区別するのは、驚くほどに変化に富んだ完璧な個性の描写である。登場人物の一人ひとりが作りものでない本当の生きた人間のように存在し、他の人物とは全く異なった独自性を持っている。この詩人はしばし自分が描こうとする人物と一体化し、そして異なった肉体に生命を吹き込む霊魂のように、次々と他の人物へ移っていくのである。彼は腹話術師を思わせる技によって、自分の創造力を他の人の中に移し、一つひとつの言葉をそれを語る人の口から自然に発するようにさせるのである。彼の劇だけが情念の描写ではなく、その表現となっている。彼の劇の登場人物は血と肉を備えた生身の人間であって、作者の言葉ではなく自分自身の言葉を語るのである。……あらゆる人や物、あらゆる情況が、まるで自然界に存在するように彼の心の中に存在し、それぞれ異なった一連の思考と感情が、混乱することなく自然にそこから出るのである。シェイクスピアの想像力の世界では、あらゆるものが生命を、それが占める場所を、そして独自の存在感をもっている。（Howe, 91–2）

ハズリットはこのように述べたあとで、シュレーゲルがシェイクスピアをプロテウスに喩えた箇所を約三頁にわたって引用している。すでに述べたように、シュレーゲルのシェイクスピア論の中心点は彼の作品の有機的構造の分析であった。ハズリットがこの点にほとんど触れていないのは不可解であるが、詩人の想像力の共感作用を重視し、その理想的な働きをシェイクスピアの劇作に見ていた彼が、シュレーゲルの想像論と性格創造論に強い関心を示したのは当然であったと考えられる。さらにハズリットは当時、彼の代表作の一つとなる『シェイクスピア劇の登場人物』（*Characters of Shakespeare's Plays*）の執筆を予定していた。ハズリットはこの書物の序文でも『エディンバラ・レヴュー』の書評で引用した箇所を再び引用して、シュレーゲルの講義録を「今までに書かれた最高のシェイクスピア劇の解説である」と評価している。

ハズリットの書評は極めて主観的であり、普通の意味での書評とは言い難いものであるが、彼が『劇芸術と文学についての講義』をロマン派の詩論・演劇論として読み、シュレーゲルのシェイクスピア論を高く評価した意味は大きかった。この書評以降シュレーゲルの講義録は、イギリス・ロマン派の詩人や批評家の必読の書となり、彼らのシェイクスピア理解や文学理論を深める重要なきっかけとなったからである。

## 五

では最後にシュレーゲルのシェイクスピア批評が、S・T・コウルリッジに与えた影響について考えてみよう。コウルリッジは一八一二―一三年にロンドンのサリー・インスティチューションで行った連続講義の草稿の中で、「シェイクスピアの劇は粗野で教養のない天才の作品であろうか」と問い、フランスの批評家や彼らに追随する者たちに見られる、シェイクスピアの作品には作劇の法則に基づく形式が欠けているために、「個々の部分のすばらしさが、全体の無定形や不規則の犠牲になっている」という評価に強く反論している。彼によれば、シェイクスピアのドラマは「それぞれの部分が同時に目的でもあり手段でもある」一つの生命体であり、そこに見られる形式は有機的であるのに対して、フランスの批評家たちが重視する形式は機械的である。コウルリッジはこの二つの形式の違いを次のように述べて、シェイクスピアを擁護している。

ある大陸の批評家（シュレーゲルを指す――筆者）が正しく指摘しているように、（ヴォルテールらのシェイクスピア批評の）誤りの真の原因は機械的な整合性を有機的な形式と混同している点にある。形式は、我々が素材にその特質から必然的に生まれたのではない形式を、すなわち柔らかな粘土にそれが乾いたときに取ってほしいと思うような形を、押し付けた場合に機械的になる。これに対して有機的な形式は内在的なものである。それは内部から自らを発展させながら形をなし、その発展の完成は外面的な形式

の完成と一体かつ同一である。生命とはそのようなものであり、形式もまたそのようなものである。(12)

コウルリッジ自身も認めているように、この一節は前に引用したシュレーゲルの有機的形式と機械的形式との区別と極めてよく似ている。コウルリッジのシェイクスピア批評には、この他にもシュレーゲルから取ったと思われるものがかなりあるが、シェイクスピアの劇の有機的構造の分析が彼の批評の重要な要素であることを考えるならば、上の引用はシュレーゲルが彼のシェイクスピア批評に与えた影響の大きさをはっきりと示している。コウルリッジの批評がシュレーゲルの剽窃ではないかという議論が出てきたのも故のないことではなかった。

シュレーゲルとコウルリッジの関係については、従来相反する二つの意見が出されてきた。その一つは、コウルリッジがシュレーゲルの講義録を読んだのは一八一一年の一二月頃であるが、彼のシェイクスピア批評の主要な点は一八〇八年の連続講義ですでに出されている、したがってシェイクスピア劇の有機的構造の指摘は、シュレーゲルの影響を受けることなく、コウルリッジが独自に考え出したものであるという見解である。コウルリッジ自身が『文学的自叙伝』(*Biographia Literaria*)の中で剽窃批判に反論して、「極めて類似しているものの多くは、実際に主要で基本的なものの全ては、このドイツの哲学者の書を一頁も読まないうちから、私の心の中に生まれ熟していった(13)」と書いていることも、この見解の正しさの根拠とされた。コウルリッジの独自性を強調するこの説は、当然のことながら英米の多くの学者によって支持されている。これに対して第二の説は、コウルリッジはシュレーゲルの『劇芸術と文学についての講義』が出る前に、すでに『ロミオとジュリエット』論を読んで彼のシェイクスピア論の要点を知っていたと考える。すでに述べたように、この論考はシェイクスピアの劇の有機的構造（この論考では「内的統一」という言葉が遣われている）を、『ロミオとジュリエット』という具体的な悲劇に即して明らかにしたものであった。ドイツに留学しドイツ哲学や文芸に深い関心を寄せていたコウルリッジが、『ホーレン』に掲載されたこの論文を知らなかったとは考えにくい。この説は一般にレネイ・ウェレック（René Wellek）のようなアングロ・アメリカンではない批評家によって支持されている。一方ドイツ系のT・G・サウアー（T. G. Sauer）は、コウルリッジのシェイクスピア論のキーワードの一つである「判断力」（judgment）という語を手掛かりとして彼とシュレーゲルとの関係を探り、コウルリッジは一八一一―一二年に行った連続講義の第八講義と第九講義の間にシュレーゲルの講義録を読んで、大きな影響を受けたと推定している。(14)

決定的な証拠がない以上、どの説が正しいかを断定することはできないが、シュレーゲルとコウルリッジのシェイクスピア論を読み比べてみると、シェイクスピアの判断力、劇の有機的構造、有機的形式と機械的形式の違い、「関心の統一」、登場人物と劇全体との関係など、コウルリッジのシェイクスピア論の中心テーマが、シュレーゲルの批評をヒントにしていることをどうしても否定できないように思われる。(15)しかし、このことはコウルリッジのシェイクスピア批評の価値をいささかでも損なうことにはならない。なぜならば、コウルリッジはシュレーゲルが指摘したシェイクスピアの特徴を作品に即して深く思索し、シュレーゲルをはるかに超える豊かなシェイクスピアの作家論・作品論を生み出しているからである。その例として二人の『あらし』論を取りあげて、シュレーゲルとコウルリッジの作品論を比較してみよう。

シュレーゲルが『劇芸術と文学についての講義』の後半で、シェイクスピアの個々の作品を論じていることはすでに述べた。これらの作品論はそれぞれ二―三頁の短いもので、深い洞察が見られるものもあるが、全体としては前半の作家論と比べて内容が薄いという印象を否定することができない。このことは彼の『あらし』論にも当てはまる。シュレーゲルはまずこの作品には観客の心を惹きつける筋の展開がほとんどないと述べ、ファーディナンドとミランダとの結婚は、二人が初めて出会ったときからすでに決まっていると指摘する。にもかかわらず観客・読者がこのような筋の展開の欠如をあまり意識しないのは、科白の詩の魅力、湧きあがる歓び、場面の細部の描写が彼らの心に強い印象を与えるからなのである。ファーディナンドの騎士的な雅量とミランダの純粋無垢が織りなす美しい恋、隠者プロスペローの叡智と荘重さ、簒奪者たちの不快な印象を和らげる忠実な老ゴンザーロー、四大の一つの地を象徴するキャリバンと空気の精エアリアルとの対照、これらのものが観客・読者をすばらしい寓話の世界へ、自然の神秘へと誘ってくれるのである。しかし、シュレーゲルはこの劇の登場人物が単なるアレゴリカルな存在としてではなく、個性を持った人物として描かれていることに気づいていた。彼はキャリバンについて次のように述べている。

キャリバンは今では詩人の想像力の奇妙な創造物の典型と見なされている。地の精と野蛮人の混合、半ばダイモン、半ば畜生であり、我々は彼の行動に生来の性質の痕跡とプロスペローの教育の影響を同時に見出す。しかし後者は彼の理解力を開発しただけで、その根強い敵意を少しも和らげてはいない。それはまるで理性と人間の言語の使用が、愚かな類人猿に伝えられたかのようである。キャリバンは意地の悪い、臆病で嘘つきな卑しい性格であるが、シェイクスピアが時々描く文明社会の悪漢たちとは本質的に異なっている。彼は粗野であるが俗悪ではない。酔っ払いの仲間のような凡俗で下卑た厚かましさに陥ることは決してない。この人物は彼なりに詩的な存在であって、科白にも彼独自の詩形がある。

彼は言語の中の不調和でとげとげしいものをかき集めて、そこから彼独自の語彙を創り出す。さらに彼の想像力に焼きつくのは、大自然の多種多様なものの中で、不愉快で嫌悪感を引き起こす歪なものだけである。……（しかし）この怪物の描写は思いもよらないほどに一貫して奥深く、確かに不愉快な存在ではあるが、人間性の尊厳に反するところがないために、我々の感情を決して傷つけはしない。(*Lectures*, 179–80)

キャリバンの性格に関するこの引用のように、シュレーゲルの『あらし』論には当時としては斬新な見解が含まれているが、全体としては著者の脳裡に残った事柄を断片的に語った作品論という印象が強い。このことは彼の講義に出てくるシェイクスピアの他の作品論にも当てはまることであって、おそらくシュレーゲルの主な目的がシェイクスピアの作品の特徴を簡潔に紹介することであったからであろう。

一方コウルリッジが『あらし』を論じたのは、一八一一―一二年の連続講義の第九講義（一八一二年一二月一六日）においてであった。この講義の筆記者であるJ・P・コリアー（J. P. Collier）によれば、コウルリッジはこの講義で「昨日午後ある友人がドイツの批評家の本を私のために置いていってくれた。一部を読む時間しかなかったが、読んだ箇所はなるほどと納得のいく内容で、それを褒めることがある意味で私自身を褒めることにならなければ、もっと高く称賛したいぐらいだ。そこに見られる感受性や見解が、私が王立科学研究所で行なった講演と一致しているからだ」(Raysor, II, 126) と述べている。第九講義はコウルリッジがシュレーゲルの講義を読んだ直後に行った講義であるせいか、彼から借用したと思われる「機械的整合性と有機的整合性」(mechanic and organic regularity) というような言葉が出てくるが、この講義の中で語られる

『あらし』論をシュレーゲルのそれと比較してみると、前者にはイギリス・ロマン派の代表的な詩人・批評家の深い思索と鋭い読みが際立っている。

コウルリッジによれば、シェイクスピア劇の特徴は観客の視覚よりも想像力に訴えるところにあり、観客は彼が創造した人物の科白を聴くことによって、その人物の特質だけでなく彼を取り巻く情況を眼前に生き生きと思い浮かべることができる。そしてこのような作劇の特徴は『あらし』によく表れている。コウルリッジがまず注目するのは、一幕一場の水夫長と顧問官ゴンザーローとの言葉のやり取りである。二人は身分のまったく異なる人物であるが、それぞれが語る科白には二人の性格、すなわち卑俗ではあるが己の仕事に誇りをもつ水夫長と高貴な精神の持ち主である老ゴンザーローの個性と彼らの関係が見事に表現されている。シェイクスピアがこのような科白を書くことができたのは、彼が「一瞬のうちに登場人物それぞれの存在そのものの中に己を没入させ、人工の人形ではなく真実の人間を我々の目の前に生み出した」（Raysor, II, 132）からであった。さらに二人の間に見られる「もっとも高貴な人物ともっとも身分の低い人物、もっとも悲しい人ともっとも陽気な人」（Raysor, II, 131）の絶妙な関係は、この悲喜劇（コウルリッジはのちにこの劇を「ロマンス」劇と呼んでいる）の特徴である相反するものの「仕合せな結合」をよく示している。

一幕二場のミランダとプロスペローの登場と二人の対話も、シェイクスピアの「すばらしい判断力」（excellent judgment）を示す好例である。コウルリッジはまずこの場の最初に語られるミランダの科白を取りあげ、嵐がアロンゾーらの船を襲う様子を陸から描写するこの科白が、孤島で父以外の人間を知らずに育てられたミランダの来歴と彼女の無垢なやさしさを表す重層的な役割を持っていることを指摘する。そこへ登場するプロスペローの科白も同様にシェイクスピア的である。彼はミランダに手伝わせて魔法の衣を脱ぐことによって、自分に超自然の力が備わっていることを示し、さらにミランダに孤島の岩屋に来るまでの過程を物語ることによって、観客・読者に二人の過去についての情報を与える。こうして観客・読者は二人の運命の今後の展開に強く引き寄せられていく。とりわけコウルリッジがこの場面について強調するのは、プロスペローがミランダの幼い頃の記憶を蘇らせながら語る、彼女を連れてミラノの城門から逃げ出すときの描写である。その一例として、このときの幼いミランダを形容する「泣きながら」（crying）という語を取りあげて「詩の力はたった一語によって人の心にエネルギーを注入して、想像力にその情景を再現させることができる」（(Raysor, II, 135）と述べている。

コウルリッジによれば、ミランダを眠らせたプロスペローが舞台に呼び出すエアリアルも、シェイクスピア独自のすぐれた性格創造の例である。子供の純朴さと超自然の力を合わせもつエアリアルは、あたかも「天」と「地」の間に生まれ、「そよ風に乗って宙を舞う五月の花」のような存在であって、「地」の創造物であるキャリバンと対照をなしている。しかしキャリバンは単なる獣的な存在ではなく、想像力をもつという点では人間である。キャリバンの科白に出てくる大地のイメージは、エアリアルの科白に見られる天空のイメージと対をなして、相反するものの結合というこの劇の特徴を形作っている。

コウルリッジがこの講義で特に強調しているのは、プロスペローの科白の比類ない力である。その一例はすでに述べたが、彼はもう一つの例として、プロスペローが眠りから覚めて間のないミランダに、ファーディナンドを見るように呼びかける「房飾りのついた目のカーテンをあげて、向こうに何が見えるか言ってごらん」（The fringed curtains of thine eye advance, / And say what thou seest yond? I. ii. 409–10）という二行を挙げている。コウルリッジはこの二行を別の言葉で表現することは不可能であると述べ、丁度劇場のカーテンがあがって舞台に突然主人公の姿が現れるように、ミランダの目にファーディナンドの姿が初めて映る瞬間を見事に表現していると絶賛している。これはそれまで父の語った過去にのみ目を向けていたミランダの前に、新たな未来を暗示する美しい青年が現れた瞬間でもある。

以上のように、コウルリッジの『あらし』論は一幕一場と二場に視点を据えて、そこに登場する人物の性格と科白、彼らの置かれた情況を取りあげ、それらがその後の劇の展開をどのように準備しているかを具体的に論じたものである。とりわけ彼がシェイクスピアの科白の言葉に注目している点は重要である。このような簡単な要約からも、コウルリッジの『あらし』論がシュレーゲルのそれより深い内容であることは明らかであろう。しかし、この講義の基本をなすシェイクスピア劇の「構造」、この劇作家の「判断力」、「性格創造」の概念が、シュレーゲルから来ていることを忘れてはならない。コウルリッジはシュレーゲルから学んだこれらの概念を自らの思索によってさらに深め、それらを柱としてイギリス・ロマン派の代表的なシェイクスピア批評を作りあげていった。シェイクスピアの劇の内的構造、登場人物の性格、他に類を見ない言語表現に関するコウルリッジの批評が、その後の批評家や研究者に与えた影響は計り知れない。シュレーゲルの『劇芸術と文学についての講義』は、コウルリッジとハズリットを通してイギリスにおける本格的なシェイクスピア批評を生み出したのである。

# 第四章　S・T・コウルリッジとシェイクスピア

## 一

S・T・コウルリッジは一八一一年一一月から翌年の一月にかけてシェイクスピアに関する連続講義[1]を行なっているが、講義の主な筆記者であったJ・P・コリアーは、コウルリッジが第七講義で次のように語ったと記している。

　シェイクスピアは人間の心とその非常に細かな奥深い動きを知っていた。彼は無駄な当を得ない言葉や考えを一つも挿入していない。もし我々が彼を理解することができなければ、それは我々自身の罪であり、あるいは筆耕や植字工の罪である。……彼はいい加減なことを決して書いてはおらず、また人物の性格や行動をたまたま巧妙に表現したのではない。彼の精神の最小の断片は、しばしば完璧で均整がとれ一貫した全体を知る手がかりを与えてくれる。(Raysor, II, 109)

シェイクスピアに対する「迷信的尊崇」(superstitious veneration)[2]を嫌ったサミュエル・ジョンソンとは対

蹠的な、コウルリッジのこのようなシェイクスピアへの深い心酔は、イギリス・ロマン派の詩人・批評家のほとんどに共通して見られ、R・W・バブコックが「シェイクスピア偶像崇拝」(Shakespeare Idolatry) と呼んだものでいる。[3] この言葉はロマン派のシェイクスピア批評に批判的な批評家・学者たちに引き継がれて、彼らの論考の中でしばしば皮肉を込めて遣われてきた。彼らが批判した主な理由は、ロマン派の詩人や批評家が本来上演用の劇であるシェイクスピアの作品をもっぱら書斎で熟読し、登場人物をまるで実在する人間のように扱って、彼らの心理や行動を解釈し理解することに没頭したということであった。このような批判が必ずしも的を射ていないことは、ロマン派の詩人・批評家たちのシェイクスピア論や劇評を詳細に読み、また当時の劇場や上演の状況を調べてみれば容易にわかることである。

コウルリッジをはじめとするロマン派の詩人・批評家たちがシェイクスピアに対して崇拝と批判されるような態度を示したのは、彼らにとってシェイクスピアが詩人・劇作家の本質を理想的に体現した人であり、彼の作品を理解することはそのまま詩や劇（コウルリッジは「詩劇」'poetic drama'と呼んでいる）の原理の解明に繋がるからであった。コウルリッジが『ヴィーナスとアドーニス』を論じた上記の第四講義の筆記者J・トマリン（J. Tomalin）は、「（この作品を取りあげた）コウルリッジの目的は、シェイクスピアの特質を例証することではなく、詩の原理を例証することであった。それ故に我々は、この作品中のいかなる原理が我らの大詩人についてのより完璧な理解へと我々を導き、また詩一般に関する合理的な体系の基礎づけに導くかを見なければならない」（Raysor, II, 62）と記している。コウルリッジにとって「詩とはなんであるか」という問いは「詩人とはなんであるか」と同じものであり、「一つの詩のもっとも一般的で明白な特徴は、詩的天才それ自体の中に起源をもつ」（Raysor, I, 149）のであった。コウルリッジのシェイクスピア批評が、登場人物の心理分析や作品とモラルとの関係については一八世紀後半の性格批評の延長上にありながら、それらと根本的に違うのは彼の基本的な視線がシェイクスピアの読者や観客の反応というよりも、この詩人・劇作家の創造の過程に、その詩的天才の作用の仕方に向けられているからである。

コウルリッジのこのような批評態度は、彼が一八世紀の批評家たちから受け継ぎ、新しい意味・内容を与えて詩人の神的な創造力の比喩に変えた「シェイクスピアはプロテウスである」というメタファーに見ることができる。このメタファーがはじめて用いられたのは一七六八年に刊行されたエドワード・ケイペル編のシェイクスピア戯曲集の序文であるが、その翌年にはエリザベス・モンタギューがシェイクスピアを他の人間のなかに己の魂を投げ入れることのできる「アラビアの修道僧」に喩え、さらに一七七四年にはウィリアム・リチャードソンが「シェイクスピアはドラマのプロテウスである。彼は自らを変じてあらゆる人物になり、人間のありとあらゆる情況に易々と入り込んでいる」と述べている。しかしこれらの人々にとっては、このメタファーはシェイクスピアが創造した人物の豊かな個性を表す単なる比喩に過ぎなかった。

コウルリッジもこのメタファーを数回用いているが、それは彼にとってこのメタファーが詩人の想像力の働きを考えるための有効な比喩に思われたからであった。先に触れた連続講義の筆記者は、コウルリッジが第三講義で詩における「写し」（*copy*）と「模倣」（*imitation*）の違いを取りあげ、「模倣という言葉はそれ自体、常にある程度の相違とある程度の類似との結合を意味している」と語り、シェイクスピアに関して次のように述べたと記している。

シェイクスピアは自然を精密に写す人（a close copier of nature）であり、眼前にあるものを正確に模写するオランダの画家のように、自然の子（a child of nature）であるという話をよく耳にする。彼は自然の子であるが、人間性（human nature）の、しかも人間性のもっとも重要なものの子である。どんなに身分の低い人物の中にもシェイクスピアは存在している。我々に喜びを与えるのは、『ロミオとジュリエット』の単なる乳母でも、『から騒ぎ』のドグベリーでも、『尺には尺を』の愚かな警吏でもなく、乳母や警吏に身を変えた偉大な存在である。乳母の科白の中には、乳母らしさを表すものもあるが、あの通りに話す乳母など存在しないということは誰もがわかっている。彼はまさにプロテウス、あるときは流れて川となり、あるときは怒って烈火となり、またあるときは吠え叫んで獅子となるプロテウスに喩えることができよう。（Raysor, II, 53–4）

さらにコウルリッジは『文学的自叙伝』の一五章でも、シェイクスピアとミルトンを比較して次のように述べている。

シェイクスピアは自ら身を投じ、あらゆる人間性や情熱の形相となり、炎とも奔流ともなるプロテウスである。一方ミルトンはあらゆる形相や事物を自己へ引き寄せ、彼自身の《理想》の統一へ向ける。あらゆる事物、あらゆる行動様式が、ミルトンの存在の中で新たに形成される。これに対してシェイクスピアは、万物に身を変じながら、しかも永遠に彼自身のままであり続けている。(4)

コウルリッジにとって、プロテウス的なシェイクスピアとは、あらゆる人間や事物の中に己の姿を消し去りながら、なお自己のアイデンティティを失わない存在である。コウルリッジは、創造した人物と自己との距離を保つことができず、常に彼らに自分自身の声を語らせる劇作家のことを「腹話術師」（ventriloquist）と呼び、「このような役を演じる劇作家は、彼自身の陳腐さを何ら顕著な特徴もない登場人物に配分する。もっともそれをしも登場人物と称することができればの話だが」（Raysor, II, 124）と語っている。シェイクスピア劇の登場人物が際立った個性をもち、独自の言葉を話すのは、この劇作家が腹話術師とは異なって、性格創造の過程で自己を否定する力をもっていたからである。しかしコウルリッジは腹話術師と対極をなす、自己を完全に消し去る詩人も認めることはできなかった。このような態度からは現実界の「写し」を生み出すことはできても、詩の本質である「模倣」を作り出すことはできない。先の引用に出てくる、シェイクスピアは万物に身を変じながらも「永遠に彼自身のままであり続けている」という言葉は、シェイクスピアが創造した数多くの個性的な登場人物の行動や科白の背後に、この劇作家の人間観・世界観、そして作劇の理念が読み取れることを述べたものと思われる。

すでに触れた「写し」と厳密に区別した「模倣」の概念も、コウルリッジが一八世紀の批評から受け継ぎ、まったく新しい内容を与えた重要な例の一つである。一八世紀の批評で重視された「模倣」の意味は、サミュエル・ジョンソンの「（シェイクスピアは）読者に風俗と生活を忠実に映す鏡を提供する詩人である」という言葉に典型的に表れている。ジョンソンのいう「鏡」は人間・人間社会（nature）の普遍的なものを選んで映す選択的な「鏡」であったが、その基本的な機能はあくまでも自然の直接の模倣であり、劇という「鏡」を提供する詩人にもっとも必要とされるのは、その観察や描写の正確さであった。第二章で論じたウエイトリーやモーガンたちの詳細な登場人物の分析も、シェイクスピアの忠実な模倣を跡づける一つの試みであったと言ってよいだろう。

コウルリッジにとっては、このような模倣は彼の言う創造的な「模倣」とはまったく異なった「写し」に過ぎず、「手に手帳をもって見聞きしたことを注意深く書き写す」(Raysor, II, 98) 行為と同様に比較的容易なことであった。コウルリッジは『あらし』論の中で、「写し」と「模倣」の違いを次のように述べている。

ドラマは現実の「模倣」(an *imitation*) であって「写し」(a *copy*) では決してない——「模倣」は次の点で「写し」とはっきり区別される。すなわち、前者にとって一定量の相違は本質的なものであり、我々が得る歓びの不可欠な条件であり原因でもあるのに対して、「写し」においては相違は欠点であり、その名と目的に反するのである。(Raysor, I, 115)

同じことを一八一一—一二年の第三講義では、「模倣という語自体がいつもある程度の相違とある程度の類似との結合を意味している。もしそれが鏡面の映像を眺めるのと同じものであったならば、我々はそれから何の喜びも感じはしないであろう」(Raysor, II, 53) と述べている。

コウルリッジの「模倣」の意味は必ずしも明確ではないが、M・M・バダウィの説を参考にして解釈すれば、[5]「写し」が生み出すのは詩人の精神の介在しない、一見客観的な存在に思われる外面的な世界であるのに対して、「模倣」が生み出すものはある詩人によって経験され感知された世界のすがたであり、詩人の想像力によって統合され、再創造された世界である。それは詩人の独特な視点が捉えた、外部世界の価値と意味の表現であると言い換えてもよいであろう。このような「写し」と「模倣」の区別は、コウルリッジがもう一つ明確に区別した「観察」（observation）と「観照」（meditation）に対応するものである。

コウルリッジは同じ連続講義の第七講義の中で「（『ロミオとジュリエット』の）マーキューシオは真にシェイクスピア的な人物の一人である」と述べ、その理由を彼のような傑出した登場人物は「明らかに観察からというより観照から、正確に言えば観照の所産である観察からより多く描き出されているからである」（Raysor, II, 98）と語っている。コウルリッジがここで用いた「観察」とは、同じ文章の中で「見たことをその価値や意味を意識せずに書きしるす（こと）」と説明しているように、外界に存在するものを受動的に記録する精神の状態、言いかえれば「写し」しか生み出さない鏡のような状態を意味していると考えられる。しかしこのような受動的な「観察」だけでは、多くの批評家たちが称賛してきた、シェイクスピアの人物描写のリアリズムの感覚さえ生み出すことはできない。コウルリッジは『ロミオとジュリエット』の乳母について次のように述べている。

乳母はヘラルド・ダウ（Gerard Dow）が描いた肖像画に喩えられることがある。顕微鏡の検査に耐えられるほどに、髪の毛の一本一本まで精妙に描いた彼の肖像画にである。しかし私は確信をもって皆さんに訴えたい、一人か二人の年老いた乳母の挙動を綿密に観察しつくしたことが、シェイクスピアにこのような驚嘆すべき普遍的な性格の描写を可能にしたのであろうか。断じてそうではない。（Raysor, II, 99）

コウルリッジによれば、シェイクスピアが乳母のような人物を創造し得たのは、受動的な「観察」と対照をなす能動的な精神の活動、すなわち「観照」のためであった。彼は両者の違いを次のように語っている。

私が観照という言葉を用いるとき、われわれの偉大な劇作家が外的な状況の観察をしなかったということを意味しない。いやむしろその反対である。確かに単なる観察だけでも精密な描写（copy）を作り出し、他の人々の心に作者（copyist）の目標とする以上の効果を与えることができる。しかしそこから作り出されるものは、観察の手段や範囲に相応した単なる部分や断片から構成されるものに過ぎない。これに対して観照は、あらゆる人物を何か普遍的な真理を含むものとして、また哲学的な問題となって表現されるものとして、深い関心を抱きながら眺めるのである。（Raysor, II, 85）

コウルリッジの言う「観照」とは、感覚が受動的に集積した「部分や断片」に有機的な統一を与え、それらに意味と価値を与える詩人の精神の活動を意味していると考えられる。彼が連続講義の第九講義で語ったという「シェイクスピア劇の登場人物は、オセローやマクベスからドグベリーや墓掘り人夫に至るまで、理想的現実（ideal realities）と呼ぶことができる。彼らはものの抽象でないと同様にものそのものでもないのであって、偉大な精神が己の中に取り入れて、自己の構想に従って自然なものにしたのである」（Raysor, II, 125）という言葉は、現実をイデアによって作り変えていくシェイクスピアの性格創造、すなわち「観照」による性格創造を要約したものである。コウルリッジの「理想的現実」という言葉には、ジョンソンが強調した登場人物の「普遍性」と重なる意味が含まれていると思われるが、ジョンソンにはそれを生み出す詩人の想像力への視点がほとんど見られなかった。コウルリッジによれば、「観照」という詩人の創造過程でもっとも重要な役割を果たすのは、事象を集積する力である「空想力」(fancy)と区別された想像力(imagination)の働きである。彼は『文学的自叙伝』第一四章の有名な箇所で「詩人とは、理想的で完璧な状態にある場合には、人間の精神の諸機能をその相対的な価値と役割の重要性に応じて互いに従属させながら、魂全体を活動させる人のことである」と述べ、さらに次のように続けている。

詩人はわれわれがもっぱら想像力という名称で呼ぶ綜合的かつ魔術的な力によって、一つひとつの精神機能を互いに混ぜ合わせ、(いわば)それらを溶け合わせる統合・統一の基調と精神を行き渡らせる。この力、すなわち最初は意志と悟性によって活動を開始し、穏やかで人目に立たないが決して弱まらない(ゆるやかな手綱の)制御のもとに保持されたこの力は、相反する性質や不調和な性質を有するもの、すなわち同一と相違、一般と具象、観念と心象《イメージ》、個性と典型、新奇斬新な感覚と古く見慣れたもの、平常を超えた感情の状態と平常を超えた秩序、決して鈍らない判断力や変わらない冷静さと深く烈しい熱情や感情とに、均整や調和を生み出す際に現れるのである。(Shawcross, II, 12)

コウルリッジは連続講義の第四講義でも「詩人とは類似と相違、陳腐と新奇の間に均衡を保ち、判断と激情、熱情と感情、人工と自然、手法と題材、詩人に対する我々の称賛と詩中の人物や出来事に対する共感とを調和させる人である」(Raysor, II, 69)と語っている。コウルリッジにとって詩人の想像力とは、このようにさまざまな対立概念を調和・統合し、有機的な統一体を創りあげる力である。この力は、現象を「固定した生命なきもの」と見なし、それを論理的にあるいは実用的に処理する「悟性」と、人に真理を把握させる

「理性」との間に介在し、その二つを結びつける詩人の精神の連結物であり、「空想力」が集積した事象のカオスに様式と意味を与え、美の本質である「多様なものの統一」を生み出す精神のもっともすぐれた機能である。(6) コウルリッジにとっては、そのような統一は想像力が生み出す有機的統一のことであり、詩人の創造精神の働きを表すだけでなく作品の本質ともなるのである。シュレーゲルを論じた第三章ですでに述べたように、コウルリッジは連続講義の「草稿」(Lecture-Notes) の中で、芸術作品の「形式」(form) を機械的形式と有機的形式に分け、前者は「素材に前もって決められた形を押し付けた」場合に、後者は「内部から自らを発展させながら形をなした」場合に見られると書いていた。だからと言ってコウルリッジが、機械的形式を生み出すかに見える作劇の「ルール」を全面的に否定していたわけではない。彼は同じ「草稿」の中でシェイクスピアを念頭に置いて次のように述べている。

詩の精神は、他のすべての生命の力と同じように、たとえ力と美とを結びつけるだけのためであっても、必然的にルールによってその外形をなさねばならない。姿が現われるためには形を作らねばならないのである。しかし生命体 (a living body) は必然的に有機的なものであり、有機体とは各部分と一つの全体の結合以外のなにものでもない。だから各部分は目的であると同時に手段でもあるのだ。それは批評が発見したものではなく、人間の精神から必然的に生じたのである——すべての国の人々がそれを感じそれに従っていることは、詩の媒質や外皮としての韻律や律動的な音の発明の中に見られるのであり、それは木と樹皮との関係と同じように、同じ生命から一緒に生長するものである。(Raysor, I, 197)

コウルリッジが本来の劇や詩の構成を木とその生長に喩えたのは、全体を含みもつ種子の象徴性、種子から展開する生長の神秘的なプロセス、部分と全体、内容と形式の不可分な関係のためであった。そしてこのような有機的な統一がもっとも完璧に見られるのは、言うまでもなくシェイクスピアの作品においてであった。この比喩にシェイクスピアの劇を「ある場所には雑草や茨が茂り、別の場所にはみるつすの花やばらが咲いている（樫や松の）森」に喩えたジョンソン（Sherbo, VII, 84）への批判があるのは明らかであろう。[7] ではコウルリッジが強調する有機的統一の原理は、シェイクスピアの劇作品の中でどのように働いているのであろうか。

## 二

コウルリッジのシェイクスピア論は、主要な作品に付けた「欄外の書き込み」（marginalia）や「注解」（notes）、「講義の草稿」（lecture-notes）、筆記者による「講義記録」（reports）から成っているが、彼の批評家としての特質をよく示している前三者では、多くの場合開幕の場面にもっとも強い関心が注がれている。コウルリッジが開幕の場面を重視したのは、それらが「『マクベス』や『十二夜』に見られるように、すぐに劇の基調音を作り出し、劇の主要な精神を示す」（Raysor, I, 38）からであり、「その後のすべての出来事の幼芽」（the *germ* of all the after events）（Raysor, I, 138）として、今後展開するさまざまな要素がそこに凝縮されているからであった。

たとえば、『ロミオとジュリエット』一幕一場のキャピュレット、モンタギュー両家の従僕たちの争いについて、コウルリッジは「シェイクスピアはいつものすぐれた判断力によって、丁度前奏曲のように、まず我々の眼前にこの劇を推進させるすべてのものを生き生きと描くことによって幕を開けている。人間の愚かしさは常にヘラクリトス的側面とデモクリトス的側面の両面をもっているが[8]、彼はまず従僕たちの中にまで感染した悪弊の笑うべき不合理さを見せてくれる」（Raysor, I, 5）と述べている。コウルリッジによれば、『ロミオとジュリエット』のアクションを生み出す「幼芽」は、最初の場面で描かれる両家の不毛な対立と人物たちの性急さであり、それらが一族の原則を守ろうとする老人たちとその犠牲となる若者たちとの対立へと発展し、さらに彼らを激情的な行動へ駆り立てて破局へと追いつめていくのである。

この悲劇の一幕一場に見られるもう一つの「幼芽」はロミオのロザラインへの恋である。この挿話は一見劇全体と有機的に結びついていないかに見えるけれども、ロミオの恋愛心理の展開にとって重要なものである。コウルリッジはジュリエットに出会う前のロミオについて「彼は我々に（この挿話を書いた）シェイクスピアの目的が何であったかを告げている。すなわち彼はジュリエットを見たときとは異なった感情をもってロザラインを見たことを示している。ロザラインは彼のあふれ出る感情が最初に愛着をおぼえた対象であった。我々の不完全な人間性（nature）は理想の女性像が鮮明であればあるほど、それを具現すると思われるものを探し求めるのである」（Raysor, II, 119）と語り、別の箇所では「ロミオは心で思い描いたものに夢中になったのである。……彼はロザラインに恋しているように見えるけれども、実際には自分の理想の女性像に恋をしているに過ぎないのである」（Raysor, II, 108）と述べている。コウルリッジによれば、ロミオのロザラインへの恋は彼の移り気を示すのではなく、彼の愛への感応の鋭さを表すものとして、のちのジュリエットへの激しい愛を生み出す心理的な契機となるのである。

シェイクスピア劇のアクションを導き出す原因は、『ロミオとジュリエット』の両家の対立のような外的な状況に存する場合もあれば、『リチャード二世』、『リア王』、『ハムレット』のように主人公の内面に存する場合もある。コウルリッジは『リチャード二世』に関する注解の中で、この歴史劇の冒頭の場面について「シェイクスピアはリチャードの不誠実、不公平、気まぐれ、偏愛の中に、そして諸侯の高慢で激しい気性の中に、その後に起こるあらゆる出来事の幼芽を提示している」（Raysor, I, 138）と書いている。一方『リア王』のアクションを導き出すのは、この老王の「利己心と、敏感な感情と、さらに個人の特殊な地位や習慣から生まれ、それらによって育まれた気質との、見慣れないが決して不自然ではない混合。すなわち、激しく愛されたいという激しい願望、自分本位であるが、愛情深くやさしい性格の利己心に特有な願望」（Raysor, I, 49）の中にある。王国分割の問題はすでに決定していたにもかかわらず、リア王が娘たちの愛情テストを行なうのは、彼の利己的な願望を満足させるためのトリックに過ぎない。しかしリアのこのような性格が彼を自己認識の旅へ向かわせる原因となるために、一幕一場には「この悲劇全体の構成の基礎となるさまざまな事実・情念・倫理上の真実がすべて準備されている」（Raysor, I, 50）のである。

コウルリッジによれば、このような主人公の内面から発する悲劇のアクションの展開がもっとも典型的に見られるのは『ハムレット』においてである。彼はハムレットという人物に内在し、劇の進行とともに発展していく問題を次のように書いている。

私は彼（シェイクスピアを指す――筆者）がハムレットにおいて、外的な事象に対する我々の注意と内的な思考に関する我々の観照との正しい均衡、すなわち現実世界と想像の世界との正しい均衡がもつ倫理上の必然性を例証しようとしたと考える。ハムレットの中にはこの均衡は存在しない――彼の思考とイメージと空想は彼の知覚よりはるかに生き生きとしており、彼の知覚はすぐに彼の瞑想という媒介を通り抜け、その過程で本来それに備わっていない形態や色彩を獲得するのである。ここから驚嘆すべき非凡な知的活動とそれに相応した当然の現実行動への嫌悪が、それに伴うあらゆる兆候や特質とともに生まれるのである。（Raysor, I, 34）

この一節の最後の文章だけを取りあげると、コウルリッジのハムレット像がのちの批評家たちによってロマン派的と評された、考え過ぎるために行動に踏み切れない優柔不断な青年というイメージに近いものに思われるかもしれない。しかし全文を精読すれば、コウルリッジがハムレットの性格に見たのは、知覚と思考との乖離という心理的な問題と判断と行動の分裂という倫理的な問題であったことがわかる。主人公のこのような問題が樫の実の中に樫の全体像が含まれるように、『ハムレット』という悲劇のアクションと登場人物の諸関係すべての源泉となるのである。

『ハムレット』の開幕の場面は「そこにいるのは誰だ」（Who's there?）、「なに、お前こそ誰だ、立ち止まって名を名乗れ」（Nay, answer me. Stand and unfold yourself.）というバーナードとフランシスコとのやり取りで始まる。いま歩哨についているのはフランシスコであり、バーナードはその交代のためにやって来たのであるが、バーナードのほうから誰何するところに二人の緊迫した状況がよく現れている。コウルリッジは「勇敢な男は自分が怖がっているのを恐れるときほど断固とした態度を示すことはない」（Raysor, I, 39）と述べて、この場面の二人の心理を説明しているが、彼が 'Who's there?' と 'unfold yourself.' という言葉に特に注目するのは、ハムレットをはじめとするこの悲劇の主要な人物たちは、「打ち明ける」（unfold）ことのできない何かを抱えており、それが悲劇の進行とともにさまざまな展開をとげる「基調音」と見なしたためであった。コウルリッジはこうして始まった一幕一場に次のようなコメントを加えて、シェイクスピアが開幕の場面をいかに周到に作り上げているかを示している。

武具、死のような静寂、それを最初に破る誰何の声、待ち望んだ夜番の交代、寒気、男には許されていないが、肉体の感覚に敏感にならざるを得ない人を思わせる途切れ途切れの言葉――これらのものすべてが次第に悲劇へと――『マクベス』のようにその関心が外部的なものへと向かうのではなく、内部的なものへ向かう悲劇とみごとに調和し、またそれを巧妙に準備している。

観客に与えられる情報の準備は必要なものだけである。初めは少しずつ、しかも問いには不明瞭さが伴っている――

おい、例のものは今夜もまた現れたか

「また」という言葉にはそれを信じさせる効果がある。次に観客の気持ちを代弁するホレイシオは（彼自身が語るのではなく、マーセラスがバーナードに引用するのだが）「あれは我々の妄想に過ぎない」という普通の解釈を用意する。しかし続いてマーセラスは「あの恐ろしい姿」と語調を高め、さらにその「もの」がすぐに「亡霊」となり、しかも話し掛けることのできるような、言葉を理解する亡霊となるのである。

いや、いや、出ては来ませんよ（とホレイシオが言う——筆者）。

このような時刻に、二人の目撃者と共に坐って、亡霊の話を、まさにこの時刻に二晩続けて現れた亡霊の話を聞くというぞくぞくする感覚。想像から生まれた恐怖に打ち勝とうとする語り手の努力、そのために自ずと高まる語調、その努力の継続、外のものへ注意をそらせる「あの同じ星が」という言葉——ああ、シェイクスピアの並外れな判断力（judgement）は、それを感じる人感じない人にかかわらず、どんな言葉で説明しても所詮無駄である。（Raysor, I, 18）

『ハムレット』の一幕一場に見られるこのような漸進的なアクションの展開、人物の心理の対照や変化、緊張の抑揚、互いに反応し合う人物の行動や科白、次のアクションの周到な準備などが、コウルリッジが「有機的な構造」と呼んだものである。そしてこのような構造はシェイクスピア劇の一つの場面だけでなく劇全体に見られるものであった。コウルリッジはこのような劇の展開には内なる原理が働いていると考え、それを「関心の統一」（the unity of interest）と名付けている。これはサミュエル・ジョンソンが「三一致の法則」の中で唯一認めた「筋の一致」に類似しているが、コウルリッジが古くから遣われてきたこの言葉を避けたのは、ジョンソンの用法ではこの法則が主として劇中の出来事の論理的な配列やアクションの整然とした因果関係を表しているように思われたからであろう。コウルリッジのいう「関心の統一」とは、ある劇の全体に浸透している作者の人間世界に関するヴィジョン（「イデア」とも呼ばれている）のことであり、これが植物の種子の中にあって、その成長と全体像の形成を促すある因子のように、シェイクスピア劇特有の性格創造とアクションの展開を導き出し、それらに調和と統一を与える要因となっているのである。それではコウルリッジはシェンクスピア劇の登場人物をどのように理解していたのであろうか。

## 三

コウルリッジの性格批評は、登場人物の心理分析に焦点を絞れば、「類型」・「普遍性」を重視したサミュエル・ジョンソンに対する反動から生まれた、「個」・「個性」を重んじる新しいシェイクスピア批評の延長線上にある。しかしM・H・エイブラムズが指摘したロマン派の文人たちの観客から詩人への視点の移動は、コウルリッジの登場人物論にウェイトリーやモーガンたちの論とは異なった特徴を与えている。モーガンのフォルスタッフ論がよく示しているように、一八世紀後半の性格批評の多くはシェイクスピア劇の登場人物が観客にどのような反応をもたらすかという問いを中心としていた。これに対してコウルリッジの批評は、シェイクスピアが主人公を通して何を表現しようとしたかを軸として展開している。コウルリッジは「シェイクスピアとミルトンについての講義」第一二講義の『ハムレット』論で「最初に問わねばならない問題は、シェイクスピアがハムレットという人物を描いたとき、何を表現しようとしたかということである。彼は何らかの意図（design）なしに決してものを書かなかった。では彼が机に向かってこの悲劇を書こうとしたときに、何を意図していたのであろうか。私の信じるところでは、彼は書き始める前には、物語の筋をいつも自分の思想を伝えるための単なる手段と見なしていた。丁度画家が描き始める前に画布を単なる手段と見なすのと同じようにである。……」（Rysor, II, 150）と述べている。コウルリッジにとってシェイクスピアが創造した人物は、現実界の人間と同様な個性を備えた存在であるばかりでなく、詩人のイデア（詩人の人間観・世界観）の表現であり、そのイデアに従って成長・発展する存在であった。

このようなコウルリッジの登場人物観を一八世紀後半の「普遍性」と「特殊性」をめぐる論議の中に位置づけるならば、シェイクスピア劇の登場人物はこの両者を統合した存在、すなわち個性をもったリアルな人物でありながら、詩人のイデアを体現した象徴的な人物となるであろう。コウルリッジが『あらし』の注釈の中で述べている「シェイクスピアの登場人物はすべて高度に個性化された類型」（*genera* intensely individualized, Raysor, I, 122）という言葉は、この劇作家の性格創造に見られる個性とイデアとの統合を言い表したものである。コウルリッジは『文学的自叙伝』第二三章でも、この問題に触れて次のように述べている。

理想的なものは類型的なものと個別的なものとがうまく釣り合ったところに存在する。前者は性格を典型的で象徴的なものとし、それ故に教訓的となる。なぜならば、必要な変更を加えれば、それはあらゆる種類の人間に適用できるからである。後者は性格に生き生きとした興味を与える。というのは、いかなるものも明確さと個性をもたなければ、生命をもつことはなく、またリアルなものにもならないからである。（Shawcross, II, 187）

コウルリッジが用いた登場人物の「類型」という言葉は、サミュエル・ジョンソンが強調した「普遍性」を想起させる。しかしジョンソンの「普遍性」の主な内容が、主として登場人物の科白や行動から抽出されるモラルであったのに対して、コウルリッジの「類型」は登場人物（特に主人公）が人間の本質的な問題に直面して苦悩する存在であるということである。彼によれば、劇作家・詩人が作品の中で描こうとする人間や人間社会の普遍的な問題は、登場人物が複雑な心理を備えたリアルな人間でなければ表現できないのであり、観客・読者も劇中の人物の問題を自らのものとして追体験することはできない。「シェイクスピアの描く人物像は、現実界の人間の場合と同じように、読者によって推知される（be *inferred*）のであって、語り伝えられるものではない」（Raysor, I, 201）という言葉は、コウルリッジにとって、シェイクスピアは「腹話術師」とは異なり、登場人物の科白や行動と彼らの運命の転変から何を読み取るかを、すべて読者・観客に委ねた劇作家・詩人であったことを表している。彼がシェイクスピアの劇の「意味」の解明にあたって、登場人物の行動や心理に関する独自の解釈を行っているのはそのためである。コウルリッジはこのような基本的な立場から四大悲劇、『ロミオとジュリエット』、『あらし』等の登場人物論を展開しているが、ここではハムレット、マクベス、オセローを取りあげることにしよう。

コウルリッジがハムレットの性格の最大の問題と見なしたのは、すでに述べたように知覚と思考、判断と行動との正しい均衡の欠如であった。コウルリッジがこの問題を重視したのは、彼にとってこれが詩人の想像力の働きに関わる重要な問題に思われたからであろう。『文学的自叙伝』第四章でワーズワスから受けた強い印象について「それは深い感情と深遠な思想との融合であり、観察によって得た真実と観察された対象を改変する想像力との素晴らしい均衡であった」（Shawcross, I, 59）と書いている。コウルリッジが「私にはハムレットに似たところがある」(9)と述べたのは、行動よりも思索を好むこの主人公の性向に共感したからではなく、ワーズワスにあってハムレットに欠落している、知覚が捉える現実世界と想像力が生み出す世界との「正しい均衡」が、詩人である彼にとっては言うまでもなく、あらゆる人間にとって重大な問題であると思われたからであろう。

コウルリッジによれば、ハムレットのこのような性格から生じるさまざまな問題は、この人物が現実の人間を思わせるリアルな心理を備えた個として描かれてこそ、その普遍的な意味が明らかになるのであった。コウルリッジは『文学的自叙伝』第一四章の冒頭で、詩に関する二つの根本問題の一つに「人間性の真実(the truth of nature)に忠実であることによって読者の共感を呼び起こす力」(Shawcross, II, 5)を挙げているが、ハムレットについてもこの王子の置かれた状況や彼の心理の卓越した描写に注目している。たとえばコウルリッジは、ハムレットが父王の亡霊に出会う一幕四場に次のようなコメントを書いている。

酒宴の大騒ぎに関するハムレットの科白は彼の性格に内在する理想主義と推論や瞑想を好む傾向をよく表しているが、この科白にはこのようなすぐれた点に加えて、ハムレットが亡霊に向かって即座に語る連続した熱狂的な言葉に、自然さと現実感を与えるという長所もある。彼の精神の活動にはすでに弾みが与えられ、彼の思考と言葉も急激に流れ始めていたのである。そして自分の意見を述べることに熱中するあまり、ここに来た理由を忘れていたことが、亡霊の出現に茫然自失するのを防いでくれている。このことがすでに始まっていた肉体の動きを、別の方向へであるが、加速させる新たな衝動や突然の衝撃のような働きをするのである。この場にホレイシオとマーセラスとバーナードが居合わせたことも巧妙な工夫である。そのために、ハムレットの勇気と熱烈な雄弁が納得のゆくものになっている。

(Raysor, I, 22-3)

このコメントは、父王の亡霊を見たときのハムレットの感情と心理の動きが、前の場面や他の人物との関連の中でいかにリアルに、しかも観客・読者に納得がいくように描かれているかを鋭く捉えている。さらにこの一節に出てくるハムレットの「理想主義」と「推論や瞑想を好む傾向」という言葉は、コウルリッジがシェイクスピア劇の登場人物を「個性化された類型」と呼んだ理由を知るための手がかりを与えてくれる。

ハムレットの「理想主義」や「瞑想を好む傾向」という言葉は、一四〇頁の引用に出てくるこの主人公の「非凡な知的活動」、すなわち知覚よりも生き生きとした想像力の働きを別の言葉で言い換えたものと考えられる。ハムレットの性格のこのような特徴は、二幕二場でローゼンクランツとギルデンスターンに語る「なんという傑作だ、人間というのは」という言葉で始まる有名な人間賛歌によく表れている。この一節はハムレットが「近ごろすっかり面白くなくなって、日課の運動もやめてしまった」自分の現状を語った科白の中に出てくるが、己の特殊な問題を今の自分と理想の人間像との、あるいは己の無気力と果たすべき役割との、さらに現実の社会とあるべき社会とのギャップという問題に普遍化する彼の傾向を示している。ハムレットのこのような傾向が、コウルリッジが彼の中に一つの「類型」を見た理由であり、強い共感を抱いた原因でもあった。

しかしコウルリッジは『ハムレット』の劇構造の中には、主人公の「理想主義」や「非凡な知的活動」から生じる問題点を観客・読者に意識させ、彼の思索や行動への完全な感情移入を妨げるベクトルが働いていることに気づいていた。ハムレットの眼を通して見れば、ポローニアスがサミュエル・ジョンソンの言うような「老衰に蝕まれた世間智」に思われるのは当然であろう。コウルリッジはポローニアスがフランスへ旅立つレアーティーズとハムレットとの愛に悩むオフィーリアに人生訓を語る一幕三場について「ポローニアスは常にまともな人物に描かれている。しかし、もし俳優がこの人物のさまざまな陰影を表現するならば、平土間や桟敷席の観客は不満をおぼえるだろう」(Raysor, I, 22) と述べ、ハムレットの観点からしかポローニアスを見ようとしない当時の観客を批判している。さらにハムレットがクローディアスに復讐する絶好の機会をもちながら、祈りの最中であるという理由で思いとどまる三幕三場の場面と帰国したレアーティーズが王のもとを訪れる四幕五場との関連を指摘して、そこにハムレットの外界認識の問題点を読み取っている。

三幕三場　九七行

クローディアス　　言葉は天へと舞いあがるが、心は地上に留まっている。

ああ、願望や意志と、本人は現状に留まりながら、動機だけを売り物にする愚かさとの、本質的な違いに関するなんと的確な教訓であろうか。

………

四幕五場　一二四～二五行　　王はレアーティーズと対面する。

クローディアス　　神の摂理が王たるものを垣根で守っている。反逆者は己の狙うものをただ垣間見ることができるだけだ。

実は他のすべてにも言えることだが、これは我々がハムレットの目で王を見るようにシェイクスピアが意図していない証拠である。劇場の支配人たちは長年にわたってそうしてきたようであるが。（Raysor, I, 30, 31）

コウルリッジの「注釈」や「傍注」はあまり論理的でないが、右の引用は四幕五場でクローディアスが一般的に述べた「反逆者は己の狙うものをただ垣間見ることができるだけだ」という科白が、三幕三場で祈る王を見て復讐しなかったハムレットの姿と重なっていることを指摘したものである。そしてクローディアスが自らを戒めた「言葉は天へと舞いあがるが、心は地上に留まっている」という言葉が、実はハムレットにはね返ってくるアイロニーを見ている。コウルリッジはこのアイロニーをシェイクスピアが観客・読者にハムレットとは異なった視点を与える証拠と見なしているが、この別の視点がハムレットの思索と行動を相対化し、この悲劇の「意味」である主人公の外界認識と現実との、また意識と行動との乖離を浮き彫りにすると考えたのである。コウルリッジのハムレット観の独自性はこの点にも表れている。

コウルリッジはシェイクスピア劇の開幕の場面を重視しているが、『マクベス』についても三人の魔女の登場する一幕一場が「この劇全体の特徴となる基調」を作り出すと述べている。彼がこの開幕の場を高く評価したのは、魔女の出現によって「（観客・読者の）想像力が直ちに喚起されて、感情がそれと結びつく」（Raysor, I, 60）からであり、またマクベスが一幕三場で魔女と出会い、彼女らの予言に心を動かされる場面を用意するからであった。コウルリッジによれば、悲劇においては人間の自由意志が第一の原因であり、マクベスの場合も「〈将来の国王〉という予言は未だ不確定なものであって、それはマクベスの道徳的な判断に委ねられている」（Raysor, I, 61）のである。コウルリッジがマクベスとバンクォーが魔女と出会う場面で注目するのは、「将来の国王」という予言を聞いて王位簒奪へと傾斜するマクベスの心理が、「子孫は国王になる」という予言に対するバンクォーの態度との対比によって描かれている点である。ブリストル講義の筆記者は、コウルリッジが第二講義で二人が魔女と会ったときの「悪意のないあけすけなバンクォーの好奇に満ちた多弁と、マクベスの静かで呆然とし、じっと考え込んだ憂鬱な様子とを対比してみせた」（Raysor, II, 220）と書いている。コウルリッジはまた『マクベス』の「注解」の中でも「いま目の前にあるものをありのままに見る平静なバンクォーの心を、汚れても傷ついてもいない鏡として、マクベスの性格を映し出す導入の仕方は、いかにもシェイクスピア的である」（Raysor, I, 61）と記している。観客・読者はバンクォーという鏡によって「すでに空想の中で野心的な思いと戯れることによって誘惑されやすくなっていた」（同上）マクベスの心の動きに納得するのである。

コウルリッジにとって『マクベス』という劇は、心理的な必然によって王位簒奪を決意した主人公が、「ひるむ気持ちや良心の不吉なささやきを打算的で利己的な説得と曲解し、さらに殺人を犯した後には恐ろしい悔恨を、外面的な危険への恐怖心と取り違えて」（Raysor, I, 72）、破局に向かって突き進んでいく悲劇である。しかしマクベスは良心の呵責を曲解しているに過ぎないために、心の奥底に生じる苦悶から決して逃れることができない。ブリストル講義の第二講義の筆記者はコウルリッジがマクベスの変化を次のように語ったと記している。

一人の男が罪を犯す前に示した、良心の呵責を逃れるための巧妙さと、罪が犯されもはや良心を弄ぶことも遠ざけることもできなくなったときの、彼の全面的な無能さと無力さが比較された。マクベスは最初殺人の計画に対するさまざまな世俗的な障害を数えあげ、それらを避けることさえできれば「来世のことなど構うものか」と考える。しかしいったん殺人を犯してしまうや、現世の生活のあらゆる関心事は、心の中に生まれた己に対する復讐の感情に吸収され呑み込まれてしまう。彼は「マクベスは眠りを殺した。グラームズにはもはや眠りはない」という声を聴くのである。(Raysor, II, 220–1)

コウルリッジにとって『マクベス』がきわめて倫理性の強い悲劇であったのは、このように主人公が野心の実現のために自らを欺きながらも、ついには良心によって復讐される人物であったからである。

コウルリッジのマクベスの性格論は必ずしも新しいとは言えないが、彼がマクベス夫人をも夫と同じように真の自己を意志によって抑圧し、「空想上の勇気を犯罪の現実の結果に耐えうる力と誤解した」(Raysor, I, 64) 人物と捉えている点は興味深い。マクベス夫人は一幕五場の冒頭で夫の性格の弱さを語るが、この科白はマクベスの性格だけでなく、彼女自身の性格の描写でもあって、彼女の「超人的な大胆不敵さ」も実際には「自身が維持し得ない空想上のもの」に過ぎず、「やがて彼女も深い悔恨の念に打ち沈み、ついに苦悶に耐えかねて死ぬのである」(同上)。このようにマクベス夫人もマクベスと同じく、サミュエル・ジョンソンたちが嫌悪した「人倫にもとる怪物」では決してない。コウルリッジは先に挙げたブリストル講義で「良心のかけらもない人間」という従来のマクベス夫人評を否定して、次のような独自の解釈を語っている。

彼女の中では女性は決して死に絶えておらず、時折暗く血なまぐさい想像の中にその姿を現わすのである。彼女の「赤ん坊のやわらかい歯茎からわたしの乳首を引きもぎってやる」という科白は、従来無慈悲で女性らしくない性格を示すものと考えられているが、事実はそれとは正反対である。彼女がこう述べたのは、ダンカン殺しの陰謀を実行するという約束の重大さをマクベスに厳粛に強調するためである。自分なら一度誓ったことであれば、それを破るよりは自分の感情にとってもっとも厭わしいことだって実行する。自分の乳房から乳を吸う赤子の頭を叩き割る行為は、想像し得るもっとも恐ろしい行為であり、また彼女自身の感情にもっとも反するものであるから、彼女はこのような喩えをもち出したのである。もし彼女がこのような行為に残忍な無関心しか抱かなかったとすれば、この言葉には訴える力が無くなっていただろう。このような行為に触れたこと、またそれに言及した目的そのものが、彼女が自分と赤ん坊をつなぐ絆ほど大切なものはないと考えていたことを示している。(Raysor, II, 221)

コウルリッジがマクベスだけでなくマクベス夫人からもこのような人間性や複雑な心理を読み取ったのは、この悲劇の「意味」でありテーマでもある、真の自己を欺きながら野心実現の白昼の夢を追う人間の魂の葛藤は、「怪物」ではなく血と肉を備えた人物を通してしか表現され得ないと考えたからであった。劇が一つの有機的統一体であるならば、そこに登場する人物たちも現実界の人間と同じような人間性と心理を備えていなければならないのである。

一八世紀の性格批評の特徴の一つは、登場人物の行動を整然とした因果関係の中で説明しようとしたことであった。このような批評の背後には、人間を合理的な動機に従って行動する理性的な存在と見なす人間観があるのは言うまでもない。(10) 動機探しを中心とする性格批評への反発は、例えばモーガンの「フォールスタッフ論」にある「我々は感情に支配されることが多々あるのであって、あらゆる点において期待するほど理性的ではないと率直に告白してよいだろう」[11]という言葉に萌芽的に見られるが、人間の行動の動機を単に外面的なものだけでなく、人格の内面に潜む不可解な力にまで拡大して解釈したのはコウルリッジであった。すでに述べた『ハムレット』三幕三場最後のクローディアスの「言葉は天へと舞いあがるが、心は地上に留っている」という科白につけられている注解が表すように、コウルリッジにとって重要なのは、ある登場人物が自ら語るような明白な動機よりも、その人物の存在自体に起源をもち、彼を突き動かすある力や衝動であった。

コウルリッジのこのような考え方がもっとも明確に出ているのは、『オセロー』一幕三場の最後にあるイアーゴーの独白に彼が付けた「動機のない悪意の動機さがし」（the motive-hunting of motiveless malignity, Raysor, I, 44）という有名な言葉である。この言葉は多くの論議を呼んだものであるが、エリナ・S・シェイファーが一九六八年に発表した論考[12]の中で、コウルリッジの未公刊の「オウパス・マグナム（大作）」（*Opus Magnum*）を根拠として示した解釈は興味深い。

シェイファーによれば、コウルリッジの「動機のない悪意」という言葉の背後には、彼が「オウパス・マグナム」の中で述べている「自己愛と（人を）愛する自己」（Self-love and a Self that love）との区別がある。「自己愛」とは「動物的な生活に身を委ねること」であり、「肉体が自己となること」（コウルリッジはこの自己を「第二の自己」と呼んでいる）である。これに対して「純粋な愛」とは時間・空間に限定されない愛であり、真の自己の生き生きとした活動の源である。イアーゴーの悪意の源泉は「彼が真の自己から完全に疎外された人物であり、……真の自己が破壊され、動物的な感覚と〈知覚の山〉が支配的になっている」ところに見出される。[13] コウルリッジにとっては、イアーゴーの真の動機は彼の魂の中に起こった自己疎外にあるのであって、表面的な動機は自らを欺く言い抜けに過ぎない。イアーゴーがこのような「自己愛」に陥った人間の典型であるとすれば、オセローが表すものは偉大な人間の内奥に生じた自己疎外の拡大・深化の過程であり、イアーゴーはオセローの「客体化された自己（objectified self）、すなわち自身の真の姿から引き離された自己」である。[14]

以上のようなシェイファーの観点からすれば、コウルリッジがイアーゴーの「性格だって、馬鹿馬鹿しい、人間、こんな性格あんな性格と言ったって、おのれ次第でどうにでもなるんだよ」（一幕三場三一九―二〇行）という科白につけた「イアーゴーの冷徹な性格、知力に立脚した意志そのもの」（Raysor, I, 44）という注釈やオセローを「疑い深い男ではなく、高潔で寛大、かつ率直な人物」（Raysor, II, 227）と見なした理由が明確になってくる。

コウルリッジによれば、シェイクスピアの劇に登場するマキアヴェリ的人物の特徴は、道徳的価値を知力に従属させる点にある。彼はリチャード三世について「道徳を知性に従属させた恐るべき結果」（Raysor, I, 205）と書いているが、『オセロー』二幕一場最後のイアーゴーの独白にも「道徳的感情や特質を単なる手段に対する慎重な配慮と考える恐ろしい習慣」（Rayso, I, 112）と記している。「オウパス・マグナム」の「自己愛」と「（人を）愛する自己」との区別を用いれば、イアーゴーの「知力」とは真の自己から切り離された、秩序破壊へと向かう知力であり、「冷徹な性格」とは知力以外のあらゆる人間的属性を失った性格を意味していると言えるだろう。しかしながら、コウルリッジにとってこのようなイアーゴーは、「悪魔に近い存在」であっても決して悪魔そのものではなく、「自己愛」に囚われた人間存在の一つの有り様を示すものであった。彼がイアーゴーを「絞首刑を運命づけられた顔つきの人間」（Raysor, II, 228）として演じる役者の演技に反対し、この人物を「一つの真実、といっても人間の弱い本性による修正を全く欠くことによって、虚偽と化した一つの真実の大胆な支持者」（Raysor, I, 44）と見なしたのは、そのためであったと考えられる。

イアーゴーがオセローの「客体化された自己」であり、オセローの悲劇がイアーゴーと同じような「自己愛」に陥っていく過程であるとすれば、コウルリッジが「（オセローは元来）低劣な情念をまったくもたない人物である」と考え、『冬物語』のレオンティーズのような「嫉妬深い性格では決してない」と述べたのは当然である（Raysor, I, 43, 47）。オセローがレオンティーズと同じように「心の邪悪さ、責められるべき卑劣な性向を示す嫉妬」（Raysor, I, 110）に駆られて行動する人物であるならば、オセローの自己崩壊の悲劇性は失われ、奸策にはまって破滅する単なる憐れむべき男の物語になってしまうからである。

オセローは真の自己である「高潔な」性格を徐々に失っていくが、時折彼の心にはかつての自己が蘇えってくる。コウルリッジは三幕三場二七八―九行の「あの女が不実であれば、天は自らを欺くものだ。俺は信じられぬ」というオセローの科白に、「デズデモーナの姿がオセローの疑惑を追い払う」と書き、さらに「真に絶妙！　無垢と気高い精神がもたらす効果」（Raysor, I, 48）と付け加えている。コウルリッジがこの場面を高く評価したのは、ここにオセローの二つの自己とその葛藤が見事に描かれているからであろう。しかしオセローはこのような「感情の葛藤」を繰り返しながらも、「オセローのようにイアーゴーを信じた人間なら誰もが抱くような、あるいは抱かざるをえないような感情」（Raysor, I, 112）にとらわれて、もはや後戻りのできない地点へと追い込まれていく。五幕二場でオセローが最後の科白で語る「容易には嫉妬にかられぬ男であったが、たぶらかされて極度に乱心し、愚かなインド人のように、わが一族全員の命にも換えられぬ宝玉をわれとわが手で投げ捨ててしまった」（三四五―八行）という言葉は、コウルリッジにとってオセローが真の自己の崩壊に気づいたことを示すものであったようだ。彼はこの科白に「オセローは無知という理由で自己弁護をしようとしているが、ただ自分を弁護するのではなく、自己を責めることによって弁護しているのである。この内面の葛藤は〈愚かな〉（'base'）という言葉によって見事に伝えられる。この言葉はオセロー自身の性格の中に〈粗野な〉（*rude*）なインド人的側面があるというのではなく、彼の心を一時的に支配したものを表しているのである」（Raysor, I, 49）と記している。この注釈はコウルリッジがオセローの最後の科白に、高貴な自己を見失って「自己愛」に陥った人間の痛ましい自己省察・内省を読み取ったことを示していると言えるだろう。

『ハムレット』、『マクベス』、『オセロー』の登場人物論からわかるように、コウルリッジにとってシェイクスピアが創造した人物は、人間の普遍的な問題に直面して苦悩する、現実の人間と同様なリアルな心理を備えた人物たちであった。彼がシェイクスピアの劇の各場面や科白に付けた書き込みや注釈は、登場人物が個々の場面でそのような言葉しか発することができず、またそのような行為しかできない彼らの心の動きを分析しながら、その背後にあるシェイクスピアの人間観を追求したものである。コウルリッジによれば、この劇作家・詩人にこのような性格創造が可能であったのは、全体を絶えず俯瞰しながら個々の人物と一体になって、いわばその内部から人物を創りあげていくシェイクスピア独自の想像力の働きであった。

ではコウルリッジは個性と普遍性の融合した人物たちが織りなすシェイクスピア劇と観客との関係をどのように捉えていたのであろうか。コウルリッジの主要な関心は詩人の想像力と創造力に向けられているが、決して作品と読者・観客との関係の重要性を無視したわけではなかった。しかしロマン派の想像力重視は、コウルリッジの観客論にも一八世紀後半の観客反応を重視する批評とは異なった特徴を与えている。

## 四

一八世紀の批評家たちは一般に、エリザベス朝の文化を彼らの時代のそれよりも一段低い段階にあると見なし、シェイクスピアを彼の時代の文化的コンテクストから切り離して論じようとした。たとえばサミュエル・ジョンソンは『シェイクスピア戯曲集』の「序文」の中で、「シェイクスピアの時代には、イギリスは野蛮な状態からようやく脱しようとしていた。……文学的な制作はまだ職業的な学者やよい家柄の男女に限られていたのであり、一般の民衆は野卑で無知であって、彼らの間で読み書きができるということはそれが珍重される程まだまれなことだった」(Sherbo, VII, 81-2) と述べている。コウルリッジにとっては、このような見方はエリザベス朝の社会と文化に対する誤解に基づくものであった。一八一一―一二年の連続講義の筆記者ペイン・コリアーは、コウルリッジが第六講義の中で次のように語ったと記している。

私はエリザベスの治世をいろいろな理由で興味深く見てきたが、特に大きな喜びと満足を覚えたのは、この時代がシェイクスピアの生活と彼の能力の十全な発展に極めて有利な環境を与えたからである。すでに完了していた宗教改革は、稀に見るような精神の活発な活動を生み出し、いわば思索への情熱、思考と創造の対象の表現を可能にする言葉の発見と使用への情熱を湧き上がらせた。それ故にこの時代は奇想にあふれた時代であり、また一時期は知性が道徳観念に勝った時代であった。(Raysor, II, 83)

コウルリッジによれば、エリザベス朝のこのような時代風潮がシェイクスピアは言うまでもなく、フランシス・ベーコン、バーリー卿、サー・ウォルター・ローリー、サー・フィリップ・シドニーと「綺羅星のごとき偉大な人々」（Raysor, II, 84）を輩出させたのであった。

シェイクスピアをその時代の社会的・文化的コンテクストの中で理解しようとするコウルリッジの批評態度は、エリザベス朝時代の劇場と舞台に関する言及によく表れている。ロマン派の詩人・批評家はシェイクスピアの劇を舞台で見るより書斎で読むことを好んだとよく言われるが、コウルリッジはエリザベス朝時代の劇場や舞台構造がこの劇作家の作劇に創造的な影響を与えたことに注目していた。先に触れた連続講義の筆記者は、コウルリッジが第九講義で次のように語ったと記している。

（当時の）舞台には背景となる何枚かの幕以外には何の舞台装置もなかったが、この事実のために劇作家はもちろん役者もまた、観客の感覚ではなく想像力に訴えざるを得なかったのである。こうして、古代の劇場では矛盾を引き起こすために不合理と見なされた時間と空間の問題（「三一致の法則」の時と場所の一致を指す——筆者）に煩わされずにすんだのである。この長所はわが国の初期の舞台に極めて好都合であった。劇作家は想像力と、理性と、そして人間の心のもっとも高貴な能力に頼り、時間と空間に関する鉄の拘束を振り払うことができたのである。（Raysor, II, 123）

コウルリッジがエリザベス朝の舞台を高く評価したのは、ロマン派時代の舞台とは異なり必要最小限の装置しかないグローブ座などの舞台が、かえって観客の想像力の活発な活動を促し、彼らを劇の世界に積極的に参入させて劇作家のヴィジョンを理解させるすぐれた空間であると考えたからである。コウルリッジは劇を観る観客の心理状態を「演劇的イリュージョン」（Raysor, I, 176ff.）という言葉で表現しているが、この言葉は彼がシェイクスピア時代の観客に理想的に現れていると考えた、想像力と理性の独特の働きを意味していた。

劇場におけるイリュージョンの役割は、サミュエル・ジョンソンがシェイクスピア論の中である程度認めていた。ジョンソンは三一致の法則の「時と場所の一致」を舞台と観客の現実との混同であると批判し、さらに「悲劇が我々を楽しませるのはそれが作り事であることを我々が知っているからである」と述べていた。この言葉はコウルリッジが一八一一―一二年の連続講義の第二講義で語ったという「我々が演劇から得る喜びは、それらが現実ではない架空のものであるという事実から生まれる。もし死の苦しみが現実そのものであれば、文明の発達した今日、誰がそれを見て満足を得るであろうか」（Raysor, II, 46）という指摘と類似している。しかし両者の間には本質的な違いがあった。ジョンソンが「舞台がただの舞台であり、役者がただの役者であることを終始忘れない」観客の理性の働きを強調しているのに対して、コウルリッジは「（読者・観客に）想像力が生み出す幻影に対する不信の念を進んで一時的に停止させる」（Shawcross, II, 6）[15]劇作家・詩人の創作力と観客・読者の柔軟な受容力を重視しているからである。コウルリッジは『あらし』の注釈の中でジョンソンのような批評家を批判して、「彼は錯覚（delusion）が起こり得ないことを指摘しているが、我々がイリュージョンという言葉で区別する中間の状態を十分に考慮していない」（Raysor, I, 116）と述べている。コウルリッジの言う「イリュージョン」の意味はややわかりにくいが、「時と場所の一致」の信奉者のように舞台を現実と錯覚することでも、またジョンソンのように舞台を全くのフィクションと見なすことでもなく、その中間の状態、すなわち舞台を現実と見誤ってはいないが、錯覚から完全に解放されてもいない心理状態を意味していたと考えられる。

コウルリッジは観客・読者のこのような中間の状態を夢のアナロジーによって説明している。彼は先に触れたジョンソン批判のあとで、「我々は眠っているときには夢を現実と見なしているのだと曖昧な説明をするが、これは眠りの本質を正しく伝えていない。眠りの本質は自由意志の停止、従って比較する力の停止にある」と述べ、さらに次のように語っている。

> 眠りにつくや我々は突如として意志と比較する力の停止状態に陥る。同様に興味深い劇を読んだり観たりする場合も、劇にとって必要かつ望ましい範囲において、詩人と俳優の力によって徐々に同じような状態へと運ばれていく。しかもそれは我々自身の意志の同意と積極的な支持によってである。我々は騙されることを選ぶ（*choose*）のである。（Raysor, I, 116）

コウルリッジの「演劇的イリュージョン」とは、このように観客が進んで合理的な判断力の働きを停止し、「観客自らが助長し、己の自発的な努力によって維持する一種の一時的半信（half-faith）」の状態のことであり、夢を見ているときと同様に、「我々が実際に知覚したもの、あるいはその直後の名残のものと、内部感覚が生み出す幻影とを結びつけた」状態を意味していた（Raysor, I, 178, 180）。コウルリッジは「演劇的イリュージョン」との関連で『ヘンリー五世』のコーラスに言及しているが、一幕の冒頭でコーラスが語る「国王たちを美しく飾るのも、彼らをいろいろな場所へ移すのも、時間を飛び越えて、多くの歳月にわたる出来事をほんの一時間に変えるのも、皆様の想像力次第です」という訴えは、観客が想像力を活発に働かせ、舞台に付きまとう現実的な制限から自らを解放することによってはじめて実現されるのである。そしてこのような観客のイリュージョンを生み出すのに最も適した空間こそ、観客の想像を縛る一切の枠を取り除いたエリザベス朝の「何の装置もない」舞台であった。さらにコウルリッジが重視する観客のイリュージョンの状態は、イデアの領域と悟性の領域との中間にある詩人の想像力の活動と共通する面をもっていることも注目すべきである。観客の「純粋な興奮」が、彼らの理性的な判断の一時的な停止から生まれるのと同様に、詩人の想像力の作用も悟性の働きを一時的に停止することによって可能となるからである。コウルリッジは『ソネット詩集』第三三番の最初の二行、すなわち「わたしは何度も見てきた、燦然たる朝が／王者の仁慈深い眼で山々の頂を引き立てているのを」(Full many a glorious morning have I seen / Flatter the mountain tops with sovereign eye. . . .) という詩行について、「我々は宇宙の君主である太陽、輝く太陽の閃光に照り映える高山の高貴な姿、そして一つのイメージにかくも多くの連想を溶け合わせた詩人の心の活動を見る。彼がしばし我々を一人の詩人に、すなわち溌溂とした創造的な存在に変える限り、我々は彼を詩人と感じるのである」(Raysor, II, 65) と述べている。この言葉はコウルリッジが詩人と観客・読者の想像力の働きに共通するものを見ていたことを表していると言えるだろう。

コウルリッジのシェイクスピア批評は体系化を困難にするほど断片的であり、特にその傾向は彼のシェイクスピア理解の神髄を伝える「注釈」や「傍注」に顕著に見られる。彼のシェイクスピア批評を単なる性格批評と見なす誤った傾向が生まれたのも、登場人物の性格について述べた断片的な文章を、彼の劇構造の理解から切り離して強調したためである。コウルリッジのシェイクスピア批評の重要な特徴は、登場人物の心理分析にあるというよりは、この劇作家の作品を詩人の想像力が生み出した有機的統一体と見なした点に求められるべきであろう。彼は一八世紀後半のシェイクスピア批評の伝統を詩人の想像力という観点から捉え直し、有機的統一を創りあげるシェイクスピアの創造過程の分析から観客のイリュージョン論に至る総合的なシェイクスピア論を展開しているのである。コウルリッジにとっては、シェイクスピアを論じることは詩人である自己を語ることであり、また詩人一般を論じることでもあった。彼は従来のシェイクスピア批評を揶揄するかのように「シェイクスピアは確かに敬慕され、その豊かさが遺物として評価されているけれども、実際には何の権威もなく真の影響力もないタタールのダライ・ラマのようであった」(Raysor, I, 195)と語っているが、彼にとってシェイクスピアは単なる敬慕の対象ではなく、詩人としての自己形成に限りない「真の影響力」もつ偉大な先人であった。そしてこのようなシェイクスピア観は、ロマン派の詩人のほとんどに共通するものであったと言えるだろう。

# 第五章　チャールズ・ラムのシェイクスピア批評

## 一

チャールズ・ラムのシェイクスピア批評は、悲劇を正面から論じた「シェイクスピアの悲劇について」（'On the Tragedies of Shakespeare'）[1]を除けば、そのほとんどは『エリア随筆』、新聞や雑誌への寄稿文、友人宛の書簡の中でこの劇作家・詩人に言及した断片的なものである。これらの批評はシェイクスピア劇の解釈から当時の役者の演技にいたる広範な問題を扱っているが、そこにはラムのシェイクスピア理解の根底をなす、登場人物を現実界の人間の模写ではなくて、この劇作家独自の想像力の働きを反映した存在と見なし、主要な登場人物、特に悲劇の主人公に深く感情移入することによって、シェイクスピアの創造のヴィジョンを把握しようとする態度が一貫して見られる。このようなシェイクスピアへの態度がロマン派の詩人や批評家に共通するものであり、特にクライスツ・ホスピタル学院以来の友人であるS・T・コウルリッジの影響を強く受けているのは言うまでもないだろう。しかしラムとコウルリッジのシェイクスピア批評を比較してみれば、たとえ結論が同じであっても、個々の問題へのアプローチの仕方には大きな違いが見られる。この違いを生み出している主な原因は、ラムがコウルリッジとは異なって、あるいはコウルリッジ以上に一八世紀末から一九世紀初頭にかけてのロンドンの演劇界に精通し、シェイクスピア劇をはじめとする当時の舞台を数多く観ていたという事実にあるように思われる。

『エリア随筆』の中の「はじめての観劇」('My First Play')によれば、ラムがはじめてドルーリー・レイン劇場で芝居を観たのは、一七八一年彼がわずか六歳のときであった。ラムはそのときに観たトマス・アーン(Thomas Arne)のオペラ『アルタクセルクセス』(*Artaxerxes*)の印象を「しばし私はペルセポリスにいる思いになり、彼らの崇拝する燃える火の偶像が私自身を改宗させて、その礼拝者になったかのような気持ちになった。私は畏怖の念にうたれ、舞台上の表象が四大の一つである火以上のものに思われてならなかった」(*Works*, II, 99)と述べている。観劇を禁じられたクライスツ・ホスピタル学院の六年間を除くラムの終生の劇場通いは、はじめての芝居見物のこのような強烈な印象から始まったと言えるだろう。ラムの生きた時代はイギリスの演劇史に残る名優の輩出した時代であった。彼はシドンズ夫人、ジョーダン夫人、J・P・ケンブル、ジョン・バニスター、エドマンド・キーンといった名優たちの全盛期の舞台を観ていただけでなく、ジョン・リストン、チャールズ・マシューズ、W・C・マクリーディ、チャールズ・ケンブル、ファニー・ケリーなどの俳優とは個人的に親しい間柄でもあった。(2) ラムと演劇界との密接な関係が、彼のシェイクスピア論に強く反映されているのは当然であろう。コウルリッジのシェイクスピア批評が書斎での精読から生まれたという印象が強いのに対して、ラムの批評の場合にはその根底に彼自身の劇場体験があり、具体的な舞台から普遍的な問題の考察へ向かおうとする傾向が見られる。ではラムのこのような特徴は、彼のシェイクスピア批評の個々の論点にどのように表れているであろうか。

## 二

一八一一年の『リフレクター』(*The Reflector*) 第四号に発表された「シェイクスピアの悲劇について」は、ラムの唯一のまとまったシェイクスピア論であるだけでなく、シェイクスピアに関する彼の主張を凝縮して示した論考でもある。このエッセイの中でもっとも論議を呼んできたのは、芝居愛好家としてのラムの一面とは一見矛盾するかに見える次の一節である。

一種の逆説に思われるかもしれないが、私はシェイクスピアの劇が他のほとんどの劇作家の作品と比べて、舞台での上演にあまり適していないのではないかという意見を抱かざるを得ないのである。この劇作家の作品の比類のないすばらしさがその理由である。彼の劇の中には上演の領域に入りきれないもの、また目や音声や身振り手振りとは何の関係もないものが実にたくさん含まれている。(*Works*, I, 99)

コウルリッジやブラッドリーとも共通するこのような見解は、シェイクスピアの作品が本来上演用の戯曲であるという事実を軽視した、ロマン派的なシェイクスピア批評の悪しき例としてしばしば取りあげられてきた。しかしエリザベス朝・ジェイムズ朝の劇作家に関する深い学識を有していたラムが、シェイクスピアの劇が元来上演のために書かれたものであり、しかも劇場において大成功を収めてきたという初歩的な事実を知らなかったはずはないし、ましてや観劇が日常的になるほどに芝居を愛し、数々の名舞台を観てきた彼が、劇場のもつ大きな力を認識していなかったとはとうてい考えられない。ではラムはどのような意味で、またどのような根拠に基づいて、シェイクスピアの劇が「上演にあまり適していない」と述べたのであろうか。

最初に断っておかねばならないのは、ラムがシェイクスピアの劇の上演を全面的に否定していたわけではないということである。ラムは同じ悲劇論の中で「私が何年か前に二人の偉大な俳優（J・P・ケンブルとシドンズ夫人を指す――筆者）が主要な役を演じた悲劇（一七九四年に上演された『マクベス』を指す。この舞台でケンブルとシドンズは、それぞれマクベスとマクベス夫人を演じた――筆者）をはじめて観て感じた満足感を忘れるほど恩知らずとは見なさないでほしい」（*Works*, I, 98）と断っているが、さらに別の箇所では『ハムレット』について次のように述べている。

> 読書によって自ら学ぶことのできない大部分の観客に、膨大な量の思想や感情を伝えるためには上演以外の方法がないのは確かであり、またこのようにして可能となる知の習得はおそらく計り知れない価値があるだろう。私がいま論じようとしているのは、ハムレットは演じられるべきではないということではなく、ハムレットが演じられることによって、いかに別のものになってしまうかということである。（*Works*, I, 101）

この引用が示しているように、観劇を好むラムがシェイクスピア劇の上演に強い不信を抱いたのは、彼がシェイクスピアの作品に抱くイメージと当時のドルーリー・レイン劇場やコヴェント・ガーデン劇場での上演との間にあまりに大きなギャップが存在していたからであった。六歳の頃からシェイクスピアを読み始め、性格創造をはじめとするこの劇作家のすぐれた特質を長年にわたって考察してきたラムにとって、原作に忠実でない上演テクスト、適切でない俳優の演技や科白回し、不自然な衣装や舞台背景などが、シェイクスピアの本質を大きく歪めているように思われたのは当然であろう。[3] ラムはシェイクスピアの作品論や登場人物論を当時の上演の批判を通して語ることが多いが、その典型的な例であるG・F・クック（George Frederick Cooke）主演の『リチャード三世』の劇評をまず取りあげて、ラムが自身のシェイクスピア観と現実の舞台との間にどのようなギャップを感じていたかを見てみよう。

クックは一八〇〇―一年のシーズンに『リチャード三世』のタイトルロールでコヴェント・ガーデン劇場にデヴューし、以来イアーゴーやシャイロックを演じてリー・ハントから「現代の舞台のマキアヴェリ」[4]と称された俳優であった。ラムは一八〇一年六月二六日付のロバート・ロイド宛の手紙の中でクックのリチャード三世を批判しているが、半年後の一八〇二年一月八日の『モーニング・ポスト』にも同じ舞台の批判的な劇評を書いている。ラムがクックのリチャード三世のどこに不満を抱いたかを知るために、ロバート・ロイド宛の手紙の冒頭を引用してみよう。

> クックのリチャード三世は完全なカリカチュアである。彼が観客に見せるのは怪物（the *monster*）リチャードであって人間（the *man*）リチャードではない。シェイクスピアの残酷な人物は、彼の機知に富んだ役割と完璧な偽善、断固とした目的遂行によって、見る人々に畏怖と深い驚異の念を呼び起こすはずである。ところがクックの演じる悪賢く俗悪で卑しい残忍なリチャードに対しては、観客はただ軽蔑

と憎悪と嫌悪を覚えるだけである。彼が観客に与えるのは、人を出し抜く己の力に狂喜し、しかもその喜びを静かな（*silent*）意識の中で味わうのではなく、哀れな悪党よろしくまるで田舎の市の道化師のように、冷笑を浮かべたり顔をゆがめたりしてその喜びを露骨に示す下劣な悪党というイメージ以外の何ものでもない(5)。

シェイクスピア劇に登場する邪悪な人物に、人間性をまったく欠いた怪物ではなく、鋭い機知や大きな知的エネルギーを備えた複雑な人間像を見ようとする態度は、ロマン派のシェイクスピア批評に共通する特徴である。第四章で述べたように、コウルリッジはマクベス夫人を「人倫にもとる怪物」と見なす傾向に反対し、彼女の「わたしなら赤ん坊のやわらかな歯茎から乳首を引きもぎってその脳みそを叩き出してやる」という科白に、「この行為は想像し得るもっとも恐ろしい行為であり、また彼女自身の感情にもっとも反するものであるから、このような喩えをもち出したのである」という解釈を加えて、マクベス夫人の中で女性は未だ死に絶えていないと語っていた。同じようにラムもまた『リチャード三世』の四幕四場で、リチャードが故エドワード四世の王妃に彼女の娘エリザベスとの結婚の仲介を頼む科白に、人の心や感情に対する洞察の鋭さを読み取り、「リチャードがこれほど上手に正体を偽ることができるのは、彼が以前に人間的な感情を抱いたことがあるからに違いない」（*Letters*, I, 260）と述べ、また別の文章の中では「リチャード自身の中に善良な魂がなければ、彼が王妃に娘との結婚を実現させるようにと説得するときの、あのような美しい言葉や誘惑をどうして思いつくだろうか」（*Works*, IV, 401）と語っている。ラムによれば、リチャードが一般に言われるほど良心のかけらもない怪物になっていないのは、「シェイクスピアは怪物（*a monster*）を描こうとしたにもかかわらず、彼の人間的な共感が人間（*a man*）を創り出してしまった」（*Letters*, I, 260）からであり、もしクックのようにリチャードの悪を過剰に演じるならば、シェイクスピアがこの人物に付与した人間性を奪いとってしまうことになるのである。

クックの演技を批判しながらラム自身のリチャード三世観を語ろうとする姿勢は、彼がロバート・ロイド宛の手紙から三年後に書いた『モーニング・ポスト』の劇評にも見られる。ラムがこの劇評で論じたリチャードの特徴は、欺瞞の背後にある鋭い知性、生来の陽気さ・快活さ、身体の障害を利点に転化するエネルギーの三点であるが、二番目の陽気さ・快活さの中に次のようなシェイクスピアの性格創造の妙を読み取っている。

この特徴は彼から消えることは決してない。陰謀や策略に耽っていても、また血なまぐさい企みの真っ只中にあっても、この特徴が彼を絶えず機知や冗談、相手に対する風刺、さらに奇抜な当てつけや巧みな表現へと駆り立てるのである。これこそ劇的効果を完全に熟知した劇作家が、場面の恐怖を和らげ、我々に楽しみながら残酷で邪悪な性格を熟考するようにと考案した巧妙な仕掛けの一つである。

（*Works*, I, 38）

ラムによれば、リチャードが観客・読者の心を捉えて離さない魅力的な人物であるのは、極悪さや非道さが鋭い機知、豊かな知性、深い洞察力と分かち難く結びついているからであった。リチャードという人物にこのような複雑な性格を読み取ったラムが、「リチャードは童話に出てくる大男や人食い鬼が子供を殺すときに見せるのと同じような喜びを感じながら、ベッドの幼児を殺害するのだと確信させる」（*Works*, I, 105）クックの演技に、強い反発をおぼえたのは当然であったと思われる。

しかしながらラムが批判したクックの演技は、この役者の偏ったリチャード解釈によるというよりは、当時の観客の好みを反映したものであった。ラム自身も同じ劇評の中で「この役者は（シェイクスピアが描いた人間リチャード（the *man Richard*）ではないけれども）大衆の観念の中にある怪物リチャード（the *monster Richard*）を実に独創的に力強く演じている」（*Works*, I, 37）と述べて、クックが一般の観客がもつリチャード像を見事に演じていることを認めている。すでに述べたようにラムは当時の観客のこのようなリチャード三世観を批判しているが、彼にとってより根本的な問題と思われたのは、この時代の上演に用いられたテクストが観客の偏ったシェイクスピア理解をいっそう助長していることであった。

一八世紀から一九世紀の初頭にかけてのシェイクスピアの主要な作品の上演が、シェイクスピアの原作ではなく、王政復古期以降の改作によっていたことはよく知られている。ラム自身クックの『リチャード三世』について「舞台上でシェイクスピアの作品として通っているこの劇は、シェイクスピアが同じタイトルで書いた作品とは似ても似つかぬ代物であって、実は彼の他の劇から抜粋した科白を寄せ集め、繋ぎ合わせたものに過ぎない」（*Works*, I, 37）と非難している。ラムが実際に観た『リチャード三世』は、コリー・シバー（Colley Cibber）が一七〇〇年に書いた改作版であった。このような改作の上演に対してラムは「俳優の名にふさわしい行為とは、可能な限り原作者の精神と意図に固執して自らの鑑識力を示し、偉大な導きの星（a great *Leading Star*）に従うように、シェイクスピアが指し示す光によって（by the *Light*）進路の安全を熟慮することである」（*Works*, I, 37）と主張して、シェイクスピアの原作への復帰を強く訴えている。クック主演の『リチャード三世』の劇評から始まり、「シェイクスピアの悲劇について」や「シェイクスピアの改良者」へと続くラムの改作批判は、のちの原作への回帰を促したシェイクスピアの受容史上の重要な功績であった。これについてはあとで詳しく論じることにして、ここでは再び「シェイクスピアの悲劇について」に戻り、ラムが上演されたシェイクスピアと己のシェイクスピア観との間にもっとも大きなギャップを感じていた『ハムレット』と『リア王』に関する彼の見解を検討してみよう。

## 三

シェイクスピアの劇の上演に対する懐疑は、すでに見たクックのリチャード三世の演技のように、シェイクスピアが描いた登場人物の複雑な性格が十分に表現されていないということであった。シェイクスピアが創造した「登場人物の精神の構造とその働きの理解」（*Works*, I, 99）を重視するラムの批評態度は、主に四大悲劇を論じた「シェイクスピアの悲劇について」ではいっそう顕著になっている。この論考の眼目は具体的な舞台への批判というよりは四大悲劇の上演一般に内在する限界の指摘にあるように思われるけれども、ラムの論調の背後に当時の上演や劇場の状況があるのは否定できない。ではラムがシェイクスピアの劇は「あまり上演に適さない」と書いたとき、彼の脳裡に強くあったと思われる『ハムレット』をどのような悲劇と見なしていたのであろうか。

ロマン派の時代のもっとも著名なハムレット俳優は、一七八三年にドルーリー・レイン劇場の『ハムレット』でデヴューしたJ・P・ケンブルであった。ラムはケンブルが演じたハムレットについて「しばしば劇場に通う人が自分のハムレット観をK氏の風貌や声から解放するのは困難である」と語っているが、ケンブルのように観客に強烈なインパクトを与える名優の演技さえ、ラムには「すばらしいヴィジョンに形を与えて肉体の水準に引き下げてしまう」(*Works*, I, 98)ように思われた。あるいはラムにはケンブルの名演をもってしても埋まらない『ハムレット』の舞台と己の『ハムレット』観とのギャップに、四大悲劇の上演に対する絶望感を深めたのかもしれない。ラムは『ハムレット』とその主人公について次のように述べている。

ハムレットという人物は、ベタートン(6)の時代以降、人気のある俳優たちがいつも自分を際立たせるために演じたがった役である。舞台に出る時間の長さがその理由かもしれない。しかしハムレット自身は劇中の人物であるから、我々はこの人物が舞台で演じられるのにふさわしいかどうかを判断しなければならない。この悲劇には他のどんな劇よりも数多くの訓言や熟考が含まれているために、我々はこの悲劇を道徳的な教訓を与えるのにふさわしい作品と考えがちである。しかしハムレット自身は、まるでパブリック・スクールの先生のように、観衆の前に呼ばれて講演をすることに大変な苦痛を感じることだろう！確かに、ハムレットが行なうことの十中八九は彼自身と彼の倫理観との問答であり、また孤独な瞑想の吐露であるが、彼はそのために宮殿の奥まった片隅や人から隔絶された場所へ引っ込むのである。あるいは、それらは読者のために言葉に移された、胸にあふれる静かな瞑想である。読者は言葉によらなければ、彼の胸中にいかなる思いが生まれているかを知り得ないからだ。耳を持たぬ壁や部屋に向かってやっと語り得る、あのような深い悲しみや明るさと音を嫌う黙想が、観客の前に現れて身振り手振りを交えて演説口調で語る俳優によって、どうして表現できるであろうか。(*Works*, I, 100)

ラムが関心を抱いたのは、コウルリッジの場合と同じように、シェイクスピアの想像力が創造した孤独なハムレットの内面世界であり、それを理解するためには読者・観客も己の想像力によってその世界に入っていかねばならない。ハムレットの「静かな瞑想」を追体験しようとしたラムには、舞台の背景や装飾、俳優の身振りや発声は、むしろ彼の想像力の働きを阻害するように思われたのである。

『ハムレット』の上演に対するこのようなラムの不信は、この悲劇の上演自体を全面的に否定しているかに見えるけれども、彼の文章を細かく読んでみれば、ここでも彼の念頭には絶えず当時の上演があったことがわかる。たとえば先の引用の前半にある「我々はこの悲劇を道徳的な教訓を与えるのにふさわしい作品」と考えて、ハムレットにパブリック・スクールの先生のように観衆の前に出て講演をしてもらうという箇所を見てみよう。ラムの時代には未だ観客が演劇に彼らの道徳観に合致した教訓を求める傾向が残っていた。(7) ラムがクックの演じたリチャードを批判したのも、また彼が「技巧的喜劇」と呼んだ王政復古期の喜劇を弁護したのも、演劇に日常の道徳の教示や勧善懲悪を期待する当時の観客の傾向を嫌がったからであった。このような傾向に対してラムは、「我々は事物の本質から目をそらして、その相対的な影とも言える道徳的な義務を追い求める。しかし事物の真実が正しく表現されているならば、相対的な義務は自然に伝えられるものである」(*Works*, IV, 126) と述べて、文学作品に描かれる道徳を狭い意味で捉えることに反対している。先の引用の中でラムが「(ハムレットの) 倫理観」と呼んでいるものは、苦悶しながら人間の本質的な問題を思索するハムレットの内面世界の根源的な道徳性・精神性を指していると考えられる。ハムレットが教訓好きなパブリック・スクールの先生然として観客の前に現れて、「静かな瞑想」であるはずの独白を大仰な口調で語るとき、ラムがそれをシェイクスピアのハムレットではないと感じたのは当然であったと思われる。

ラムの『ハムレット』の上演批判は、ハムレットとオフィーリアの関係の解釈にも向けられている。ラムは当時のハムレット役者がポローニアスに対して王子の品位にふさわしくない「きわめて粗野で憎々しげな軽蔑を示す」ことを非難しているが、オフィーリアに関しても「私が今まで見たハムレットはすべて、まるでオフィーリアが何か重大な罪を犯したかのように彼女に大声をあげてどなり、観客のほうもそのようなハムレットを大いに喜んでいた」（*Works*, I, 103）と述べている。ラムがそのようなハムレットを嫌ったのは、「ハムレットがあれほど深く愛した女性に対して、あのような残酷な態度を取れるかどうかについてはまったく考慮されていない」からであった。ラムはこの場でのハムレットの心境を次のように解釈している。

> ハムレットとオフィーリアの間に存在していたような深い愛情の中には、（敢えてこんな言葉を遣わせてもらえば）有り余る愛（*supererogatory love*）が蓄えられていたのであり、そのような愛は心の深い悲しみの中で、特に心を苛む悲しみが伝えられない状況の中では、悲しみにくれる当人に、最愛の人に対してさえ一時的な精神の異常を思わせる言葉を用いて、自分の気持ちを表そうとする一種の放縦さを与える。しかしそれは精神の異常ではなくて、心の混乱に過ぎないのであって、そのことは相手にも常にわかっているのである。それは怒りではなくて怒りの外観をとった悲しみであり、憎しみをぎこちなく装った愛である。（*Works*, I, 103-4）

ラムにとってハムレットがオフィーリアに示す冷酷な態度は、己の気持ちを伝えられない状況に置かれた若い王子が、一時的な混乱状態の中で示した深い愛の裏返しの表現であった。にもかかわらず、当時の役者はこの場のハムレットの行動を「彼の性格の全体から説明しよう」とはせず、彼の表面的な冷酷さを誇張して演じることによって観客受けをねらっていた（*Works*, I, 103）。ラムはこのような当時の『ハムレット』上演の仕方をどうしても認めることができなかったのである。

『ハムレット』とともに、あるいはそれ以上にラムが上演に疑問を感じていたのは『リア王』であった。彼はこの悲劇に関しては「シェイクスピアのリアは上演できない」と断定的な言葉を用いている。ラムが『リア王』の上演をこれほど強く否定した理由も、『ハムレット』の場合と同様に主人公の性格創造であった。ラムはこの悲劇の上演について「一人の老人が雨の夜に娘たちから戸外へ追い出され、杖をつきながらよろよろと舞台の上を歩きまわる姿は、痛々しい胸のつまる思いをさせる光景以外の何ものでもない。我々は彼を避難所に連れていって助けてやりたい気持ちになる。これがリアの舞台が私に生み出した感情のすべてであった」（*Works*, I, 107）と語っている。ラムが感じた同情は哀れな老人に人が抱く自然な反応であるが、シェイクスピアの悲劇のヴィジョンを具現したリアが、このような日常的な安っぽい感情しか生み出さないのは、ラムにとって耐えられないことであった。ラムは彼自身のリア観を次のように述べている。

リアの偉大さは肉体の次元ではなく知の次元にある。彼の情念の爆発は火山のように恐ろしい。それは彼の心の海をその中に眠る膨大な財宝とともに引っ繰り返し、底の底まで露にする嵐である。むき出しにされるのは彼の心である。肉体に関わる事柄は、ここでは考慮に値しないほどの意味しかもたないのだ。リア自身もそんなことは無視している。舞台で我々が見るのは肉体の衰えや弱さ、怒りの虚しさだけであるが、読むときには我々はリアを見るのではなく我々自身がリアになる――彼の心の中に入り込んで、娘たちや嵐の悪意を打ち砕く威風に励まされるのだ。我々が彼の理性の錯乱のなかに見出すのは、人生の通常の目的には混乱をもたらすが、欲するままに吹く風のように、人間の堕落と悪弊に対して意のままに力を振るう、不規則ではあるが強力な推論の力である。（*Works*, I, 107）

この一節はハズリットがハムレットについて述べた「彼の言葉のリアリティは読者の心の中にある。我々自身がハムレットなのだ(8)」という言葉を思い出させるが、ラムにとっても老王リアの悲劇は感覚に訴える俳優の演技によってではなく、読者がリアと一体となって、彼の苦悩を自ら追体験することによってはじめて理解されるように思われたのである。

このようなリア王観が、この悲劇の上演一般の否定に繋がると見なされるのは当然であろう。しかしこの場合でもラムの脳裡には彼が実際に観た当時の『リア王』の舞台があることを見落としてはならない。先の引用からもわかるように、当時の上演は娘たちの冷酷さと彼女らに追い出されるリアの不幸を強調するために、この老人の哀れさを必要以上に誇張するのが一般的であった。さらに舞台と現実界とを近づけようとする当時の演出の仕方は、リアを襲う嵐をリアルに表現するために、「軽蔑したくなるような機械装置」（*Works*, I, 107）を用いていた。ラムにはこうして再現された舞台上の嵐が、火山のようなリアの「情念の爆発」に対応する自然界の大嵐とは似ても似つかぬものに思われたのである。

しかしラムが当時の『リア王』の上演に抱いた不満は、単に俳優の演技や舞台上の仕掛けに関わるものだけではなかった。より根本的な不満は、彼が見た『リア王』がシェイクスピアの原作ではなく、王政復古期のネイハム・テイトの改作であったという事実から生じている。一六八一年に世に出たこの改作は、一八三八年のマクリーディ主演の舞台まで、シェイクスピアの原作に代わって上演され続けてきた。(9) ではラムはテイトの『リア王一代記』をはじめとする王政復古期やそれ以降の改作をどのような観点から批判したのであろうか。

## 四

ラムは「シェイクスピアの悲劇」の中で、一八世紀イギリスの代表的な俳優であり、劇場支配人・劇作家・シェイクスピアの改作者でもあったデイヴィッド・ギャリックを批判して次のように述べている。

> 私はギャリックに対してはシェイクスピアの称賛者であるという評価を否定したくなる。彼は決してシェイクスピアの卓越した点の真の愛好者ではなかった。何故ならば、もし真の愛好者であるならば、「神の光を己らの暗黒で汚す」（'With their darkness durst affront his light,' Milton, *Paradise Lost*, Book I, 391）テイト、シバー、その他の連中がシェイクスピアの劇に書き入れた、あのたわいのない下品な話を彼の比類のない場面に入れるのを認めたであろうか。（*Works*, I, 105）

ラムがギャリックをこのように激しく批判したのは、一七五六年にギャリックによって改作された『リア王』（*King Lear, a Tragedy*）が、テイトの改作（『リア王一代記』）の主要な改変をそのまま引き継いでいたからであった。周知のようにテイトは原作にないコーディリアとエドガーのロマンスを書き加え、さらに結末をハッピー・エンディングに変えている。テイトが二人を恋人同士にしたのは、この劇の筋の展開を単純化し登場人物の行動に明確な動機を与えるためであったと考えられる。例えば愛情テストの場面でコーディリアが父王の問いに答えるのを拒否するのは、エドガーを愛する彼女が父王の望むバーガンディとの結婚を阻止するためであり、それに対してリアが激しく怒るのは娘の意図を知っているからということになる。テイトの改作のもう一つの特徴は、善悪の人物像を原作以上にいっそう明解に描いて、リーガンやゴネリルたちの悪の陣営の滅亡とコーディリアたちの善の陣営の勝利をこの劇のテーマにしていることである。両陣営の争いのクライマックスとなる最終場面では、コーディリアと共に捕えられていたリアは、二人の殺害に送られた兵士たちに敢然と立ち向かい、駆けつけたエドガーとオールバニーに救出される。オールバニーは王国の三分の二をリア王に返すが、老王はそれをコーディリアとエドガーに譲って、自らはグロスターとケントを伴って静かな隠居生活に入ることを決意する。こうして「真実と美徳が最後には勝つ」('Truth and Vertue shall at last succeed'[10]) という作品のモラルが浮き彫りにされるのである。

このようなテイトの改作に対して、シェイクスピアの原作に詩人の想像力の理想的な働きと、倫理に関する深い問題意識を読みとったラムのようなロマン派の詩人・批評家が、激しい反発をおぼえたのは当然であろう。ラムは「シェイクスピアの悲劇について」のなかでテイトのこのような『リア王』の改作を批判して次のように述べている。

> テイトはこのリヴァイアサン（『リア王』を指す——筆者）の鼻に釣り針をつけて、ギャリックやその追随者のような自分の演技をひけらかしたい連中が、この強大な獣を簡単に引き廻すことができるよう

にした。ハッピー・エンディングだって？　――リアがあれほど殉教の苦しみを経験したあとで――彼の感情の被膜を生きたまま剥ぎ取られるような経験をしたあとで、彼にとって人生の舞台から堂々と消え去ることが、唯一品位に適うことであることを否定するかのようではないか。もし彼が生き永らえて幸せになるのなら、もし彼がその後も現世の重荷を背負い続けることができるのなら、このような騒動と準備は――我々を不必要な共感で苦しめたことになるではないか。まるで金色の王服と王の職杖を再び我がものにできるという子供じみた喜びが、かつて乱用した王位に再び即くようにと彼を誘っているかのようにではないか――あの歳でしかもあれほどの経験をしたあとで、まだ彼に死以外のことが残されているかのようではないか。（*Works*, I, 107）

ラムは一八三三年の「故エリアによるテーブル・トーク」（'Table-Talk by the Late Elia'）という文章の中でも、原作の最終場面でリア王がケントに語る「お前は誰だ？……お前はケントではないのか？」（Who are you? . . . Are you not Kent?, V, iii, 279–83）からケントの「あのお方の魂を邪魔なさるな。もう逝かせてさしあげよう！つらいこの世の拷問台にこれ以上とどめおく者を王は憎まれるはずだ。」（Vex not his ghost. O, let him pass. He hates him/ That would upon the rack of this tough world / Stretch him out longer. 314–6）までの科白を引用して、原作『リア王』のエンディングを次のように称賛している。

シェイクスピア劇の最高傑作である『リア王』はこうして幕を閉じる。そしてケントはこの劇作家の神々しい精神が生み出す人物のもっとも気高い例である。作家はこの作品で一般の人々の心を深く捉えるすばらしい題材を手にしながらも、その特権を放棄して、この禁欲の理由をごく少数の思慮深い人々の理解に委ねるという雅量の大きさを示している。平凡な劇作家であればきっと、ケイアスを装う人物とその主人との和解と完璧な理解から「大騒ぎ」(pudder)[11]を創り出し、多くのうるわしい目を涙でいっぱいにし、上質のハンカチを湿らせていただろう。(しかし原作の)あの死期の迫った老王が、今までの献身的奉仕を認めてもらうことに無頓着な忠臣に伴われ、真実の一部を理解しながら、すぐに忘却の世界へ移っていくのは、シェイクスピアのもっとも感動的なとまでは言えないにしても、もっとも思慮深い筆致を表す一つの例となっている。[12] (*Works*, I, 346)

シェイクスピア劇の全体構造を重視し、登場人物の科白と行動を劇全体との関連で理解しようとしたラムにとって、テイトの『リア王一代記』のハッピー・エンディングは、リアの性格と劇中での経験だけでなく、悲劇の展開そのものとまったく調和しない滑稽な結末に思われたのであった。リアの死によってシェイクスピアの悲劇のヴィジョンが完結するというラムの考えは、現代の我々にはまったく当たり前のことであるが、テイトの改作が百数十年にわたって上演されてきた当時の時代風潮の中では極めて先駆的なものであった。

このようにテイトの『リア王』改作を批判したラムは、「シェイクスピアの改良者」という短い文章の中では、その矛先をテイトの『コリオレイナス』、シャドウェルの『アテネのタイモン』、ダヴェナントの『マクベス』に向けている。その中でラムが特に激しく批判しているのは、シャドウェルが『アテネのタイモン』の登場人物の中からタイモンの忠実な執事であるフレイヴィアスを削除し、その代わりにタイモンを一途に愛し続け、彼の最期を看取るエヴァンドラという「やさしい女」を付け加えた点である。ラムはシャドウェルの改変を「この劇のモラルが単なる見境のない気前のよさによって生み出された友情の虚しさではなく、女の愛が男の友情に勝るということにあるかのようにさせている」と非難し、さらに「こういう改作者連中の一人が、聖書の中のヨゼフとその兄弟のすばらしい物語の改作に手を染めたならば、きっと愛の情熱が導入されていただろう」（*Works*, I, 322）と皮肉っぽく付け加えている。テイトが『リア王』に加えたエドガーとコーディィリアの恋愛と同じように、シャドウェルが『アテネのタイモン』に加えた献身的なエヴァンドラの愛の物語は、ラムにとってはシェイクスピアの原作をメロドラマに変えてしまう許しがたい改悪であった。

以上のようなラムの改作批判が、原作よりも改悪版の上演を歓迎する観客への批判に向かうのは当然であろう。ラムは「シェイクスピアの改良者」の中で、一七世紀後半に活躍したベタートンらが上演したダヴェナント改作の『マクベス』について、「信じてもらえないと思うが、（これが）その時代の我々の先祖たちが喜んでシェイクスピア作として受け入れていたものである」（*Works*, I, 322）と述べ、また「シェイクスピアの悲劇について」の中では『オセロー』を例に挙げて、悲劇の観客の理解力への不信を次のように記している。

> 観客は俳優のあいまいな演技を見ても、それが例えば悲しみや怒りを表していると見なし、そのような激情が通常外に現れた場合にとる形（copy）であり、あるいは少なくとも劇場で通用する激情の表徴には合致すると考える。確かにしばしばそれ以上のものではないからだ。しかしながら、悲劇が扱うに値する唯一の対象である、そのような激情の根底にあるもの、すなわちその激情と偉大で英雄的な性格

との対応関係を、一般の観客がいくらかでも理解するということや、そういう考えが役者の声の力だけで彼らに伝えられ得るということを——言い換えれば、観客には無縁なはずの（主人公の）さまざまな憂慮が、彼らの心に嵐のように激しく吹き込まれ得るということを、私は信じることができないし、どうしたら可能であるかもわからない。（*Works*, I, 102）

この文章はどの時代にも共通するシェイクスピア劇の上演の限界を指摘しているかに見えるけれども、ここでもラムの脳裡にあったのは当時の劇場における上演であった。ラムはこのように観客の理解力への不信をいだきながら、他方では彼が「舞台のイリュージョン」と呼んだ、劇場における俳優と観客との本来あるべき関係を思索していたのである。この言葉はコウルリッジの「演劇のイリュージョン」という概念を思い出させるが、コウルリッジが「進んで疑いの念を停止する」観客の想像力を論じているのに対して、ラムの主要な関心は自身の劇場体験に基づいた、俳優の演技と観客の反応との関係の考察に向けられている。すでに見たラムの激しい上演不信と観客批判は、当時の劇場の状況と彼が理想とした俳優と観客との関係との間に、あまりにも大きなギャップがあったからと見なすことができる。

## 五

一八世紀から一九世紀の初頭にかけて演劇におけるイリュージョンの問題がしばしば論じられたのは、演劇が「自然に対して鏡をかかげる」行為であるにもかかわらず、現実界の出来事と舞台上の同様な出来事とでは人々の反応がまったく異なるという事実に基づいていた。例えば殺人や裏切りは現実界では人々の目を背けさせるにもかかわらず、舞台で演じられる時には観客はそれらを楽しむのである。この問題をはじめて取りあげたのは、新古典主義の信奉者たちが重視した三一致の法則の「時と場所の一致」を批判したサミュエル・ジョンソンであった。第一章で述べたように、ジョンソンによれば、観客にとって舞台は舞台であり、役者は役者に過ぎないのであって、彼らが悲劇を楽しむのは、それがフィクションであると意識しているからである。したがって舞台と現実を近づけようとする「時と場所の一致」のような試みは、当然否定させるべきものであった。

ジョンソンに続いてこの問題を取りあげたのはロマン派の文人たちである。しかし、彼らが演劇のイリュージョンに関心を寄せたのは、ジョンソンとは異なり、それが彼らの重視する観客・読者の想像力と深く関わっているからであった。ラムも「舞台のイリュージョン」（'Stage Illusion'）というエッセイを書いてこの問題を論じているが、コウルリッジのイリュージョン論が観客の心理を重視していたのに対して、ラムの論の特徴は彼の主眼が観客にイリュージョンを生み出させる俳優の演技に置かれていることである。彼のイリュージョン論が俳優の演技論でもあるのはそのためである。ラムはこのエッセイの冒頭で彼の関心の所在を次のように述べている。

芝居の良し悪しは、舞台が生み出すイリュージョンの程度によって決まると言われる。このイリュージョンがどんな場面でも完璧であるかどうかは問題ではない。よく言われるのは、もっともその域に近くなるのは、役者が観客の存在をまったく意識していないように見えるときである。悲劇においては

――これは人の感情に訴えるもののすべてに当てはまることだが――役者が自分の舞台に注意を集中することが必要不可欠であるように思われる。ところが実際には、もっとも賢明な悲劇役者でさえこのことを日々なおざりにしている。……しかし悲劇を別とすれば、喜劇の登場人物、特に少々仰々しい人物とか、道徳観念に逆らう考えに染まった人物の場合には、観客に訴えることを全然せずとも彼らの暗黙の了解を保持して、知らず知らずのうちに観客をその場面への参加者に変えてしまうことが、喜劇役者の最高の演技力の証拠になるのではないかどうか、一考してみる必要があるように思われる。（*Works*, II, 163）

この引用で注目されるのは、ラムが悲劇のイリュージョンと喜劇のそれとを区別し、俳優に対しても二つのジャンルではそれぞれ異なった演技をするように求めていることである。観客の感情に訴える悲劇では、俳優は観客の存在を忘れて己の役に没入しなければならないのに対して、喜劇を演じる俳優は彼らがある役を演じているという「観客の暗黙の了解を保持して」、観客と舞台との間にある程度の距離を保たねばならない。ラムは後者の例として喜劇の恰好な登場人物である臆病者を取りあげて、「舞台で臆病者が真に迫るように演じられても少しも面白いという気が起こらない」と述べ、見事に臆病者を演じたジャック・バニスター（Jack Bannister）(13) の演技について「我々はみんな彼の演じるろくでなしが大好きであった。どうしてそうだったのかと言えば、この役者がぶるぶる身を震わす切羽詰った瞬間でも、我々観客に向かって絶えず彼自身は我々が思うような臆病者ではないということを、それとなく暗示する絶妙な技をもっていたためではなかろうか」（*Works*, II, 163）と書いている。これに対してジョン・エメリ（John Emery）が喜劇の役に失敗したのは、彼が悲劇の場合と同じように己の役に没入し過ぎたために、喜劇の役にそぐわない堅苦しい雰囲気をもたらしたからであった(14)。

ラムが区別した悲劇の演技と喜劇の演技は、彼がよく用いる言葉を遣えば、役になりきる「自然な演技」とある程度の誇張をまじえた「技巧的な演技」ということになるだろう。シェイクスピアの悲劇の上演をあまり評価していなかったラムは、当時の悲劇役者の具体的な演技に触れることが少ないが、彼が唯一高く評価したロバート・ベンズリー（Robert Bensley, 1738–1817）のイアーゴーに、ラムが理想とした悲劇役者の「自然な演技」の一つの実例を見ることができる。ベンズリーは一七六五年にドルーリー・レイン劇場にデヴューし、その後『リア王』のエドマンドや『リチャード三世』のバッキンガムなどを演じた役者であった。ラムは『エリア随筆』の中の「昔の役者たちについて」（'On Some of the Old Actors'）で、彼が演じたマルヴォーリオの悲劇的な演技を高く評価しているが(15)、彼のイアーゴーについても「彼は真の詩的熱意をもっていた――これは当代の役者の間では極めて稀な才能である」と述べ、さらに次のように続けている。

彼には小細工を弄するところがまったくなかった。彼はただかの詩人（シェイクスピアのこと――筆者）に託された使命をひたすら果たすために舞台に上ったのであり、しかもホメロスの使者たちが神々の御言葉を伝えるように、真の忠実さをもってその役を果たした。彼は激情や感情をそのまま表現し、大げさではなかった。けれんみを加えることなど軽蔑していたのであろうし、真面目な演技を破壊する器用さ（*cleverness*）はまったく見せなかった。彼のイアーゴーが今まで見た中で唯一脳裡に焼きついているのはそのためである。観客はだれも彼のイアーゴーの演技から、オセローが見抜く以上の術策を推察することはできなかったであろう。観客は彼の独白によってはじめて秘密を知ったのである。観客の眼力のほうが当のムーア人より優っていると思わせる暗示はまったくなかった——上演では通常このムーア人は、かの旗持ちや多くの鈍感な観客が無闇やたらに矢を放つようにと据えられた大きな的のように立っているのだが。ベンズリーのイアーゴーはそんな粗雑なやり方はしなかった。彼には己の力を意識した者に自然に備わる勝ち誇った風格があり、小悪党や新米の悪党によくあるような、一寸悪事がうまくいくとうれしさを抑えられずに、せせら笑ったりするけちな虚栄心などはまったく見られなかった。……（彼のイアーゴーは）一人の高貴な人物をいかなる分別をもってしても抗し難いわなの中に、その目的も曖昧ならば動機もないかのようでありながら、その仕掛けの奥行きたるや計りがたいわなの中に捕らえてしまう完璧な大悪党であった。（*Works*, II, 133-4）

ラムにとってベンズリーのイアーゴーの演技が完璧に思われたのは、彼が己の役に没入し観客の存在をまったく意識しなかったからである。もしベンズリーのイアーゴーが、当時の他の役者のイアーゴーと同じように、観客に向かって己のオセローに対する優越性を誇示する仕草を見せたならば、単にイアーゴーが小悪党になってしまうだけでなく、主人公のオセローも卑小な存在に変わってしまい、悲劇の理解に不可欠な観客の主人公への感情移入が不可能になっていただろう。ラムにとって観客が主人公と一体になったイリュージョンを抱き、悲劇の本質である偉大な魂の苦悩を追体験するためには、ベンズリーのイアーゴーのように、主人公以外の俳優たちの「自然な演技」も極めて重要なものであった。

悲劇に必要な「自然な演技」と対照をなす喜劇の「技巧的な演技」についてはすでに触れた。前者がラムの悲劇観に基づいていたように、後者もまた彼の喜劇観に基づいていることは言うまでもない。ラムによれば喜劇は感情よりも知性に訴える劇であるから、俳優は故意に現実とは異なる技巧的な演技を行なって、観客と舞台との心理的な距離を保たなければならない。ラムはシェイクスピアの喜劇よりも王政復古期の喜劇を多く論じているが、彼が喜劇役者に「技巧的な演技」を求めた背景にも、当時の観客が王政復古期の喜劇だけでなくシェイクスピアに喜劇に関しても、劇の世界と現実界とを混同し、登場人物の陰謀や情事などに厳しい道徳的な判断を下したことへの批判がある。ラムはコングリーヴ（William Congreve, 1670–1729）などの王政復古期の喜劇作家を論じた「前世紀の技巧的な喜劇について」（'On the Artificial Comedy of the Last Century'）というエッセイの中で、自身の時代の観客に関して「我々観客が劇場に行くのは、先祖たちのように現実の圧迫を逃れるためでなく、自分たちの現実界での経験を確かめるためである。……我々は劇場で苦労の多い人生をもう一度繰り返すことになるのだ」と皮肉を述べ、さらに「喜劇の登場人物たちは、おとぎの国と言えるような彼ら自身の別天地を造っている」のだから、「彼らが自分の本来の領域にいるかぎり、私の道徳観念を傷つけることはないし、また実際にそれに訴えかけることもない」（*Works*, II, 142–3）と語っている。ラムにとって喜劇とは、観客が厳格なモラルをはじめとするさまざまな日常の拘束から解放されて、自由にフィクションの世界を楽しむ劇であった。喜劇の本来の目的がこのようなものであるとするならば、役者のほうも観客に「（彼らがいま演じているのは）半ばしか信じられない架空の人物である」（*Works*, II, 142）という印象を与える演技をしなければならない。ラムがシェリダン（Richard Brinsley Sheridan, 1751–1816）の『悪口学校』（*School of Scandal*）のジョウゼフ・サーフィスを演じたジョン・パーマー（John Palmer）を高く評価したのは、彼が二つの声色を使い分けながら「サー・ピーターと彼の夫人に対して芝居をしている間に、観客に向かっても芝居をして」、観客を「冷たい道徳などの支配しない純粋な喜劇の世界」(*Works*, II, 145)へ誘ったからである。ラムが主張した喜劇に必要な「技巧的な演技」とは、パーマーのサーフィスのように、観客に現実とは異なった世界にいるというイリュージョンを与える演技であった。

すでに明らかなように、ラムの「舞台のイリュージョン」論は、彼の演技論でありまた観客論であった。彼が区別した悲劇の「自然な演技」と喜劇の「技巧的な演技」は、一見正反対のように思われるけれども、前者が主人公と一体化しようとする観客の想像力の働きを、後者がフィクションの世界を自由に楽しむ観客の想像力の飛翔を促すという意味において、ロマン派的な劇場における観客の想像力の重視に根差していると言えるだろう。(16)

ラムは一八一三年の『イグザミナー』に一連の「テーブル・トーク」を書いているが、その中の「観劇の備忘録」('Play-House Memoranda')の冒頭に次のような劇場での体験を書いている。

私はかつてドルーリー・レイン劇場の一階席で、一人の盲人と隣りあわせたことがあった。あとで知ったところでは、その人はロンドンでよく知られた街頭の音楽家であった。芝居は『リチャード三世』であったが、この盲人は周りの誰よりも各場面に生き生きとした関心を示すのを見て、とても興味にかられた。幼い兄弟が殺されたあとの王妃とヨーク公爵夫人との痛ましい会見の場では、彼は目に(というよりはかつて目があったところに)奔流のような涙を流しながら、我を忘れて一心に聞きほれていた。周りの人はといえば誰もかも、彼のこの姿を見て、あるいは劇場経営者の好みによって選ばれた、嘆き悲しむ貴夫人役の女優たちのグロテスクな姿や哀れな仕草を見て、くすくす笑っていたというのに。彼には感受性を曇らせる視力という障害がなかったので、場面にひたすら集中し、てらいのない純粋な印象を受け入れていたのだ。いやむしろ、だからこそいっそう天上界の光が内面で輝いていたのだ。私がこの人にリチャードを演じていたケンブルをどう思うかと問うと、彼はとてもうれしい答えを返してくれた。それは、もし自分が劇場に来ているということを忘れていたならば、あの方が何かの本を朗読していると勘違いしたことでしょう、という答えであった。（*Works*, I, 158）

ラムがこの盲目の観客に強い共感を抱いたのは、彼の中に己の姿を見たからと言えるかも知れない。この文章の描かれている当時の役者の未熟な演技と観客の粗野な態度[17]は、ラムが一貫して批判してきたものであったが、観劇を終生好んだラムは、このような劇場の雰囲気の中でも、あの盲目の観客と同じように「天上界の光」を己の中に輝かせつつ、目の前の舞台をきっかけとして、それとは異なったシェイクスピアの世界の本質を思索し続けていた。すでに述べたラムのシェイクスピアの作品論、改作批判、舞台のイリュージョン論などが大きな説得力をもつのも、その根底に彼の具体的な劇場体験と「完璧とも言える演劇についての理解力と鑑識眼」[18]（ド・クインシー）があるからである。ラムのシェイクスピア論はコウルリッジの影響を強く受けているけれども、彼の劇場からの発想はコウルリッジの書斎での発想と互いに補いあって、ロマン派のシェイクスピア批評の一つの全体像を作りあげていると言えよう。

# 第六章　リー・ハントの演劇批評

## 一

ロマン派時代のジャーナリスト、批評家、随筆家のリー・ハント（Leigh Hunt, 1784–1859）は、今日では彼と親交のあった多くの詩人や批評家たちの中で影の薄い存在となっている。しかし半世紀以上にわたる彼の文筆活動の中で見落としてはならない功績の一つは、自らが関係していた新聞や雑誌に書いた劇評によって、イギリスのすぐれた演劇批評の伝統の確立に大きな貢献をなしたことである。ハントが劇評に手を染めたのは、兄のジョン・ハントが『ニューズ』（*The News*）を創刊した一八〇五年五月であった。このときハントは二〇歳の若さであったが、兄の求めに応じてこの新聞の劇評家となり、一八〇七年末の終刊までその仕事を続けた。さらに一八〇八年一月から一八二一年までは、摂政の宮への侮辱罪で投獄された二年間の空白期間をはさんで、兄ジョンと刊行した『イグザミナー』（*The Examiner*）に、また一八三〇年九月から一八三二年八月までは自ら創刊した日刊紙『タトラー』（*The Tatler*）に劇評を書き続けている。

ハントが劇評家として活躍する以前にも、もちろんイギリスにはさまざまな形の劇評が存在していた。しかし、その多くは評者の印象に残った舞台や俳優の演技をあとから回想したもので、何よりも評者の側に劇評を演劇の水準を高めるために不可欠な仕事と見なす意識が希薄であった。ハントの劇評の新しさは、上演の始まったばかりの芝居を取りあげ、その上演の仕方や俳優の演技を自らの演劇観・演技観に基づいて詳しく批評し、当時の劇場経営者や俳優たちに大きな影響を与えたところにある。一八世紀末から一九世紀初頭にかけて活躍した喜劇役者のチャールズ・マシューズの妻アンは、夫を回想した文章の中で、この高名な喜劇俳優がハントの劇評をどのように評価していたかについて次のように述べている。

この年（一八〇八年）ヘイマーケット劇場において、マシューズはロンドンの観客の前ではじめてサー・フレットフル・プレイジャリ（シェリダンの『批評家』に登場する劇作家――筆者）を演じた。彼の演技の成功は、当時のもっとも偉大な劇評家のリー・ハント氏によって報じられた。当時リー・ハント氏の演技評はすべての俳優や演劇愛好家たちが求め、かつ誤りなきものとして受け入れていたのであった。わたしの夫は残念ながらその後数年間彼と親しく付き合う機会をもたなかったけれども、リー・ハント氏の演劇人に対する確かな批評眼とすぐれた文章力を高く評価していたので、自分がこの紳士から称賛されたのを知るといつも大変喜んでいた。(1)

マシューズのような有名な俳優がこのようにハントの劇評を権威あるものとして受け入れていたのは、彼が当時の有力な劇場経営者や俳優に媚びることなく、公平な立場から自分が観た舞台や俳優の演技を正確に読者に伝え、率直に辛辣に批評したからであった。ハントは晩年に書いた『自叙伝』（*The Autobiography of Leigh Hunt with Reminiscences of Friends and Contemporaries*, 1858）の中で、彼が劇評を始めた一八〇五年当時を振り返って次のように述べている。

あの時代には新聞の編集者が役者や劇作家と親しく付き合うのは当たり前のことであった。彼らはしばしば編集者であると同時に劇場の経営者でもあったのだ。そのような場合に編集者に役者たちとの付き合いをやめるように期待するのは所詮無理なことであった。双方にとってお互いの親交は帽子の羽根飾りのように誇らしいことであり、彼らは互いにその羽根飾りをくすぐりあっていたのである。……よく見られる劇評の慣行とは、新しい芝居にはできるだけ短い好意的な批評を書き、バニスターは「すばらしい」、ジョーダン夫人は「魅力的だ」と言い、「劇場は大入り満員」と、たとえ事実に反しても書きたて、「すべては華々しい成功裡に終わった」と結論を下すことであった。……我々は演劇批評の独立を重要な革新と考え、公に独立を宣言したのであった。誰もそれを信じなかったが、我々がその立場を貫いたため、街の人々は我々の言うことをことごとく信じてくれるようになった。……当時の私にとっては役者と個人的に親しくするのは考えられない悪習に思われたのであり、劇場から切符を一枚でももらうくらいなら、毒を飲んで死んだほうがよいと思うような気持ちであった。(2)

この回想には、「物書きになるには早すぎる年齢」である二〇代の自分の、若々しい意気込みと気負いをなつかしむ雰囲気があるが、この時期にハントが抱いた劇評を有名俳優への追従や興行の宣伝から独立させようという強い決意は、彼の四半世紀におよぶ演劇の批評活動の中である程度維持されていたと言えるだろう。ハントがイギリス最初の劇評家と呼ばれる所以の一つもそこにあると思われる。ではハントはどのような演劇界の状況の中で、どのような劇評を書いたのであろうか。彼が書き残した多くの劇評の中からシェイクスピアに関する批評を取りあげて、そこに見られるハントの演劇観・演技観・シェイクスピア観を考えてみよう。

## 二

ハントが精力的に劇評を書いていた一九世紀の初頭は、勅許劇場であるコヴェント・ガーデン劇場とドルーリー・レイン劇場を中心に、数々の名優たちが演技を競った俳優の劇場時代であった。この時代に全盛を誇っていたのは、第五章でも述べたように、「悲劇のミューズ」のシドンズ夫人、彼女の弟でコヴェント・ガーデン劇場の経営にも係わったジョン・フィリップ・ケンブル、彼の末弟のチャールズ・ケンブルとその娘のファニー・ケンブル（Fanny Anne Kemble, 1775–1854）などのケンブル一族であったが、彼らのほかにもシドンズ夫人と並ぶ人気女優のジョーダン夫人、ギャリックの弟子のジョン・バニスター、喜劇役者のチャールズ・マシューズ、一八一四年にデヴューし一世を風靡したエドマンド・キーン、彼のライバルと目されたチャールズ・マクリーディといったイギリスの演劇史に残る名優たちが華々しく活躍していた。観客の関心も演出よりも俳優の演技に向けられ、シェイクスピア劇の主人公のような古典的な役を演じる人気俳優の演技を比較しながら観劇を楽しんでいたのである。(3) このようなスター俳優の個性的な演技への熱狂は、もちろん俳優の劇場時代の特徴であるが、同じ時代のコウルリッジ、ラム、ハズリットらのロマン派の詩人・批評家たちが、シェイクスピアの個々の性格創造に示した強い関心とも繋がっていたと言えるだろう。

このような時代の雰囲気の中で、ハントの劇評の主な対象が当時の名優たちの個性や演技であったのは当然である。彼は一八〇七年の『ニューズ』の終刊後、その劇評をまとめる形で『ロンドンの劇場の俳優に関する評論』(*Critical Essays on the Performers of the London Theatres*)という書を刊行し、その序論の中で当時の俳優の置かれた状況と彼らの仕事を伝える意味を次のように述べている。

私がこの仕事(すぐれた俳優の演技評を指す——筆者)を続ける気になったのは、一つには演劇の広範な批評がいまだ斬新であったからであるが、主な理由は俳優たちの尊重すべき向上心を刺激したいと願ったからであった。俳優たちは最近に至るまで単なる醜聞の対象となるか、せいぜい極めて偏った軽率な批評の対象になるかのどちらかであった。このような軽率な批評は俳優を一種の絶望へ追いやることにしか役立たない。俳優の仕事が同業の者たちの生活の乱れによって、不名誉なものになっていることを私も認めるが、この不名誉が逆に俳優の道徳観念の欠如の原因にもなっているのだ。(Archer, xxxix)

先に挙げた当時の有名俳優の中で、ハントがもっとも高く評価していたのは、すでに演劇界の実力者であったJ・P・ケンブルではなく、彼の姉にあたるシドンズ夫人であった。彼女がギャリックの引きによってドルーリー・レイン劇場にデヴューしたのは一七七五年であったが、大女優としての評価を不動のものにしたのは、一七八三年に同じ劇場で演じた『尺には尺を』のイサベラと『ジョン王』のコンスタンスの役であった。その後一八一二年に引退するまで、シェイクスピアの悲劇・歴史劇・ロマンス劇の主なヒロインを演じて、イギリス最高の女優という名声をほしいままにしていた。とりわけマクベス夫人とコンスタンスは、この時代のすべての批評家が絶賛した彼女の最高の当たり役であった。
ハントはシドンズ夫人の印象に残った舞台をいろいろな劇評に書いているが、彼がこの大女優のどのような演技に注目したかは、彼女の演技とJ・P・ケンブルのそれとを比較した次の文章によく表れている。

すぐ下の弟のケンブル氏と同じように、シドンズ夫人の顔立ちは大変高貴であり、その姿は優美というよりは威厳に満ちている。彼女は弟の長所をすべて備えているが、彼の短所とはまったく無縁である。ケンブル氏が激情の只中にあるときも足の運びや身のこなしを慎重に考えているのに対して、シドンズ夫人はそのようなことを少しも考慮せずに演じているために、いつも自然な感じを与えるのである。大きな感情に支配されたときには、激情が行動に影響を与えるのは至極当然であるからだ。……シドンズ夫人には女優であるという雰囲気がまったくない。彼女は平土間の客と呼ばれる雑多な観客が拍手を送ろうと待ち構えているとか、一二人のヴァイオリン弾きが彼女の退場を待っているとかいうことを意識していないように思われる。これこそはいつの時代でも偉大な俳優の特徴の一つである。称賛を求めて観客のほうを見たがるような役者は、必ず期待を裏切られるものである。このことは人に恩恵を施す場合だけでなく、演技についても当てはまることである。お返しを求めてやっているのではないという感じを出さなければならない。……シドンズ夫人は彼女の高貴な人間観に、技巧のもつあらゆる利点、舞台作法と効果に関するあらゆる知識を結びつけていた。しかし、彼女はこの知識をケンブル氏のように尊大な態度でこまごまと披瀝するのではなく、真面目な研究の成果というよりは天賦の才のもたらした成果と思わせる自然で無頓着な態度で示している。（Archer, 11-5）

この引用の中で強調されている自然な演技は、ハズリットと同じようにハントが俳優の演技を評価する際にもっとも重視したものであった。たとえばジョン・バニスターには自然に備わった誠実な雰囲気があり、エリストン（Robert William Elliston, 1774–1831）の恋人の役が最高であるのは「彼の恋愛の演じ方が、どんな種類の恋愛でも等しく自然である」（Archer, 90）からであった。

ハントが重視した自然な演技がどのようなものを意味していたかは、先に引用したシドンズ夫人に関する文章にもある程度表れているが、一八三一年に書かれた「ケンブルとキーン」（'Kemble and Kean'）というエッセイの中でいっそう明確に語られている。すでに述べたように、ケンブルとキーンは当時人気を博した名優であるが、ハントはこのエッセイでケンブルの演技を「すべてが表面的で人工的であり」、「人間というよりそのマスクであった」と批判したあと、二人の演技を比較して次のように述べている。

キーンとケンブルの違いは次のように要約されるだろう。すなわち、ケンブルは悲劇と日常生活の間に相違があることはわかっていたが、その相違が所作・振る舞い（manner）以外のどこに現れるかがわかっていなかった。そのために内面の激情の重要性を忘れて、外面的なことにあまりにも頼り過ぎていたのである。これに対してキーンは激情の極みこそが真実であり、所作や振る舞いはそこから当然のこととして生まれてくるのであって、丁度花が植物の全体から、あるいはそれを創り出すのに必要なすべてのものから生まれるように、優美さもまた感情の真実さに比例して現れることを理解していた。ところがケンブルは花にだけ関心をもち、花だけを創り出したのである。彼は根や土のように見目のよくないものや、植物の心や命を生み出し、その成就を美で飾る諸要素に思いを馳せることがなかった。……

キーンの顔は光と影に満ち、語気は変化し、声は震え、目は時には人をひるませる軽蔑で、時にはあふれる涙できらきらと輝いている。なにしろ彼が語るときの涙は本物に見えるので、観客の目にも涙を誘うことができるのである。（Archer, 224–5）

ハントはA・ポープ（Alexander Pope, 1763–1835）という俳優の演技を批判した文章の中でも次のように述べている。

我々が喜びを感じるのは、役者の外面の所作が精神の動きと一致したときであり、彼の目がその心に応答しているときであり、我々が見るすべてが我々の感じるすべてのことの生き生きとした写しであるときである。そして不愉快な思いをするのは、激情とその表現がちぐはぐで、表情が対話にとっての第二の言葉になっていないときであり、穏やかな語調で激しい感情を表現したり、その逆であったりするときであり、要するにポープ氏がローラ（R・B・シェリダンの『ピサロ』の登場人物――筆者）やロミオでなく、単なるポープ氏に過ぎないときである。（Archer, 19）

ハントにとって自然な演技とは、俳優の表情・仕草・発声が、観客に彼の技巧を忘れさせるほどに、内面の動きと調和していることであり、その前提となるのは俳優が己の演じる人物の性格だけでなく、彼の置かれた状況、発する科白の意味とそのときの感情や心理を深く理解していることであった。

前にも述べたように、自然な演技の重視はハントだけでなく多くのロマン派の詩人・批評家たちにも見られる。たとえばラムによれば、王政復古期の喜劇を演じる俳優には、ある程度の誇張をまじえた「技巧的な演技」が必要であるが、観客の感情に訴えて主人公との一体感を生み出さねばならない悲劇の場合には、「自分が演じる人物の頭巾の中に己を隠さねばならない」。悲劇俳優にとってもっとも大切なことは「自分を忘れること、また同じように観客も忘れることであって」、そのような演技によって俳優は観客に登場人物の苦悩を自らのものと捉えるイリュージョンを与えることができるのである（*Works*, I, 186）。ラムとハントの演技観を比較すれば、後者のそれがやや皮相な感じを与えるが、俳優に己の演じる人物の内面世界の理解を第一に求め、そこから自然に生じる演技を重視する点において、両者の間に大きな違いがあったとは思われない。ハントは一八一二年の「シドンズ夫人のさようなら公演」という劇評で、彼女が演じたマクベス夫人が真夜中に徘徊する場面（五幕一場）を次のように描写している。

　身体は動かしながら、目を死者のように一点にそそぐ彼女の凝視は秀逸であり、退場するときの夫をベッドに招くかのような不安なささやきは、観客を静まりかえった彼女の部屋の悪夢のような恐怖の世界へ誘っていった。(4)

シドンズ夫人の演技がハントに強い印象を与えたのは、彼女の凝視やささやき声にマクベス夫人の現在の苦悩だけでなく、それを生み出した過去の罪業が凝縮されて表現されていたからである。ハントにとってシドンズ夫人は、シェイクスピアが創造した特異な人物の性格・心理・心境を完全に理解し、そのような人物ならば当然するはずの表情や仕草を自然に表現できる稀有な女優であった。ハントがシェイクスピアの劇を演ずる俳優たちに、登場人物の個性や心理の深い理解とそれを的確に表現する能力を強く求めたのは、彼もまたロマン派の劇評家であったことをよく表している。

## 三

ハントがロマン派の文人たちの性格批評に強い共感をおぼえていたことは、彼がハズリットの『シェイクスピア劇の登場人物』（*Characters of Shakespeare's Plays*, 1817）を最初に評価した批評家であったことからもわかる。ハントはこの書が刊行された直後の一八一七年一一月に、その頃には二人の関係は冷えていたにもかかわらず、『イグザミナー』の書評にこの書を取りあげ、「批評に関する限り、ハズリット氏はシェイクスピアの登場人物全般に正しい評価を与えた最初の人である」（Houtchens, 173）と称賛している。ハントがこの登場人物論を高く評価したのは、ハズリットが「まるで空の太陽のように、善人にも悪人にも光をあてるシェイクスピアのきわめて美しい公平な人間性」を高く評価し、それを例示しているからであり、また取りあげる作品に深く感情移入して、その独自の世界を理解する稀有な「感受性」をもっているためであった（Houtchens, 168–9）。後者については例えば「（ハズリットは）政治的な劇では彼自身が政治家になり」、「『十二夜』ではドンチャン騒ぎをする連中の一人となり」、「『お気に召すまま』では彼も坐って木々の間を吹く風の音を聞き」「『ヘンリー四世』では、フォールスタッフの肉体を見るだけでなく、彼の魂の中を見通し」、「『ハムレット』では、彼も意識過剰な心気病患者のようになる」（Houtchens, 169）と述べている。

ハントはハズリットのようにまとまったシェイクスピアの登場人物論を公にしていないが、シェイクスピアの劇評の中に、俳優の演技を評しながら重要な場面における登場人物の心理を論じた箇所が見られる。その例として彼が一八三〇年一〇月二二日の『タトラー』に書いた「マクリーディ氏のハムレット」('MACREADY AS HAMLET') という劇評を見てみよう。マクリーディはキーンと並ぶ悲劇俳優と言われ、ハントも彼のジョン王を「我々が今まで見た最高のジョンだと思う」(Archer, 193) と絶賛しているが、彼のハムレットについては次のように批判的は意見を述べている。

昨夜（ドルーリー・レイン劇場で）マクリーディ氏がハムレットを演じた。彼の演技にはいつもの長所と短所が現れており、他の役の場合のような強い印象を与えなかった。ハムレットは明らかに常軌を逸した行動をするときにも、「しっかりした理性」を備えており、ポローニアスの言葉を借りれば「狂気の中にも道理がある」のである。ところがマクリーディ氏にはこの道理が欠けているように思われる。すなわち、彼はハムレットの感情の光と影、そしてそこに満ちている深い意味を、我々が望むほどに生き生きと表現していない。……あの有名な「生きるか死ぬか」という独白は、早い口調で次々と語られたために、彼の思索が十分に伝わらず、また必要な休止もなかった。この場面にしろ他の場面にしろ、マクリーディ氏はあまりに静止しすぎている。彼はもっと舞台を歩き回らねばならない。ハムレットの神経が不安定なときは特にそうである。……ハムレットは本当は狂気ではない。彼は不健全なほどに精緻すぎる多くの思索や意識の――すなわち過度な熟慮の犠牲者に過ぎないのであって、それが彼の行動を挫折させ自己や他人に対して怒りっぽくさせているのである。容易にわかることだが、彼が口にすることのすべては、たとえ明らかに常軌を逸していることでさえ、どこか理性的なところがあってその場の状況と微妙に結びついている。彼は自分を弄ぼうとする連中を当惑させ、愚かな彼らの目に狂気を演じて見せてやろうとするのだ。しかし、ついに怒りを爆発させずにおれなくなると、その矛先をあわれなオフィーリアに向けるのである。というのはハムレットは自分の悲しみのために、他者を憐れむ喜びを得たいと思うほど残酷になっているからであり、またオフィーリアが愛のために彼の与えるどんな苦しみにも耐えてくれると思っているからである。(Archer, 160–2)

続いてハントはハムレットが最高の知性、機知、鋭い感受性の持主であるにもかかわらず、知覚は身の不運や憂鬱症のために異常な緊張状態にあることを指摘して、俳優がハムレットを演じることの難しさを次のように語っている。

このような性格のすべてを正しく表現できる役者がどこにいるだろうか。ケンブル氏(J・P・ケンブルのこと——筆者)はハムレットの威厳をもっていたが、優雅さと機知に欠け、また彼らしい繊細な感情を備えていなかった。チャールズ・ケンブル氏は騎士を思わせる風貌をしていたが、知性に欠けていた。ヤング氏は彼の憂鬱を見事に表現していたが、感情の深さには無縁であった。同様なことは他の二〇人の役者にも言えることであって、それぞれ一つか二つの点ではすぐれていたが、それ以外の点ではまったく駄目であった。マクリーディ氏は繊細な感情をもっているが、それを適切に変化させて表出するのに必要な深い思索に欠けている。キーン氏のハムレットは見た記憶がないので、我々は彼がこの役を演じたのを見ることができたのかどうかわからない。しかし敢えて想像すれば、彼は精神の気品や威厳、その他もろもろの必要な条件を他の役者よりも備えているであろうが、機知と感情の深さの表現には向いていないだろうし、また我々にハムレットが「流行の鑑」であると感じさせはしないだろう。

(Archer, 163-4)

すでに述べたように、ロマン派の詩人や批評家が『ハムレット』の上演に強い疑問を投げかけたのは、主人公のあまりにも複雑な性格と深い思索のためであった。先の引用に見られるハントのハムレットの性格分析が、たとえばコウルリッジの「ハムレットは勇敢で死を恐れないけれども、精神の均衡の喪失のために病的な神経過敏に陥っているのであり、それが優柔不断な行動の遅延を生み、行動を決意するエネルギーによる行動のエネルギーの消耗を引き起こしている」(Raysor, II, 223) という分析や、ハムレットのオフィーリアへの言動の背後に「怒りの外観をとった悲しみ」と「憎しみを装った愛」を見たラムの解釈 (*Works*, I, 104) と較べて、常識的な皮相な論に見えることは否定できない。しかし、ハントの批評の目的はあくまでも自身のシェイクスピア観に基づいて、俳優たちがこの劇作家の登場人物をいかに演じるべきか、またそれはどこまで可能であるかを論じることであった。

このような立場からのハントの登場人物論をもう一つ見てみよう。彼は一八一九年一二月五日の『イグザミナー』に、コヴェント・ガーデン劇場のマクリーディ主演の『コリオレイナス』の劇評を書いている。その中でハントは、「マクリーディのコリオレイナスは彼のリチャード三世ほどではないにしても、彼の名声を必ず高めるはずである」と述べ、彼の美しい堂々とした声や科白回し、ローマの武将のイメージに合致した彼の背丈や容姿を高く評価したあとで、次のように批判的な意見を述べている。

しかしマクリーディ氏の優美な身振りや整った動作は、コリオレイナスにしてはやや上品過ぎるのではなかろうか。あるいはあまりにも優雅で軽やか過ぎると言うべきかも知れない。確かに彼のコリオレイナスは胸を張って堂々と歩き、目つきは尊大であるが、それでもシェイクスピアが意図した以上の優雅さが感じられるのではなかろうか。コリオレイナスは傲慢な貴族であるが、結局は軍人なのであって、友人たちは彼の偏屈な気質や言葉遣いを軍隊の粗野な生活習慣のせいにしている。もちろん彼は荘重な場合には荘重な態度をとることができる、例えば彼が突然神のようにオーフィディアスの家に現れるときがそうである。しかしそれは状況がそのような重々しさを生み出したのである。その他の場合には、特にしぶしぶ民衆に執政官への推薦を頼むときや、いらいらしながら友人にそのことを語るときは、もっと短かめに、いらだちながらも打ち解けた態度で話すべきではなかろうか。彼がいつも傲慢なのは確かであるが、その傲慢さにはもっと率直で軍人らしいところがあるはずであって、単なる貴族の慇懃無礼とは異なっていなければならない。(Houtchens, 224)

ハントのシェイクスピア論の独自性は、彼が劇評家として当時の舞台や俳優の演技を細かく観察し、それらに基づいて自身のシェイクスピア観や登場人物論を具体的に語っているところにある。

ハントの劇評の中でもう一つ注目されるのは、彼がしばしばシェイクスピアの女性の性格創造に言及し、それを高く評価していることである。ロマン派以前の批評では、シェイクスピアの女性の登場人物よりもボーモントとフレッチャーが描いた女性を評価するのが一般的であった。このような傾向を逆転させ、シェイクスピアの女性賛美の風潮を生み出したのはコウルリッジであったが、ハントの場合にはシドンズ夫人やジヨーダン夫人たちのすぐれた舞台が、シェイクスピアの女性の性格創造への彼の関心をいっそう高めたと考えられる。

シェイクスピア劇の女性の登場人物の中で、ハントの心を特に強く惹きつけたのは、イモジェン、デズデモーナ、ロザリンド、ヴァイオラ、ビアトリスであった。(5) 例えばデズデモーナに関しては、一八三一年二月二一日の「エドマンド・キーンのオセロー」('EDMUND KEAN AS OTHELLO') という劇評のなかで、デズデモーナを演じたミス・フィリップス (Miss Phillips) の「初めて夫の心の変化に気づき、驚きの涙を流しながらそれを一笑に付して、自己を取戻そうとしたときの自然な演技」を称賛し、続いてこのヒロインの性格を次のように述べている。

デズデモーナの性格は今までに創られたもっとも秀逸なものの一つである。彼女は女性らしい感情とともに子供の心をもっている。彼女は寛大かつ実直で、忍耐強くて明るい、悪意とは無縁な人である。彼女の破滅は善良さがもたらしたものである。……彼女がオセローを愛したのは、第一に彼の心と魂のためであり、次に彼がそれまで経験したすべての事柄のためであった。彼女の情熱の根底には (夫に対する) 真実の共感があった。彼女のその後のすべてがこれに基づき、愛が彼女にとって誇りであると同時に計り知れない喜びでもあったとすれば、彼女はあらゆる点において、このようにならざるを得なかった女性——心も身体も完璧にこのようにならざるを得なかった女性ということになる。(Archer, 208–9)

『十二夜』のヴァイオラについても、一八一一年三月にコヴェント・ガーデン劇場で上演されたこの喜劇の劇評のなかで、セアラ・ブース（Sarah Booth, 1793–1867）が演じた「女性らしく、感情豊かで、知的な」ヴァイオラを称賛し、サー・アンドルー・エイギュチークとの決闘の場面での「息もつけないほどおどおどした態度」を、彼女の繊細な性格にふさわしく、彼女の苦しい状況にぴったりの演技だと評している（Houtchens, p. 43）。このような演技評に加えて我々に興味深く思われるのは、ハントがロザリンドとヴァイオラを演じた女優の男装に強い関心を示していることである。

ハントが初めて女優の男装に触れたのは、一八〇七年のジョーダン夫人についての文章においてであった。この中でハントは「ジョーダン夫人は不幸なことにイギリスの舞台でもっともすばらしい半ズボン姿をしている」と述べているが、ここで彼が「不幸なことに」と書いたのは、同じ文章で「女優の男装は演劇のもっとも下品で有害な自然にもとる慣習の一つである」（Archer, 82–3）と述べているように、それが女のたしなみに反するという当時の社会通念を意識したためであったと考えられる。しかし一八二〇年一一月一二日の『十二夜』の劇評では、そのような社会通念よりも男装そのものに関心を移して、ヴァイオラを演じたミス・トリー（Miss Tree, Maria Tree）の半ズボン姿を次のように詳しく描写している。

彼女の脚は我々が今まで舞台で見た中で、もっとも美しい脚だと言っても過言ではないだろう。それは、世間で男の脚の場合には褒められるが、淑女には似合わないといわれる脚――手摺子をひっくり返したような、ふくらはぎは大きいのに関節はとても小さいといった脚ではない。それどころか足は優美で関節の形が整い、ふくらはぎは柔らかくて均整のとれた、上品でしとやかないかにも女性らしい脚であった。……このような脚を見て感動しないのは不可能である。その脚は彫像にふさわしいものだが、生きている彼女にはもっとふさわしい脚である。（Houtchens, 228）

ハントは一八三〇年一一月九日の「ミス・テイラーのロザリンド」（'MISS TAYLOR AS ROSALIND'）という劇評でも、「女性の脚を比較するのは気が進まないが、ミス・トリーの脚が先細でいかにも女性らしいとすれば、ミス・テイラーの脚は軽やかでスマートな感じを与える」（Archer, 182）と書いている。当時著名な劇評家であったハントが、このように女優の脚に興味を示していることは我々に奇異な感じを与えるが、ある意味ではこの時代の観客の趣向を反映していると考えられる。ハントの時代には女優が舞台で脚を見せるのは、男装の半ズボン姿を除いてほとんどあり得ないことであった。これは女性の慎み深さを重んじた摂政時代の風潮を表しているが、だからこそ観客はロザリンドやヴァイオラの男装に興味を覚え、女優の半ズボン姿を比較して楽しんだと考えられる。ハントはミス・テイラーのロザリンドを評した一八三〇年一一月二〇日の「『お気に召すまま』再考」（'"AS YOU LIKE IT" AGAIN'）（Archer, 186–9）では、男装によって女と男の両役を演じるロザリンドの魅力に触れて、シェイクスピアが変装のコンヴェンションを女性の性格創造にいかに巧妙に利用しているかを語っている。このようにハントの女優の演技評は、当時の観客が女の登場人物に示した関心の一面を映し出しているだけでなく、シェイクスピアの性格創造の特色を読者に伝える役割も果たしていたのである。(6)

## 四

登場人物の性格分析とならんで、ロマン派のシェイクスピア批評のもう一つの特徴は、三一致の法則のような作劇理論を無視して書いたと非難されたシェイクスピアの劇に、すぐれた作劇の技術を見出したことである。シュレーゲルやコウルリッジが彼の劇に共通する有機的な構造を強調したのは、そのような流れを生み出す先駆的な洞察であった。シェイクスピアの人間や人間社会に対する深い理解だけでなく、すぐれた劇の構成力や言語の表現力の高い評価が、王政復古期以来しばしば改作された彼の作品を原作へ復帰させようとする動きを生んだのは当然である。この動きは主としてコウルリッジやラムによって推進されたと言われるが、ハントの劇評が果たした役割も見落としてはならないだろう。

ハントがはじめてシェイクスピアの改作を批判したのは、一八〇八年五月二八日の『イグザミナー』に書いた「再演された『リア王』」('"KING LEAR" REVIVED')という劇評においてであった。コウルリッジがテイトによって削除された道化の重要性を指摘したのが一八一一年以降の講義であり、またラムの改作批判が一八一一年の「シェイクスピアの悲劇について」というエッセイで展開されていることを考えるならば、ハントの『リア王』の劇評は先駆的なテイト批判と見なすことができる。(7) ハントのこの劇評はテイトの道化削除を容認するなど不徹底な印象を与えるけれども、次の引用に見られるようにいくつかの重要な指摘を含んである。

『リア王』の原作は深遠な悲劇である。この作品全体は激しい情念から生じる苦悩と親のえこひいきに対する恐ろしい教訓で占められている。しかし（恋愛好きな）テイトはこのような劇の主要素をばらばらにし、孝行心の鑑であるコーディリアが寄る辺ない狂乱の老父を忘れてしまうような恋愛の場面を導入したのである。……こうしてコーディリアは、子としての情愛を恋情の犠牲にする恋人となり、心全体が痛ましい偉大な無私の観念で満ちていた原作のコーディリアとは似ても似つかぬ人物になったのである。シェイクスピアはこの劇の結末を不幸なものにした。真の人間を描くためにはこのような悲劇的な結末が必要であることが、シェイクスピアにはわかっていたからである。ところが（情熱家の）テイトは恋人たちを最後に結婚させ、老いた父親に祝福させずにはおられなかった。ジョンソンはこの変更を肯定している。……ジョンソンの語るところによれば、彼はかつてコーディリアの死にあまりに大きなショックを受けたため、その後はこの悲劇の編集を引き受けるまで、最後の場面を読むことができなかったとのことである。この告白は彼がテイトを容認した理由を物語っている。彼は病的なメランコリーの状態に陥っていたのである。……詩的正義は無垢な人々が罪人と共に苦しめられることを認めていないというジョンソン博士の古臭い持論は、今では完全に論破されていると思う。彼が自分への唯一の反論と考えていた、美徳だって不幸な目にあうという一般論によってではなく、過ちの影響がもっとも典型的に現れるのは、それが罪人と共に無垢な人をも巻き込むときであるということによってである。いやむしろ、高潔な人の死は迫害に対する一種の勝利になるだろう。我々が高潔な人の遺体に見る安らかな憩い、この世を去った魂に訪れる歓喜は、罪深い者たちの予期された最期やこの世での浮かれ騒ぎとは明らかな対照を成している。狂気によって打ち砕かれてリア王の老体は、もはや第二の運命の転変に耐えられないのでたって、シェイクスピアが描いた生命力を使い果たした彼の死は、あらゆる点で自然であり、避けられない結末である。(Houtchens, 15–7)

サミュエル・ジョンソンのシェイクスピア論への批判的な言及は、ロマン派の詩人・批評家のシェイクスピア批評にしばしば見られるものであった。ハントは一八一二年四月二九日に書いたコヴェント・ガーデンの『ジュリアス・シーザー』の劇評でも、ジョンソンの「私としてはこの作品を読んでいてかつて強く動かされたことがなく、シェイクスピアの他の作品と比較して何かこれは冷たい感じがするのであって、史実とローマ人の風俗とに忠実に従ったことが、シェイクスピアの天才の力を発揮するのを妨げたように思われる」というコメントを取りあげ、ジョンソンのこの見解はまったく根拠のない意見であって、彼が詩の批評に適していないことを露呈していると厳しく批判している(Houtchens, 65)。さらに史実やローマ時代の風俗に忠実過ぎるというジョンソンの批判に対しても、ハントはコヴェント・ガーデンのローマ時代を髣髴させる豪華な舞台を高く評価している。(8) 先に引用した『リア王』の劇評に出ている、ジョンソンの詩的正義に関する言及は必ずしも正確ではないが、テイトが原作に付け加えた恋愛の場面やハッピー・エンディングへの批判は正鵠を射ていると言えるだろう。特に引用の最後に出ているリアの死についての解釈は、未だテイトの改作が好まれていたこの時代に、ハントがシェイクスピアの原作の意図を正しく評価していたことを示している。ハントが主張した悲劇的結末の『リア王』は一八二三年のキーン主演の舞台で実現したが、原作通りの『リア王』が上演されたのは、それからさらに一五年を待たねばならなかった。

ハントの劇評に表れたシェイクスピア観は、同時代のコウルリッジ、ラム、ハズリットたちのそれと大きな違いはない。ハントはこれらの人々との親交を通して、己のシェイクスピア解釈を深めていったのであろう。しかし、たとえハントに彼らのような独創性がなかったにしても、彼が『イグザミナー』をはじめとする新聞や雑誌にコウルリッジたちと同じ立場から劇評を書き続け、当時の劇場経営者や俳優たちに大きな感化を与えた意味は決して小さくはない。ハントはシェイクスピア劇の上演の面でロマン主義の運動を推し進めた初めての劇評家であった。

ハントの劇評活動でもう一つ忘れてならないのは、彼の劇評が後世の演劇史家に貴重な資料を提供していることである。彼は当時の上演の模様や役者についてだけでなく、一八〇九年に再建されたコヴェント・ガーデン劇場や一八一二年に再建されたドルーリー・レイン劇場の内部の装飾について、一八〇九年のコヴェント・ガーデン劇場の再開に際して起こった入場料をめぐる騒動[9]について、この劇場に導入されたガス灯や舞台にはじめて登場した本物の馬について、また当時流行したパントマイムやモーツアルトのオペラについてなど、劇場に関するさまざまな情報を書き残している。これらはそれぞれ一九世紀初頭のイギリスの演劇界の状況を興味深く伝えているが、ハントの真骨頂はやはり当時の主要な俳優たちの演技を生き生きと描写したところにある。彼が俳優たちの演技をいかに細かく観察していたかは、すでに引用したいろいろな文章から明らかであろうが、この特徴をよく示している例を最後に二つ引用してみよう。一つは一八〇九年一月一五日に書かれた、チャールズ・メイン・ヤング（Charles Mayne Young, 1777–1856）のマクベスが空中に浮かぶ短剣を幻視する場面の批評であり、もう一つは一八三一年二月一日の「エドマンド・キーンのリチャード三世」（'EDMUND KEAN AS RICHARD III'）という劇評に出てくる、キーン演じるリチャード三世の最期の描写である。

幻の短剣に対する彼の呼びかけは印象的であったが、譫妄《せんもう》状態に徐々に近づいていく際の表情の変化は見られなかった、もっともそれが演じられるのを私は今まで見たことはないが。彼は最初の科白を述べるときに顔をダンカンの寝室のドアからそむけ、まっすぐ舞台のそでの方を向いていた。これは私には間違った姿勢であるように思われる。少なくとも顔は半横向きであるべきだった。なぜなら興奮の極みを表現するのに、顔が横向きであれば、観客はその場面を十分に想像する機会を奪われてしまうからだ。(Houtchens, 22)

もっとも印象に残ったのは、(リチャード三世を演じた)キーンが致命的な一撃を受けたあとで、リッチモンドに向けた表情であった。この演技は前から称賛されていたが、昨夜のキーンはこの場面をいつもより引き延ばして、いっそう恐ろしい雰囲気を作り出しているように見えた。彼が立ったままで相手の顔を見つめる姿は、まるですでに肉体を離れた霊となって、異界の目でリッチモンドを捜し求めているかのようであり、あるいは死とそれについての恐ろしい認識が彼に与えた新たな軽蔑の眼差しで、相手を静かに呪っているかのようであった。地面に倒れて最後の科白を語る彼の演技は、誇張しすぎたように思われたが、その表情は相変わらず身の毛のよだつものであった。(Archer, 202)

ラムやハズリットをも凌ぐこのような細かな演技評は、現代の我々の眼にロマン派時代のシェイクスピア劇の舞台を再現してくれるかのようである。J・P・プリーストリーは、エヴリマンズ・ライブラリーのハントのエッセイ集の序文で「ハントのエッセイのあるものは、我々に摂政時代の生活を生き生きと見せてくれる覗き穴を思わせる」[11]と書いているが、この言葉は同じ時代のロンドンの舞台や俳優の演技を活写したハントの劇評にも当てはまるように思われる。

# 第七章　ハズリットの批評と想像力の共感作用

## 一

ウィリアム・ハズリットは一八一八年七月の『エディンバラ・マガジン』に書いた「学者の無知について」（'On the Ignorance of the Learned'）というエッセイの最後を、「もし我々が人間の天才の力を知ろうと望めば、シェイクスピアを読むべきである。そしてもし人間の学の無意味さを知ろうと望めば、シェイクスピア学者の註釈を吟味すればよい」（VIII, 77）[1]という一種のアフォリズムで締めくくっている。この言葉はハズリットのシェイクスピアに対する終生の敬愛と文学の学者に対する偏見を示していると言えるだろう。ハズリットがこのエッセイで揶揄したのは、文学作品を己の経験や感性に基づいて理解しようとも、またその感動を読者に伝えようともせず、ただテクストの分析や語句の解釈に耽っている学者であった。このような文学の学者に対する彼の偏見の強さは、シェイクスピアに関する多くの論考の中で、ジョージ・スティーヴンズ（George Steevens, 1736–1800）やエドマンド・マローン（Edmund Malone, 1741–1812）など一八―九世紀のすぐれたシェイクスピア学者の業績に一切触れていないところにも表れている。ハズリット独自の文学観・演劇観を色濃く反映した『シェイクスピア劇の登場人物』（*Characters of Shakespeare's Plays*, 1817）のようなシェイクスピア論が、二〇世紀における著しいシェイクスピア学の発展とともに、その評価が下がっていったのは皮肉といえば皮肉である。しかしながら、現在ハズリットの文芸批評を読み返してみると、鋭い感性によって最上の文学を享受し、それが与える瑞々しい感動を読者に率直に伝えようとする批評態度に、文芸批評のもっとも本源的な姿を見る思いがするのを誰も否定できないであろう。二〇世紀の後半になって、ハズリットのシェイクスピア批評が、とりわけシェイクスピア劇に含まれる政治的問題の重要性の指摘が、再評価されるようになったのは当然であると思われる。

ハズリットが文芸批評をどのように捉えていたかは、一八二一—二二年刊の『テーブル・トーク』(*Table Talk*)に収録された「批評について」('On Criticism')というエッセイによく表れている。その中で彼は作品の細かい語句の遣い方に難癖をつけて優越感にひたる「言葉の批評家」(verbal critics)や、一般の読者が敬遠する難解で複雑な作品だけを論じて得意がる「オカルト派」(Occult School)など、過去や同時代のさまざまな批評の潮流を批判しているが、彼がもっとも強い語調で攻撃しているのは、フランス流の文芸批評の影響を受けて抽象的な文学の規則を振りかざす批評家たちである。ハズリットは「作品の骸骨」だけを詳しく調べる彼らの無味乾燥な批評を批判して次のように述べている。

私の考えでは純粋な批評は作品の色彩、光と影、魂と肉体をしっかりと反映しなければならない。ところが彼らの批評を読んで得られるのは、単なる作品の表面的な設計図や立面図であり、これではまるで詩が形式の整った建造物のようになってしまう。我々に知らされるのは、作品の展開や筋、作品が説く道徳、三一致の法則がきちんと守られているかどうかであり、おそらくそれらに一言か二言登場人物の品性や文体の味気なさに関する寸評が加えられているに過ぎない。このような独りよがりの長広舌（*tirades*）をいくら読んでも、説教や官報を読んだ時と同じように、作品の本質は何であるか、いかなる激情がいかに巧妙に描かれているか、作者の精神が主題に対してどのような色調や動きを与え、あるいはそこから得ているかについては何ら知ることができない。すなわち作品が想像力に訴える際の独特な働きや形態から生まれる喜びや苦しみの感情に関しては、まったく知らされないのである。我々はその作品が陳腐な創作のルールにいかに合致しているかについては正確に知らされるけれども、それが鑑賞力の本質にどのように働きかけるかについては少しも知り得ないのである。（VIII, 217）

このエッセイの中でハズリットがこのような批評家たちとは対極をなす、すぐれた批評精神の持主として称賛しているのは、若い頃の親友であったジョウゼフ・フォーシット（Joseph Fawcett）という詩人の牧師である。ハズリットによれば、フォーシットは「邪悪な動機をいっさい持たずに、自分の感じたことを唯一の基準としてものを判断し」、「どんな種類の作品であろうと、そのジャンルで最高のものであれば、それを心から歓迎した」（VIII, 224-5）人物であった。ハズリットは「（彼と接すると）私には純粋な誠実さと寛大な感情が欠けているのを痛感した」と述懐したあと、さらに「どんなに独創的な天賦の才に恵まれていようとも、自分の美点以外のあらゆる美点を憎み、ねたみ、否定する人物より、どこであろうと美と真実の存するところでそれらを正しく認識できる、私心のないテイストと偏見から自由な感性をもった人間になりたい」（VIII, 225）と述べている。

フォーシットを回想したこの文章に出てくる「テイスト」[2]（taste ＝「審美眼」、「鑑賞力」）とは、美的対象を観照し判定する能力であって、一八世紀から一九世紀にかけてイギリスの哲学者や心理学者が盛んに用いた美学上の概念であった。ハズリットも「テイスト考」（'Thoughts on Taste'）というエッセイを書いているが、その中で「テイストとは人工や自然の創造したものの中にあるさまざま度合いの、またさまざまな種類の美質に対する感受性以外のなにものでもない」（XVII, 57）と書き、さらに「私が人のテイストの優劣を計る目安とするのは、最上にしてもっとも多様な美質に対する彼らの感受性の程度である。……すぐれたテイストとは（対象に対する）反感の中ではなく共感の中にある」（XVII, 61）と述べている。ハズリットにとって批評家のあるべき姿とは、フォーシットのように偏狭な価値基準に縛られることなく、芸術のあらゆるジャンルに心を広く開き、最高の作品に共鳴し共感するテイストと柔軟な感性の持主であった。

しかしハズリットが重視したテイストは、批評家や読者の主観的で気まぐれな好みを意味していたわけでもなければ、また時代の風潮や大衆の好みに影響される移ろいやすいものでもなかった。ハズリットは「美術院や公的機関は美術の発展を促すか」（'Fine Arts. Whether They are Promoted by Academies and Public Institutions'）というエッセイの中で、「万人の同意を得るという原則は、社会一般の感情や利害に関わる政治的な問題には適用されるが、最高に鍛えられた理解力によってのみ決せられるテイストに関する問題には適用されない」（XVIII. 46）と述べ、また別の箇所では「天才とは最上の感性と想像力から成っているが、テイストはもっとも鋭敏な感受性のことであり、あるいは最高の教養と分別を備えた精神に刻される印象である」（XVIII, 47-8）と書いている。ハズリットのこのようなテイスト観を、彼の信念とも言える「ある程度の詩的精神を持たなければ詩を理解することはできない」（XVIII, 182）という考えと重ね合わせてみれば、ハズリットの脳裡にある批評とは、詩的精神によって外物に働きかける詩人の場合と同じように、自然と人間に関する深い洞察に裏打ちされた感受性によって、対象である作品の世界に共鳴し、そこから新たな真理を引き出していく創造的な活動であったと言えるだろう。

ロマン派の批評家であったハズリットが、このような詩作と批評に共通する人間精神の創造作用の根底に、ロマン派の詩人たちが重視した想像力の働きを見ていたことは容易に想像される。事実ハズリットはコウルリッジと並んで、詩人・批評家・読者のすべてに関わる想像力の問題を深く思索した批評家であった。彼は種々の論考の中で想像力論を展開しているが、ここではハズリットの根本的な人間観・文学観を示している最初の論考の『人間の行動の原理に関する試論』（*An Essay on the Principles of Human Action*, 1805）を取りあげ、彼の想像力論の重要な柱である想像力の共感・同化の作用について見ていくことにしよう。

## 二

ハズリットがこの哲学的な論考を世に問うたのは、自己愛や私利私欲を人間の行動の根本原理と考えるホッブズ的な人間観に反論し、「人間の精神は生まれながらに無私である」（I, 1）という彼の主張を論証するためであった。彼がこのような人間観の証左としたのは、人間に本来備わっている自分以外の人の立場に身を置いて、彼らの喜びや悲しみを共有する能力である。ハズリットによれば、このすぐれた精神作用こそが人間特有の想像力のもっとも重要な働きである。言うまでもなく、個々の人間にとってもっとも大きな関心事は己の過去・現在・未来であり、我々は知覚によって現在の経験を感知し、記憶力によって過去の経験を蓄積する。もちろん我々は未来の事柄に関しては、現在や過去の場合のように直接経験することはできないが、想像力によって未来の自己の有り様を予見し、未来の出来事に対する自己の反応を予知するのである。現在の自己からの一種の解放を意味するこのような想像力の働きは、ただ単に己の未来にのみ向けられるのではない。同じ想像力は、我々が他の人間の立場に立ち、彼らの経験を己のものとして、彼らの心情を共有することを可能にするだけでなく、我々が己のエゴを超越して、自他の区別なく人間一般の幸福を求める無私の行動をとることを可能にするのである。たとえば初めて火傷を負った子供はそのときの痛みを記憶し、将来も事あるごとに火傷の痛みを想像して危ない火を避けようとするが、さらに同じ火傷を負った他の子供たちの苦しみに同情し、火傷の危険にさらされる子供たちを救おうとする。この例からもわかるように「私をいわば未来の私の存在へと投げ入れ、それに関心をもたせる想像力は、同じような過程によって私を現在の自己の枠から外へと連れ出して、他の人々の感情へ参入させるのであり」、従って「もし私が他の人々を愛することができなければ、自分自身を愛することもできなくなるのである。このような意味で用いられる自己愛は、その根本的な原理において無私の博愛と同じものである」(I, 1–2)。そして他者への共感・同化をもたらす想像力が強烈に働いた場合には、英雄に見られるように「自分自身よりも貴重な対象のために自己意識を滅却すること」(XX, 104) さえ可能となるのである。

W・J・ベイトによれば、ハズリットが『人間の行動の原理に関する試論』で論じた想像力による他者への共感・同化の原理は、想像力と「連想」(association)、「融合」(coalescence)、「共感」(sympathy) との関連を明らかにした一八世紀のスコットランド学派の影響から生まれたものであった。(3) この学派の人々にとっては、対象の中に入りその本質を直感的に把握する想像力は、彼らの心理学・倫理学だけでなく美学上の中心的な論点であった。同じようにハズリットの場合も、共感的想像力はホッブズ的な人間観への反論の根拠とされるだけでなく、芸術を創造し理解する人間のもっとも重要な精神機能と見なされている。ハズリットの批評はこのような想像力の作用を中心に展開していると言えるが、彼がこの作用と芸術との関係をどのように捉えていたかは、「天才と常識について」（'On Genius and Common Sense'）というエッセイによく表れている。

ハズリットはこの論考の第二部の冒頭で「天才あるいは独創力は、ほとんどの場合、自然の中に存する新しい際立った特質に感応し、その特質を引き出す精神のある強力な特性である」（VIII, 42）と述べている。この天才の定義を、同じ論考の別の箇所に出ている「類まれな天才を形成し、あるいは絶妙な模範的芸術を創り出すものは、感覚器官の鋭敏さや知的能力の高さではなく、自然に内在する美やその他の顕著な特性に対する強烈な共感の力である」（VIII, 49）という記述と重ねて理解すれば、ハズリットの天才の定義は、想像力によって対象である自然の事物に共感・同化し、そこに今まで誰も見なかった新しい特質を発見する力と言い換えてよいであろう。これは客観としての自然（あるいは人間）と自我意識との対立を越えた心の有り様を指しているが、たとえ天才と言われる人々においてさえ、外物である自然と自我との関係には大きな違いが見られる。ハズリットが普通の天才とシェイクスピアのようなプロテウス的天才を区別したのはそのためであった。

ハズリットの言う普通の天才とは、レンブラントやワーズワスのように、多様な自然のある一部に関心を集中し、そこに新たな美や意味を発見する人々である。確かに彼らは光のかもし出す陰影に、あるいは野の花々に「今まで誰もが見逃していたものを見出し」、今まで誰も気付かなかった「自然の新しい見方を創り出した」（VIII, 43）。にもかかわらず、ハズリットが彼らを普通の天才と呼ぶのは、彼らが取りあげるすべての対象に己の個人的な関心や価値観を押しつけたからであり、またカメレオンとは逆に「外部から色を借りるのではなく、周りのあらゆるものに己の色を与える」(VIII, 43) からであった。

自我意識を超越できないこのような天才に対して、ハズリットが真の意味での天才を見たのはシェイクスピアである。彼は同じ論考の中でシェイクスピアについて次のように述べている。

シェイクスピアは (おそらく彼だけが) 先の天才の定義を越えた天才の持主であったように思われる。「生まれながらにすべての人間性をあまねく相続した」この詩人は、「いわばあらゆる苦しみを経験しながら、何の苦しみも感じない人」であり、万物に完璧な共感を抱きながら、万物に対して無関心を保ち、自分自身の目的のために自然を勝手に作り変えたり歪めたりは決してしなかった。また「博学な知によって自然のすべての特質をことごとく知りながら」、それを己の好みに従って審判するようなことはせず、己の個性や主張を掲げるよりは「運命の女神の操るままに、彼女の好む音色を奏でる笛」に徹していたのだ。彼の天才は、自分自身を意のままに己の選んだ対象に移しかえる能力の中に存していたのであり、彼の独創性は、あらゆる事物を自分以外の人間の視点から見る才能にあった。(VIII, 42)

ハズリットは『イギリスの詩人に関する講義』(*Lectures on the English Poets*) の中の「シェイクスピアとミルトンについて」('On Shakespeare and Milton') という講義でも、「シェイクスピアの精神の著しい特徴は、すべての人間の心を分かちもつ大きな包容力にあった――それ故に彼の精神の中には思想や感情の広大な宇宙が広がり、特別な偏見や互いに優越を競う偏狭さなどまったく見られなかった。……彼は己の中に人間のあらゆる精神機能や感情の萌芽をもっていただけでなく、予見の力によって直感的にその後の生長の過程を予知し、あらゆる運命の転変、感情の葛藤、思想の変化のあとを辿っていった。……彼の天才は悪人にも善人にも、賢者にも愚者にも、また王侯や乞食にも等しく光をあてた」（V, 47）と述べている。詩や劇が作者の主観的な感情の表白である限り、それは客観としての人間や物の概念的な把握や分析ではあり得ても、その生命の表現とはなり得ない。シェイクスピアのように、主観的な立場を脱して他の人間や物の立場に立ったときにはじめて、人間を含めた自然は実生活の中では隠されている生命の実相を生き生きと発現するのである。ハズリットがシェイクスピアを「もっとも自己本位ではない」（V, 47）詩人と見なしたのは、彼が自我を去って己の創造する劇の登場人物に同化し、彼らの生や心情を共有しながら作品を創造したからであった。(4)

シェイクスピアの作品にもっともよく表れている想像力の共感・同化の作用は、ハズリットにとって本来人間の思想・行動、とりわけ芸術創造の根本原理であった。しかし想像力の働きがこの作用に限られているわけではもちろんない。想像力はまた、対象への共感・同化によって直観的に捉えた自然や人間のいろいろな特質や印象を統合し、それらに芸術的な表現を与える形成的な（formative）機能をもっている。ハズリットは第三章で触れた「シュレーゲルのドラマ論」というエッセイの中で、古典派とロマン派の言語表現の違いに言及し、古典派が「それ自体が崇高で美しい対象」（XVI, 61）だけを扱い、それらを伝統的な固定した連想（associations）に基づいて模写するのに対して、必ずしも美しい均整をもってはいない対象を取りあげて、それに新鮮な表現を与えるロマン派の「想像力の言葉」（the language of the imagination）を次のように説明している。

言葉が事実という点で誤っているからといって、自然の真実を伝えていないということにはならない。ある事物が激しい感情の作用を受けて精神に生み出す印象を、もし言葉が正しく伝達するならば、それはいっそう真に迫った表現となる。我々が大きな体格の男を塔に喩えるのは、彼が塔と同じ大きさの男であるからではなく、ふだん見慣れた人間をはるかに超えた彼の体の巨大さが、彼の十倍もある物よりもっと大きく、もっと力強いという感覚を生み出すからである。要するに、我々の精神に同じような恐怖や称賛や喜びや愛を呼び起こすものは、想像力の中では同じものとなるのである。リア王が天の神々に向かって「自分と同じ老いの身であるのだから」彼の大義に復讐してくれるように呼びかけるとき、リア王の老齢と神々の老齢とのこのような崇高な同一化の中に、我々は大げさなものや不敬なものをまったく感じない。娘たちから受けたひどい仕打ちや絶望に苦しむリア王の気持ちを的確に表現するのに、これ以外のイメージは存在しないからである。(XVI, 63)

ハズリットのいう「想像力の言葉」とは、苦悶するリア王の科白に見られるような、登場人物に身を移した詩人がこの王に語らせる、習慣的な連想やイメージに囚われない言語表現を指していると考えられる。このような新鮮な言語表現をもたらす想像力の機能は、詩人の作品の構成力とも密接に関わっている。たとえばシェイクスピアの劇のさまざまな登場人物は、それぞれ独自の思考や感情を表す科白を語り、またそれらに従って行動するけれども、作者の全体的なデザインに沿って一つの作品世界を構成している。ハズリットにとっては作品全体を構想し、それにまとまった形式と均整を与えることも、詩人の想像力の重要な働きであった。彼は『エリザベス時代に関する講義』(*Lectures on the Age of Elizabeth*)の中で、ミドルトンとシェイクスピアの劇の構成力について次のように語っている。

ミドルトンの『女よ、女に気をつけよ』(*Women Beware Women*) には、内的感情の力強い流れがあり、時折すぐれた人間洞察や冷静で鋭利な反語的表現が見られる。しかし残念なことには、筋の運びや大団円の扱いに欠陥がある。……この劇作家の力は主題の中に埋没し、作品全体を見通すことができない。言い換えれば、すばらしい題材をもちながらそれを処理する力に欠けているのである。このような特徴はミドルトンに著しいが、この時代の作家一般に当てはまることかもしれない。しかしシェイクスピアだけは自分の作品の上に立って、自分の思う通りに作品を創りあげている。彼は書こうとする作品の結末までを見通し、自然の衝動や瞬間の印象に自らを適合させながらも、自分のやるべき仕事を決して忘れず、また登場人物の一人ひとりが全体の構想の中でどのような位置を占めるべきかを片時も忘れないのである。(VI, 214–5)

ハズリットは前に引用した天才論の中で、シェイクスピアについて「彼は万物に完璧に共感を抱きながら、万物に対して無関心を保っている」と述べていた。この言葉は矛盾しているように見えるけれども、シェイクスピアの想像力の二つの機能、すなわちすべての人物に共感・同化する機能と緊密な作品を構成する機能を言い表したものである。

ハズリットの想像力論は必ずしも独創的とは言えないけれども、ロマン派の詩人・批評家が強い関心を示した想像力の問題を整然とわかりやすく解き明かしている。ハズリットにとって想像力、とりわけその共感・同化の作用は、芸術家とその対象である自然や人間との間だけでなく、芸術作品とそれを鑑賞する人々との間にも見られる重要な精神機能であった。想像力の問題がハズリットの批評の根底をなすのはそのためであるが、想像力の有り様とともに彼の作品評価のもう一つの重要な基準となっている「ガストウ」(5)(gusto)についてここで触れておこう。

## 三

ハズリットは一八一六年五月二六日の『イグザミナー』に書いた「ガストウについて」('On Gusto')というエッセイの冒頭で、「美術におけるガストウとは、事物の本質を明示する力や情熱である」(IV, 77)と述べている。このガストウの定義はやや曖昧であるが、このあとに挙げられている画家たちの特徴を読めば、その内容が明らかになってくる。

ティツィアーノの彩色にはガストウがある。彼が描く顔はものを考えているかのようであり、その身体は感覚をもっているように見える。これがイタリア人たちが彼の肌色の「柔らかさ」(the *morbidezza*)という言葉で表現したものである。……ルーベンスは肉体の色を花のように描き、アルバーノは象牙のように描いているが、ティツィアーノの肉体の色はまさに肉体そのものであってそれ以外の何ものでもない。彼の彩色は、皮膚がその上に掛けられた白や赤の布地と異なるように、他の画家の色と異なっている。彼が描く肉体には血液が循環し、青い血管が浮き上がり、その他の部位も肉体が内部で感じる生き生きとした感覚を観る者にはっきりと感じさせる。これこそが芸術作品のガストウである。ヴァン・ダイクの肉体の色は、確かに本物そっくりで清浄な感じを与えるがガストウに欠けている。そこには内なる特質、すなわち生命の原理が存在しないのである。滑らかな表面は描かれているが、暖かい血の通った肉体ではない。彼の絵は情熱も関心ももたずに描かれており、ただ手だけが制作にかかわっている。対象が与える印象はいつの間にか目から消えて行き、ティツィアーノの絵筆の色調のように、鑑賞する者の心に何の刺激も残さない。目は見ているものに味覚や食欲を感じないのである。一言でいえば絵画のガストウとは、ある感覚に刻された印象が、類似の反応によって他の感覚をも刺激するところに存在する。（IV, 77）

ハズリットは「英国美術協会の解題目録」（'The Catalogue Raisonné of the British Institution'）というエッセイの中でも、すぐれた絵画を構成する三つの要素の第一番目に「ガストウすなわち表現（力）」を挙げ、それは「魂に刻まれたいろいろな印象を、あるいは顔の表情に現れるさまざまな情念、自然の風景と結びつくロマンチックな関心、種々のものから連想される性格や感情のような、視覚と結びついた印象・感覚を目に伝えることである」（XVIII, 106）と述べている。これらの引用を短くまとめれば、ハズリットが重視する絵画の「ガストウ」とは、鑑賞する者の視覚に強く働きかけて題材の表面的な美しさだけでなく、その内部にひそむ生命の躍動や特質を感得させる描写であると言えるであろう。このことを制作者である画家の立場に置き換えるならば、画家の想像力が題材への強い関心に促されて、その共感・同化の機能と形成的機能を十分に発揮した状態であると考えられる。W・J・ベイトの言葉を借りれば、「ガストウとは強く刺激された想像力がその力を最大限に発動して、対象の生き生きとしたダイナミックな特質を把握し、それに効果的な表現を与えている(6)」状態であるということになる。ハズリットが「ガストウとは事物の本質を明示する力や情熱である」と定義したのは、このような意味においてであったと理解してよいだろう。

以上のような「ガストウ」の概念は、ハズリットにとって絵画だけでなく「想像力と情熱の言葉であり、人間精神に直接喜びや苦しみを与えるすべてのものに関わっている」(V, 1) 詩一般にも適用される概念であった。彼は「チョーサーとスペンサーについて」('On Chaucer and Spenser') という講義の中で、『カンタベリー物語』の「騎士の話」に出てくるトラキアの大王リクルグスとインドの大王エメレウスの描写を引用し、「この描写には何というすばらしい美が含まれていることか! 詩人の想像力は我々の眼前にさまざまな野獣の姿を、まるで動物園で見ているかのように描き出している」と激賞し、さらに「チョーサーの風景の描写にも同じようなすぐれた特長、まさにガストウと呼ぶにふさわしいものが存在している。その場所の情景とさわやかさがそのまま描かれているために、読む者の心に空気のすがすがしさ、地面の冷たい感触や湿り気をも感じさせる。こうして物語の展開の中で、生命なきものでさえ人間と同じような感覚をもって、語り手の感情に反応するのである」(V, 26-7) と述べている。ハズリットによれば、チョーサーにこのような描写を可能にしたのも、自然の風景の一部となってその特質を理解する彼の想像力の働きであった。

ハズリットはミルトンについても「彼はいかなる詩人にもましてガストウの意味するものをもっていた」(IV, 38) と評価しているが、彼が最高のガストウの詩人と見なしたのは、言うまでもなくシェイクスピアであった。チョーサーの作品のガストウが読者に澄み切った空気のすがすがしさや湿った土の冷たい感触を感じさせる風景描写にあるのに対して、シェイクスピアのそれは、創造した人物たちが観客や読者を激しい情念の世界に巻き込んで、彼らに人間の魂の深奥を感知させるところにある。ハズリットによれば、シェイクスピアの登場人物が現実に生きる人間のような生命感をもっている最大の理由は、彼が想像力の共感作用によって登場人物たちの思考・感情・行動を、自然の諸事象と同じような限りない多様性をもち、絶えず流動・変化するものと捉えていたからである。ハズリットは「シェイクスピアとミルトンについて」の中で、シェイクスピアのダイナミックな性格創造を次のように分析している。

我々がチョーサーに感じるのは性格の固定した本質である。一方シェイクスピアにおいては、性格の諸要素の絶え間ない合成と解体があり、また性格全体を形作るあらゆる要素が他の原理に接触したときに交互に起こる共感と反発による醗酵が見られる。実験が終了するまで、我々はその結果を、すなわちある性格が新たな状況の中でどのように変質するかを知ることができない。……

シェイクスピアが描く激情も彼の性格描写と同じ特徴をもっている。それは自らを糧として成長し、あらゆるものを己の型にはめ込んでしまう固定した習慣的な感情や心情ではない。それは（他の）激情によって変化し、また本人だけでなく他の人間にも生じるさまざまな感情によって影響される激情である。それは絶えず移り変わる気まぐれな気分や偶発的な出来事に左右されながら、知性のあらゆる機能と意志のすべてのエネルギーを活動させる力である。それは障害に苛立ち、あるいは障害に屈服し、ささやかなことに起因して最高の高みまで達していく。あるときは希望に酔いしれ、あるときは狂気に取りつかれ、あるときは絶望に沈み、またあるときは一気に爆発して奔流のような怒りに駆られる。……我々は（激情がもたらす）結果を知るだけでなく、その過程をも目にするのである。（V, 51）

ハズリットによれば、シェイクスピアが創造した人物の特徴は、彼らの性格が決して固定したものではなく、他の人物や劇中の出来事に反応しながら、あるいは「感情の満ち干」や「魂の交互に起きる膨張と収縮」(IV, 259)を繰り返しながら変化していくところにある。このような登場人物の内面の変化・発展こそが、ハズリットが「ガストウについて」で述べた、描写対象の「内なる特質」であり「生命の原理」であると考えられる。ティツィアーノが生命の脈打つ人物を画布に描いたとすれば、シェイクスピアは人間の生の現実を舞台に再現したのである。

ハズリットが「ガストウ」という言葉で表した、観る者に自然の生命の躍動を感じさせる芸術的表現は、すでに述べた想像力の共感・同化の作用とともに、彼が文芸批評や美術批評でもっとも重視したものであった。ではハズリットがこのような芸術観に基づいてどのような批評を書いたかを具体的に見るために、若いハズリットに大きな影響を与えたワーズワスに関する評論をまず取りあげてみよう。

## 四

ハズリットは一八一八年に行なった『イギリスの詩人に関する講義』の中の「現代の詩人について」で「ワーズワス氏は現代のもっとも独創的な詩人である」と語り、さらに「彼の詩は同時代のいかなる詩人よりも繊細で奥深い思考と感情の鉱脈を切り開いている」(V, 156)と称賛している。ハズリットがワーズワスをこのように高く評価したのは、彼を中心とする湖水派の詩人たちが、フランス革命を引き起こした理念や感情の影響を受けて、「ポープの追随者や古いフランス派の詩人の手によって、もっとも陳腐で無味乾燥な機械的な表現に堕していた」(V, 161) イギリスの詩に革命的な変化をもたらしたからであった。ハズリットによれば、ワーズワスの独創性は、古典派の詩人たちが自然の中でもっとも崇高で美しいものの模倣を目指しているのに対して、「彼がごく普通の日常的な出来事やありふれた自然の事象を取りあげ、あるいはもっとも単純で印象の薄いものを求め、それらに彼の精神の源泉から発する関心の重みを加えて、もっとも取るに足らないものをも厳粛で驚嘆すべきものにする」(IV, 120) ところにあった。ハズリットは『時代の精神』(*The Spirit of the Age*) のなかのワーズワス論でも、この詩人が愛惜した雛菊、カッコー、ヒワの巣、岩の地衣などの小さな自然を列挙して、「ワーズワスはこれらのものを、今まで誰もが考えもしなかった方法で、しかも強烈な感情を込めて描写し、自然のもつまったく新しい風景や表情を我々に見せてくれた」(XI, 89) と述べている。先に論じたハズリットの天才論を思い起こせば、ワーズワスは「自然の新しい見方を創り出した」レンブラントと同じように、今まで無視されてきた平凡で質朴なものに、自然の新たな特質を見出して表現した天才ということになるだろう。

しかしながら、己の個人的な感性や感情を詩的活動の中心に据えた湖水派の詩人たちは、自我の超越を重視したハズリットの想像力論からすれば、きわめて重大な欠陥をもっていた。ハズリットは『イギリスの詩人に関する講義』の中で、花々や小鳥のような自然だけでなく、農夫や行商人や村の床屋などを詩作の対象にしたワーズワスの独創性を評価しながらも、その背後に厳然とある自己中心性を次のように批判している。

> 詩と博愛のこの流派を取り仕切る人物（ワーズワスを指す――筆者）は、自分自身のすぐれたところ以

外の一切のすぐれたものを忌み嫌う。彼は己の名声を配下の者と共有することさえ好まない。すべての名声は彼自身の精神力と独創性から生じたものだと考えたがるからである。……彼は自分の創り出したものだけを寛大に扱う。彼が共感できるのは「葉を落とした樹木、裸の山々、緑の野原の草」のような自分と競合しそうもないものだけである。彼は自分自身と宇宙以外にはまったく目を向けようとしない。偉大なものや偉大さを装うものをすべて憎む。しっかりした根拠があろうがなかろうがである。彼の自己中心癖はある点では狂気と言ってもよいほどである。というのは、彼は自分に対する称賛さえも軽蔑し、他人が彼を理解できるほどの鑑識力と感覚をもっていると思うことさえ傲慢だと考えるからである。彼はすべての科学と芸術、化学と貝殻学を憎み、ヴォルテールとアイザック・ニュートン卿を憎む。彼は英知と機知を憎み、形而上学を憎む。彼はそれは難解だというが、自分はそれを理解していると見なされたがる。さらに彼は自己の詩以外はすべての詩を憎み、シェイクスピアの科白を憎む。(V, 163-4)

この文章にはワーズワスに対する個人攻撃の響きがあるが、ハズリットの批判の核心は、ワーズワスがあまりにも強烈な自我意識をもち己の主観に固執するために、たとえ彼が自然の中にどんなに新しい発見をしようとも、彼の詩はそれらによって触発された主観的な思いの表白にとどまっているという点にあったと言えよう。この点においてワーズワスは「自分自身の存在に対するもっとも強烈な意識をもっていた」(IV, 88) ルソーと同じ自己中心主義者であり、対象の中に己を消し去ったシェイクスピアの対極にある詩人であった。

ワーズワスに対する称賛と批判の入り混じったアンビヴァレントな態度は、ハズリットが一八一四年八月から一〇月にかけて『イグザミナー』に書いたワーズワスの『逍遥』（*The Excursion*）に関する批評にも表れている。「ワーズワス氏の新しい詩〝逍遥〟の特徴」（'Character of Mr. Wordsworth's New Poem, The Excursion'）[7]と題されたこの詩評は、『逍遥』の最初の批評であったために、ワーズワス自身も強い関心を示したと言われている。ハズリットは「Zへの返事」（'A Reply to Z'）というエッセイで、ワーズワスがこの詩評を受け取ったときに一緒にいたウィルソン氏の話として、はじめワーズワスはそれをウィルソンに読んでもらっていたが、途中で自ら手にとって声を出して読み「実によく書かれている。これほどのものとは予想もしなかった」（IX, 6）と語ったという逸話を伝えている。

ハズリットはこの詩評の冒頭でも、「知性の力において、気高い着想において、また詩の各所に浸透し、あらゆる対象に超自然的、超人間的ともいえる不可思議な興趣を与える崇高な感情の深さにおいて、この作品を凌ぐものはほとんどない」（XIX, 9）と称賛し、さらにワーズワスの風景描写の秀逸さに触れて「この詩は（背景となったあの山岳地帯と同じような）人を圧倒し畏怖させる力をもっている。この詩は読む者の心を刺戟して、あのすばらしい地方を旅した人がもったに違いない感覚と同じ感覚を呼び起こすのだ。自然物のもつ蓄積された力や太古の昔から人の手に触れられたことのない巨大な永遠の自然の形態が生み出すあの不変の感覚や不可解な畏怖の念に、我々はつつまれる」（XIX, 9）と述べている。

しかしながらこのようなすぐれた自然描写も、ハズリットの観点からすればワーズワスの主観的な感情の自然への投影に他ならなかった。彼がワーズワスの知性の力、感情の深さ、自然描写の卓越さを称賛したすぐあとで、この長詩に見られるワーズワスと対象との関係を次のように述べている。

『逍遥』は哲学的な田園詩——学者的なロマンスと見なしてよいであろう。この詩は田園に関する詩というよりは田園への愛に関する詩である。自然のさまざまな事物の描写というよりはそれらによって喚起された感情の描写であり、田園生活の記述ではなく、それに関する詩人の思索の結実である。詩人は読者に生き生きと連なるイメージや出来事を提供するのではなく、彼自身の心からあふれ出るもの、彼自身の空想が創り出すものを描いている。この詩人は己の詩の材料を自ら創造していると言えるのであって、彼の思考が本当の主題なのである。彼の想像力は「形のない空なるもの」を抱きしめて、「それに新たな命を宿らせる」のである。彼は万物を自分自身の心で観る。……

この詩人にとっては、偉大なものも取るに足らないものも、身近なものも遠くにあるものも、事物の外見も内実もすべて同じものである。プラトンのイデアのような万物に共通し永遠であるものが、彼の唯一の実在《リアリティ》である。あらゆる偶発的な差異や個々の相違は、まるで大海の潮流の中の水滴のように、無限に続く感情の流れの中で消え失せてしまっている。強烈な知的自己中心性《エゴティズム》がすべてを呑み込んでしまっているのだ。この詩に出てくる対話さえも、ある主題をさまざまな角度から見る同じ人物の独白である。隠遁者、牧師、行商人は一人の詩人の中の三人の人物なのである。(XIX, 10–11)

想像力の共感作用をもっとも重視するハズリットの立場からすれば、最高の自然詩人であるワーズワスは、客観としての外物を己の主観を通してしか見ることのできない最高の自己中心的な詩人であった。ハズリットは同じ一八一四年八月二八日の『イグザミナー』にも、『逍遥』論の「続編」('The Same Subject Continued')を書いている。「続編」もワーズワスの着想の深さや独創性や壮大さの称賛で始まっているが、この評論の眼目はワーズワスのフランス革命に対する態度の批判にあると言えるだろう。ハズリットは「この詩のもっとも興味深い箇所の一つは、作者がフランス革命を詠い、その革命が始まり進展する過程で、純粋な人々の心に生み出した感情を扱ったところにある」（XIX, 16）と述べたあとで、隠者（the Solitary）が語る、かつて彼を深い絶望と憂鬱の淵から救い出したフランス革命への回想を引用し、続いてこの革命の悲劇的な運命を語り、希望と絶望の両極端に揺れるのではなく、その「中間の地点に堅固な将来の希望を打ち立てるように」と説く放浪者（the Wanderer）の言葉を引用する。ハズリットにとってこの言葉はワーズワスの欺瞞的な自得を表すように思われた。彼は「この忘れられない詩行の妥当性に関しては、我々はワーズワス氏と若干意見を異にしている。このあとに暗示されている、いつの日か我々の勝利は、すなわち美徳と自由の勝利は、完成されるだろうという甘い結論に、我々はこの詩人のように満足することができない」（XIX, 17）と述べて、彼自身のフランス革命に対する変わらぬ思いを次のように語っている。

確かに我々は理性と経験が追い散らした、あの空気のような実体のない夢を再び紡ぐことはできないけれども、

かつてあれほど明るく輝いた燦然たる光は、
永遠に我々の視界から消え失せてしまったけれども、
草に栄光が、花に光輝の宿っていたあの時を、
何ものももはや呼び戻すことはできないけれども

しかしながら、我々は想像力の翼に乗って、若き日のあの明るい夢へ、自由の明星の輝く喜びあふれる夜明けへ、世界に訪れたあの春の日々へ戻ろうとするのも決してやめないし、また何ものもそれを妨げることはできない。……あのとき、フランス中の村々では見知らぬ者が集って歌い踊り、新しい黄金時代の到来を祝いあった。あのとき、世を避けて思索に耽る学徒の目には、人類の幸福と栄光の未来が、天に向かって無限に続く明るいヤコブの梯子のように、立ち現れるのが見えた。しかしあの夜明けは突然暗雲におおわれ、希望の季節は過ぎ去って、若き日の諸々の夢とともに消え失せてしまっている。あの夢を再び呼び戻すことはできないけれども、それが残した痕跡は、キリスト教国のすべての教会で歌われる降誕賛歌や感謝頌（テデゥム）によっても消すことはできない。あの希望は永遠の悔恨を生み出している。あの希望の実現を恐れて希望の根を打ち枯らした悪意ある者に対して、我々は当然の思いを――すなわち永遠に変わらぬ憎悪と軽蔑を感じるのだ。（XIX, 18）

「フランス革命とともに人生が始まり」、この革命に「新しい時代の夜明け」（XVII, 196-7）を見たハズリットはワーズワスとは異なり、革命後の悲惨な事態の進行にも幻滅を抱くことなく、終生若き日の理想の火を燃やし続けた熱烈なフランス革命の支持者であった。ハズリットのワーズワス批判の根底にあるのは、この詩人の自己中心性とともに、彼には変節と思われた政治的信条の変化であった。

『逍遥』論の第二部でワーズワスのフランス革命観を穏やかに批判したハズリットは、同年一〇月二日に書いた第三部ではワーズワスの田園生活の描写を取り上げ、客観的価値を認めないこの詩人の強烈な自我意識に再び批判の目を向けている。すでに見たようにハズリットのいう天才の独創性は、ワーズワスのように自然のさまざまな事象の中に今まで誰も気づかなかった新しい特質や価値を見出すところにあった。しかし、このことは客観的な事実や誰もが抱く価値観を完全に無視したり、覆したりすることを意味していたわけではない。ハズリットは『逍遥』論の第三部で、「我々がいかにワーズワス氏の木立や野原に対する愛着に共感しようとも、同じような称賛の念をそこに生きる人々や彼が描く田園生活一般にまで拡大することはできない。彼自身が物語の主題である限り、我々は彼とともに歩んで行けるが、彼が行商人や農夫を主人公にし、彼らを己の感情の解説者にするや、我々は彼と袂を分かつのである」（XIX, 20）と述べている。ハズリットから見れば、ワーズワスが描く田舎の人々は、現実の田舎に生きる人々とはまったく異なっていたのである。

文明化された田舎に住む一般の人々は、一種の飼い馴らされた野蛮人である。彼らには本当の野蛮な種族のもつ荒々しい想像力や情熱や激しいエネルギーや恐るべき人生の転変はない。……彼らは人工のもたらす優雅な生活を与えられぬままに、自然の状態から切り離されている。社会の諸々の習慣や制度が彼らに知識を与えることなく、彼らの想像力を縛りつけているのである。ワーズワス氏が描いた山岳地帯の住民が、たとえ他の人々ほどに粗野で好色な人々ではないとしても、彼らはもっと利己的な人々である。……彼らを取り巻く自然の重さが彼らの繊細な共感の心を押しつぶしている。彼らの心は鋤の刃をはね返す岩肌のように固くて冷たい。巨大な山々は人の存在を小さな無意味なものにする。人々はまるで墓に群がる虫けらのように天と地の狭間を這い回っている。彼らはお互いのことを壁のハエほどにも気に留めていない。（XIX, 23–4）

この文章にも田舎の人々への偏見があると言えるかもしれないが、ハズリットの立場からすれば、ワーズワスの田園生活の理想化は客観としての自然に触発された詩人の主観的感情の表白であり、『逍遥』に描かれた人物があまりにも現実から離れているのは、ワーズワスが田園に生きる人々に共感・同化することなく、彼らに詩人自身の思想や心情を語らせる役割を荷なわせたからであった。ハズリットにとって『逍遥』という詩は、類まれな感性と表現力をもちながらも、対象に没入する共感的想像力を欠いたワーズワスの独創性と弱点をもっともはっきり示した作品であったと言えよう。(8)

それではハズリットは、自己本位の大詩人ワーズワスの対極にある無私の詩人・劇作家シェイクスピアの作品をどのように論じているのであろうか。すでに見たようにシェイクスピアへの言及はハズリットの厖大な著作の随所にあるが、ここでは彼のシェイクスピアの作品論を集めた『シェイクスピア劇の登場人物』と劇評を集めた『イギリス演劇管見』(9)(*A View of the English Stage*, 1818)に絞って、彼のシェイクスピア論を見ていくことにしよう。

## 五

ハズリットが『イグザミナー』や『ロンドン・マガジン』に劇評を書き、それと併行して『シェイクスピアの登場人物』を執筆していた一八一三年から一八一八年にかけての時期は、イギリスの演劇史に名を連ねる著名な俳優たちが活躍した「俳優の劇場」(10)の全盛期であった。エドマンド・キーンがシャイロック役でドルーリー・レイン劇場に華々しくデヴューしたのは一八一四年一月二六日であるが、彼のような新進の若手俳優と並んでシドンズ夫人やジョン・フィリップ・ケンブルなどの前の世代の名優たちも未だ活動を続けていた。このような名優の時代に観客や劇評家の関心が、もっぱら主役を演じる人気俳優の演技に向けられたのは当然であったと言えよう。ハズリットの『イギリス演劇管見』に収められた劇評も有名俳優の演技に焦点を当てているが、この劇評集の大部分を占めるシェイクスピアの舞台評の興味深い特徴は、それらが『シェイクスピア劇の登場人物』の作品論・登場人物論と密接な関連をもっていることである。一般にロマン派の詩人・批評家のシェイクスピア批評は、彼の作品が上演用の戯曲であることを考慮しない、書斎における精読に基づいていると批判されてきた。しかし、このような見方が必ずしも正しくないことは、ハズリットのシェイクスピアの劇評と登場人物論を見れば明らかであろう。ハズリットにとって『人間の行動の原理に関する試論』で論じた想像力の共感作用は、作品を創造する詩人や劇作家だけでなく、それを鑑賞する読者や観客にとって、さらにそれを演じる俳優にとっても極めて重要なものであった。『シェイクスピア劇の登場人物』と『イギリス演劇管見』は、ハズリットのシェイクスピア理解が書斎での精読だけでなく、俳優たちのすぐれた演技に刺戟されて深まったことを表している。

ではまずハズリットが一八一四年三月一四日に書いた「キーン氏のハムレット」（'Mr. Kean's Hamlet'）という劇評を見てみよう。彼はこの劇評の冒頭で、シェイクスピアの想像力と性格創造の特徴を次のように簡潔にまとめている。

> シェイクスピアの劇作品を他の劇作家の作品と区別する特徴は、登場人物の驚くほどの多様性と完璧な個別性である。一人ひとりの人物は、人間の精神が生み出した作りものではなく、まるで現実に生き

る人間であるかのように、それぞれ他の人物とは完全に異なった独自の存在となっている。詩人はしばし描こうとする人物と一体化し、そしてまるで魂そのものであるかのように、次から次へと移動してさまざまに異なった肉体を生み出していく。シェイクスピアは腹話術師[11]を思わせる技によって、己の想像力を他の人間の立場に移し、あらゆる科白がその人物の口から自然に流れ出るかのように思わせるのである。唯一シェイクスピアの劇だけが激情の描写（description）ではなくその表現（expression）となっている。彼が創造した人物はまさに血と肉を備えた生身の人間であって、作者の言葉ではなく自分自身の言葉を語るのである。……あらゆる対象や状況が、まるで自然界の中にあるかのように彼の心に存在し、それぞれ異なった一連の思考と感情が、努力せずとも混乱することなくそれ自体から流れ出ている。彼の想像力の世界では、すべてのものが一個の生命を、その占めるべき場所を、独自の存在感をもっている。（V, 185　傍点は筆者）

コウルリッジも『文学的自叙伝』の中でシェイクスピアを万物に身を変えるプロテウスに喩えて「シェイクスピアは自ら身を投じ、あらゆる人間性や情熱の形相となり、炎とも奔流ともなるプロテウスである」と述べていたが、このようなシェイクスピアの「万物に変じる力」こそハズリットのいう共感的想像力であった。この力によってシェイクスピアは、対象を己の主観的立場から表面的に描写するのではなく、それら自体にその存在の真実を表現させることができたのである。さらに同じ劇評で注目すべきなのは、ハズリットが「キーン氏はハムレットの役に我々がまったく正しいと考える〈新しい読み方〉（*a new reading*）を導入した」（V, 188）と述べていることである。ハズリットはその例をいくつか列挙しているが、その一つとして父王の亡霊に呼ばれたハムレットが剣先を亡霊の方ではなく、亡霊について行くのを阻止しようとするホレイシオらに向けていた点を挙げている。ハズリットがキーンのこのような小さな仕草をわざわざ取りあげたのは、この役者の鮮烈なハムレット解釈がこのような細かいところにも現れていると考えたからであろう。ハズリットにとってシェイクスピアの性格創造の特質は、登場人物の行動と科白が俳優、観客、読者の想像力を刺戟して、彼らに劇の世界についての独自の解釈を生み出させるところにあった。ハズリットは〈新しい読み方〉という言葉をキーンの演技に関して遣っているが、この言葉はロマン派時代に生きた彼自身のシェイクスピア批評にも当てはまる。

ハズリットのシェイクスピア論の『シェイクスピア劇の登場人物』というタイトルだけを見れば、彼のシェイクスピア批評が一八世紀の性格批評の伝統に沿っているように思われるかも知れない。しかし内容を吟味すれば、ハズリットの批評がジョンソンは言うまでもなく、ウェイトリーやモーガンのそれとも大きく異なっていることがわかる。そのもっとも大きな違いは、登場人物の科白や行動を道徳や教訓から完全に切り離し、彼らの普遍性ではなく独自性・特異性を強調しているところに表れている。その例としてハズリットがマクベスとリチャード三世の性格をどのように論じているかを見てみよう。

ともに王位の簒奪者でありながら、シェイクスピアの描くマクベスとリチャード三世の性格の違いは、第二章で取りあげた一八世紀のウェイトリーたちが、シェイクスピアのすぐれた性格描写の例として好んで取りあげたものであった。ハズリットも「マクベスの野心は、それがダンカンの穏やかさと異なっているのと同じように、リチャード三世の野心と異なっている」(IV, 293) と述べて二人の王位簒奪者の性格描写の違いに注目している。しかしハズリットの視点の新しさは、彼がマクベスの性格の特徴をリチャード三世にはない想像力の働きに求めた点にある。ハズリットによれば、マクベスは生まれながらに残虐な性格であるリチャード三世とは異なり、偶発的な状況によって残虐な行為へと駆り立てられた男である。マクベスは「人に共感する感情を失っていない」ために、悪行の結果を考えようとする自分を敢えて押しとどめ、「将来わが身に降りかかる災いを考えることによって、過去を悔いる気持ちを追い払い」[12]（IV, 193; V, 206）ながら、未来の自分に向って突き進んでいくのである。ハズリットはこのようなマクベスと「流血を見るのが楽しみである」リチャード三世との本質的な違いを次のように述べている。

リチャードは俗界の人間であり、自分の目的とそれを達成する手段以外のことを一切考えない卑しい非情な陰謀家と見なすことができよう――しかしマクベスはそうではない。彼が生きた時代の迷信、粗野な社会状況、その地域の風景や習慣などのすべてが、彼の性格に荒々しさと壮大な想像力を与えている。周りに起こる奇怪な出来事のために、彼の心は驚愕と恐怖にあふれ、現実の世界と空想の世界の狭間に迷い込んでしまっている。彼は肉眼には見えない幻覚を目にし、この世のものでない音楽を耳にする。彼の心の内と外では万物が秩序を失って荒れ狂い、目指す目的も彼自身に跳ね返ってきて、千々に砕け散ってしまう。彼は己の激情の奴隷となり、己の邪悪な運命の奴隷となるのである。これに対してリチャードは、想像力も悲哀ももたない完全な我意の人である。彼の心には相反する感情の葛藤はなく、亡霊も夢の中にしか現れないのだ。彼はマクベスのように白日夢の中で生きてはいない。（IV, 193; V, 206）

マクベスを駆り立てる想像力には、ハズリットが想像力の共感作用と呼んだ、人を現在の自分とは異なったものに投入させる力が含まれている。マクベスは荒野で三人の魔女に出会ったときから未来の自己に身を投じ、現実の世界よりも空想の世界に生きようとする。既に述べたようにハズリットのいう共感的想像力は、人が己の未来の望ましい状況を思い描き、その実現に向かって行動するのを促す力であるだけでなく、他の人間の立場に身を置いて彼らの行動や感情を理解するのを可能にする力でもあった。ハズリットはこの二つの心の働きが同根であると説くことによって、人間の本来の無私性を論証しようとしたが、現実の人間の行動においては両者は相矛盾することが多い。マクベスの想像力は、悪行の結果に目をつぶり「悔いる気持ちを追い払おうとする」意思のために、本来の無私への衝動を失って、己の願望の実現のみへ彼を駆り立てるのである。ハズリットにとってマクベスの悲劇の源は、彼の均衡を欠いた強烈な想像力にあるのであって、シェイクスピアの共感的想像力はこのような想像力の歪みをも的確に捉えていたのである。

想像力の未来の自己を予見する力が、マクベスとは異なった意味で重要な役割を果たしているのは、『ロミオとジュリエット』に描かれた若々しい恋愛である。ハズリットは『ロミオとジュリエット』論の中で、従来二人の恋愛は「人生の辛酸をなめたことのない若い男女の身勝手な激情に根差したものであり」、「彼らが感じる歓喜や絶望も現実ばなれした気まぐれなものに過ぎない」と見なされてきたと述べ、このような見方への反論として「人間の生活を自然の秩序通りに描いた」シェイクスピアの恋愛感情の描写を次のように説明している。

シェイクスピアは二人の恋人の情熱を彼らがすでに経験した歓喜ではなく、彼らが未だ経験していない歓喜に基づいて描いている。これから始まる人生こそが彼らの人生なのである。二人は今まで誰も飲んだことのない幸福の源泉で渇きを癒し、最初の一口で愛と喜びに酔ってしまったのである。……青春が恋の季節であるのは、若い心は未だ快楽や願望の結末を知らないために、未知なるものに触れるやたちまち溶解し、歓喜の炎となって燃えあがるからである。願望には際限はなく、情熱も愛も快楽への期待も、経験の妨害を受けて息の根を止められるまで、無尽蔵に湧きあがってくる。(IV, 249)

ハズリットは同じ『ロミオとジュリエット』論の別の箇所でも、「事物が与える最初の印象が強烈な光輝を放つのは、過去の知識のためではなく、未来の状態を知り得ないからである。この無知こそが未来の空白を熱烈な願望、この上なく楽しい希望、明るい空想で満たしてくれる」(IV, 250) と書いている。ロミオとジュリエットの恋愛が青春の輝きをもっとも鮮明に映し出しているのは、二人が人生経験の浅い未熟な若者であるために、それだけいっそう想像力を働かせ、彼らが思い描く未来の幸福へ己を投げ込むことができたからである。ハズリットが「ロミオは恋をするハムレットである」と見なしたのも、「両者がともに現実の自己を離れて想像の世界に生きている」(IV, 254) からであった。

『シェイクスピア劇の登場人物』はシェイクスピアが描いた、さまざまな願望や衝動に突き動かされる人間たちの世界を、ハズリットが共感的想像力によって追体験した記録であるが、著者の関心は悲劇の主人公に偏っているように思われる。ハズリットが喜劇の登場人物よりも悲劇の主人公に共感を寄せたのは、彼らがマクベスやロミオと同じように、鋭敏な想像力に駆られて未来の自己に身を投じながら、それぞれの頑強なあるいは頑迷な個性のために自己愛と無私とのバランスを失って身を滅ぼすからであり、その過程にハズリットが『人間の行動の原理に関する試論』で論じた人間の想像力と自己本位の克服の問題がもっとも鮮明に表れているからであった。悲劇の主人公の行動はハズリットの持論である想像力の無私への衝動の否定へと向かっていくが、だからこそ彼らの苦悩の深さと悲惨な最期は、悲劇の根底にある広い意味での道徳性を観客・読者に提示するのである。ハズリットにとって悲劇が浄化するのは、観客・読者の憐憫や恐怖の激情だけでなく、彼らの心に巣くう自己愛（selfishness）でもあった。

## 六

ハズリットの登場人物論の中でもう一つ重要な点は、ある人物たちの性格と行動にロマン派時代の、あるいはいつの時代にも共通する政治的な問題を読み取っていることである。その例の一つはオセローを破滅させるイアーゴーである。この人物については従来その悪行の動機が批評家たちの関心を引き、さまざまな説が唱えられてきた。中でもすでに論じたコウルリッジの「動機のない悪意の動機探し」という言葉はよく知られている。ハズリットも『シェイクスピア劇の登場人物』でこの人物の性格をかなり詳しく論じているが、その中で次のように述べている。

ある人々はイアーゴーの非道さには十分な動機がない（*without a sufficient motive*）から、この人物の性格全体が不自然だと考えている。すぐれた詩人でありかつすぐれた哲学者であったシェイクスピアの考えは、それとは異なっていた。彼は権力への愛、すなわち人を害することへの愛が、男には生まれながらに備わっていることを知っていた。……実際にイアーゴーは、シェイクスピアにはよく出てくるが、彼に特有の人物、すなわち心は固く無感覚であるが、頭は鋭敏でよく働く連中の一人である。確かにイアーゴーはこういう類の人間の極端な例である。言い換えれば、道徳的な善か悪かには完全に無関心、というより疑いなく後者を好む病的な知的活動力をもった人間の例なのである。……彼は他人の運命だけでなく、自分の運命にもまったくあるいはほとんど無関心であり、つまらない疑わしい利益のためにもあらゆる危険を冒すのである。彼自身が自分を支配する熱情の、すなわちもっとも危険で困難な行動を飽きることなく求める衝動のとりこであり、またその犠牲者である。……イアーゴーのあのような陽気さ、と言っても大したものではないが、それは裏切り行為の成功から生じ、彼の安らぎは自分が他人に与える苦痛から生じている。(IV, 206–7)

この引用で傍点をつけた「十分な動機がない」という言葉は、明らかに先に述べたコウルリッジの言葉を意識して書いたものである。ハズリットにとってイアーゴーは、完全な悪人というよりは道徳的信念を欠いた人物であり、現在の心の渇望を満たすためであれば、行動の善悪や結果を考えずに突き進む、病的な知性と活動力をもった人物であった。ハズリットのこのようなイアーゴー観は、一八一四年七月二四日、八月七日の『イグザミナー』に書いた「キーン氏のイアーゴー」('Mr. Kean's Iago') という劇評によく表れている。ハズリットはキーンがイアーゴーを「怪物」や「悪鬼」としてではなく、喜々として悪を行なう陽気な人物として演じた新しさを評価しながらも、次のようなコメントを加えている。

この人物を照らし出す光は、暗い空に輝いて闇をいっそう恐ろしくする稲妻のようであるべきだ。ところがキーン氏のイアーゴーはあまりにも明るすぎる。このような演じ方は『リア王』のエドマンドの場合なら、もっと相応しいものになっただろう。エドマンドはイアーゴーと似たところが多々あるが、エドマンドの性格には一種の勇壮さがあって、貴婦人たちに愛され支持されるのである。[13]……

イアーゴーの性格全体の基盤にあるのは、絶対的な悪意ではなく、倫理原則の欠如であり、あるいは気質のゆがみとすぐに興奮を求める気持ちが引き起こした行動の結果への無関心であるように思われる。彼は日常生活の中で悲劇を演出する素人である。自分の独創性を架空の人物たちに対して、あるいは忘れられた出来事の中で発揮するのではなく、身近なところで陰謀を図るというより大胆で向こう見ずな道を選び、主要な役を親友や親族に割り振って、大真面目で沈着に、しかも断固とした決意をもって試演するのである。(V, 215)

この劇評の中でもっとも注目されるのは、次の引用にあるようにハズリットがキーンのイアーゴーを、フランス革命時代に恐怖政治を行なったジャコバン派の「原型」と見なしていることである。

もし卑俗な比喩が許されるならば、彼のイアーゴーは才能が地位や身分を決めるべきだと考えた現代のジャコバン派の真の原型、すなわち（流行の言葉を遣えば）「病的な感受性」をもち、不信、憎しみ、心を苛む不安な思いに囚われた人間、他人より勝る機敏さによって一時的に優位な地位を占め、己の技量を誇っているかに見えるけれども、それが自分に生まれながらに備わっていた当然の資格と考えてい

るとは言えないような人間の真の原型である。（V, 212）

ハズリットは一八一七年に出版した『シェイクスピア劇の登場人物』の中ではこの比喩を記していないが、それはこの頃になるとフランスにおいて「旧体制」（アンシャンレジーム）が再び勢力を強めていたためと考えられる。

シェイクスピアの作品に普遍的な政治状況や問題を読み取ろうとするハズリットの批評態度は、『コリオレイナス』ではいっそう明確になっている。彼は『コリオレイナス』論の冒頭で次のように書いている。

シェイクスピアはこの劇で彼が歴史と国家の問題に精通していることを示している。『コリオレイナス』はありふれた政治問題の貯蔵庫のような作品である。この劇を熟読すればバークの『省察』、ペインの『人間の権利』、フランス革命や我々の革命以降の両院における議論を読む手間が省ける。貴族政治か民主主義かに関する賛成反対についての、少数の人間の特権と多くの人間の要求についての、自由、奴隷制、権力とその乱用、平和と戦争についての議論が、この作品の中に詩人の精神と哲学者の鋭さによって巧妙に描き出されている。シェイクスピア自身は、この問題では、おそらく自分の出自への軽蔑のせいであろうが、専制的な側に肩入れし、大衆を侮蔑する機会を避けていないように思われる。……国民の大義は詩の主題として考慮されることはほとんどない。……詩の言葉が権力の言葉と一致するのは自然なことだ。（IV, 214）

さらにハズリットは「ヒツジや野生のロバを狩るライオンは、餌になる動物よりも詩的であり、我々だってこの百獣の王に加担する。虚栄心やその他の感情が我々をもっとも強い側の立場に身を置きたくさせるからだ。……飢えることを望まず、あるいは飢えそうだと訴える多数の惨めな連中には、英雄的なところはまったくない」（IV, 215）と述べ、この悲劇のモラルは「少ししかもたない者はさらに少なくもつことになり、多くをもつ者は他の人たちが取りそこなった分をすべて手に入れる。国民は貧しい、だから飢えるのは当然だ。彼らは奴隷であるから、鞭打たれねばならない」（IV, 216）ということであると皮肉な結論を出している。ハズリットにとってこの悲劇は、もっとも嘆かわしい政治状況を描いた作品であった。この作品論はほとんどこのままの形で、一八一六年一二月五日のJ・P・ケンブル主演の『コリオレイナス』の劇評にも出ている。ハズリットは概してケンブルの計算されつくした緻密な演技をあまり評価していないが、この劇評では民衆を蔑視し批判するケンブルの傲慢なコリオレイナスの演技を称賛している。言うまでもなくハズリットの政治的立場からすれば、コリオレイナスという主人公は、彼がもっとも嫌うはずの人物であった。にもかかわらず、ハズリットが登場人物論と劇評で彼を詳しく論じているのは、この主人公が観客・読者に深刻な政治的問題を突きつけていると考えたからであろう。

では急進的な政治思想を信奉していたハズリットは、シェイクスピアの歴史劇をどのように評価していたのだろうか。歴史劇の中でもっとも愛国的な劇と見なされ、第二次世界大戦中にロレンス・オリヴィエによって戦意高揚のために映画化された『ヘンリー五世』についての批評を見てみよう。ハズリットは『シェイクスピア劇の登場人物』でヘンリー五世の性格創造をかなり詳しく論じているが、この王を扱った章の冒頭で「ヘンリー五世はイギリス国民の大好きな王であり、またシェイクスピアにとっても好きな王であったようだ。彼は我々にこの王を〈善良な仲間たちの王〉として描いて、懸命に彼の行為の弁解をしているからだ。しかしこの王はそのような名誉に値しない人物である」と述べ、さらにヘンリー五世の対外政策に次のような辛辣なコメントを加えている。

ヘンリーは王国の統治の仕方が判らなかったために、近隣の国との戦争を決意した。自分の王権の根拠が曖昧であったので、フランスの支配権を要求した。また転がり込んできた巨大な権力を、よい目的に使うにはどうしたらよいのか判らなかったために、すぐに〈王権の安っぽい見え透いた方便〉を行使して、あらゆる災いを可能な限り引き起こしたのである。(IV, 285)

このような王であるにもかかわらず、シェイクスピアの『ヘンリー五世』がイギリス人に好まれる理由を次のように語っている。

我々は芝居の中のヘンリーが大好きである。そこでは彼は愛想のよい怪物、すなわちすばらしい見世物である。我々がロンドン塔の檻に入ったヒョウや若いライオンを見て、それらの輝く目、ビロードのような尻尾、怖がらなくてもよい吠え声に楽しい恐怖を覚えるように、若いハリー(ヘンリー五世のこと――筆者)の自慢や偉業に、非常にロマンチックな、英雄的な、愛国的な、そして詩的な喜びを感じるのだ。(IV, 286)

一九世紀後半以降この歴史劇に関する批評は、主人公の王の性格をどう捉えるべきか、すなわちイギリスに勝利をもたらした理想の君主であるのか、それとも冷酷で偽善的なマキアヴェリ的君主であるのかという問題を中心に展開してきた。ハズリットの『ヘンリー五世』論は、シェイクスピアが描いた偉大な国王の輝かしい功績の中に、政治的人間の本質的な矛盾が描かれていることを初めて明らかにした批評であった。

シェイクスピアの作品にハズリットの時代にも共通する政治的・歴史的・社会的な問題を読もうとする態度は、ロマンス劇の『あらし』に登場するキャリバンの評価にも見られる。ハズリットは『シェイクスピア劇の登場人物』の中で、「この人物は粗野その物のような存在であるが、下品さはまったくない。シェイクスピアはキャリバンの獣的な精神を、自然の純粋な本来の形態と結びつけて描いている。彼の性格はそれが根差す土から生長したもので、自由で無骨、自然のままで、卑しい習慣に縛られていない」(IV, 239) と述べている。キャリバンの性格創造をこのように理解していたハズリットは、コウルリッジが講演で「キャリバンはジャコバン主義の原型であり、そのカリカチュアである」(XIX, 206) と語ったという話を聞くと、次のように反論している。

> キャリバンは現代のジャコバン主義の原型であるどころか、まさにこの島の正統な君主であり、プロスペローたちこそ王位の簒奪者である。彼らは優越した才能と知識によって彼の正当な世襲の支配権を奪ったのである。(XIX, 207)

ハズリットはキャリバンを植民地主義者プロスペローによって領地を奪われた原住民の王と見なしていた

のである。周知のように、コロンブスのいわゆるアメリカ発見から五〇〇年経った一九八〇―九〇年代に、『あらし』とルネサンス時代の植民地支配や政治・統治のイデオロギーとの関係が盛んに論じられた。それより一七〇年以上も前に、ハズリットはすでにこのロマンス劇に植民地主義の深刻な問題を読み取っていたのである。

## 七

ここでハズリットが俳優の演技をどのように考えていたかを手短に述べておこう。彼によれば「シェイクスピアは（もっとも広い意味での）自然の詩人であり」（V, 46）、「彼の劇だけが唯一自然（Nature）に喩えられる」（V, 191）ものであった。シェイクスピアがこのような意味での「自然の詩人」であるならば、彼の劇を演じる俳優の演技もまた自然の実相を忠実に表現したものでなければならない。ハズリットがリー・ハントと同様に役者のすぐれた演技にしばしば「自然な」（natural）という形容詞をつけたのはそのためであった。この形容詞は極めて広い意味を含んでいるが、ハズリットが自然な演技という言葉でどのような演技を意味していたかは、マダム・パスタ（Madame Pasta）の演技を評した次の文章に表れている。

彼女は役を演じているのではない――彼女自身がその人物であり、その人物と同じ表情をし、同じ息づかいをしている。彼女は（観客に与える）効果を考えようとはせず、その人物の行動の源であり、その人物の独自の優美さ、威厳、安らぎ、力を生み出す源の感情を自分のものにしようとしている。彼女は最初から最後まで自己主張はしていないが、彼女の身のこなしと態度のすべてが、自分が本当に恋の病に罹って、不安のために狂いそうであり、深い悲しみにとらわれて、それ以外世の中のことはまったく考えず、関心ももたない女になりきっていた。これこそが本当の自然（nature）であり、また本当の技（art）である。（XII, 326）

ハズリットがマダム・パスタの演技を高く評価したのは、彼女が生き生きとした共感的想像力の働きによって、己の演じる人物の本質を理解し、その人物に完全になりきっていたからであった。彼にとってこれこそが「自然な演技」であり、俳優の絶妙な「技」でもあった。

ハズリットは当時演じられていたシェイクスピア劇の二四の劇評を書き、主要な役を演じた有名俳優の演技を論じているが、ここではまず一八一四年一月二七日の『モーニング・クロニクル』に書いた「キーン氏のシャイロック」と題した劇評を見てみよう。周知のようにキーンはこのシャイロック役で衝撃的なデヴューを飾り、以後一八三三年『オセロー』の上演中に舞台で倒れるまで、シェイクスピア劇の主要な登場人物の情念の世界を熱烈に演じて圧倒的な人気を博した俳優であった。ロマン派の詩人・批評家は押しなべてキーンの演技を高く評価しているが、ハズリットもこの劇評の中で彼のシャイロックを次のように称賛している。

シャイロックという人物は、不当な扱いを受けているという唯一の思いに駆られ、復讐という確固とした唯一の目的の達成をひたすら目指す男である。深く根付いたこのような感情を的確に伝え、あらゆる博愛や偏見をともに頑なに拒絶する、強固な抑えがたい我意の一般概念を表現する点では、キーンよりもすぐれた役者がいることを我々は知っている。しかし状況の変化から生じる感情の葛藤に効果的な表現を与える点で、科白回しに熱情の変化を加える点で、露骨な皮肉の鋭さの点で、感情と語調の変化の敏速さの点で、次々と印象深い場面を演じ、絶えず喜びと驚きの新鮮な衝撃を与える演技の適切さや斬新さの点で、キーン氏に匹敵する俳優を見出すのは極めて困難であろう。(V, 179)

ハズリットによれば、シャイロックはユダヤ人に対する偏見や差別に正当な怒りを抱きながらも、頑迷な自我意識を克服できずに復讐者としての未来に自己のすべてを投げ入れた人物である。この引用からも明らかなように、ハズリットがキーンの演技を高く評価したのは、シャイロックの心に凝り固まった怨念や頑迷な自我意識を具現していたからというよりは、刻々と変わる状況の中でこの人物の内面に次々と起こる情念や感情の変化を的確に表現していたからであった。シャイロックの悲劇も人間の行動の根底にあるはずの無私への衝動を圧殺し、「抑えがたい強固な我意」に屈したところにあるが、このような人物の内面を表現しきるためには、彼の立場に全面的に共感し同化しなければならない。このような意味でキーンのシャイロックは、ハズリットにとって自然な演技のもっともすぐれた実例であった。

しかしながら、ハズリットが重視した俳優の自然な演技は、舞台が人工の世界であるために、演劇における自然と人工（技）という複雑な問題と関わってくる。ハズリットがこの問題に気づいていたことは、先に引用したマダム・パスタの評価の最後に出てくる「これこそが本当の自然であり、本当の技（人工）である」という一見矛盾した言葉に表れているが、この言葉の意味はコヴェント・ガーデン劇場でリチャード三世を演じたトマス・コバム（Thomas Cobham）の次のような演技評にいっそうはっきり示されている。

彼は自分の演技に関して誤った理論を持っているのではないかと思う。彼はキーン氏から学んでいるが、彼の演技の拙劣な真似をして、打ち解けた態度をとったり、乱暴な振る舞いをするのが自然であり、また自然であることが完璧な演技であると思い込んでいるようにみえる。そのことが正しく理解されていればその通りである。しかしリチャードを自然に演じるということは、コバム氏がこう演じたいと思うように演じるのではなく、リチャードならこう行動するだろうと納得させるように演じることなのである。役者が舞台に上るのは、観客に自分自身を見せるためではなく、暴君や王を演じてみせるためである――言い換えれば、かくかくの状況では自分ならこうするだろうと考えることをするのではなく、自分とは異なる人間がこうするだろうと思うことをするのである。役者がこのような演技をするためには、まず自分であることをやめて、他者になり切らねばならない。ある地位にとっては威厳が自然であり、ある感情にとっては表現の荘重さが自然である。芸術（art）においては、自然は最高の技術（art）なしには存在し得ない。精神が己という枠から離れて他の人間の仮想の状況に入り、その状況の中に本当にいるかのように感じて行動するのを可能にするのが、想像力の本来の働きである。（V, 299）

この文章は演技に不可欠な共感的想像力の働きを説いたものであるが、「芸術においては、自然は最高の技術なしには存在し得ない」という言葉が示すように、ハズリットの問題意識は、「人工」（art）である俳優の演技がいかにして観客に現実界の人間を見ているようなイリュージョンを与えるのかという問題にも向けられている。ハズリットはこの困難な問題に明確な答えを出していないが、先の引用を彼が「ブース氏のグロスター公爵」（'Mr. Booth's Duke of Gloster'）という劇評に書いている「技術（Art）は学ぶものであるから教えることができるが、自然（Nature）は学ぶことも教えることもできない。技術の秘訣を解き明かすには共通の合鍵があると言えるが、自然の神秘を解くには心という親鍵しかない」（V, 355）という言葉と重ね合わせて考えれば、俳優に必要とされるのは、まず己の役に共感・同化する想像力の生き生きとした働きであり、続いてこうして感得した人物の内面世界を的確に表現する技術であると言えるだろう。この二つは、すぐれた詩人の想像力の中に見た対象への共感・同化の作用と、作品に一つのまとまりと形式を与える形成的な作用の二つに対応すると考えられる。

ロマン派の詩人・批評家のシェイクスピア論はしばしば、この大作家の作品が上演用の劇であるにもかかわらず、そのことを考慮しない書斎での精読に基づいていると批判されてきた。この批判が必ずしも的を射ていないのは、どのような上演もまず作品の精読から始まるということからも明らかであろう。特にハズリットは、彼の作品論と劇評が密接な関連をもっていることからもわかるように、シェイクスピアの劇には俳優の解釈や演技に委ねられたところが多いことを認識していた。一八一四年の有名なキーンのリチャード三世を論評した「キーン氏のリチャード」（'Mr. Kean's Richard'）の中で、ハズリットは「キーン氏が時折見せる本筋から離れた演技は彼のもっともすぐれた特徴の一つである。もしシェイクスピアがドイツの劇作家のように、テクストの欄外に役者への指示を書き込んでいたならば、キーン氏が行なっているような仕草をするようにと指示していただろう」（V. 202）と書いている。ハズリットはリー・ハントと同じように劇場経営者や有名俳優に媚びることなく、己の感じたことを率直に書いた辛辣な劇評家であったが、キーンやシドンズ夫人の演技評に見られるように、すぐれた俳優の演技から新たなシェイクスピアの世界を発見する柔軟な感性をもった劇評家でもあった(14)。

最後にハズリットがシェイクスピアのモラルをどのように捉えていたかに一言触れておこう。ロマン派の詩人や批評家たちが一八世紀のシェイクスピア批評に大きな反発を感じた理由の一つは、たとえばサミュエル・ジョンソンの「シェイクスピアは（読者や観客に）何かを教えることよりも、人を喜ばすことに気を配っているために、何の道徳的目的をもたずに書いているように思われる」という言葉に典型的に表われているような、シェイクスピアのモラル欠如批判であった。もちろんハズリットも、彼の批評の原点となった『人間の行動の原理に関する試論』が人間のモラルに関する論考であることからも分かるように、文学とモラルの関係を決して軽視していたわけではない。しかし彼が考える文学作品のモラルとは、詩的正義のような人間世界の現実を無視した教訓主義ではなかった。彼は『尺には尺を』論の中でシェイクスピアとモラルとの関係を次のように述べている。

ある意味ではシェイクスピアはもっとも道徳的ではない作家であった。というのは、（一般に用いられる意味での）道徳は（何らかの行為・行動に対する――筆者）反感からなっているが、この劇作家の才能は、ありとあらゆる人間性に、たとえそれがどんな姿をとろうが、どんな程度であろうが、悲しみに沈んでいようが喜びに高揚していようが、人間性一般に等しく共感する力の中に存在していたからである。衒学的な道徳主義者の目的はあらゆるものに悪を見出すことであるが、彼の目的は「どんなに邪悪なものの中にも善なる魂が宿っている」ことを示すことであった。……ある意味ではシェイクスピアは道徳主義者ではまったくないが、別の意味では最高の道徳主義者であった。彼は自然が道徳主義者であるという意味で道徳主義者であったのだ。彼は自然から学んだことを教え、人間性に関する最高の知識を人間に対する最大の共感をもって示したのである。(IV. 346–347)

ハズリットにとって文学のモラルとは、ある種の人間や行為に対する反感や憎悪に基づく狭い意味での教訓主義ではなく、シェイクスピアのように善人・悪人を問わず人間性のありのままの実相を描き、自然のもつ本源的な正しさを読者や観客に感得させるところにあった。彼がシェイクスピアの悲劇を特に高く評価したのは、「それが人間の心の深奥を開き、人間性一般に影響を与えるありとあらゆるものに我々を無関心にさせない」(IV. 200)からであり、読者・観客を主人公と一体化させ、彼らの経験を己の経験として受け入れさせたからであった。本来ならば無私へと向かう鋭敏な想像力をもちながら、逆にそれによって身を滅ぼす悲劇の主人公が読者・観客にもたらす利己心の浄化こそ、文学作品の最高のモラルであり、ハズリットがシェイクスピアを最高の道徳主義者と呼んだ所以でもある。確かにシェイクスピアは「道徳的な目的をもたずに書いた」劇作家であったが、だからこそ彼のドラマには人をハズリットの理想とする無私へと向かわせる、自然と同じような本質的なモラルが備わっていたのである。

ハズリットは彼が活躍した一九世紀初頭を詩にとって不幸な時代であると見なしていた。『イギリスの詩人に関する講義』の序章である「詩一般について」('On Poetry in General')の中で、ハズリットは次のように語っている。

詩の精神にとって不幸であるのは、機械的な知識の進歩だけでなく、文明の必然的な発展である。いま我々は前の時代よりも超自然の世界に対する畏怖の念を失っているだけでなく、いっそう確実に計算をし、いっそう無関心な目でこの世界の規則的な動きを眺めている。伝説時代の英雄たちは世界から怪物や巨人を排除した。現在では我々は善や悪の浮き沈みにも、野獣や凶暴な「山賊の襲撃」にも、四大の恐ろしい猛威にもさらされていない。かつては「不気味な話に髪の毛が逆立ち、まるで生きているかのように動いた」（『マクベス』五幕五場一一――三行――筆者）時代があった。しかし警察がすべてを壊してしまい、我々はいま真夜中の殺人の夢を見ることさえほとんどない。マクベスはこの国では音楽によって生き残っている。（V, 9–10）

ハズリットの批評活動は、このような不幸な時代の人々に芸術固有の価値を説き、美的経験の核心である最上の作品との出会いと共感的想像力による深い作品理解を促すことによって、彼らの内に眠る感受性を呼びさます活動であった。彼は「詩をはじめとする想像力が生み出した作品を習慣的に学ぶことが、しっかりした教育の要である」（IV, 200）と述べているが、これが批評家としてのハズリットの信念であったと考えられる。

しかしながら、ハズリットの批評やエッセイは、当時の人々から必ずしも好意的に受け入れられたわけではなかった。特に自信作である『時代の精神』の不評はハズリットにとって大きなショックであったらしく、「世間の知識について」（'On Knowledge of the World'）というエッセイの中で、「もしあなたがある一団の人々と彼らの原理に無条件に賛同せず、また彼らの見解を一貫して支持せずに、自分の意見を堂々と述べれば、世間はことごとくあなたに背を向けると考えねばならない」（XVII, 300）と語っている。

このような深い落胆にもかかわらず、ハズリットを熱烈に信奉する人々も少なからず存在していた。その中の一人は詩人のジョン・キーツ（John Keats, 1795–1821）であり、彼の「もし現代にすぐれたものが三つあるとすれば、それは〈逍遥〉と〈ヘイドンの絵画〉と〈ハズリットのテイスト（鑑識眼）の奥の深さ〉である」[15]という言葉はよく知られている。キーツはハズリットの著作を愛読し、一八一八年の「イギリスの詩人に関する講義」には、同時期に行なわれていたコウルリッジの講義を避けて出席している。[16]ハズリットもこの若い詩人の才能を高く評価し、「古い書物の読書について」（'On Reading Old Books'）の中で「最近キーツ氏の〈聖アグネス祭前夜〉を読んで、自分が再び若くなれないことを実に口惜しく思った」（XII. 225）と書いている。キーツのシェイクスピア観や「ネガティブ・ケイパビリティ」（Negative Capability）[17]の概念に、この批評家のシェイクスピア論や想像力論の影響があるのを誰も否定できないだろう。ハズリットは文芸批評だけでなく政治批評の領域でも、その辛辣な論調や圭角な性格のために絶えず敵に囲まれていた孤独な批評家であった。しかし、彼がキーツに与えた大きな影響だけを取りあげてみても、ロマン派の時代においてハズリットがいかに大きな存在であったかを窺い知ることができる。

# 第八章　キーツのシェイクスピア

## 一

ジョン・キーツがシェイクスピアの全作品を下線を引いたり、しるしを付けたり、書き込みをしたりしながら精読したのは、静養と読書のためにワイト島を訪れた一八一七年の四月半ばから翌年にかけてであった。[1] それ以前にもキーツがシェイクスピアの作品をある程度読んでいたのは確かであろう。一八一一年からガイ病院の医学生になった一八一五年一〇月にかけて、キーツは友人でありまた良き助言者でもあったチャールズ・カウデン・クラーク（Charles Cowden Clarke, 1787–1877）と文学作品を読んで論じあう機会をしばしばもっていた。のちにシェイクスピア学者になったクラークが、その際にキーツにシェイクスピアについて語り、読むように勧めたことは十分に考えられる。しかし当時のキーツの関心は、劇作家のシェイクスピアよりも詩人のエドマンド・スペンサーに向けられていた。[2] そのようなキーツが一八一七年の春頃から急激にシェイクスピアに傾倒するようになったのは、一八一六年の一〇月に出会った詩人・批評家・ジャーナリストのリー・ハント、画家のベンジャミン・ロバート・ヘイドン（Benjamin Robert Haydon, 1786–1846）、詩人のジョン・ハミルトン・レノルズ（John Hamilton Reynolds, 1796–1852）、そして一八一六―一七年の冬に出会った批評家のウイリアム・ハズリットとの交流を通してであったと思われる。なかでもハズリットはのちに触れるように、キーツのシェイクスピア理解に極めて大きな影響を与えた批評家であった。

キーツがワイト島に行くためにロンドンのホルボーンを駅馬車で発ったのは、一八一七年四月一四日の夕方であった。次の日の朝にサウサンプトンの宿に着いたキーツは、弟のジョージ・キーツとトム・キーツに手紙を書き、その中で「今朝、朝食のときに寂しい気分になったので、荷物の中からシェイクスピアの作品集を取り出した——《そこに僕の楽しみがあるのだ》(There's my Comfort)」(*Letters*, I, 128)[3]と書いている。キーツがこの日取り出したシェイクスピアの作品集は、サミュエル・ジョンソンとジョージ・スティーヴンズ(George Stevens)が編集し、一八一四年に出版された七巻本の『シェイクスピア戯曲集』(*The Dramatic Works of William Shakespeare*)であった。[4]キャロライン・スパージョンは、キーツがこの戯曲集を購入したのは、ワイト島に出かける直前であったに違いないと述べている。[5]

先に引用したキーツの弟たちへの手紙に出てくる《そこにぼくの楽しみがあるのだ》という言葉は、『あらし』(*The Tempest*)の二幕二場に登場する飲んだくれの給仕頭ステファノーが、酒びんを手にして語る「ここにおれの楽しみがあるのだ」(here's my comfort, II. ii. 45)という科白を少し書き換えたものである。キーツはステファノーの科白をジョークとして引用したのであろうが、当時彼が抱き始めたシェイクスピアへの関心の強さを簡潔に表現している。『あらし』はキーツがワイト島に持参した『シェイクスピア戯曲集』の最初に出てくる作品であって、彼がサウサンプトンの宿で読み始めたのは、おそらくこのロマンス劇であったと思われる。

キーツは同日午後三時の船でサウサンプトンからワイト島のニュー・ポートに渡り、そこで一泊して四月一六日にシャンクリンを経由してカリスブルックまで行っている。そしてそこにしばらく滞在することを決め、翌日の四月一七日にはさっそくレノルズに近況を知らせる長い手紙を書いている。その中でキーツは、午前中に本の荷をほどいて片付け、ヘイドン、スコットランド女王メアリー、そして娘たちと一緒に並んだミルトンの三枚の絵を壁にピンで留めたと書き、さらに次のように続けている。

宿の廊下で今まで見たことのないシェイクスピアの肖像画を見つけた。ジョージがほめていたのときっと同じものだ。僕もすっかり気に入ったので、まずフランス大使の肖像をはずし、本の上の、三枚の絵の並んだところの真上に掛けた。午前中にやったことはこれだけだ。昨日シャンクリンに行き、そのためにそこに住むべきか、それともカリスブルックに住むべきかに関して、僕の心の中で大論争がおこった。シャンクリンは本当に美しいところだ――傾斜をなす森と牧場が、断崖と断崖の裂け目で深さが少なくとも三〇〇フィートもある峡谷のあたりまで達している。この裂け目は狭いところでは樹木や灌木が茂っているが、広くなるにつれて木々はなくなって、ただ片側に生えているサクラソウだけが、海のすぐ近くまで広がっている。……（中略）それから海だ、ジャックさん、海があるのだ――また小さな滝が――さらに白い断崖が――聖キャサリンの丘もある。(6)（*Letters*, I, 130–1）

シャンクリンの海と白い断崖が、キーツに『リア王』四幕六場の「ドーヴァーに近い田舎」の場面を思い出させたのであろう。同じ手紙のほかの箇所で、キーツは「いつもの休息が取れなかったので、最近いくらか気持ちが昂っている――そして『リア王』の「海の音が聞こえませんか」（Do you not hear the Sea?）という一節が頭にこびりついて離れない」と述べて、やや唐突に「海について」（'On the Sea'）という次のソネットを書き添えている。

　　海について

海は荒涼とした岸辺にも　永遠のささやきをつづけ
　強いうねりで幾万の洞窟を存分に充たし
そのあとに　魔術の女神《ヘカテ》の呪文が
昔ながらの陰ふかい響きをおいてゆく。
しばしば、その機嫌があまりに穏やかで
　小さな貝殻が　この前いつか
風が天から放たれたとき落ちた場所から
幾日も　ほとんど動かないこともある。
ああ　眼球を疲らせ苦しめた人たちよ
　果てしない海でその眼をたのしませるがいい。
ああ　あらい騒音で耳鳴りがし、
　またどぎつい旋律《うた》に食傷した人たちよ——
どこか年古りた洞窟の　口に坐り想いに耽れ、
　すると海のニンフの合唱が聞こえたかのように驚きに打たれるのだ——

（田村英之助訳、以下キーツの手紙に出てくる詩の訳は同様である）

It keeps eternal Whisperings around
　Desolate shores, and with its mighty swell
　Gluts twice ten thousand Caverns, till the spell
Of Hecate leaves them their old shadowy sound.
often 'tis in such gentle temper found,
　That scarcely will the very smallest shell
　Be moved for days from whence it sometime fell,
When last the winds of Heaven were unbound.
O ye who have your eyeballs vexed and tired,
　Feast them upon the wideness of the Sea—
O ye whose Ears are dinned with uproar rude,
　Or fed too much with cloying melody—
Sit ye near some old Cavern's Mouth and brood
　Until ye start as if the Sea Nymphs quired—　（*Letters*, I, 132）

キーツがこの手紙で「最近いくらか気持ちが昂っている」と書いたのは、彼がワイト島に来て以来創造力を刺戟されて一種の興奮状態に陥っていたからであろう。「海の音が聞こえませんか」という言葉は、『リア王』四幕六場四行で、グロスター伯爵の嫡子で今はベドラムの乞食に身を変えたエドガーが、盲目の父に向かって述べる「ほら、海の音が聞こえるでしょう?」(Hark! do you hear the sea?, IV. vi. 4) を否定疑問に変えたものである。周知のようにこの場面は、コーンウォール夫婦に両目をつぶされたグロスター伯爵が、かつて庶子のエドマンドの中傷を信じて追い出したエドガーに手を引かれてドーヴァーにやってくる場面である。グロスター伯爵はドーヴァーの絶壁の上から身を投げるつもりであるが、エドガーは父に飛び込んだと信じさせながら、実際には平地に倒れさせて命を救う。ではキーツに強い印象を与えた『リア王』のこの場面で、エドガーが盲目のグロスター伯爵にドーヴァーの断崖を描写する科白を読んでみよう。

さあ、旦那、着きましたよ。動かないでください。
下の方に目をやると、ああ、恐ろしい、くらくらする。
真ん中あたりを飛んでいるカラスやベニハシガラスが
甲虫ほどの大きさだ。崖の中程にぶら下がって
浜芹を採っているやつがいる、危険な商売だなあ!
そいつのからだは頭ぐらいの大きさにしか見えないようだ。
浜辺を歩いている漁師は二十日鼠みたいだし、
向こうに錨を下ろしている大きな船は、艀ほどの大きさで、
艀はブイくらい、あんまり小さすぎて見えないぐらいだ。

数え切れない小石に襲いかかる波のざわめきも、
こう高いと聞こえてもこない。

Come on, sir, here's the place; Stand still. How fearful
And dizzy 'tis to cast one's eyes so low!
The crows and choughs that wing the midway air
Show scarce so gross as beetles. Half way down
Hangs one that gathers sampire, dreadful trade!
Methinks he seems no bigger than his head.
The fishermen that walk upon the beach
Appear like mice; and yond tall anchoring bark,
Diminish'd to her cock; her cock, a buoy
Almost too small for sight. The murmuring surge,
That on th' unnumb'red idle pebble chafes,
Cannot be heard so high.

(IV. vi. 11–22)

エドガーのこの科白とシャンクリンの海の光景が、先に引用したソネット「海について」の背後にあるのは言うまでもないだろう。キーツの詩とエドガーの科白を比較してみると、一行目の 'eternal whisperings'

がエドガーの 'murmuring surge' の、六行目のほとんど動かない 'the very smallest shell' が 'idle pebble' のエコーであり、九行目の 'ye who have your eyeballs vexed and tired' は、明らかに眼球をくりぬかれたグロスター伯爵を念頭に置いた言葉である。これらのエコーとともに注目されるのは、ジョナサン・ベイトが指摘しているように(7)、当時のキーツがハズリットに倣って「海」をシェイクスピア劇のメタファーとして用いていたことである。一八一七年九月一四日付のジェイン及びメアリアン・レノルズ宛の手紙の中でキーツは、「シェイクスピアの戯曲の中でどれが最高ですか?――という意味は、あなたは海がどんな雰囲気で、またどんな伴奏がつく時に一番好きかということです」(*Letters*, I, 158) と書いている。キーツにとって「永遠のささやきをつづけて」、苦しむ人々を楽しませ憩わせる「果てしない海」は、読者に計り知れない楽しみと慰め(ステファノーの言葉を遣えば 'comfort')を与えてくれるシェイクスピアの劇そのものであった。「海について」というソネットは、シェイクスピアを詠った詩として読むことも可能である。

『リア王』のドーヴァーの場面とエドガーの科白はその後もキーツの心に強く残っていたらしく、一八一七年五月一〇、一一日付のヘイドン宛の手紙でも次のように述べている。

実のところ、最近自分の詩を読み返すとひどく嫌になるというような精神状態に陥っています。ぼくは「危険な商売である浜芹採り」(one that gathers Samphire dreadful trade, IV. vi. 15) で、詩の断崖 (the Cliff of Poesy) が僕の上に聳え立っているのです。しかし、プルタークの英雄伝の中でポープ訳のホメロスに出会ったトムがそのいくつかを読んでくれると、それらは僕の詩に較べて二十日鼠 (Mice) のように見えます。(*Letters*, I, 141)

原文を入れた箇所は、エドガーの科白の一節かそれと関連のある言葉である。このようにドーヴァーでのエドガーの科白がキーツの脳裡に焼き付いていたのは、言葉だけで盲目のグロスターにドーヴァーの断崖に来たと信じ込ませ、彼を死から生へと導くエドガーの科白に、詩の言葉の本源的な力を見たからと言えるだろう。自分を危険な仕事に従事する「浜芹採り」に喩えた一節は、当時のキーツの心情をよく表している。キーツは健康の不安から死をたえず意識し、また己の詩について希望と絶望の間を揺れ動いていた。しかしこの手紙を書いているキーツは決して暗くはない。エドガーが盲目のグロスターを導いていくように、シェイクスピアが自分を導いてくれるという漠然とした確信を抱いているからである。同じヘイドン宛の手紙の中でキーツは次のように書いている。

> 以前あなたが自分には善き守護神（a good Genius）がついていて、導いてくれるという考えを話したのを覚えています。ぼくも最近同じ考えをもつようになりました。……シェイクスピアをこの「守り神」（this Presider）と考えるのは大胆すぎるでしょうか。……ぼくは決して絶望しないで、シェイクスピアを読みます――実際に他の本はそんなに読まないだろうと思います。このことについては長談義になりそうなので、今はやめておきますが。われわれにはシェイクスピアだけで充分だというハズリットの意見にほとんど同意したくなります。（*Letters*, I, 141–3）

キーツだけでなくロマン派の詩人・批評家の多くはシェイクスピアに傾倒し、彼の作品の熟読を通してこの天才の創造の源を探ろうとした。しかしシェイクスピアを己の詩の「守り神」と見なし、彼の作品だけで充分だと述べたこの時期のキーツほどにシェイクスピアを敬愛し、その作品と格闘することによって己の詩の言葉とイメージをみがき、さらに詩人や詩についての思索を深めていった詩人はほかにはいない。



## 二

キーツがすぐれた詩人の特質と見なした「ネガティヴ・ケイパビリティ」も、シェイクスピアの戯曲や詩、とりわけ『リア王』を抜きにしては考えられない。キーツはこの言葉を一度しか用いていないが、ジャクソン・ベイトをはじめとするキーツ学者たちがさまざまな「ネガティヴ・ケイパビリティ」論を展開してきたのは、この曖昧な言葉にキーツの詩人論・詩論の神髄があると考えたからであろう。さらにこの言葉にはキーツのシェイクスピア理解が凝縮されていると見なすことができる。ではまず「ネガティヴ・ケイパビリティ」という言葉が出てくる一八一七年一二月二一、二七（？）日付のジョージ及びトマス・キーツ宛の手紙を見てみることにしよう。

キーツはこの手紙の冒頭でエドマンド・キーンが舞台に復帰して『リチャード三世』を演じたと伝え、レノルズに頼まれてキーンの演技評を『チャンピオン』に書いたと述べている。この劇評は一つの演劇論としても興味深いものであるが、これについてはのちに触れることにして、キーツが詩と戯曲と絵画に関する自分の考えを簡潔に述べているこの手紙の重要な箇所を（a）、（b）に分けて引用することにする。

（a）……金曜の晩はウェルズと過ごし、次の朝「蒼い馬に乗った死神」を見に出かけた。ウェストの年齢を考えると素晴らしい絵であるが、強烈なものが全くない。キスをしたくてたまらなくなる女も描かれていないし、どの顔にも涌き出る実在感（reality）が見られない。あらゆる芸術作品の卓越さとは強烈さ（intensity）のことであり、それはすべての不快なものを消失させることができる。不快なものが美と真実とに密接に結びついているからだ――『リア王』を調べてごらん、このことが作品全体に例示されていることがわかるだろう。ところがこの絵には不快さがあるが、それがもたらす反感を埋めてくれる重要な深い思考は喚起されない。（*Letters*, I, 192）

（b）……ディルクといろいろな問題について、議論ではなくて一緒に考えた。いくつかのことが僕の心の中で緊密に結びつき、すぐに次のことが頭に浮かんだ。特に文学において偉大な仕事をなした人間を形づくる特質、シェイクスピアがあれほど膨大にもっていた特質は何であるかという問題だ――僕が言わんとするのは「ネガティヴ・ケイパビリティ」、すなわち人がいらいらしてすぐに事実や理由を求めることなく、不確かなこと（uncertainties）や不可解なこと（Mysteries）や疑わしいこと（doubts）に耐えられる能力のことだ――たとえばコウルリッジは半知半解（half knowledge）の状態に満足できなくて、不可解さ（mystery）の最奥部から捉えられる、孤立した素晴らしい真実らしきもの（verisimilitude）を取り逃がしてしまうだろう。（*Letters*, I, 193–4）

引用の（a）はキーツの芸術論の核心を述べたものであり、そのキーワードは芸術作品の卓越さの基準とされる「強烈さ」（intensity）である。キーツがこの言葉をどのような意味で遣っているかは必ずしも明確ではないが、ウェストの絵を批判した「（そこには）強烈なものが全くない。キスをしたくてたまらなくなる女も描かれていないし、どの顔にも涌き出る実在感が見られない」という一節から判断すれば、キーツのいう「強烈さ」とは、生命のダイナミックな躍動を感じさせる描写によって、読者や観客の想像力を刺戟し、彼らを作品世界に巻き込んで、人間存在の実相を感得させる表現を指していると考えられる。芸術作品の評価の基準をこのような「強烈さ」に求めるキーツの考えは、彼が終生の師と仰いだハズリットの「ガストウ」(gusto)の概念と類似している。すでに第七章で述べたように、ハズリットのいう「ガストウ」とは「事物の本質を明らかにする力あるいは情熱であり」、ティツィアーノの絵のようにある感覚が受けた印象が他の感覚をも刺戟し、鑑賞する者の心を強く作品世界に引き込んでいく力である。キーツが女の絵のもつ実在感を、「キスをしたくてたまらなくなる」という喩えで表現したのは、彼も「強烈さ」という言葉によってハズリットと同様なことを意味していたことを示している。さらにキーツが「強烈さ」という言葉をウェストの絵だけでなく『リア王』にも遣っていることは、ハズリットが「ガストウ」の概念をティツィアーノらの絵画だけでなく、ミルトンの詩にも適用し「彼はいかなる詩人にもましてガストウの意味するものをもっていた」と書いていることに対応している。

ではキーツは何故にハズリットの「ガストウ」を「強烈さ」と言い換え、それには「すべての不快なものを消失させる」力があると述べているのであろうか。引用(a)でキーツがこの言葉のすぐあとに「『リア王』を調べてごらん。そのことが作品全体に例示されていることがわかるだろう」と書いていることから推測されるように、芸術作品の「強烈さ」が「不快なものを消失させる」というキーツの確信は、彼自身の強烈な『リア王』の読書体験に基づいていたと言えるだろう。キーツがこの悲劇をどのように読んだかは、一八一八年一月二三、二四日付のジョージ及びトム・キーツ宛の手紙に出てくる「『リア王』を読み返すために坐ったとき」（'On Sitting Down to Read *King Lear* Once Again'）というソネットによく表れている。キーツはこのソネットを書いた経緯を「偉大なものを生み出すためには、知性の力の非常にゆっくりとした成熟以上にいいものはない。その一例として、いいかい、ぼくは昨日『リア王』をもう一度読み返そうとして腰をおろした。するとソネットのプロローグがどうしても必要な気がして、それを書いてから読み始めた」（*Letters*, I, 214）と述べて、次のようなソネットを書いている。

おお晴朗なリュートの音《ね》をもつ黄金の舌の夢物語《ロマンス》よ！
翼ある美声《セイレーン》の妖女、遥かな世界の女王よ！
この冬枯れの日にその調べをやめよ、
その古びた本を閉じて、黙ってくれ。
もうお訣れだ！　地獄の苦痛と情熱の土塊との
激しい論争《あらそい》を　私はもう一度
燃やしつくさねばならぬから。シェイクスピアのこの果実の
甘くて苦い味をもう一度味わうのだ。
最高の詩人よ！　またアルビオンの雲たちよ、
我らが深い永遠の主題を産むものたちよ、
私が古き樫の森を通る時には
不毛な夢のなかにさまよわせることなく、

火とともに燃え尽きる時には
不死鳥の新しい翼をあたえて自由に翔けらせてくれ

O golden tongued Romance with serene Lute!
Fair plumed Syren! Queen! if far away!
Leave melodizing on this wintry day,
Shut up thine olden volume & be mute.
Adieu! for once again the fierce dispute,
Betwixt Hell torment & impassioned Clay
Must I burn through; once more assay
The bitter sweet of this Shakespearian fruit
Chief Poet! & ye clouds of Albion.
Begettors of our deep eternal theme,
When I am through the old oak forest gone
Let me not wander in a barren dream
But when I am consumed with the Fire
Give me new Pheonix-wings to fly at my desire (8) (*Letters*, I, 214–5)

原文一行目の 'Romance'（「夢物語」）は特定の作品ではなく、ロマンス一般を指していると思われるが、キーツの脳裡には主としてかつて愛読したエドマンド・スペンサーの『妖精女王』（*The Faerie Queene*）があったのはないかと考えられる。五行目の 'Adieu!'（「もうお訣れだ！」）はロマンスに別れをつげて悲劇へ向かう覚悟を表した語であり、六行目の 'impassioned Clay'（「情熱の土塊」、訳では五行目）はリア王、あるいは人間一般を指すと思われる。五行目から七行目にいたる 'for once again. . . . / Must I burn through;'（「私はもう一度……を燃やしつくさねばならぬから」）は、キーツが心の中で再び身を焦がす「激しい論争」を体験するということであろう。この詩行には、『リア王』四幕七場四五―七行でリア王がコーディリアに語る「わしは火炎の車につながれている、だから涙も溶けた鉛のように頬をこがすのだ」（I am bound / Upon a wheel of fire, that mine own tears / Do scald like molten lead.）のエコーがあると思われる。八行目の 'The bitter sweet of this Shakespearian fruit'（「シェイクスピアのこの果実の甘くて苦い味」）は、シェイクスピアの悲劇に描かれる苦しみを通しての魂の浄化、あるいはシェイクスピア劇の特徴の一つである悲劇の中の喜劇的要素、または喜劇の中の悲劇的要素を表すと考えられる。九行目の 'Chief Poet!'（「最高の詩人」）は言うまでもなくシェイクスピアのことであり、'ye clouds of Albion'（「アルビオンの雲たち」）はイギリスの詩人たちを指している。『リア王』三幕二場八五―六行で道化が王国の混乱を予言して、「そうなるとアルビオンの王国が大混乱に陥るだろう」（Then shall the realm of Albion / Come to great confusion.）と述べているように、アルビオンはブリテン島やイングランドを表していた。一〇行目の 'our deep eternal theme'（「我らが深い永遠の主題」）は、五行目の 'the fierce dispute'（「激しい論争」）のテーマを指している。一一行目の 'the old oak forest'（「古き樫の森」）は『リア王』の舞台となっている古代ブリテンのことであり、したがってこの行全体は「私が『リア王』を読むときには」という意味になる。一三―四行でキーツがこの悲劇を読む自分を灰の中から再生する不死鳥に重ねていることは、キーツのシェイクスピア理解の特質をよく表している。

この比喩が示すように、キーツにとって『リア王』を読むという行為は、情熱・情念の土塊である人間と彼らを襲う責め苦との「激しい論争」に己の身を「燃やしつくし」、そして不死鳥のように再生して新たな自己になることであった。キーツは一八一八年三月一三日付のベイリー宛の手紙の中で「リアルなものは――太陽と月と星の存在、それにシェイクスピアの一節のようなものだ」と書いているが、彼にとって精神的な再生をもたらす『リア王』の読書体験はまさに「リアルなもの」であったと言えよう。読者・観客にこのような作品世界への参入を可能にするものこそハズリットのいう「ガストウ」であるけれども、キーツにとって『リア王』という悲劇は、ハズリットのこの言葉では表現しきれないほど強烈に彼を引き込む力をもっていたのである。

先に引用したジョージ及びトム・キーツ宛の手紙の（a）に戻ると、この引用でもう一つ重要な点は、すでに触れたことであるが、キーツがあらゆる芸術作品の卓越さを示す「強烈さ」には、「すべての不快なもの」（all disagreeables）を消失させる力があると述べていることである。D・G・ジェイムズ（D. G. James）は、この「すべての不快なもの」とは、たとえば『リア王』に登場するゴネリル、リーガン、コーンウォール、エドマンドと彼らの行為を指しており、それらが生み出す「反感」（repulsiveness）は、リアとコーディリアの再会の場面やリア王が息絶える最終場面の「崇高な精神的美」（the great spiritual beauty）によって、読者・観客の心から消え失せてしまうと解釈している。(9)「すべての不快なもの」の中には、リア自身の我意の強さ、高慢、激怒、自制のなさなども含めてよいであろう。先に取り上げた『リア王』についてのソネットを念頭における、D・G・ジェイムズのいう「崇高な精神的美」を生み出す瞬間とは、『リア王』に感情移入しその世界を追体験したキーツが、コーディリアの遺体を抱いて登場したリアの嘆く姿に「この世の終わりがついに来たのか」（Is this the promis'd end? v. iii. 264）と述べるケントと同じように、人間世界の「真実」（reality）である不条理、キーツが同じ手紙に書いている言葉を遣えば、人間を取り巻く「不可解さ」（Mysteries）を感じた瞬間と言えるだろう。キーツは引用（a）の最後の部分で、このような作品理解をもたらすものを「重要な深い思考」（momentous depth of speculation）と呼んでいるが、'speculation' という語は何らかの理論や教理を生み出す思考を意味するのではなく、'contemplation' という語で言い換えうるような、人間存在の真実を「観照」しそれを受容することであったと考えられる。D・G・ジェイムズが「崇高な精神的美」の劇的表現と見なした『リア王』の最終場面は、「ギリシャの壷のオード」で詠われる「美は真実であり、真実は美である」（Beauty is truth, truth beauty）という当時のキーツの確信をもっともよく表した例であったと言えよう。

ロマン派の詩人・批評家のシェイクスピア論の特徴は、この大劇作家・詩人を通して詩人の本質、あるいはその想像力の働きを考察したことであった。キーツもジョージ及びトム・キーツ宛の手紙の引用（b）で、「特に文学において偉大な仕事をなした人間を形づくる特質、シェイクスピアがあれほど膨大にもっていた特質」を「ネガティヴ・ケイパビリティ」と呼び、その内容を「人がいらいらしてすぐに事実や理由を求めることなく、不確かなこと（uncertainties）や不可解なこと（Mysteries）や疑わしいこと（doubts）に耐えられる能力のことだ」と述べ、そのような能力を欠いた詩人の例としてコウルリッジを挙げて、「彼は半知半解の状態（half knowledge）に満足できなくて、不可解さ（mystery）の最奥部から捉えられる、孤立した素晴らしい真実らしきもの（verisimilitude）を見逃がしてしまう」と書いている。言い換えれば、「ネガティヴ・ケイパビリティ」をもつ詩人とは人間の知の限界である「半知半解の状態」に満足し、論理的思考ではなく直感によって捉えた「真実らしきもの」に、真実を歪める主観的判断やドグマを押し付けないでいられる詩人のことを指すと言えるだろう。キーツは一八一八年二月三日付のレノルズ宛の手紙の中で「われわれは読者に対して何らかの明白な意図をもつ詩を嫌う」（We hate poetry that has a palpable design upon us）と述べているが、この言葉も「ネガティヴ・ケイパビリティ」と関連があるのは明らかである。

ではキーツがこのような能力を「シェイクスピアがあれほど膨大にもっていた」と述べた理由はどこにあるのであろうか。キーツはこの問いには直接答えてはいないけれども、すでに引用したソネット「『リア王』を読み返すために坐ったとき」やこの悲劇に関する断片的な言及の中にその答えがあるように思われる。先の引用（b）を読んで気づくことは、この短い文章の中に「不可解なこと」（Mysteries）、「不可解さ」（mystery）という同じ意味の語が二度も出てくることである。この言葉は『リア王』五幕三場でエドマンドに捕らえられたリア王がコーディリアに語る「さあ、牢獄に行こう、二人だけで籠の中の小鳥のように歌って暮らそう。……われわれもあの連中と一緒に、誰が負けて誰が勝ったか、誰が得意で誰が失意かを語り、現世の出来事の不可解さを理解している振りをするのだ。まるで神のお使いであるかのように」（Come, let's away to prison: / We two alone will sing like birds i' th' cage; . . . and we'll talk with them too, / Who loses and who wins; who's in, who's out; / And take upon 's the mystery of things, / As if we were God's spies: (V. iii. 8-17) という科白に出てくる「現世の出来事の不可解さ」（the mystery of things）から来ていると考えられる。リア王はこの科白で 'the mystery of things' は本来 'God's spies'（「神のお使い」）にしかわからないことだと暗に述べているが、キーツの‘Mysteries’あるいは‘mystery’も同じように、人間の知性や理性によっては捉えられない、ある大きな力によって支配される人間の生《せい》の現実を指している。キーツは一八一八年五月三日付のレノルズ宛の手紙、すなわち人生を多くの部屋をもつ大邸宅に喩えた有名な手紙の中で、彼が「処女思想の部屋」と呼ぶ第二の部屋の生活が生みだす効果の一つを「この世の中が悲惨、傷心、苦痛、病気、抑圧に溢れているということを我々の神経に確信させること」であり、われわれはこの暗い部屋の中で善と悪の均衡もわからない、霧に閉ざされたような状態で、「神秘の重荷を感じている」（We feel the “burden of the Mystery”, *Letters*, I, 281）と書いている。これは両親の死、弟トムの死（キーツは『リア王』二幕三場二〇行に出てくる「哀れなトム」‘poor Tom’に下線を引いている）、自身の病気などさまざまな苦難に見舞われたキーツ自身の人生に対する実感であったと考えられる。すでに述べたようにキーツにとって詩の本質とは、人間世界や人生の「不可解さ」や「神秘」に主観的な解釈を加えることなく、そこから「孤立した素晴らしい真実らしきもの」（a fine isolated verisimilitude）を捉えて表現することであった。『リア王』がそのもっともすぐれた実例に思われたのは、シェイクスピアがネイハム・テイトの改作のように、登場人物の行動に明確な動機を与えたり、結末をハッピー・エンディングにしたりすることなく、それぞれの登場人物が自分でも制御できない激情・衝動・エネルギー・願望などに促されて生きる世界を表現したからであろう。先に論じた「『リア王』を読み返すために坐ったとき」というソネットの中で、この悲劇を「激しい論争」と呼んだ理由もそこにある。「論争」という語は、作者シェイクスピアが作品世界から姿を消して、登場人物のそれぞれが「神秘の重荷」を背負った存在として出現する開放空間を作り出したということである。キーツはこの「激しい論争」を「燃やしつくす」と詠っている。このような作品世界への参入を可能にしたのもまた、シェイクスピアが「読者に対して何らかの明白な意図」をもたず、主観的解釈や道徳的判断を排して「半知半解」の曖昧さに耐える力を有していたからである。

このような自我・主観・ドグマを否定する力は、キーツが大詩人のもう一つの特質と見なした、主観的自己を脱して他の人間だけでなく、他の生き物や物とさえ一体化する想像力の独特の働きとも繋がっている。この想像力の働きも、詩人の自我との関連から言えば、広い意味での「ネガティヴ・ケイパビリティ」と見なしてよいであろう。キーツはいま取り上げているジョージ及びトマス・キーツ宛の手紙よりも、約一ヶ月前の一八一七年一一月二二日にベイリーに送った手紙の中で、天才と権力者との違いについて次のように述べている。

> ついでに最近ぼくの心に重くのしかかっていて、ぼくの謙虚さと従順になる力を増してくれる、あることについて話さねばならない。それは次のような真実――すなわち、天賦の才に恵まれた人は、普通の知性のかたまりに作用する、ある種の霊妙な化学薬品と同じように偉大であるということだ。ところがそれにもかかわらず、彼らはどんな個性（any individuality）も、どんな定まった性格（any determined Character）ももっていない。固有の自我をもつ人々の最上段にいる者をぼくは権力者と呼びたい。
>
> ……夕陽はいつもぼくを本来の自分に戻してくれる――あるいは雀が窓のところに来れば、ぼくも雀になって砂利をつつく（if a Sparrow come before my Window I take part in its existence and pick about the Gravel.）。（*Letters*, I, 184, 186. 傍点は筆者）

この手紙に出てくる天才の特質も、シェイクスピアを念頭に置いて書かれたものであって、「天才はどんな個性も、どんな定まった性格ももっていない」という考えは、キーツが一八一八年一〇月二七日付のウッドハウス宛の手紙に書いた「カメレオン詩人」（the camelion Poet）の理想と繋がっている。ではウッドハウス宛の手紙の中から、この言葉が出てくる有名な箇所を引用してみよう。

> 詩的性格それ自体について言えば、……それはそれ自体ではない――それはそれ自体というものをもっていない――それはあらゆるものであって、何ものでもない――それは性格をもっていない――それは光も影も受け容れる。それは強い関心に促されて（in gusto）生きるが、その対象が汚れていようが美しかろうが、身分が高かろうが低かろうが、豊かだろうが貧しかろうが、卑しかろうが高貴だろうが構わない――それはイモジェンのことを考えるのと同じように、イアーゴーのことを考えて大きな喜びを味わう。徳を重んじる哲学者に衝撃を与えることが、カメレオン詩人を楽しませる。……詩人はこの世に存在するものの中でもっとも非詩的（unpoetical）なものだ、というのは詩人が固有の自己（Identity）をもたないからだ――詩人は絶えず他の存在の中に入って、それを充たしているのだ。（*Letters*, I, 386-7. 傍点は筆者）

キーツがこの手紙の中で『シンベリーン』のイモジェンと『オセロー』のイアーゴーを取りあげていることからもわかるように、彼が詩人の特質と見なした「他の存在と一体化する力」も、シェイクスピア劇の性格創造を念頭において語られている。キーツはこのような力をもった詩人を「カメレオン詩人」と呼んでいるが、この言葉はシェイクスピアの性格創造に関して、一八世紀のエドワード・ケイペルが言い始め、S・T・コウルリッジも遣っている、シェイクスピアはドラマのプロテウスであるというメタファーを、キーツの言葉で言い換えたものである。キーツのシェイクスピア理解に大きな影響を与えたハズリットも、「シェイクスピアとミルトンについて」というエッセイの中でシェイクスピアを「過去に存在したもっとも自己本位ではない人間」と呼び、「シェイクスピアの精神の著しい特徴は、すべての人間の心を分かちもつ大きな包容力であり、……彼の天賦の才は悪人にも善人にも、賢者にも愚者にも等しく光をあてた」と述べていた。ハズリットによれば、シェイクスピアが他者になりきり、彼らの感情や経験を細部まで理解することができたのは、「共感的想像力」、すなわち人間に本来備わっている、他者の立場に身を置いて彼らの喜びや悲しみを共有する能力に恵まれていたからである。ハズリットにとっては、この想像力こそ人間にとってもっとも大切な能力であった。キーツはハズリットの想像力論には直接言及していないが、彼が他者に共感・同化する力を詩人に不可欠な能力と見なしたのは、詩人が主観的意識の殻を破って他の存在に成りきるとき、人間や事物は客観的な観察からは捉えられない本源的な姿を現すと信じたからである。

先に引用した「カメレオン詩人」の一節に出てくるイモジェンをコーディリア、イアーゴーをエドマンドに置き換えるならば、シェイクスピアはこの二人を考えることにも「大きな喜びを味わい」、ソネット一一一番に出てくる「染物屋の手」(dyer's hand)のように二人の生のあり方に己を染めて、彼らの感情や内面の葛藤、あるいは運命の転変を自らのものとして表現した詩人であったということになるだろう。コウルリッジは登場人物に常に作者自身の声を語らせる劇作家のことを「腹話術師」と軽蔑的に呼んでいるが、シェイクスピアのように自己の立場を脱して他者の立場に次々と身を置いたとき、そこから見えてくるのは「不確かなこと」、「不可解なこと」、「疑わしいこと」の只中に置かれた人間のあるがままの姿といってよいであろう。キーツは一八一九年四月二一日にジョージ及びジョージアナ・キーツに書いた手紙の中で、「すべては次のことに帰結するようだ――人間というものは元来《あわれな二本脚の動物》(a poor forked creature)で、森の動物とおなじ不幸に服従し、なんらかの困難と不安を避けられない運命を負っているのだと。もし肉体の環境順応や安楽が徐々に進められていくとしても――人間が一段階進むごとに、そこには新たな苦悩の群れが待っている――人間は死ななければならず、星空は常にその頭上遥かな所にある」(*Letters*, II, 101) と書いている。この一節が『リア王』三幕四場でリア王が乞食に変装したエドガーに述べる「衣装を剥ぎ取られた人間は、お前のように、あわれな裸の二本脚の動物にすぎない」(unaccommodated man is no more but such a poor, bare, forked animal as thou art. III. iv. 106–8) という科白に基づいている。キーツにとって『リア王』は、人間という《あわれな二本脚の動物》の存在の真実を描き切った作品であった。

キーツは前に引用した一八一八年五月三日付のレノルズ宛の手紙の中で、「哲学の公理もそれが我々の脈拍において証明されるまでは公理ではないのだ」と述べ、さらに『ハムレット』を念頭において「素晴らしいものを読んでも、作者と同じ段階にまで読者が達していないうちは十全に素晴らしさを感じ取ったことにはならないのだ」(*Letters*, I, 279) と書いている。言い換えるならば、読者がハムレットのような人物を真に理解するためには、読者にもシェイクスピアと同じようにこの人物に共感・同化する力が必要であるということである。今まで何度も述べたキーツの『リア王』の読み方はそれをよく示しているが、同じ力はシェイクスピア劇を演じる役者にも求められるものであった。キーツは『チャンピオン』に書いたキーンの演技評の中で、この役者はシェイクスピアの科白の精神的意味に「感覚的な荘重さ」(a sensual grandeur) を加え、それを「ハイブラの蜜蜂から蜜をすっかり奪ってなくしてしまう」（『ジュリアス・シーザー』五幕一場三四―五行）ように余すところなく表現したと述べている。キーツにとってキーンは観客に与える効果を終始考える平凡な役者とは異なり、「他のことはいっさい考えずに、ひたすらその瞬間の感情に浸りきる」（Kean delivers himself up to the instant feeling, without a shadow of a thought about any thing else.）[10]まれな役者であった。彼が「キーンの演技はシェイクスピア的である」と評したのは、'delivers himself up to. . . .' という言葉がよく表しているように、キーンがシェイクスピアと同じように他者に共感・同化し、一瞬一瞬の演技にその人物の過去・現在・未来を感じさせる性格の全体を表現し得たからであると思われる。それを可能にしたのも、キーンの演じる役と一体化する力、すなわち広い意味での「ネガティヴ・ケイパビリティ」であった。

今まで述べてきたように、「ネガティヴ・ケイパビリティ」の概念は、ロマン派の詩人のほとんどが関心を寄せたシェイクスピアのプロテウス的想像力を、詩人の自我意識と客観世界との関係から考察した想像力論であり、極めて普遍的な詩人論であった。[11]しかしこの概念には、シェイクスピアの共感的想像力が生み出したさまざまな人物たちが、一つのまとまった劇的世界を創り上げていく、シェイクスピアの劇の構成力への洞察が欠落している。このことは、シェイクスピアの劇を一つの有機的統一体と見なし、そこに「植物のような生長」を見たコウルリッジや、シェイクスピアはすべての登場人物に完璧な共感を抱きながらも、「それぞれが彼の全体的な構想の中でどのような位置を占めるべきかを片時も忘れない」と述べたハズリットを除く、ロマン派の文人たちのシェイクスピア論に見られる特徴である。キーツはキーンの演技に触発されて自らも劇作を志し、友人のチャールズ・ブラウンの筋書きに基づいて『オットー大帝』（*Otho the Great*）という悲劇を書いている。この劇の中には皇太子ルドルフの科白のように、鮮烈なイメージによって己の心情を語るすぐれた科白があるが、全体としては失敗作に終わっているのは、人間の真の葛藤を描き切れない静的な劇構造に原因があると思われる。キーツは深くシェイクスピアに心酔し、その作品を徹底的に熟読したけれども、彼は劇作家ではなくあくまでもロマン派の詩人であった。ではキーツの詩作品は彼の「守り神」であるシェイクスピアから、どのような影響を受けているのであろうか。筆者のキーツに関する知識では、この問題を広範囲にわたって論じることはできないので、ここでは『ハムレット』と『尺には尺を』の科白や言葉のエコーが指摘されている「夜啼鶯《ナイチンゲール》によせるオード」（'Ode to a Nightingale'）を取りあげて、キーツの詩作とシェイクスピアの劇との関連を検討してみよう。(12)

## 三

「夜啼鶯によせるオード」第一聯の最初の四行は、次のように詠われる。

わが心疼《いた》み、感覚も睡いしびれにくるしむ。
あたかも　にがよもぎの毒汁を口にふくむか、
だるい阿片を飲みほして　そのすぐあとに
忘却《レ》の河《テ》にむかい沈みこむようだ。

（田村英之助訳(13)。以下同様である）

My heart aches, and a drowsy numbness pains
My sense, as though of hemlock I had drunk,
Or emptied some dull opiate to the drains
One minute past, and Lethe-wards had sunk:

一行目の 'My heart aches,' は、'To be, or not to be' で始まるハムレットの有名な独白の 'To die, to sleep— / No more, and by a sleep to say we end / The heart-ache and the thousand natural shocks / That flesh is heir to;' (III. i. 59–62)（「死ぬことは、眠ることに過ぎない。もし眠りによって、この肉体が受けねばならない心の痛みと数々の苦しみを、断ち切れるというのであれば」）という一節の 'the heart-ache'（「心の痛み」）と類似した言葉であり、そのエコーであると見なすことができるだろう。「にがよもぎ」と「阿片」は意識の朦朧とした状態をもたらすことから眠りを連想させ、さらに眠り＝死というイメージ連鎖によって「忘却の河に」（Lethe-wards）という語と結びつく。この言葉もまた『ハムレット』一幕五場で先王の亡霊が王子に語る 'duller shouldst thou be than the fat weed / That roots itself in ease on Lethe wharf, / Wouldst thou not stir in this.' (I. v. 32–4)（「もしお前がこの話で奮い立たないならば、忘却の河の岸辺にのびのびと根を張ったなまくらな雑草よりも鈍感だと言わねばならぬ」）という科白に出てくる 'Lethe wharf' と関連をもつと考えられる。このように「夜啼鶯によせるオード」の第一聯にはハムレットや亡霊の科白のエコーと思われる言葉が見られるが、ハムレットが父の亡霊から復讐を命じられて、自分の性格にもっとも合わない復讐に向かわざるを得なくなるのに対して、オードの語り手である詩人は「ゆるやかに喉みちて夏をうたう」（Singest of summer in full-throated ease,

10）ナイチンゲールの声に聞いて、「睡いしびれ」（drowsy numbness）を感じるのである。周知のようにロマン派の時代にはナイチンゲールはしばしば詩人や詩を連想させる鳥であり(14)、このオードでは永遠の詩人、とりわけシェイクスピアを表していると考えられる。

第二聯で語り手の詩人は「ああ、ひと口のぶどう酒よあれ！」（O, for a draught of vintage!）と願う。この詩句は上記の'in full-throated ease'と関連する「喉」から生まれたものであり、この連想は中世の吟遊詩人のふるさとである南国プロヴァンスへ、さらに古代ギリシャのミューズの霊泉である「ヒッポクレーネー」（Hippocrene）へと広がっていく。詩人が「ぶどう酒」を求めるのも、「それを飲み、この世の憂さに眼をそむけ、消えたいのだ、おまえと共に、うすぐらい森の彼方へ」（That I might drink, and leave the world unseen, / And with thee fade away into the forest dim-）と願うためである。

続いて語り手は第三聯で、ナイチンゲールが棲む幽界とは対照をなす、時に縛られる現世の悲惨さを次のように詠う。

遠くへきえ、溶けさって、忘れ果てたい、
　現世《このよ》の倦怠と悪熱と焦らだち、
樹の間に棲む幸福なおまえは知らぬもの。
　この世では人間《ひと》はたがいに噂まり、呻きをききあい、
中風病みが残りわずかの白髪を哀れにふるわせ、
　若ものも蒼白く幽霊《おばけ》もどきに痩せほそりやがて死に逝く。

この世では思うことただそれだけで悲しみがみち、
　鉛の眼の絶望でいっぱいになる。
「美」の輝く眼も永久でなく、新しい「愛」も
　明日になればその眼に焦がれることはできない。

Fade far away, dissolve, and quite forget
　What thou among the leaves hast never known,
The weariness, the fever, and the fret
　Here, where men sit and hear each other groan;
Where palsy shakes a few, sad, last grey hairs,
　Where youth grows pale, and spectre-thin, and dies;
　　Where but to think is to be full of sorrow
　　　And leaden-eyed despairs;
Where Beauty cannot keep her lustrous eyes,
　Or new Love pine at them beyond to-morrow.

二一行の 'Fade far away, dissolve, and quite forget. . . .' はおそらく、『ハムレット』一幕二場のハムレットの独白 'O that too too sullied flesh would melt, / Thaw, and resolve itself into a dew!' (I. ii. 129–30)（「ああ、この

あまりに汚れた肉体が溶けて崩れて露になってくれぬものか」）のエコーであって、オードの語り手の死に対する願望の表現である。さらに二三行の 'The weariness, the fever, and the fret / Here, where men sit and hear each other groan;' は、同じハムレットの独白の 'How weary, stale, flat, and unprofitable / Seem to me all the uses of this world!' (I. ii. 133-4)（「この世の営みのすべてが、おれには何と退屈で、愚劣で、平凡で、無駄なものに思われることか」）のエコーであろう。こうしてオードの語り手である詩人は、ハムレットと同じように、痛ましい現実を逃れてこの世から消え去りたいと願うが、彼が二四行から三〇行にかけて詠う現世の悲惨さには、『尺には尺を』三幕一場で修道僧に変装したヴィンセンシオ公爵が死刑を宣告されたクローディオに向かって述べる科白のエコーがあると考えられる。ヴィンセンシオはまずクローディオに「死ぬ決意をするのだ」(Be absolute for death: III. i. 5) と語り、「お前は死神の道化に過ぎない。そいつを避けようと懸命に逃げているが、かえって奴のほうに駆け寄っているのだ」(Merely, thou art Death's fool, / For him thou labour'st by thy flight to shun, / And yet run'st toward him still. III. i. 11-3) と述べたあと、さらに次のように続ける。

おまえの最高の休息は眠りだ、おまえはそれをしばしば求めるのに、
眠りにすぎない死をひどく恐れている。おまえはおまえ自身ではない、
土から生まれる無数の穀物によって生きているからだ。
おまえは幸福ではない、持っていないものを得ようともがき、
持っているもののことは忘れてしまうからだ。
おまえは確固としてはいない、おまえの気分は満ち欠けする月に

応じて変わるからだ。……
おまえには一人の友もいない、おまえを父と呼ぶおまえ自身の子供たち、
おまえ自身の血を引く者たちさえ、痛風、疱疹、リューマチが
おまえをすばやく片付けてくれないといって呪っている。
おまえには青春も老年もなく、あるのは両者を夢見る午睡だけだ。
祝福される青春期は物乞いの老人のように、老いた
中風病みから施しをうけ、歳をとり豊かになったときには、
元気も情熱も体力も美もなくなり、築いた富を楽しむこともできない。

Thy best of rest is sleep,
And that thou oft provok'st, yet grossly fear'st
Thy death, which is no more. Thou art not thyself,
For thou exists on many a thousand grains
That issue out of dust. Happy thou art not,
For what thou hast not, still thou striv'st to get,
And thou hast, forget'st. Thou art not certain,
For thy complexion shifts to strange effects,
After the moon. . . .

Friend hast thou none,
For thine own bowels, which do call thee sire,
The mere effusion of thy proper loins,
Do curse the gout, sapego, and the rheum
For ending thee no sooner. Thou hast nor youth, nor age,
But as it were an after-dinner's sleep
Dreaming on both, for all thy blessed youth
Becomes as aged, and doth beg the alms
Of palsied eld; and when thou art old and rich,
Thou hast neither heat, affection, limb, nor beauty,
To make thy riches pleasant. . . .
(III. i. 17–38)

「夜啼鶯によせるオード」の語り手は人生のはかなさや移ろいやすさを詠い、『尺には尺を』の公爵は人生には青春も老年もなく、あるのはただ両者を夢見る午睡だけだと説く。オードの語り手にとって人は「悪熱」や「中風」に苦しみ、やがて老いさらばえた「白髪」の肉体となって朽ちていく哀れな存在であり、『尺には尺を』の公爵によれば、人には決して幸せなときはなく、たとえ豊かな老後を迎えても、そのときはすでに「元気も情熱も体力も美もなくなってしまっている」のである。オード第三聯二六行の'Where youth grows pale, and spectre-thin, and dies;'は、キーツの弟トムの死に触れたものと思われるが、この聯全体は、「世を厭う」（*contemptus mundi*）の教えを淡々と説くヴィンセンシオ公爵の科白と同じように、死ぬべき運命を逃れられない人間、『キーツの手紙』の文章を遣えば、「元来《あわれな二本足の動物》で、森の動物と同じ不幸に服従する」人間の苦しみを、主観や感傷を排して詠った極めて印象深い聯である。

第四聯は語り手の詩人がナイチンゲールに向かって語る次の四行で始まっている。

さあ行け！　行くのだ！　おまえのところに私は飛んでゆく、
　豹がひく酒神《バッカス》の御車《だし》ではなく、
眼にみえぬ「詩《うた》」の翼で――たとえ
　私の鈍い頭脳《あたま》がとまどい、遅れても。

Away! Away! for I will fly to thee,
　Not charioted by Bacchus and his pards,
But on the viewless wings of Poesy,
　Though the dull brain perplexes and retards.

この詩句の背後に『ハムレット』一幕四場でハムレットが父王の亡霊に向かって述べる「さあ行け！　行け！　おれはついて行くぞ。」（I say, away!— Go on, I'll follow thee. I. v. 86）という科白があるのは明白であろう。このようにオードの語り手がハムレットの一面を表しているとすれば、王子の父の亡霊にあたるナイチンゲールは、ジョナサン・ベイトが指摘しているように、[15] キーツの詩の父親であるシェイクスピアということになるだろう。だからこそ語り手の詩人は「目に見えぬ詩《うた》の翼で」ナイチンゲールのもとへ飛んで行こうとするのである。[16] 父王の亡霊のあとを追ったハムレットは、亡霊から現王クローディアスに対する復讐を求められ、やがて「生きるか死ぬか」(To be, or not to be) と自問せねばならぬほどの深いジレンマに突き落とされる。一方「詩の翼で」ナイチンゲールの森に至ったオードの語り手は、想像力によって「香り濃い闇のさなかで」(in embalmed darkness, 43) 咲き乱れる花々を見、そこに集う羽虫の音を聞く。やがて彼はこの暗い森が象徴する死の世界に強く引きつけられ、第六聯で死への衝動を次のように詠う。

闇にいて私は聴く。これまでいくたびも
　安らかな「死」になかば心かたむき、
いくつもの詩に想いをひそめてやさしい死の名をよび、
わが呼吸《いき》を静かに死の方へひきとってもらおうとした。
だがこの夜ふけ苦痛もなく絶え果てて
　死ぬことこそ、かつてなく豊かにおもえる、
　　おまえがこのように恍惚と　その心を
　　　あふれ出させるこの夜にこそ！
私が死んでもおまえは歌うだろうが、もうきこえない――
　その気高い鎮魂歌《レクイエム》も死んだ耳には土塊とおなじだ。

Darkling I listen; and, for many a time
I have been half in love with easeful Death,
Called him soft names in many a musèd rhyme,
To take into the air my quiet breath;
Now more than ever seems it rich to die,
To cease upon the midnight with no pain,
While thou art pouring forth thy soul abroad
In such an ecstasy!
Still wouldst thou sing, and I have ears in vain –
To thy high requiem become a sod.

闇の中で詩人の語り手は「これまでいくたびも安らかな死になかば心かたむき」と詠う。この詩句は『尺には尺を』三幕一場で、公爵から「死ぬ決意をするのだ」を諭されたクローディオが妹のイサベラに述べる「もし死ななければならないなら、死の闇を花嫁のように迎え、この腕で抱きしめてやる」(If I must die, / I will encounter darkness as a bride / And hug it in mine arms. III. i. 82-4) という科白のエコーであると思われる。クローディオが死を結婚のイメージで語るように、「死」に恋するオードの語り手も、ナイチンゲールの歌を聞きながら「死」がその世界へ彼を連れていくようにと願っている。

しかしオードの語り手は、死の願望がもっとも強まった瞬間、人は死ねば土塊になってしまうという厳然たる事実に気づき、現世の苦悩を逃れるために死を望むことがいかに虚しく無益なことかと考えはじめる。このような変化の背後に、「死ぬのは恐ろしいことだ」（Death is a fearful thing. III. i. 115）という実感によって、それまでの虚勢を打ち砕かれたクローディオが語る次の台詞があるのは確かであろう。

だが、死んでしまって、どこかわからぬところに行くということは、
命を失って冷たく横たわり、腐ってしまうということは、
感覚のあるこの温かな肉体が一塊の土となり、
よろこびを感じる魂が火焔の海に浸され、あるいは
厚い氷に閉ざされた極寒の地に置き去りにされ、
あるいは見えない風の中に閉じ込められて、宙に浮く地球の周りを
絶え間のない激しい力で吹き飛ばされるということは、
いかがわしい邪心が想像する泣き喚く悲惨な魂よりも、
もっと悲惨になるということは――これは何と恐ろしいことか。
老齢や苦しみや貧乏や投獄が生身の人間に与えるどんなに辛い忌むべき生活も、
この死の恐怖に比べれば楽園だ。

Ay, but to die, and go we know not where;
To lie in cold obstruction, and to rot;

This sensible warm motion to become
A kneaded clod; and the delighted spirit
To bathe in fiery floods, or to reside
In thrilling region of thick-ribbed ice;
To be imprison'd in the viewless winds
And blown with restless violence round about
The pendent world; or to be worse than worst
Of those that lawless and incertain thought
Imagine howling,—'tis too horrible!
The weariest and most loathed worldly life
That age, ache, penury, and imprisonment
Can lay on nature is a paradise
To what we fear of death.
(III. i. 117–31)

オードの語り手もクローディオと同じように、第六聯の最後の二行で、死ぬことは感覚のある温かい肉体が「土塊」（a sod）に化して無感覚となり、彼の死を悼むナイチンゲールの「気高い鎮魂歌」さえ聴こえなくなることだと認識する。クローディオの長い台詞を二行に凝縮したと思われる最後の詩行は、死に憧れるオードの語り手が最後に悟った死の意味を、独自のイメージで詠った含蓄の深い詩句である。

こうして死の誘惑から逃れたオードの語り手は、第八聯でふたたび現実世界の「孤独な自己」（'my sole self'）へ戻り、ナイチンゲールは彼のもとを去っていく。

さらば！　さらば！　おまえの哀しい讃歌は
ちかくの牧場をすぎ、静かな流れをこえて、
　丘のかなたへきえてゆく。そしてもう次の谷の林に
　　奥深くひそんでしまった。
あれは幻であったか、それとも覚めてみた夢だったのか。
あの音楽は飛び去ったが——これは夢なのか現実《うつつ》なのか？

Adieu! adieu! thy plaintive anthem fades
　Past the near meadows, over the still stream,
　Up the hill-side; and now 'tis buried deep
　　In the next valley-glades:
Was it a vision, or a waking dream?
　Fled is that music – Do I wake or sleep?

七五行の 'Adieu! adieu! thy plaintive anthem fades' は、『ハムレット』一幕五場で先王の亡霊がハムレット

に別れを告げる 'Adieu, adieu, adieu! Remember me' (I. v. 91)（「さらば、さらば、さらば！予のことを忘れるな」）のエコーと見なすことができるだろう。キーツのオードでは「さらば！さらば！」と別れを告げるのは、語り手の詩人のように思われるが、ジョナサン・ベイトのように[17]、この言葉を 'thy plaintive anthem' の内容と解釈すれば、「不滅の鳥」であり永遠の詩人の表象でもある「ナイチンゲール」（すなわちシェイクスピア）が、オードの詩人に向かって述べる別れの言葉であって、この一行は「さらば、さらば、（と別れを告げる）おまえの哀しい讃歌が消えてゆく」となる。この解釈に従えば、ナイチンゲールの 'Adieu! adieu!' の背後には 'Remember me' という、キーツの「守り神」であるシェイクスピアの命令が隠されていることになるだろう。ナイチンゲールはこうして語り手のもとを去り、その歌は「ちかくの牧場」や「静かな流れ」を越えて、「丘のかなたへ」消え、やがて「次の谷の林」にひそんでしまう。この自然の描写は、語り手である詩人が心の葛藤を経てふたたび戻ってきた現世の豊かさ・美しさを表していると解釈することができる。

「夜啼鶯によせるオード」は、キーツの詩の中でとりわけ多くのシェイクスピアの科白のエコーが指摘される作品である。しかしそれらに読者がすぐに気づくことはほとんどないと思われる。このことはシェイクスピアの言葉がすでにキーツ自身の語彙になっていたことを表しているが、それだけではなくシェイクスピアのような詩の大先達が、キーツの詩作に与えた影響のあり方を示していると考えられる。キーツは一八一八年二月一九日付のレノルズ宛の手紙の中で次のように述べている。

多くの人間は、自分では気づいていないが独創的な心をもっている——ただ習慣に災いされてもっていないと思い込まされているのだ——ぼくには、人は誰も蜘蛛のように自分の内部から糸を出して、己、の空中の砦（his own airy Citadel）を紡ぐことができるというように思われる——蜘蛛がその仕事の最初の足場にできるような葉の先端とか枝（the points of leaves and twigs on which the Spider begins her work）はたくさんあるわけではないが、蜘蛛は美しい網の輪（a beautiful circuiting）を空中いっぱいに張りめぐらす。（*Letters*, I, 231–2. 傍点は筆者）

蜘蛛が空中に張りめぐらす「美しい網の輪」をキーツにとっての「詩」と解釈すれば、それを創りだすための足場となる数少ない「葉の先端とか枝」の一つは、シェイクスピアをはじめとする彼が敬愛する劇作家・詩人の科白や言葉であったと言えるだろう。

キーツは一八一七年五月一〇日付のリー・ハント宛の手紙の中で「シェリーはまだ王たちの死についての不思議な話をしていますか。詩人たちの死についての不思議な話もあると彼に伝えてください——詩人の中には身籠られる前に死んでしまった者もいるという話です」（*Letters*, I, 139–40）と書いており、翌日のヘイドン宛の手紙の中では「実はぼくの気質には時々現れる恐ろしい病的なところがあって、それが疑いなくぼくが恐れねばならない最大の敵であり、障害物なのです。たぶんぼくの絶望の原因でもあると言っていいかもしれません」（*Letters* I, 142）と述べている。詩人の性格や気質と彼の詩とを関連づけて論じるのは危険であるが、「夜啼鶯によせるオード」に見られる『ハムレット』と『尺には尺を』のエコーを重視すれば、このオードは、シェイクスピアを「守り神」としてイギリスの詩の新たな創造を目指しながらも、絶えず死を意識せざるを得ないキーツの内面の葛藤を詠った詩であると言える。この内面の葛藤は、ソネット「『リア王』を読み返すために坐ったとき」に出てくる言葉を遣えば、苦悶する詩人の生と死をめぐる「激しい論争」

(the fierce dispute) と言い換えることができるだろう。このオードの重要な特徴は、キーツがこの「論争」に安易に主観的判断を下したりせず、半知半解の「不確実さ」に耐えながら、その劇的展開を詠っていることであり、またシェイクスピアの科白のエコーと思われる言葉を遣いながら、それらをキーツ独自の輝きとイメージをもつ詩句に変えて、「己の空中の砦」を紡ぎだしていることである。「夜啼鶯によせるオード」は、キーツが彼の詩の「守り神」であるシェイクスピアをどのように自分のものにしたかをもっともよく示している詩の一つである。

キーツはコウルリッジ、チャールズ・ラム、ハズリットたちとは異なり、まとまったシェイクスピア論を残してはいないが、彼ほどに「自我」を捨ててシェイクスピアの作品世界に没入し、それによってこの大劇作家・詩人の本質を捉えて、己の詩作に活かしたロマン派の詩人はいなかったと言える。キーツの手紙に見られるシェイクスピアへの言及と彼の詩に潜在するシェイクスピアの作品のエコーは、われわれのキーツ理解とシェイクスピアの読み方を深めてくれるだけでなく、一七世紀以降のイギリス文学に絶えず見られる、偉大な先人とのちの詩人、劇作家、小説家たちとの関係の一つの典型を見せてくれる。

# 注

## 序　章　シェイクスピア批評史の幕開け
### ——シェイクスピアの「自然」（nature）と「技法」（art）をめぐる論議

（1）Harley Granville-Barker & G. B. Harrison (eds.), *A Companion to Shakespeare Studies* (Cambridge University Press, 1934), p. 289

（2）T・S・エリオットはこの問題について「シェイクスピアとセネカの克己主義」（'Shakespeare and the Stoicism of Seneca' in *Selected Essays*, Faber and Faber, 1973, p.126）で、「シェイクスピアのような偉大な作家に対して、われわれが正しい理解に達しうるということは、おそらく不可能であろう。……「真実」が結局最後に勝つかどうかは疑わしいし、その証明は今までのところまだなされていないのである。しかし、誤謬を制するには新しい誤謬をもってするのが一番効果的であることは確実である」（平井正穂訳）と述べている。

（3）'nature'の多様な意味については、Arthur O. Lovejoy, *Essays in the History of Ideas* (The Johns Hopkins Press, 1948. Chapter 5, '"Nature" as Aesthetic Norm'を参照。邦訳に鈴木信雄ほか訳『観念の歴史』、名古屋大学出版会、二〇〇三年がある。この章（邦訳では第五章「美的規範としての〈自然〉」）で著者は一七―一八世紀の"nature"の意味を一八に分類している。

（4）Brian Vickers (ed.), *SHAKESPEARE: The Critical Heritage*, 6 vols (Routlege & Kegan Paul Ltd, 1974-81), Vol. I, pp. 24-5. 以下この書からの引用は、'Vickers'と略記して、そのあとに巻数と頁数を示すことにする。

（5）John Carey (ed.), *John Milton: Complete Shorter Poems* (Longman, 1968), p. 138.

（6）Leo Salingar, *Dramatic Form in Shakespeare and the Jacobeans* (Cambridge University Press, 1986), pp 2-3. サリ

ンガーはこの書の第一章"Shakespeare and the Italian concept of 'art'"で、シェイクスピアの「技法」について詳しく論じている。

(7) G. Gregory Smith (ed.), *Elizabethan Critical Essays* (Oxford University Press, 1904), Vol. I, pp. 198–9.

(8) 本書ではシェイクスピアからの引用テクストとして *The Riverside Shakespeare* (Houghton Mifflin Company Boston, 1974)を用いている。

(9) 『トロイラスとクレシダ』の「序文」の翻訳は、橋本辰次郎訳　ジョン・ドライデン『シェイクスピア批評』(荒竹出版、一九七九年)を参考にしている。

(10) この書は書籍商のエドマンド・カール(Edmund Curll)が、一七〇九年に出版されたニコラス・ロウ編の「シェイクスピア全集」(全六巻)の続編として、詩と評論を載せて出版したまがいの第七巻である。

(11) Arthur Sherbo (ed.), *Johnson on Shakespeare* (The Yale Edition of Samuel Johnson Vol. VII, Yale University Press, 1968), p. 61. 以降この書からの引用は、'Sherbo'と略記して、そのあとに巻数と頁数を示すことにする。

(12) 本稿ではドライデンの『劇詩論』からの引用は、George Watson (ed.), *Of Dramatic Poesy and Other Critical Essays* (Everyman's Library, 1962), Vol. I によっている。この書からの本文中の引用は'*Of Dramatic Poesy*'と略記し、そのあとに巻数と頁数を入れることにする。

(13) George C. Branam, *Eighteenth-century Adaptations of Shakespearean Tragedy* (University of California Press, 1956), pp. 179–92

(14) 王政復古期の劇場、俳優、観客については、Hazelton Spencer, *Shakespeare Improved* (Harvard University Press, 1927) pp. 3–133, Mongi Raddadi, *Davenant's Adaptations of Shakespeare* (Uppsala, 1979) pp. 23–48を参照。

(15) ダヴェナントの改作『マクベス』の使用テクストは、Christopher Spencer (ed.), *Five Restoration Adaptations of Shakespeare* (University of Illinois Press, 1965) 所収のものである。

(16) ウォーバートンは一七四七年にポープのテクストに基づく彼自身のシェイクスピア全集を出版し、その序文でティボルトを攻撃している。しかし、ティボルトのシェイクスピア全集が刊行された一七三三年前後には、両者の関係は良好であったと思われる。

（17）ケイムズ卿のこの書からの引用は、*Elements of Criticism*, 3 vols (Johnson Reprint Corporation, 1970) によっている。本文中では引用のあとに *Elements* と略記して、そのあとに巻数と頁数を示している。

（18）世界古典文学全集四四、『シェイクスピアⅣ』（筑摩書房、一九六七年）、三〇六頁。

## 第一章　サミュエル・ジョンソンのシェイクスピア批評
### ——二つの「自然をめぐって」

（1）Arthur Sherbo (ed.), *Johnson on Shakespeare* (The Yale Edition of the Works of Samuel Johnson, Vol. VII, Yale University Press, 1968), p. xiv, A. Sherbo, *Samuel Johnson, Editor of Shakespeare* (The University of Illinois Press, 1956), p. 15, Claude Rawson (ed.), *Dryden, Pope, Johnson, Malone; Great Shakespeareans*, Vol. I (Continuum International Publishing Group, 2010), p. 122 を参照。

（2）Ronald B. McKerrow, 'The Treatment of Shakespeare's Text by his Earlier Editors, 1709–1768', *Proceedings of the British Academy*, XIX (London, 1933), pp.27–8

（3）「序説」および「注釈」からの引用は、上記 Arthur Sherbo (ed.), *Johnson on Shakespeare*, Vol. VII, VIII によっている。以下この書からの引用は、Sherbo と略記して示している。「序説」と作品の「注釈」の訳は、吉田健一訳『シェイクスピア論』（創樹社、一九七五年）によるが、本論の前後関係から若干訳し換えた箇所もある。

（4）E. N. Hooker, 'The Discussion of Taste, from 1750 to 1770, and the New Trends in Literary Criticism', *PMLA* 49 (1934), pp. 577–92 を参照。

（5） ジョンソンは一般に「自然」と訳される 'nature' という語を主として 'human nature' の意味で遣っているが、本稿ではコンテクストによって「自然」、「人間」、「人間性」（「人間の自然」）、「人間の生活」と訳した。

（6） Arthur O. Lovejoy, *Essays in the History of Ideas* (The John Hopkins Press, 1948), p. 73.

（7） Samuel Johnson, *The History of Rasselas, Prince of Abissinia* (Oxford University Press, 1971), p.28. 朱牟田夏雄訳は岩波文庫版で、題名は『幸福の探求―アビシニアの王子ラセラスの物語』である。なお、この引用文にも出てくる 'species' という語の時代背景については、Hiroshi Suwabe, 'A Note on Johnson's Preface to Shakespeare'（「電気通信大学学報」第三六巻一号、一九八五年九月）を参照。

（8） R. D. Stock, *Samuel Johnson and Neoclassical Dramatic Theory* (University of Nebraska Press, 1978), p. 104 を参照。

（9） 「ミルトン伝」からの引用は、*Lives of the English Poets*, Vol. I (The World Classics, Oxford, 1906) pp.121–2, 「アディソン伝」からは、同書 p. 435 からである。

（10） René Wellek, *A History of Modern Criticism, 1750–1950*, Vol. I (Yale University Press, 1955), p. 80

（11） Joseph Warton, *An Essay on the Genius and Writings of Pope*, The Fourth Edition (London, 1782), Vol. I, p. 48

（12） Scott Elledge, 'The Background and Development in English Criticism of the Theories of Generality and Particularity', *PMLA* 62 (March 1947), pp. 176–82 を参照。

（13） 自然の「普遍性」から「特殊性」への関心の移行については、上記 Scott Elledge の論文のほかに Houghton W. Taylor, ' "Particular Character": An Early Phase of a Literary Evolution', *PMLA* 60 (March 1945), pp. 161–74 が参考になる。

（14） David V. Erdman (ed.), *The Poetry and Prose of William Blake* (Doubleday & Company, 1965), p. 637

（15） P. P. Howe (ed.), *The Complete Works of William Hazlitt* (New York, AMS Press, 1967), Vol. IV, p. 176

（16） *Lives*, Vol. II, p. 358

（17） 上記 Arthur Sherbo, *Samuel Johnson, Editor of Shakespeare* p. 60

## 第二章　性格批評の始まり

（1） この書からの引用は復刻版の Elizabeth Montagu, *An Essay on the Writings and Genius of Shakespeare* [1769] (New York, Augstus M. Kelley Publishers, 1970) からである。この書物からの引用は、'Montagu' と略記し、そのあとに頁数を示すことにする。なお Brian Vickers (ed.), *Shakespeare: The Critical Heritage*, Vol. V にもこの論考の抜粋が収録されている。

（2） Thomas Whately, *Remarks on Some of Characters of Shakespeare* からの引用は、上記 Brian Vickers (ed.), *Shakespeare: The Critical Heritage*, Vol. VI からである。

（3） リチャードソンの登場人物論は、William Richardson, *Essays on Shakespeare's Dramatic Characters of Richard the Third, King Lear, and Timon of Athens*（1783）である。Vickers, Vol. VI, pp. 351–70 に収録されている。

（4） T. M. Raysor (ed.), *S. T. Coleridge: Shakespearean Criticism* (Everyman's Library, 1960), Vol. II, pp. 141–2. 以降この書からの引用は 'Raysor' と略記する。

（5） D. Nichol Smith (ed.), *Eighteenth Century Essays on Shakespeare* (James MacLehose and Sons, 1903), p. xxxvii. モーガンの『フォールスタッフ論』からの引用はこのシェイクスピア論集によっており、引用のあとに 'Smith' と略記して示している。

（6） A. C. Bradley, *Oxford Lectures on Poetry* (Macmillan, 1920), p. 275

（7） Harold Jenkins, "Shakespeare's History Plays" in *Shakespeare Survey* VI, 1953), p.13

（8） Daniel A. Fineman (ed.), *Maurice Morgann: Shakespearian Criticism*（Oxford, Clarendon Press, 1972）

(9) M. H. Abrams, *The Mirror and the Lamp* (Oxford University Press, 1953), p. 15
(10) Daniel A. Fineman, *op. cit.*, p. 103
(11) M. H. Abrams, *op. cit.*, p. 21

第三章　A・W・シュレーゲルのシェイクスピア批評

(1) ロマン主義時代のヨーロッパにおけるシェイクスピアの受容については、主として以下の文献を参照している。Jonathan Bate (ed.), *The Romantics on Shakespeare* (London: Penguin Books, 1992), Jonathan Arac, 'The Impact of Shakespeare', in *The Cambridge History of Literary Criticism* Vol. V (Cambridge University Press, 2000), René Wellek, *Concepts of Criticism* (New Haven: Yale University Press, 1963), Oswald LeWinter (ed.), *Shakespeare in Europe* (New York: Meridian Books, 1963).
(2) *Hamburgische Dramaturgie* の翻訳(上巻、下巻)は、奥住綱男訳で現代思潮社から一九七二年に出ている。著者は一一、一二章で『ハムレット』を、一三章で『リチャード三世』を、一五章で『ロミオとジュリエット』を取りあげている。
(3) ヘルダーの「シェイクスピア」は、登張正実責任編集『ヘルダー・ゲーテ』(中央公論社世界の名著、一九七五年)に所収されている。引用箇所はこの書の一九一頁である。
(4) 高橋義孝・近藤圭一訳『ゲーテ全集5』(人文書院、一九八二年)、二七一頁。
(5) 山本定祐訳『ロマン派文学論』(冨山房百科文庫、一九七八年)一二三頁。
(6) この言葉は Josef Korner が述べたものである。Thomas G. Sauer, *A. W. Schlegel's Shakespearean Criticism in England, 1811–1846*, (Bouvier Verlag Herbert Grundmann, Bonn, 1981) 五五頁から借用した。

（7）この書からの引用は、引用文のあとに'*Miscellany*'と略記し、そのあとに頁数を示すことにする。

（8）Thomas G. Sauer、前掲書、一一七—一二一頁。

（9）『劇芸術と文学についての講義』からの引用は、John Black の英訳本 *A Course of Lectures on Dramatic Art and Literature* (1815) によるが、必要に応じて Eduard Böcking (ed.), Sammtliche Werke, Vol. 5, 6 (Hildesheim: Georg Olms, 1971) を参照した。英訳書からの引用は、引用文のあとに'*Lectures*'と略記して、そのあとに頁数を示すことにする。なお Black の英訳は一八四〇年、一八四六年に再版されている。

（10）注3に挙げた翻訳の文章（一九〇頁）はやや分かりにくいので、Jonathan Bate 前掲書四一頁の英訳から和訳した。

（11）この書評は、Percival P. Howe (ed.) *The Complete Works of William Hazlitt*, Vol. 16 に収録されている。この書からの引用は、引用文のあとに'Howe'と記し、そのあとに頁数を示している。

（12）T. M. Raysor (ed.), *Samuel Taylor Coleridge: Shakespearean Criticism* (London , Everyman's Library, 1960) Vol. I, p. 198. 今後この書からの引用は、引用文のあとに'Raysor'と略記して、そのあとに巻数と頁数を記すことにする。

（13）J. Shawcross (ed.), *Biographia Literaria* (Oxford, 1907), Vol. I, p. 102

（14）T. G. Sauer. 前掲書、八六—一〇〇頁。なおこの箇所には、『あらし』論を含むコウルリッジの第九講義に関する詳しい説明がある。

（15）シュレーゲルがコウルリッジに与えた影響については、上記 T. G. Sauer の著書八〇—一〇〇頁、および R. A. Foakes (ed.), *Coleridge's Criticism of Shakespeare* (London, The Athlone Press, 1989) の「序論」を参照。

## 第四章　S・T・コウルリッジとシェイクスピア

（1）この講義録を含めたS・T・コウルリッジのシェイクスピア論は、前章の注にも挙げたT. M. Raysor (ed.), *Samuel Taylor Coleridge: Shakespearean Criticism* (Everyman's Library, 1960), Vol. I, II に収録されている。以降この書からの引用は、引用文のあとに'Raysor'と略記し、そのあとに巻数と頁数を記すことにする。この二冊本に含まれる「シェイクスピアとミルトンについての講義」と「悲劇作品傍注」の邦訳には、桂田利吉訳『シェイクスピア論』（岩波書店、昭和一四年）、岡村由美子訳『シェイクスピア批評』（こびあん書房、平成三年）の二種類があり、引用の訳文作成の際に参考にした。

（2）Arthur Sherbo (ed.), *Johnson on Shakespeare* Vol. VII, p. 71

（3）R. W. Babcock, *The Genesis of Shakespeare Idolatry 1776–1799* (Chapel Hill, 1931) を参照。中西信太郎『シェイクスピア批評史研究』（あぽろん社、一九六二年）もバブコックと同じ視点から一八世紀のシェイクスピア批評を論じている。

（4）J. Shawcross (ed.), *Biographia Literaria* (Oxford, Clarendon Press 1907), Vol. II, pp. 19–20. 以降この書からの引用は'Shawcross'と略記し、そのあとに巻数と頁数を記すことにする。なお『文学的自叙伝』の翻訳は、「東京コウルリッジ研究会」訳（法政大学出版局、二〇一三年）と桂田利吉訳『文学評伝』（法政大学出版局、一九七六年）があり、引用の訳に際して参考にした。

（5）M. M. Badawi, *Coleridge: Critic of Shakespeare* (Cambridge University Press, 1973), pp. 55–60

（6）コウルリッジは『文学的自叙伝』第一三章で想像力を「第一想像力」と「第二想像力」に分け、前者が「人間のあらゆる知覚の生きた力であり主要な作動者である」のに対して、後者は「再創造のために分解し、分散し、放射する。その作用が不可能な場合でもなお理想化し、統一しようと努める。……それは本質的に生命をもつものである」（Shawcross, I, 202）と述べている。詩作において重要なのは「第二想像力」であるのは言うまでもない。

（7）コウルリッジのジョンソンのシェイクスピア論に対する批判については、Roger Paulin (ed.), *Voltaire, Goethe, Schlegel, Coleridge: Great Shakespeareans*, Vol. III (Continuum International Publishing Group, 2010) 所収の Reginald Foakes の論文（'Samuel Taylor Coleridge'）の一三九―四三頁に簡潔にまとめられている。

（8）ヘラクリトスは「泣く哲学者」、デモクリトスは「笑う哲学者」と呼ばれる。コウルリッジはここで二人の哲学者の名をあげて人間の愚かしさには、はたから見ると泣きたくなるような面と笑いたくなるような面があると述べたのである。

（9）コウルリッジが述べたというこの言葉については、Carl Woodring (ed.), *Table Talk* (Princeton University Press, 1990), Vol. I, p. 77, Barbara Hardy, '"I Have a Smack of Hamlet": Coleridge and Shakespeare's Characters', *Essays in Criticism*, VIII (1958), M. M. Badabi, *Coleridge: Critic of Shakespeare* (Cambridge University Press, 1973), pp. 121-2 で取りあげられている。

（10）たとえばリチャード・ホウル（Richard Hole）は一七九六年に書いたイアーゴー論の中で、イアーゴーの行動の動機を、オセローがエミリアを誘惑したと信じ込んだためであると解釈している。Brian Vickers (ed.), *Shakespeare: The Critical Heritage*, Vol. VI, pp. 622-6 を参照。

（11）D. Nichol Smith (ed.) *Eighteenth Century Essays on Shakespeare* (MacLehose, 1903), p. 221

（12）Elinor S. Shaffer, 'Iago's Malignity Motivated: Coleridge's Unpublished "Opus Magnum"', *SQ* 19 (1968), pp. 195-203

（13）上記 Shaffer の論文、一九九頁。

（14）同上、二〇一頁。

（15）この引用は *Lyrical Ballads* (1798) の計画について述べた箇所に出てくるが、コウルリッジは明らかにシェイクスピアを念頭に置いて書いている。上記 *Great Shakespeareans*, Vol. III の一三八頁を参照。

## 第五章　チャールズ・ラムのシェイクスピア批評

（1）このエッセイの正確な題名は、'On the Tragedies of Shakespeare, Considered with Reference to Their Fitness for Stage Representation' であり、E. V. Lucas (ed.), *The Works of Charles and Mary Lamb* (Methuen, 1903–5), Vol. I, pp. 97–111 に収録されている。なおこの全集は以後 *Works* と略記し、そのあとに巻数と頁数を示すことにする。

（2）ここに列挙した俳優の姓名と生没年は次の通りである。Sarah Siddons (1755–1831), Dorothy Jordan (1762–1816), John Philip Kemble (1757–1823), John Bannister (1760–1836), Edmund Kean (1787–1833), John Liston (1776?–1846), Charles Mathews (1776–1835), William Charles Macready (1793–1873), Charles Kemble (1775–1854), Fanny (Frances Maria) Kelly (1790–1882). なお、ファニー・ケリーはチャールズ・ラムとメアリー・ラムの友人であり、チャールズが彼女に求婚したことでも知られている。

（3）ラムの時代の演劇界の状況とシェイクスピア劇の上演の仕方、およびラムと当時の演劇界との関係については、Wayne Mckenna, *Charles Lamb and the Theatre*（Colin Smythe, 1978), John I. Ades, 'Charles Lamb, Shakespeare, and the Nineteenth-century Theatre', *PMLA*, 85 (1970), pp.514–26, Joan Coldwell, 'The Playgoer as Critic: Charles Lamb on Shakespeare's Characters', *SQ*, 26 (1975), pp. 184–95 に詳しい。

（4）Joan Coldwell (ed.), *Charles Lamb on Shakespeare* (Harper & Row Publishers, Inc., 1978), p. 162

（5）E. V. Lucas (ed.), *The Letters of Charles Lamb, to which are added those of his sister Mary Lamb* (Dent and Methuen, 1935), Vol. I, p. 259. 以降この書簡集は *Letters* と略記する。

（6）トマス・ベタートン（Thomas Betterton, c. 1635–1710）は、王政復古期を代表する俳優。とくに彼が演じたハムレットは称賛された。

（7）演劇に道徳的な判断を下したがる当時の観客の傾向については、Wayne McKenna の前掲書の四三―七、九一―五頁を参照。すでに述べてきたように、ロマン派の批評家の多くはシェイクスピアの作品に狭い意味でのモラルを求めることに反対している。

（8）P. P. Howe (ed.), *The Complete Works of William Hazlitt*, Vol. IV, p. 232

（9）一八二三年のキーン主演の『リア王』で悲劇的な結末は復活したが、コーディリアとエドガーのロマンスはそのままであった。道化を含めて原作通りの上演が行なわれたのは、W・C・マクリーディの舞台からである。

（10）この言葉はテイトの改作の最後でエドガーが語る科白の一部である。Christopher Spencer (ed.) の前掲書、二七三頁。

（11）'pudder' という語は、『リア王』三幕二場でリア王が述べる「われらの頭上で恐ろしい騒乱を起している偉大な神々に、いまや彼らの敵を見出させよう」('Let the great gods / That keep this dreadful pudder o'er our heads/ Find out their enemies now. *King Lear*, III, ii, 49–51) から取ったものと思われる。

（12）ラムはこの引用の終わりの部分で、『リア王』二幕四場の道化の科白（'That sir which serves and seeks for gain, / And follow but for form,' II, iv, 78–9) を引用しているが、原文とはやや異なっているのでここでは省略した。

（13）ラムは Jack Bannister と書いているが、本名は John Bannister (1760–1836) である。彼はドルーリー・レイン劇場で活躍した喜劇俳優であった。

（14）John Emery (1777–1822) はコヴェント・ガーデン劇場の俳優。ラムの彼への言及は *Works*, II, p. 164 に出ている。

（15）ラムがロバート・ベンズリーの演技を評価したのは、彼のマルヴォーリオが観客の嘲笑をかう人物というよりも、ドン・キホーテと同じような悲劇的な夢想家であったからである。ラムがこのエッセイで展開したマルヴォーリオ論は後代に大きな影響を与えた。

（16）ラムの演劇のイリュージョン論については、Sylvan Barnet, 'Charles Lamb's Contribution to the Theory of Dramatic Illusion,' *PMLA* 69 (1954), pp. 1150-9 に詳しく論じられている。

（17）ラムは「劇場でしーしーと大声をあげる習慣について」（'On the Custom of Hissing at the Theatres, etc.'）というエッセイの中で、当時の劇場が「（観客があげる）あらゆる種類の不愉快な騒音—悲鳴、うなり声、しーしーという声、特に最後に挙げた声であふれていた」（*Works*, I, 89）と述べている。またコウルリッジも「天才と大衆の好み」（'Genius and Public Taste'）という断章のなかで、同様なことを次のように書いている。

> ある知恵者が「こいつは絞首台行きだ」と罵ると、笑い声がどっとあがってその劇は駄目な作品になってしまう。だから多くの退屈な作品が、珍しくもなければ常識の枠を少しも超えもしないにもかかわらず、ただ楽団席のうしろに集まった「爆薬」に火をつけないという理由だけで、かなりの長期間上演されることになるのだ。（Raysor, I, 184）

ラムやハズリットはこのような当時の劇場の雰囲気に辟易しながらも、劇場通いを続けていたのである。

（18）David Masson (ed.), *The Collected Writings of Thomas De Quincey* (A & C. Black, 1889–90), Vol. V, p. 236.

## 第六章　リー・ハントの演劇批評

（1）Wiliam Archer and Robert W. Lowe (eds.), *Dramatic Essays by Leigh Hunt* (Walter Scott, Ltd., 1894), p. xxx-xi, note 1. 以降この書は Archer と略記して、本文中の引用のあとに入れ頁数を示すことにする。

（2）*The Autobiography of Leigh Hunt*, (AMS Press Inc., 1965), Vol. I, pp. 181–2

（3）スタンリー・ウェルズは、一九世紀の初頭に演出に関心を示したのはＪ・Ｐ・ケンブルなど少数の劇場経営者であり、その後サミュエル・フェルプス（Samuel Phelps）、チャールズ・キーン（Charles Kean）、ヘンリー・アーヴィング（Henry Irving）を経て演出家の劇場へ移行したと述べている。Stanley Wells, 'Shakespeare in Leigh Hunt's Theatre Criticism', *Essays and Studies* 1980, p. 130 を参照。

（4）Lawrence Huston Houtchens and Carolyn Washburn Houtchens (eds.), *Leigh Hunt's Dramatic Criticism 1808–1831* (Oxford University Press, 1950), p. 72. 以後この書物は 'Houtchens' と略記する。

（5）Archer, p. 204 を参照。ハントはこの頁で彼が好むシェイクスピアの女性の登場人物の名をあげ、その性格を簡潔にまとめている。

（6）スタンリー・ウェルズは、前掲論文の一二七頁でロザリンドやヴァイオラの男装についても論じている。なおこの論文からは多くの示唆を得ている。

（7）正確にはハントの観た『リア王』は、テイトの改作をさらにジョージ・コールマン（George Colman, 1732–94）が改作したものであった。

（8）ローマ時代の風俗や衣装を可能な限り舞台で再現すべきだというハントの主張は、大仕掛けで華麗な舞台を求める当時の演劇界の一般的な傾向を反映していると考えられる。

（9）「旧入場料騒動」（'Old Price Riots'）と呼ばれる入場料の値上げに反対する騒動。一八〇八年に焼失したコヴェント・ガーデン劇場は翌年に再建されたが、支配人のＪ・Ｐ・ケンブルは再建の費用を補うために、ボックス席を六シリングから七シリングへ、平土間席（ピット）を三シリング六ペンスから四シリングに値上げすると発表した。それに怒った平土間の観客が騒ぎ、二ヶ月以上にわたって上演ができなかったため、ケンブルは値上げを撤回せざるを得なかった。ハントはこの騒動について一八〇九年九月二四日の「改装されたコヴェント・ガーデン・旧入場料騒動」（'COVENT-GARDEN REDECORATED; O. P. RIOT'）という文章を書いている（Houtchens,

26–31)。

（10）リー・ハントがこの劇評を書いた『リチャード三世』はシェイクスピアの原作ではなく、コリー・シバーが一六九九年に改作した『リチャード三世』（*The Tragical History of King Richard III*）であった（この改作の出版は一七〇〇年である）。この劇評でハントが言及しているリチャードの最後の科白とは、シバーが原作に書き加えた、リッチモンドの剣に傷ついた彼が死ぬ直前に語る九行の科白のことである。Christopher Spencer (ed.), *Five Restoration Adaptations of Shakespeare*, p. 343 を参照。

（11）*Selected Essays of Leigh Hunt* (Everyman's Library, 1947), p. viii

## 第七章　ハズリットの批評と想像力の共感作用

（1）P. P. Howe (ed.), *The Complete Works of William Hazlitt* (New York, AMS Press, 1967), Vol. VIII, p. 77. 今後もハズリットからの引用はこの全集からであり、巻数と頁数は引用のあとの括弧内で示した。たとえば（VIII, 77）は第八巻七七頁のことである。

（2）美学上の用語である'taste'は一般に「趣味」と訳されているが、誤解される恐れがあるので「テイスト」と仮名書きにした。英語の意味は「鑑賞力」、「審美眼」のことである。

（3）W. J. Bate, 'The Sympathetic Imagination in Eighteenth-Century English Criticism', *ELH*, 12 (1945), pp.144–64 を参照。

（4）ハズリットの共感的想像力に関しては、W. J. Bate の上記論文の他に、John M. Bullitt, 'Hazlitt and the Romantic Conception of the Imagination', *Philological Quarterly*, 24, No.4 (October 1945) pp. 343–61, J. D. O'Hara, 'Hazlitt and the Functions of the Imagination', *PMLA*, 81 (1956), pp. 552–62, John L. Mahoney, *The Logic of Passion:*

*The Literary Criticism of William Hazlitt* (New York: Fordham University Press, 1978), pp. 73-100 などを参考にしている。なお、大峯顕『宗教と詩の源泉』（法蔵館、一九九六年）は別のコンテクストの中であるが、ハズリットと同じような「詩とは自我を去って物そのものに成る立場」だという主張に貫かれた興味深い詩論である。

（5）'gusto' はラテン語の 'gustus'（英語の taste）を語源とする語で、一般に「趣味」「鑑賞力」と訳されるが、ハズリットの用法ではやや異なっているために、「ガストウ」と片仮名書にした。

（6）W. J. Bate (ed.), *Criticism: The Major Texts*, (New York: Harcourt, Brace, 1952), p. 285. なお「ガストウ」に関しては、John L. Mahoney が前掲書の第五章（六一―七一頁）で詳しく論じている。

（7）この『逍遥』論は若干内容を変えて *The Round Table* (IV) に 'Observations on Mr. Wordsworth's Poem The Excursion' というタイトルで収録されているが、本論では『イグザミナー』に掲載されたもの（XIX）を用いた。

（8）ハズリットの『逍遥』論はキーツの言うワーズワス的な「自己中心的崇高さ」（the egotistical sublime）を具体的に論じたものと見なすことができる。この点については、David Bromwich, *Hazlitt: The Mind of a Critic* (Oxford University Press, 1983) の第四章を参照。

（9）ハズリットの演劇批評は *A View of the English Stage* (V) と *Dramatic Criticism* (XVIII) にまとめられているが、本稿では前者を用いた。

（10）この言葉は Stanley Wells, 'Shakespeare in Hazlitt's Theatre Criticism', *Shakespeare Survey* 35 (1982), p. 49 に出ている。

（11）「腹話術師」（ventriloquist）という言葉はコウルリッジもシェイクスピア論の中で用いているが、彼の場合はハズリットとはまったく逆に己の創造した人物と自己との距離を保つことができず、己の考えを彼らに語らせる陳腐な劇作家のことを指している。

（12）引用で〈IV〉と表示したのは、この巻に収録された *Characters of Shakespeare's Plays* であり、〈V〉は *A View of the English Stage* である。前者にあって後者になく、またその逆のところがそれぞれ一箇所ずつあるが、引用の訳は前者に拠っている。

（13）一八一四年七月一四日の『イグザミナー』に載ったこの劇評の前半部分はここで終わり、以下は次号（一八一四年八月七日）に掲載されている。

（14）ハズリットがいかに観劇を好んでいたかは、一八三〇年七月に書いた「入場無料」（The Free Admission）というエッセイの中で、コヴェント・ガーデン劇場の「あの愛用の隅っこの席」を「至福の玉座であった」（XVII, 367）と懐かしんでいることからも窺い知ることができる。

（15）*The Letters of John Keats*, ed. Hyder E. Rollins (Harvard University Press, 1958), Vol. I, pp. 204-5. この言葉はキーツが一八一八年一月一〇日付けのヘイドン宛の手紙に書いた 'I am convinced that there are three things to rejoice at in this Age—The Excurson, Your Pictures, and Hazlitt's depth of Taste.' という文を若干換えて、一月一三、一九日付の弟宛（ジョージとトム）の手紙に挿入したものである。

（16）Clarence D. Thorpe, 'Keats and Hazlitt: A Record of Personal Relationship and Critical Estimate', *PMLA* 62 (1947), p. 489を参照。

（17）「ネガティヴ・ケイパビリティ」については、キーツのシェイクスピア論を扱った第八章で詳しく論じる。

## 第八章　キーツのシェイクスピア

（1）キーツがワイト島に行った理由については、John Middleton Murry のように *Endymion* を書くためであったと考える学者もいる。

（2）Beth Lau, 'John Keats', *Lamb, Hazlitt, Keats*; *Great Shakespeareans*, Vol. IV (Continuum International Publishing Group, 2010) p. 111 を参照。この論文の著者 Beth Lau は、Charles and Mary Cowden Clarke 著の *Recollections of*

*Writers* (1878) に基づいて、「キーツにはクラークを通してシェイクスピアを知る機会があったけれども、医学生・医者見習い時代の彼は、この劇作家に特に心を引かれてはいなかった。スペンサーがキーツに最初の詩的情熱をかき立てた詩人であった」と述べている。

（3）『キーツの手紙』のテクストは、Hyder E. Rollins (ed.), *The Letters of John Keats*, 2 vols (Cambridge, MA: Harvard University Press, 1958) を用いた。引用の際にはこの書を *Letters* と略記し、ローマ数字は巻数を、アラビア数字は頁数を示している。

（4）キーツは七巻本の『シェイクスピア戯曲集』の他に、一八〇八年に出版された第一フォリオのファクシミリ版 *Mr. William Shakespeare's Comedies, Histories, & Tragedies* を所有していた。この戯曲全集にもキーツは下線を引いたり、書き込みをしたりしている。なお七巻本の『シェイクスピア戯曲集』は現在ハーヴァード大学ホートン図書館に、第一フォリオのファクシミリ版はハムステッドのキーツ・ハウスの図書館に保管されている。

（5）Caroline F. E. Spurgeon, *Keats's Shakespeare* (Oxford University Press: Humphrey Milford, 1928), p. 2

（6）キーツの手紙の訳は、田村英之助訳『詩人の手紙』（冨山房百科文庫、一九七七年）を参考にしている。

（7）Jonathan Bate, *Shakespeare and the English Romantic Imagination* (Clarendon Press・Oxford, 1986), p. 181

（8）キーツはこのソネットを、所有していたファクシミリ版の「第一フォリオ」の『ハムレット』の最終頁に若干の語句と句読点を変えて筆写している。書き換えた主な語句は、二行目の 'Queen! If → 'Queen of'、四行目の 'volume' → 'pages'、六行目の 'Hell torment' → 'damnation'、七行目の 'more' → 'more humbly'、一一行目の 'When I am through the old oak forest gone' → 'When through the old oak forest I am gone'、一三行目の 'with' → 'in' である。キーツの詩集には修正版が採用されている。

（9）D. G. James, 'Keats and *King Lear*', *Shakespeare Survey*, xiii (1960), p. 62

（10）キーツが『チャンピオン』誌に書いたキーンの劇評は John Keats: *The Complete Poems* (PENGUIN CLASSICS) の五二九―三一頁に出ている。引用した箇所は五二九―三一頁である。なお本稿で取りあげたキーツの詩もこの版本に基づいている。

(11) 日本の詩人たちも、キーツの「ネガティヴ・ケイパビリティ」の概念が詩人の本質を捉えていることを認めている。たとえば谷川俊太郎は、山田馨との対談集『ぼくはこうやって詩を書いてきた 谷川俊太郎、詩と人生を語る』(ナナロク社、二〇一〇年)の中で、自身の詩「ほん」について次のように語っている(五九三—四頁)。

山田　谷川さんって、子どもの身になったり、本や木になったり、ほかのものと一つになるっていうことに、すごい才能があると思うんですよ。

谷川　前にも話に出たジョン・キーツってイギリスの詩人ね、彼はネガティブ・ケイパビリティ(Negative Capability)っていうことを言っているんですよ。

山田　えっ、なんですか、それ?

谷川　ネガティブ・ケイパビリティ。負の受容力って言えばいいのかな? 詩人というのは、詩人としてのアイデンティティーはもっていない。詩人はなんにでもなるし、なんでもできる、要するにいろんな存在になってしまうものなんですね。で、そのときには、判断するということをしないわけ。善悪とか、正邪とかで判断しないで、ニュートラルにそういうものを全部自分のなかに取り込んでいくのが詩人である、と言うわけです。ぼくはキーツのその考え方が好きなんですよ。なんか、すごく正確に詩人というものを言い当ててるっていう感じがするんです。

だからこういう詩でも、やっぱりそういうネガティブ・ケイパビリティっていうのかな、なんか受身でね、いろんなものを自分のなかに取り込んでいるんだと思います。判断はしないで、全部自分のなかに持ってくるんです。

自分というものをむしろ捨てるんですね。彼はノーセルフって言うんですけれど。自分がない状態、日本語でいうと無心とかに近い気持ちになって、取り込んだいろいろなものに自分を託すみたいなのが、詩人の書き方だっていうんです。それがぼくには、すごく実感があるんです。そのとおりだと思うんですよ。

また哲学者であり俳人でもある大峯顕は、『宗教と詩の源泉』（法蔵館、一九九六年）の中で、直接キーツの「ネガティブ・ケイパビリティ」に言及してはいないけれども、詩的表現について次のように述べている。

> 詩的表現とは、客観としての物によって触発された人間の主観的な感情の表白ではなくて、そういう主観的自己の立場を脱出して、物自身の立場に立つようないとなみである。われわれは普通は主観的自己の立場に立って物を見ているが、そういう物は「物自身の形」をもった現実の生き物ではなく、物の「死せる概念」にすぎない。しかるに詩とは、まさしく物自身の形を見るところに成り立つのである。そのとき、物を見る主観的自己というものはないから、それは物が物自身の姿を見ることにほかならない。それゆえ詩の立場の根本条件は、自己が己れを尽くしきるという自己否定であることを西田は洞察しているのである。詩とは主観的な自己を捨てて森羅万象の中に森羅万象の「自己」すなわち生を発見して、これと共鳴せんとする人間的存在のいとなみである。（六二頁）

（12）参考にしたのは以下のような論考である。Barry Gradman, '*Measure for Measure* and Keats's "Nightingale" Ode', *English Language Note*, xii (1975), pp .177–82; Eamon Grennan, 'Keats's *Contemptus Mundi*; A Shakespearean Influence on the "Ode to a Nightingale"', *Modern Language Quarterly*, xxxvi (1975), pp. 272–92, R. S. White, 'Shakespearean Music in Keats's "Ode to a Nightingale"', *English*, xxx (1981), pp. 217–29, Willard Spiegelman, 'Keats's "Coming Muskrose" and Shakespeare's "Profound Verdure"', *ELH* 1 (1983), pp. 347–62, James Ogden and Jonathan Bate, 'Shakespeare and the 'Nightingale': Two Comments', *English* xxxi (1982), pp. 134–41, Jonathan Bate, *Shakespeare and the English Romantic Imagination* (Clarendon Press・Oxford, 1986), pp. 175–201)

（13）田村英之助訳編『キーツ詩集』（思潮社古典選書、一九六八年）。

(14) R. S. White 前掲論文二一八―九頁、Jonathan Bate 前掲書一九二頁を参照。
(15) Jonathan Bate 上掲書、一九五頁。
(16) James Ogden らは「眼には見えない歌の翼」（the viewless wings of Poesy）という詩句を、『尺には尺を』三幕一場のクローディアスの科白にある「目には見えない風」（the viewless winds, III, i, 123）のエコーである見なしている。上掲論文一三五頁を参照。
(17) Jonathan Bate 上掲書、一九七頁。

# おわりに

過去のシェイクスピア批評を読んで強く印象に残ることは、いつの時代の人々もシェイクスピアに大きな関心を抱いてきたにもかかわらず、そのアプローチの仕方や作品の解釈・評価は個人によってだけでなく、時代によっても大きく異なっているということである。シェイクスピアに対するこのような関心の高さと反応の多様さは、この劇作家・詩人が古典作家に共通する大きな「適応力」（フランク・カーモード）をもっており、彼の作品がさまざまな時代の人々にそれを「自分自身のものにすること」（ジョナサン・ベイト）を可能にする特性を備えていることを表している。シェイクスピアの批評史・受容史が一種の文学史・文化史・社会史のように思われるのも、異なった時代の批評家たちがシェイクスピアの作品に自分の時代の問題を読み取ったからであると考えられる。

本書で取りあげたロマン派の文人たちのシェイクスピア批評と、その歴史的背景をなす王政復古期からサミュエル・ジョンソンの時代までの批評も、上述のようなシェイクスピア批評の特徴をはっきりと表している。ロマン派以前のシェイクスピア批評は論じられることが少ないが、この時代にもシェイクスピアの「自然」と「技法」をめぐる論争、数々の改作とそれらの上演、性格創造への関心の高まり、種々の新しいシェイクスピア戯曲集の刊行、ギャリックが企画したシェイクスピア生誕二百年祭など、シェイクスピアの批評史・受容史上の重要な出来事が数多くあった。シェイクスピアがイギリス国民文学を代表する古典作家としての地位を確立したのもこの時代である。しかし、ドライデンやサミュエル・ジョンソンのすぐれたシェイクスピア批評でさえ、王政復古期以降の批評に共通するフランスの古典主義の作劇理論の影響を免れてはいなかった。

このような前時代の批評を厳しく批判し、全く新しい視点からシェイクスピアを論じたのが、本書で主に扱ったロマン派の文人たちである。彼らのシェイクスピア批評とそれ以前のジョンソンたちの批評との決定的な違いは、シェイクスピアとの関連で遣われた「自然」という言葉の意味によく表れている。序章・第一章で述べたように、ジョンソンたちが関心をもったシェイクスピアの「自然」とは、この詩人・劇作家が描き出す人間や社会の実相であり、その描写の良し悪しを判断するのが批評家の役割であった。それに対してロマン派の文人たちにとっては、シェイクスピアは万物を創る「自然」(造化)と同様な創造力の持主であり、その働きを作品に即して明らかにすることが彼らの批評の主要な目的であった。コウルリッジは「シェイクスピアと教育に関する講義」(一八一三年)の講義草稿の中で、シェイクスピアの作品創造を無数の花々から集めた多量の蜜で「巣」を作る蜜蜂の働きに喩えている。コウルリッジを始めとするロマン派の文人たちが目指したのは、蜜蜂の「巣」にあたるシェイクスピアの作品の「有機的構造」を解明し、蜜蜂の行動を支配する自然の法則にあたる作品創造の原理を探ることであった。自らもすぐれた詩人や随筆家であったロマン派の文人たちにとって、このようなシェイクスピアへのアプローチは彼ら自身の創作活動と密接に結びついていた。コウルリッジの「想像力」、ハズリットの「共感の想像力」、キーツの「ネガティヴ・ケイパビリティ」は、彼らのシェイクスピアへの傾倒と切り離して論じることはできない。

ロマン派時代のシェイクスピアに関してもう一つ見逃してならないのは、この時代にシェイクスピアがヨーロッパの各国に広く紹介されて、それぞれの国の文学に大きな影響を与えるようになったことである。その先駆となったのが、Ａ・Ｗ・シュレーゲルを始めとするドイツの作家や評論家たちであった。本書では扱わなかったが、フランスではスタンダールやヴィクトール・ユゴーが、イタリアではアレッサンドロ・マンゾーニが、ロシアではプーシキンが、それぞれの国でドイツにおけるシュレーゲルと同じ役割を果たしている。一八世紀後半にイギリス国民文学の古典となったシェイクスピアの作品は、ロマン派の時代にはヨーロッパ各国において古典的な作品と見なされるようになったのである。

しかし、どんなにすぐれた批評でも時代が変われば批判されるというシェイクスピア批評の宿命は、ロマン派の文人たちの批評も免れることはできなかった。一九二〇年代の終わりごろからシェイクスピアの研究・批評の分野で「劇場のシェイクスピア」への関心が高まると、当然のことながら「書斎で読むシェイクスピア」を重視するロマン派に対する批判が現れるようになった。このような流れの変化に大きな影響を与えたのは、俳優や演出家としての実践に基づいて『シェイクスピア序説』を書いたグランヴィル＝バーカーやエリザベス朝の演劇状況や舞台慣行に関する研究を先導したＭ・Ｃ・ブラッドブルックである。ブラッドブルックによれば、ロマン派の文人たちがシェイクスピアの上演に否定的であったのは、エリザベス朝の舞台についての彼らの知識が不足していたからであり、彼らが高く評価したシェイクスピアの性格創造も、初演当時の舞台のさまざまな「約束事《コンヴェンション》」の影響を考慮しなければ深い理解は不可能であった。

劇場・俳優・観客を重視する研究者や批評家が、二〇世紀のシェイクスピア学・批評の新たな展開に重要な役割を果たしてきたことは言うまでもない。しかし、そのような研究者の代表的な一人であるジョン・ラッセル・ブラウンの「読者と批評家は、シェイクスピアの劇が上演のために書かれたものであり、上演においてのみその本質が明らかにされるということをますます理解するようになった」という文章を読むと、その断定的な論調にいささか首を傾げたくなる。シェイクスピアの批評史が示しているのは、この詩人・劇作家の大きな特徴が、時代によって、あるいは個人によって異なるさまざまなアプローチや解釈・理解を可能にするということであった。このような特徴は、書斎でのシェイクスピア論と評されるロマン派の批評にむしろよく表れている。彼らの批評に共通する目標は、シェイクスピアの作品創造の原理を解明することであったが、そのための糸口としたのは、作品構造、性格創造、言語表現、政治的なテーマ、彼らの時代の上演（特に名優たちの演技評）など実に多様であった。ロマン派の文人たちのシェイクスピア論が、現代においても取りあげられるのは、彼らの批評の間口の広さと奥行きの深さのためであると思われる。

本書で扱った詩人・劇作家・随筆家たちのシェイクスピアの批評を読んで、筆者はしばしば彼らの他の作品も繙いてみたくなった。サミュエル・ジョンソン、ウィリアム・ハズリット、ジョン・キーツは、そのような気持ちを特に強く駆り立てた文人たちである。彼らの作品に親しむようになったのは、筆者にとってシェイクスピア批評史の研究の思わぬ副産物であった。

本書の各章は序章を除いてすでに紀要等に発表した論文である。執筆してからかなりの歳月が経ったものもあるので、今回一冊の本にまとめるにあたり、可能な限り新しい研究に目を通して加筆・修正した。第二章と第四章は初出では一つの論文であったが、扱う批評の範囲がやや広すぎたので、二つの論文に書き換えて本書に収録した。各論の初出は次の通りである。

序　章「シェイクスピア批評史の幕開け――シェイクスピアの「自然」（nature）と「技法」（art）をめぐ

る論議」………書き下ろし。

第一章「サミュエル・ジョンソンのシェイクスピア批評――二つの「自然」をめぐって」………『シェイクスピアリアーナ』第四巻、一九八七年、丸善。

第二章「性格批評の始まり」………『英国十八世紀の詩人と文化』（中央大学人文科学研究所研究叢書3、初出論文名「シェイクスピア批評の展開」）、一九八八年、中央大学出版部。

第三章「A・W・シュレーゲルのシェイクスピア批評」………『人文研紀要』第五四号、二〇〇五年、中央大学人文科学研究所。

第四章「S・T・コウルリッジとシェイクスピア」………『英国十八世紀の詩人と文化』（中央大学人文科学研究所研究叢書3、初出論文名は第二章と同じ）、一九八八年、中央大学出版部。

第五章「チャールズ・ラムのシェイクスピア批評」………『人文研紀要』第一七号、一九九三年、中央大学人文科学研究所。

第六章「リー・ハントの演劇批評」………『人文研紀要』第二二号、一九九五年、中央大学人文科学研究所。

第七章「ハズリットの批評と想像力の共感作用」………『ヴィジョンと現実――十九世紀英国の詩と批評』（中央大学人文科学研究所研究叢書17）、一九九七年、中央大学出版部。

第八章「キーツのシェイクスピア」………「人文研ブックレット」28、二〇一二年、中央大学人文科学研究所。

この書の出版にあたっては多くの方々のお世話になった。本書の構成や内容などについての相談にいつも快く応じてくださった、シェイクスピアの本文研究の第一人者で畏友の金子雄司さん、ロマン派の詩人や詩の全般について多くのことを教えてくださった、すぐれた英文学者で歌人の故川口紘明さん、人文科学研究所の研究会で長年研究を共にしてきた研究員の皆様、中央大学学術図書出版助成による本書の出版にご尽力くださった方々、出版の実務を担当された中央大学出版部の髙橋和子さん、ありがとうございました。心から感謝申し上げます。

二〇一六年一二月

上坪正徳

**著者紹介**

上 坪 正 徳（かみつぼ・まさのり）

1940年生まれ。東京大学大学院修士課程（英語・英文学専攻）修了。

中央大学名誉教授。

共著に『イギリス・ルネサンスの諸相』（中央大学人文科学研究所研究叢書４）、『英国ルネサンスの演劇と文化』（同18）、『埋もれた風景たちの発見』（同30）、『伝統と変革・十七世紀英詩の詩泉をさぐる』（同47）ほか、共訳に『ゴシック演劇集』（国書刊行会）、アト・ド・フリース『イメージ・シンボル事典』（大修館）、バジル・ウィリー『十九世紀イギリス思想』（みすず書房）、『十七世紀英詩の鉱脈』（中央大学人文科学研究所翻訳叢書11）ほかがある。

シェイクスピアとロマン派の文人たち

中央大学学術図書（92）

2017年３月20日　初版第１刷発行

著　者　上 坪 正 徳
発行者　神 﨑 茂 治

発行所　中 央 大 学 出 版 部
郵便番号 192-0393
東京都八王子市東中野 742-1
電話 042(674)2351　FAX 042(674)2354
http://www2.chuo-u.ac.jp/up/

© 2017　Masanori Kamitsubo
印刷　㈱千秋社

ISBN978-4-8057-5231-9
本書の出版は中央大学学術図書出版助成規定による。

本書の無断複写は、著作権法上の例外を除き、禁じられています。

複写される場合は、その都度、当発行所の許諾を得てください。

# 索　引

## ア　行

アイスキュロス　Aischylos　*4*
アディソン　Joseph Addison　*32, 39, 64*
　『カトー』 *Cato*　*65*
アッキウス　Accius　*4*
アリストテレス　Aristotelēs　*16, 19, 34, 35, 69, 93, 94, 107*
　『詩学』 *De Poetica*　*16, 93*
アリストファネス　Aristophanēs　*6, 7*
アルバーノ　Francesco Albano (*or* Albani)　*226*
アーン　Thomas Arne　*164*
　『アルタクセルクセス』 *Artaxerxes*　*164*
『イグザミナー』 *Examiner*　*188, 191, 200, 203, 208, 211, 226, 234, 238, 246*
ヴァン・ダイク　Van Dyck　*227*
ウェイトリ　Thomas Whately　*79, 80, 81, 82, 83, 131, 143, 241*
　『シェイクスピアの幾人かの登場人物に関する意見』 *Remarks on Some of Characters of Shakespeare*　*79*
ウェスト　Benjamin West　*271, 272*
ヴェルギリウス　Vergilius　*25*
ウェルズ　Charles Jeremiah Wells　*271*
ウェレック　René Wellek　*65, 121*
ウォートン　Joseph Warton　*71*
ウォーバートン　William Warburton　*33, 36, 46, 52*
ヴォルテール　François-Marie Arouet Voltaire　*57, 58, 74, 94, 96, 119, 232*
「『疑り深い夫』と題された新しい喜劇の検討」 *An Examen of the New Comedy, Called "The Suspicious Husband"*　*39*
ウッドハウス　Richard Woodhouse　*281*
エイブラムズ，M. H.　Meyer Howard Abrams　*90, 143*
エウリピデス　Euripidēs　*4, 15, 77*
『エディンバラ・マガジン』 *Edinburgh Magazine*　*215*
『エディンバラ・レヴュー』 *Edinburgh Review*　*115, 118*
エメリ　John Emery　*184*
エリオット，T. S.　Thomas Stearns Eliot　*1*
エリザベス一世　Elizabeth I　*108*
エリストン　Robert William Elliston　*197*
オリヴィエ　Laurence Olivier　*249*
オリエ　Charles Ollier　*99*
　『文芸論集１』（オリエ編） *Literary Miscellany* No I　*99*

## カ　行

カステルヴェートロ　Lodovico Castelvetro　*15*
カヴェンディシュ　Margaret Cavendish　*20*
キーツ　George Keats　*262, 263, 270, 273, 276, 277, 280, 283*
キーツ　Georgiana Keats　*283*
キーツ　John Keats　*74, 260, 261–300*
　『オットー大帝』 *Otho the Great*　*285*
　『キーツの手紙』 *The Letters of John Keats*　*262–283, 292, 298, 299*
　「ギリシャの壷のオード」 'Ode on a Grecian Urn'　*277*
　「聖アグネス祭前夜」 'The Eve of St. Agnes'　*260*
　「夜啼鳥によせるオード」 'Ode to a Nightingale'　*285, 291, 298, 299, 300*
　「リア王を読み返すために坐ったとき」 'On Sitting Down to Read *King Lear* Once Again'　*273, 278, 279, 299*
キーツ　Tom (Thomas) Keats　*262, 270, 273, 276, 277, 279, 280*
ギャリック　David Garrick　*40, 41, 42, 43, 44, 177, 178, 195*
ギルドン　Charles Gildon　*17*
キーン　Edmund Kean　*164, 194, 197, 198, 201, 202, 211, 212, 238, 240, 241, 246, 254, 255, 256, 270, 284*
クック　George Frederick Cooke　*167, 169, 170, 171*
クラーク　Charles Cowden Clark　*261*
ケイペル　Edward Capell　*129, 282*
ケイムズ　Lord Kames, Henry Home　*46, 47, 48, 66, 71*
　『批評の原理』 *Elements of Criticism*　*46*
ゲーテ　Johan Wolfgang von Goethe　*84, 96, 97*
　『ヴィルヘルム・マイスターの修業時代』 *Wilhelm Meisters Lehrjahre*　*96, 97*

ケリー　Fanny (Frances Maria) Kelly　*164*
ケンブル，J. P.　John Philip Kemble　*82, 164, 166, 171, 172, 194, 195, 196, 202, 249*
『マクベス再考』 *Macbeth re-considered; an Essay*　*82*
ケンブル，C.　Charles Kemble　*164, 194, 202*
ケンブル，F.　Fanny Kemble　*194*
コウルリッジ，S. T.　Samuel Taylor Coleridge　*78, 82, 83, 84, 88, 89, 91, 99, 108, 115, 119, 120, 123, 125, 127–162, 163, 164, 165, 173, 182, 183, 189, 194, 203, 204, 208, 210, 219, 240, 245, 246, 251, 271, 278, 282, 284, 300*
「シェイクスピアとミルトンについての講義」 'Lectures on Shakespeare and Milton'　*143*
『文学的自叙伝』 *Biographia Literaria*　*120, 130, 145, 146, 240*
コバム　Thomas Cobham　*255*
コリアー　John Payne Collier　*123, 127, 157*
コルネイユ　Pierre Corneille　*94*
コングリーヴ　William Congreve　*187*
コンデル　Henry Condell　*2, 3, 7, 9*

## サ　行

サウアー　Thomas G. Sauer　*99*
サックヴィル　Charles Sackville　*21*
サリンガー　Leo Salingar　*14*
シェイクスピア　John Shakespeare　*3*
シェイクスピア　William Shakespeare
『アテネのタイモン』 *Timon of Athens*　*180, 181*
『あらし』 *The Tempest*　*23, 121, 122, 123, 124, 126, 132, 144, 145, 159, 251, 252, 262*
『ヴィーナスとアドーニス』 *Venus and Adonis*　*128*
『ウィンザーの陽気な女房たち』 *The Merry Wives of Windsor*　*31*
『お気に召すまま』 *As You Like It*　*200, 207*
『オセロー』 *Othello*　*17, 19, 20, 33, 153, 154, 156, 181, 253, 281*
『から騒ぎ』 *Much Ado about Nothing*　*130*
『コリオレイナス』 *Coriolanus*　*17, 18, 31, 35, 64, 180, 203, 248, 249*
『尺には尺を』 *Measure for Measure*　*59, 64, 130, 195, 257, 285, 289, 291, 294, 299*
『十二夜』 *Twelfth Night*　*63, 137, 200, 206*
『ジュリアス・シーザー』 *Julius Caesar*　*18, 35, 75, 210, 284*
『ジョン王』 *King John*　*195*
『シンベリーン』 *Cymbeline*　*281*
『ソネット集』 *The Sonnets*　*161*
『トロイラスとクレシダ』 *Troilus and Cressida*　*16, 18, 20, 21, 23*
『夏の夜の夢』 *A Midsummer Night's Dream*　*98*
『ハムレット』 *Hamlet*　*16, 17, 96, 97, 114, 139, 140, 142, 143, 145–149, 153, 156, 166, 171–175, 200, 203, 283, 285, 286, 289, 292, 293, 298, 299*
『冬物語』 *The Winter's Tale*　*23, 155*
『ヘンリー五世』 *Henry V*　*58, 160, 249, 250, 251*
『ヘンリー四世』 *Henry IV*　*114, 200*
『ヘンリー六世・第三部』 *Henry VI, Part 3*　*80*
『マクベス』 *Macbeth*　*17, 19, 27, 30, 31, 39, 40, 73, 75, 76, 77, 82, 137, 141, 149, 150, 151, 156, 166, 180, 181, 241, 242, 243, 259*
『リア王』 *King Lear*　*17, 19, 27, 33, 37, 39, 40, 42, 64, 139, 171, 175, 176, 178, 179, 180, 181, 185, 208, 210, 247, 263, 266, 268, 270, 271, 272, 273, 275, 276, 277, 278, 279, 283*
『リチャード三世』 *Richard III*　*98, 167, 168, 170, 171, 185, 188, 211, 241, 242, 270*
『リチャード二世』 *Richard II*　*139*
『ロミオとジュリエット』 *Romeo and Juliet*　*17, 42, 97, 98, 99, 100, 101, 103, 110, 111, 120, 121, 130, 133, 137, 138, 139, 145, 243, 244*
シェイファー　Elinor S. Shaffer　*153, 154*
ジェイムズ　D. G. James　*276, 277*
ジェイムズ一世　James I　*108*
シェリー　Percy Bysshe Shelley　*299*
シェリダン　Richard Brinsley Sheridan　*187, 192, 198*
『ピサロ』 *Pizarro*　*198*
『批評家』 *The Critic*　*192*
『悪口学校』 *The School of Scandal*　*187*
ジェンキンズ　Harold Jenkins　*84*
シドニー　Philip Sidney　*14, 15, 158*
『詩の弁護』 *An Apology for Poetry*　*14, 15*
シドンズ（シドンズ夫人） Sarah Siddons (Mrs. Siddons)　*164, 166, 194, 195, 196, 197, 199, 204, 239, 256*
シバー　Colley Cibber　*170, 177*

シバー　Theophilus Cibber　*43*
シャドウェル　Thomas Shadwell　*180, 181*
シュレーゲル, A. W.　August Wilhelm von Schlegel　*93–126, 136, 208*
『劇芸術と文学についての講義』　*Vorlesungen über dramatische Kunst und Literatur*　*97, 98, 99, 103, 104, 110, 115, 117, 118, 120, 121, 126*
「シェイクスピアの『ロミオとジュリエット』について」　'Über Shakespeares Romeo und Julia'　*97, 98*
シュレーゲル, F.　Karl Wilhelm Friedrich von Schlegel　*97, 104, 113*
「ゲーテの『マイスター』について」　'Über Goethes Meister'　*97*
ジョーダン（ジョーダン夫人）　Mrs. Dorothea Jordan　*164, 193, 194, 205, 206*
ジョンソン　Ben[jamin] Jonson　*2, 3, 5, 7, 9, 10, 11, 13, 23, 25*
『頌詩』（シェイクスピアへの）　*To the memory of my beloved, The Author Mr. William Shakespeare: And what he left us*　*2–9, 11*
ジョンソン　Samuel Johnson　*19, 20, 33, 49, 51–72, 74, 75, 78, 84, 111, 113, 127, 131, 142, 143, 145, 148, 151, 157, 159, 183, 209, 210, 257, 262*
『詩人伝』　*Lives of the Poets*：「アディソン伝」*65*,「トムソン伝」*72*,「ミルトン伝」*65*
『英語辞典』　*A Dictionary of the English Language*　*51, 53, 54, 63*
『シェイクスピア戯曲集』　*The Plays of William Shakespeare*　*19, 33, 48, 52, 71, 72, 157, 262*
「序説」　'Preface'　*48, 52, 72*
「提案書」（「シェイクスピア戯曲集」刊行のための）　*Proposals*　*51*
「悲劇『マクベス』に関する種々の意見」　*Miscellaneous Observations on the Tragedy of 'Macbeth'*　*51*
『ラセラス』　*The History of Rasselas, Prince of Abissinia*　*56*
シラー　Johann Christoph Friedrich von Schiller　*97*
スミス　D. Nichol Smith　*83*
『一八世紀シェイクスピア論集』（編著）　*Eighteenth Century Essays on Shakespeare*　*83*
『スペクテイター』　*The Spectator*　*32*
スパージョン　Caroline F. E. Spurgeon　*262*
スペンサー　Edmund Spenser　*261, 275*
『妖精女王』　*The Faerie Queene*　*275*
セドリー　Sir Chares Sedley　*21*
セネカ　Seneca　*5*
ソフォクレス　Sōphoklēs　*4, 108*

## タ　行

ダウ　Gerard Dow　*133*
ダヴェナント　William Davenant　*26, 27, 28, 29, 30, 31, 39, 180, 181*
『マクベスの悲劇』（改作）　*Macbeth, a Tragedy. With all the Alterations, Amendments, Additions, and New Songs*　*27*
『タトラー』　*The Tatler*　*191, 201*
田村英之助　*265, 286*
『チャンピオン』　*The Champion*　*270, 284*
チョーサー　Geoffrey Chaucer　*228, 229*
『カンタベリー物語』　*The Canterbury Tales*　*228*：「騎士の話」　'The Knight's Tale'　*228*
ティーク　Ludwig Tieck　*98*
ディグズ　Leonard Digges　*11, 13*
ティツィアーノ　Tiziano Vecellio　*226, 227, 230, 272*
テイト　Nahum Tate　*27, 33, 39, 40, 41, 42, 64, 176, 177, 178, 180, 181, 208, 209, 210, 279*
『リア王一代記』　*The History of King Lear*　*27, 177, 180*
ティボルド　Lewis Theobald　*33, 36, 37, 38*
ディルク　Charles Wentworth Dilke　*271*
デニス　John Dennis　*18, 19, 31, 32, 63, 64*
『シェイクスピアの天才と著作に関する論考』　*An Essay upon the Genius and Writings of Shakespeare*　*31*
テレンティウス　Publius Terentius Afer　*6, 7*
ド・クインシー　Thomas De Quincey　*189*
登張正実　*95*
トマリン　J. Tomalin　*128*
トムソン　James Thomson　*71, 72*
ドライデン　John Dryden　*16, 18, 20, 21, 22, 23, 24, 25, 26, 31, 33, 65*
『エピローグの弁護』　*Defence of the Epilogue*　*25*
『劇詩論』　*An Essay of Dramatic Poesie*　*21, 24*
「序文」（改作版『トロイラスとクレシダ』の）　'A Preface Containing the Grounds of Criticism in Tragedy'　*17, 19, 20, 21 23*
『すべて愛のために』　*All for Love, or The*

*World Well Lost* 33
ドラモンド William Drummond of Hawthornden 9

## ナ 行

中西信太郎 308
『ニューズ』 *The News* 191, 195
ニュートン Isaac Newton 232

## ハ 行

バーク Edmund Burke 248
『省察』（フランス革命についての） *Reflections on the French Revolution* 248
パクヴィウス Marcus Pacuvius 4
パスタ Madame Pasta 252, 253, 254
ハズリット William Hazlitt 68, 72, 74, 83, 84, 99, 104, 115, 116, 117, 118, 126, 176, 194, 197, 200, 210, 212, 215–260, 262, 268, 269, 272, 276, 282, 284, 300
『イギリス演劇管見』 *A View of the English Stage* 238, 239
『イギリスの詩人に関する講義』 *Lectures on the English Poets* 222, 230, 231, 258
「英国美術協会の解題目録」 'The Catalogue Raisonné of the British Institution' 227
『エリザベス時代に関する講義』 *Lectures on the Age of Elizabeth* 224
「学者の無知について」 'On the Ignorance of the Learned' 215
「ガストウについて」 'On Gusto' 226, 230
「現代の詩人について」 'On the Living Poets' 230
『シェイクスピア劇の登場人物』 *Characters of Shakespeare's Plays* 118, 200, 215, 238, 239, 241, 244, 245, 248, 249, 251
「シェイクスピアとミルトンについて」 'On Shakespeare and Milton' 222, 229
「世間の知識について」 'On Knowledge of the World' 259
「Zへの返事」 'A Reply to Z' 233
「キーン氏のイアーゴー」 'Mr. Kean's Iago' 246
「キーン氏のシャイロック」 'Mr. Kean's Shylock' 253
「キーン氏のハムレット」 'Mr. Kean's Hamlet' 239
「キーン氏のリチャード」 'Mr. Kean's Richard' 256
「詩一般について」 'On Poetry in General' 258
『時代の精神』 *The Spirit of the Age* 231, 259
「シュレーゲルのドラマ論」 'SCHLEGEL ON THE DRAMA' 115, 223
「チョーサーとスペンサーについて」 'On Chaucer and Spenser' 228
「テイスト考」 'Thoughts on Taste' 218
『テーブル・トーク』 *Table-Talk* 216
「天才と常識について」 'On Genius and Common Sense' 221
『人間の行動の原理に関する試論』 *An Essay on the Principles of Human Action* 219, 220, 239, 245
「美術院や公的機関は美術の発展を促すか」 'Fine Arts. Whether They are Promoted by Academies and Public Institutions' 218
「批評について」 'On Criticism' 216
「ブース氏のグロスター公爵」 'Mr. Booth's Duke of Gloster' 256
「古い書物の読書について」 'On Reading Old Books' 260
「ワーズワス氏の新しい詩'逍遥'の特徴」 'Character of Mr. Wordsworth's New Poem, The Excursion' 233：同上続編 234
バダウィ M. M. Badawi 132
パトナム George Puttenham 14
『イギリス詩の技法』 *The Arte of English Poesie* 14
バニスター John Bannister 164, 193, 194, 197
バブコック Robert Witbeck Babcock 128
パーマー John Palmer 187, 188
バーリー卿 Lord Burghley, William Cecil 158
ハワード Robert Howard 21
ハント James Henry Leigh Hunt 167, 191–213, 252, 256, 261, 299
「エドマンド・キーンのオセロー」 'EDMUND KEAN AS OTHELLO' 205
「『お気に召すまま』再考」 '"AS YOU LIKE IT" AGAIN' 207
「ケンブルとキーン」 'Kemble and Kean' 197
「再演された『リア王』」 '"KING LEAR" REVIVED' 208
『自叙伝』 *The Autobiography of Leigh Hunt with Reminiscences of Friends and Contemporaries* 192

「シドンズ夫人のさようなら公演」 'Mrs. Siddon's Farewell Performance'　*199*
「マクリーディ氏のハムレット」 'MACREADY AS HAMLET'　*201*
「ミス・テイラーのロザリンド」 'MISS TAYLOR AS ROSALIND'　*207*
『ロンドンの劇場の俳優に関する評論』 *Critical Essays on the Performers of the London Theatres*　*195*
ハンマー　Thomas Hanmer　*33*
ビュルガー　Gottfried August Bürger　*98*
ファインマン　Daniel A. Fineman　*84*
フォーシット　Joseph Fawcett　*217, 218*
ブース　Sarah Booth　*206*
フット　Samuel Foote　*40*
プラウトゥス　Titius Maccius Plautus　*6, 7*
ブラウン　Charles Armitage Brown　*285*
ブラック　John Black　*104, 105*
ブラッドリー　Andrew Cecil Bradley　*83, 84, 90, 165*
プラトン　Platon　*234*
ブラナム　George C. Branam　*26*
プルターク　Plutarch　*268*
ブレイク　William Blake　*72*
「『サー・ジョシュア・レイノルズ作品集』の注釈」 'Annotations to *The Works of Sir Joshua Reynold*'　*72*
フレッチャー　John Fletcher　*204*
ヘア　Julius Charles Hare　*99, 100*
ベイト　Jonathan Bate　*268, 293, 298*
ベイト　Walter Jackson Bate　*220, 227*
ヘイドン　Benjamin Robert Haydon　*261, 263, 268, 269*
ベイリー　Benjamin Bailey　*276, 280*
ペイン　Thomas Paine　*248*
『人間の権利』 *The Rights of Man*　*248*
ベーコン　Francis Bacon　*158*
ベタートン　Thomas Betterton　*172*
ヘミングズ　John Heminges　*2, 3, 7, 9*
ヘルダー　Johann Gottfried von Herder　*95, 108*
『ドイツの特性と芸術について』 *Von deutscher Art unt Kunst*：「シェイクスピア」　*95*
ベンズリー　Robert Bensley　*185, 186*
ベンソン　John Benson　*11*
『(シェイクスピア) 詩集』(ベンソン編) *Poems*　*11*
ホウドリ　Benjamin Hoadly　*39*
『疑り深い夫』 *The Suspicious Husband*　*39*
ポープ　Alexander Pope　*33, 35, 36, 111, 230, 268*
ポープ（俳優）　Alexander Pope　*198*
ボーモント　Francis Beaumont　*204*
ホメロス　Homēros　*25, 47, 185*
ホラティウス　Horatius　*14, 37*
『ホーレン』 *Die Horen*　*97, 99, 121*
ボワロー　Nicolas Boileau　*16*

## マ　行

マキアヴェリ　Machiavelli　*167*
マクリーディ　William Charles Macready　*164, 177, 194, 201, 202, 203, 204*
マシューズ　Charles Mathews　*164, 192, 194*
マッケロー　R[onald] B[runlees] McKerrow　*52*
マーフィ　Arthur Murphy　*42, 43, 44*
「悲劇『ロミオとジュリエット』についての率直な意見」 'Free Remarks on the Tragedy of *Romeo and Juliet*'　*42*
マローン　Edmund Malone　*215*
ミドルトン　Thomas Middleton　*224, 225*
『女よ、女に気をつけよ』 *Women Beware Women*　*225*
ミルトン　John Milton　*10, 11, 13, 130, 228, 263, 272*
モーガン　Maurice Morgann　*83, 84, 85, 87, 88, 89, 90, 91, 131, 143, 152, 241*
『フォルスタッフ論』 *An Essay on the Dramatic Character of John Falstaff*　*83, 84, 152*
『モーニング・クロニクル』 *The Morning Chronicle*　*253*
『モーニング・ポスト』 *The Morning Post*　*167, 169*
モンタギュー　Elizabeth Montagu　*73, 74, 75, 76, 77, 78, 79, 82, 83, 129*
『シェイクスピアの作品と天才に関する論考』 *An Essay on the Writings and Genius of Shakespeare*　*73*

## ヤ　行

ヤング　Charles Mayne Young　*202*
吉田健一　*55*

## ラ　行

ライマー　Thomas Rymer　*19, 20, 57, 58*
ラヴジョイ　Arthur O. Lovejoy　*55, 57*
ラシーヌ　Jean Baptiste Racine　*94*

ラム　Charles Lamb　*84, 99, 163–189, 194, 199, 203, 208, 210, 212, 300*
『エリア随筆』 *The Essays of Elia*　*163, 164, 185*
「観劇の備忘録」 'Play-House Memoranda' *188*
「故エリアによるテーブル・トーク」 'Table-Talk by the Late Elia'　*179*
「シェイクスピアの改良者」 'Shakespeare's Improvers'　*171, 180, 181*
「シェイクスピアの悲劇について」 'On the Tragedies of Shakespeare'　*163, 165, 171, 177, 178, 181, 208*
「前世紀の技巧的な喜劇について」 'On the Artificial Comedy of the Last Century' *187*
「はじめての観劇」 'My First Play'　*164*
「舞台のイリュージョン」 'Stage Illusion' *183*
「昔の役者たちについて」 'On Some of the Old Actors'　*185*
リチャードソン　William Richardson　*81, 129*
リストン　John Liston　*164*
ルソー　Jean-Jacques Rousseau　*232*
ルーベンス　Peter Paul Rubens　*226*
レッシング　Gotthold Ephraim Lessing　*94*
『ハンブルク演劇論』 *Humburgische Dramaturge*　*94*
『リフレクター』 *The Reflector*　*165*
レノルズ　John Hamilton Reynolds　*261, 263, 270, 278, 279, 298*
レンブラント　Rembrandt Harmensz van Rijn *221, 231*
ロウ　Nicholas Rowe　*33, 34, 39*
「シェイクスピアの生涯その他についての若干の説明」 'Some Account of the Life, etc. of Mr. William Shakespeare'　*34*
ロイド　Robert Lloyd　*167, 169*
ローリー，ウォルター　Walter Raleigh　*158*
『ロンドン・マガジン』 *The London Magazine* *238*

## ワ　行

ワーズワス　William Wordsworth　*145, 221, 230, 231, 232, 233, 234, 235, 236, 237, 238*
『逍遥』 *The Excursion*　*233, 234, 236, 237, 238*

# 参考文献


Abrams, M. H., *The Mirror and the Lamp: Romantic Theory and the Critical Tradition* (Oxford University Press, 1953).

Ades, John I., 'Charles Lamb, Shakespeare, and the Early Nineteenth-century Theater', *PMLA*, 85 (1970), pp. 514–26,

Atkins, J. W. H., *English Literary Criticism: 17th and 18th centuries* (Methuen, 1951).

Atkinson, M., *August Wilhelm Schlegel as a Translator of Shakespeare* (Oxford, Blackwell, 1958).

Babcock, R. W., *The Genesis of Shakespeare Idolatry 1766–1799* (Chapel Hill, 1931).

Badawi, M. M., *Coleridge: Critic of Shakespeare* (Cambridge University Press, 1973).

Barnet, Sylvan, 'Charles Lamb's Contribution to the Theory of Dramatic Illusion', *PMLA*, 69 (1954), pp. 1150–59.

____________, 'Charles Lamb and the Tragic Malvolio', *PQ*, 33 (1954), pp. 177–88.

Bate, Jonathan, 'Lamb on Shakespeare', *The Charles Lamb Bulletin* 51 (1985), pp. 76–85.

____________, *Shakespeare and the English Romantic Imagination* (Oxford University Press, 1986).

____________, *Shakespearean Constitutions: Politics, Theatre, Criticism, 1730–1830* (Oxford University Press, 1989).

Bate, Jonathan (ed.), *The Romantics on Shakespeare* (Penguin Classics, 1992).

Bate, Walter Jackson, *Negative Capability* (Harvard University Press, 1939).

____________, 'The Sympathetic Imagination in Eighteenth-Century English Criticism' *ELH* Vol. 12, No 2 (Jun., 1945), pp. 144–64.

____________, *John Keats* (Oxford University Press, 1967).

Beer, John, 'Coleridge's Originality as a Critic of Shakespeare', *Studies in the Literary Imagination*, 19 (2), (Fall 1986), pp. 51–69.

Bloom, Harold, *The Anxiety of Influence: A Theory of Poetry* (Oxford University Press, 1973).

Bradley, A. C., *Oxford Lectures on Poetry* (Macmillan and Co. Ltd., 1920).

Branam, George C., *Eighteenth Century Adaptations of Shakespearean Tragedy* (University of California Press, 1956).

Bromwich, David, *HAZLITT: The Mind of a Critic* (Oxford University Press, 1983).

Bullitt, John M., 'Hazlitt and the Romantic Conception of the Imagination', *PQ,* 24 (1945), pp. 343–61.

Bush, Douglas, 'Keats and Shakespeare'. In *Shakespeare: Aspects of Infuence*, edited by G. B. Evans (Harvard University Press, 1976).

Buzacott, Martin, *The Death of the Actor: Shakespeare on Page and Stage* (Routledge, 1991).

Coldwell, Joan, 'The Playgoer as Critic: Charles Lamb on Shakespeare's Characters', *Shakespeare Quarterly* 26:2 (1975), pp. 184–95.

Coldwell, Joan (ed.), *Charles Lamb on Shakespeare* (Harper & Row Publishers, Inc., 1978).

Coleridge, Samuel Taylor, *Biographia Literaria*. Edited by J. Shawcross, 2 vols (Oxford, 1907).

____________, *Biographia Literaria*. Edited by James Engell and W. Jackson Bate, 2 vols. Collected Works, Bollingen Series 75, 7. (Princeton University Press, 1983).

____________, *Shakespearean Criticism.* Edited by Thomas Middleton Raysor. 2 vols (Everyman's Library, 1960).

____________, *Coleridge on Shakespeare: The Text of the lectures of 1811–12.* Edited by R. A. Foakes (Routledge & Kegan Paul, 1971).

____________, *Lectures 1808–1819 On Literature.* Edited by R. A. Foakes, 2 vols. *Collected Works*, Bollingen Series 75, 5, (Princeton University Press, 1987).

Conklin, Paul S., *A History of 'Hamlet' Criticism, 1601–1821* (Humanities Press, 1968).

Davis, Philip, '"The Future in the Instant": Hazlitt's *Essay* and Shakespeare'. In *Metaphysical Hazlitt: Bicentenary Essays*, edited by Uttara Natarajan, Tom Paulin and Dunkan Wu (Routredge, 2005).

Dennis, John, *The Critical Works of John Dennis.* Edited by Edward Niles Hooker, 2 vols (Baltimore: The John Hopkins Press, 1967).

Dobson, Michael, *The Making of the National Poet: Shakespeare, Adaptation and Authorship, 1660–1769* (Oxford: The Clarendon Press, 1992).

Donohue, Joseph W. Jr., *Dramatic Character in the English Romantic Age* (Princeton University Press, 1970).

____________, *Theatre in the Age of Kean* (Oxford: Basil Blackwell, 1975).

Eastman, Arthur M., *A Short History of Shakespearean Criticism* (The Norton Library, 1968).

Eliot, T. S., 'Shakespeare Criticism from Dryden to Coleridge'. In *A Companion to Shakespeare Studies*, edited by Harley Granville-Barker and G. B. Harrison (Cambridge University Press, 1934).

____________, *Selected Essays* (Faber and Faber, 1953)

Evans, G. B. (ed.), *Shakespeare: Aspects of Influence* (Harvard University Press, 1976).

Dávidházi, Péter, *The Romantic Cult of Shakespeare: literary reception in anthropological perspective* (Macmillan, 1998).

Dryden, John, *Of Dramatic Poesy and Other Critical Essays.* Edited by George Watson, 2 vols (London: Dent, 1962).

____________, *Of dramatic poesie: an essay,* with prefatory notes by Yuji Kaneko (Tokyo: Kinokuniya, 1996).

Gradman, Barry, '*Measure for Measure* and Keats's "Nightingale" Ode', *English Language Note*, xii (1975), pp. 177–82.

Grennan, Eamon, 'Keats's *Contemptus Mundi* ; A Shakespearean Influence on the "Ode to a Nightingale"', *Modern Language Quarterly*, xxxvi (1975), pp. 272–90.

Hammond, Paul, 'The Janus poet: Dryden's Critique of Shakespeare.' In *John Dryden (1631–1700): His Politics, His Plays, and His Poets*, edited by Claude Rawson and Aaron Santesso (University of Delaware Press, 2004).

Hazlitt, William, *The Complete Works of William Hazlitt.* Edited by P. P. Howe, 21 vols (London: Dent, 1930–1934, AMS Press, 1967).

Heller, Janet Ruth, *Coleridge, Lamb, Hazlitt, and the Reader of Drama* (University of Missouri Press, 1990).

Holland, Peter, and Adrian Poole (General Series Editors), *Great Shakepeareans:* Set I, 4 vols (Continuum International Publishing Group, 2010).

Hunt, Leigh, *Dramatic Essays.* Edited by William Archer and Robert W. Lowe (Walter Scott, Ltd., 1894).

____________, *Selected Essays* (Everyman's Library, 1947).

____________, *Leigh Hunt's Dramatic Criticism 1808–1831.* Edited by Lawrence Huston Houtchens and Carolyn Washburn Houtchens (Oxford University Press, 1950).

____________, *The Autobiography of Leigh Hunt* (AMS Press Inc., 1965).

James, D. G., 'Keats and *King Lear*', *Shakespeare Survey* 13 (1960), pp. 58–68.

Johnson, Samuel, *The Yale Edition of the Works of Samuel Johnson,* VII–VIII: *Johnson on Shakespeare* . Edited by Arthur Sherbo (Yale University Press, 1968).

____________, *Lives of the English Poets*, 2 vols (The World Classics, Oxford 1906).

Kames, Henry Home, Lord, *Elements of Criticism*, 3 vols (New York: Johnson Reprint, 1970).

Keats, John, *Letters of John Keats*. Edited by H. E. Rollins, 2 vols (Harvard University Press, 1958).

____________, *The Complete Poems*. Edited by John Barnard (Penguin Books, 1973).

Kelly, Linda, *The Kemble Era: John Philip Kemble, Sarah Siddons and the London Stage* (London: Bodley Head, 1980).

Kinnaird, John, *William Hazlitt: Critic of Power* (Columbia University Press, 1978).

Lamb, Charles, *Lamb as Critic*. Edited by Roy Park (Routledge and Kegan Paul, 1980).

Lamb, Charles, and Mary Lamb, *The Works of Charles and Mary Lamb*. Edited by E. V. Lucas, 7 vols (London: Methuen, 1903–[1905]).

____________ ,*The Letters of Chares Lamb to which are added those of his sister Mary Lamb.* Edited by E. V. Lucas. 3 vols (London: Dent & Sons, 1935).

LeWinter, Oswald (ed.), *Shakespeare in Europe* (New York: Meridian Books, 1963).

Lovejoy, Arthur O., *Essays in the History of Ideas* (The John Hopkins Press, 1948).

Mahoney, John L., *The Logic of Passion: The Literary Criticism of William Hazlitt* (Fordham University Press, 1981).

Marder, L., *His Exits and Entrances: The Story of Shakespeare's Reputation* (Philadelphia, 1963).

Marsden, Jean I. (ed.), *The Appropriation of Shakespeare* (Harvester Wheatsheaf, 1991).

Matthews, G. M. (ed.), *Keats: The Critical Heritage* (Barnes and Noble, 1971).

McKenna, Wayne, *Charles Lamb and the Theatre* (Gerrards Cross: Colin Smythe, 1978).

Montagu, Elizabeth, *An Essay on the Writings and Genius of Shakespeare, Compared with the Greek and French Dramatic Poets, with Some Remarks Upon the Misrepresentations of Mons. de Voltaire* [1769]. (New York: August M. Kelley Publisher, 1970).

Morgann, Maurice, *Shakespearian Criticism*. Edited by Daniel A. Fineman (Oxford University Press, 1972).

Muir, Kenneth, 'Keats and Hazlitt'. In *John Keats: A Reassessment,* edited by Kenneth Muir (Liverpool University Press, 1958).

Munro, John (ed.), *The Shakespeare Allusion-Book: A Collection of Allusions to Shakespeare From 1591 to 1700,* 2 vols (Oxford, University Press, 1932).

Murry, John Middleton, *Keats and Shakespeare: A Study of Keats' Poetic Life from 1816 to 1820* (Oxford University Press, 1925).

O'Hara, J.D., 'Hazlitt and the Functions of Imagination', *PMLA* 81 (1956), pp. 73–62.

Oya, Reiko, *Representing Shakespearean Tragedy: Garrick, the Kembles, and Kean* (Cambridge University Press, 2007).

Park, Roy, *Hazlitt and the Spirit of the Age: Abstraction and Critical Theory* (Oxford:

Clarendon Press, 1971).
Parker, G. F., *Johnson's Shakespeare* (Oxford: Clarendon Press, 1989).
Pope, Alexander (ed.), *The Works of Shakespeare*, 6 vols (London, 1725).
Powell, Raymond, *Shakespeare and the Critics' Debate* (Macmillan, 1980).
Price, Cecil, *Theatre in the Age of Garrick* (Oxford: Blackwell, 1973).
Raddadi, Mongi, *Davenant's Adaptations of Shakespeare* (Uppsala, 1979).
Ralli, Augustus, *A History of Shakespearian Criticism*, 2 vols (The Humanities Press, 1965).
Rawson, Claude and Aaron Santesso (eds.), *John Dryden (1631–1700): His Politics, His Plays, and His Poets* (University of Delaware Press, 2004).
Rowe, Nicholas (ed.), *The Works of Mr. William Shakespeare*, 6 vols (London, 1709).
Salingar, Leo, *Dramatic Form in Shakespeare and Jacobeans* (Cambridge University Press, 1986).
Sauer, Thomas G., *A. W. Schlegel's Shakespearean Criticism in England, 1811–1846.* (Bouvier Verlag Herbert Grundmann · Bonn, 1981).
Schlegel, A. W., *A Course of Lectures on Dramatic Art and Literature.* Translated by John Black, 2 vols (London, 1846).
[Several Hands] (Julius Charles Hare?), 'A. W. Schlegel on Shakespeare's Romeo and Juliet; with Remarks upon the Character of German Criticism'. In *Literary Miscellany,* edited by Ollier (London, 1820).
Sherbo, A., *Samuel Johnson, Editor of Shakespeare, with an Essay on The Adventurer* (University of Illinois Press, 1956).
Sherbo, A. (ed.), *The Yale Edition of the Works of Samuel Johnson,* VII–VIII: *Samuel Johnson on Shakespeare* (Yale University Press, 1968).
Smith, D. N., *Shakespeare in the Eighteenth Century* (Oxford; Clarendon Press,1928).
Smith, D. N. (ed.), *Eighteenth Century Essays on Shakespeare* (Glasgow: James MacLehose and Sons,1903).
Spencer, Christopher (ed.), *Five Restoration Adaptations of Shakespeare* (University of Illinois Press, 1965).
Spencer, Hazelton, *Shakespeare Improved: The Restoration Versions in Quarto and on the Stage* (Harvard University Press, 1927).
Spiegelman, Willard, 'Keats's "Coming Muskrose" and Shakespeare's "Profound Verdure"', *EHL* 1 (1983), pp. 347–62.
Sprague, A. C., *Shakespeare and the Actors* (Harvard University Press, 1948).
____________, *Shakespearian Players and Performances* (Harvard University Press, 1953).
Spurgeon, Caroline F. E., *Keats's Shakespeare: A Descriptive Study Based on New Material* (Oxford University Press, 1928).
Theobald, Lewis (ed.), *The Works of Shakespeare*, 7 vols (London, 1733).
Tomarken, Edward, *Samuel Johnson on Shakespeare: The Discipline of Criticism* (University of Georgia Press, 1991).
Vickers, Brian, *Returning to Shakespeare* (Routledge, 1989).
Vickers, Brian (ed.), *Shakespeare: The Critical Heritage*, 6 vols (Routledge & Kegan Paul, 1974–81).
Wellek, René, *A History of Modern Ctiticism: 1750–1950,* I, II (Yale University Press, c1955).
____________, *Concepts of Criticism* (Yale University Press, 1963).

Wells, Stanley , 'Shakespeare in Leigh Hunt's Theatre Criticism', *Essays and Studies* 1980, pp. 119-38.

____________ , 'Shakespeare in Hazlitt's Theatre Criticism', *Shakespeare Survey* 35 (1982), pp. 43-55.

Wells, Stanley (ed.), *Shakespeare in the Eighteenth Century, Shakespeare Survey,* 51 (1998).

White, R. S., 'Shakespearean Music in Keats's "Ode to a Nightingale"', *English*, xxx (1981), pp. 217-9.

____________ , *Keats as a Reader of Shakespeare* (University of Oklahoma Press, 1987).

White, R. S. (ed.), *Hazlitt's Criticism of Shakespeare: A Selection* (Edwin Mellen Press, 1996).

Williams, Simon, *Shakespeare on the German stage. Vol. 1: 1586-1914* (Cambridge University Press, 1990).

加藤龍太郎『コウルリジの文学論』(研究社、1961 年)

高橋康也、大場建治、貴志哲雄、村上淑郎編『シェイクスピア辞典』(研究社、2000 年)

中西信太郎『シェイクスピア批評史研究』(あぽろん社、1962 年)

百瀬　泉(編著)『シェイクスピアは世界をめぐる』(中央大学出版部、2004 年)

岡村由美子訳　S. T. コールリッジ『シェイクスピア批評』(こびあん書房、1991 年)

桂田利吉訳　S. T. コールリッジ『シェイクスピア論』(岩波書店、1939 年)

――――　S. T. コールリッジ『文学評伝』(法政大学出版局、1976 年)

川地美子編訳『古典的シェイクスピア論叢―ベン・ジョンソンからカーライルまで』(みすず書房、1994 年)

田村英之助訳『キーツ詩集』(思潮社古典選書 7 、1968 年)

――――　キーツ『詩人の手紙』(冨山房百科文庫、1987 年)

東京コウルリッジ研究会訳　S. T. コウルリッジ『文学的自叙伝』(法政大学出版局、2013 年)

登張正美訳　ヘルダー「シェイクスピア」(中央公論社『ヘルダー・ゲーテ』世界の名著シリーズ、1975 年)

橋本辰次郎訳　ジョン・ドライデン『シェイクスピア批評』(荒竹出版、1979 年)

吉田健一訳　サミュエル・ジョンソン『シェイクスピア論』(創樹社、1975 年)